Du pain sur la table de l'oncle Milad

Ouvrage publié avec le concours du Centre national du livre.

Le bruit du monde
68, rue de Rome
13006 Marseille
contact@lebruitdumonde.com

ISBN 978-2-493-20682-4
Dépôt légal : mai 2024

Mohamed Alnaas

Du pain sur la table de l'oncle Milad

Traduit de l'arabe (Libye)
par Sarah Rolfo

Roman

À la mémoire d'Ibrahim Hamidan,
à jamais vivant.

LA BOULANGERIE

« Une famille avec un oncle Milad. »

Proverbe libyen utilisé pour blâmer un homme qui n'exerce pas son pouvoir sur les femmes dont il a la responsabilité et, ce faisant, porte préjudice à leur honneur.

Ah, bonjour ! Vous arrivez à point nommé. Merci d'avoir bien voulu me rencontrer. Vous êtes impatient de savoir ce que je veux vous confier, c'est ce que m'a dit *Madame*[1], ne soyez pas gêné. Zeinab est plongée dans un profond sommeil. J'ai tout prévu pour le film. Vous êtes-vous arrêté sur un titre en particulier ? Ah oui… il faut d'abord imaginer le scénario. Je n'y connais pas grand-chose aux films, moi. J'aime les regarder, ça oui. C'est Absi le cinéphile de la famille, moi je suis le boulanger. Je viens de terminer de décorer le gâteau à l'orange et au citron. Attendez, je vous apporte une chaise et asseyons-nous dans le jardin. Thé ou café ? J'aime le thé parfumé à la cannelle, en bâton, comme Zeinab nous le concoctait aux premiers temps de notre mariage.

Je me suis bien préparé pour cette rencontre. J'ai nettoyé la maison, épousseté photos, tableaux et meubles, fait briller les vitres et les lampes afin que tout soit prêt pour ce que

1. La traduction a gardé les mots issus de l'italien et du français présents dans le texte original, ainsi que quelques termes et expressions arabes. Ils apparaissent en italique et sont suivis ou précédés, le cas échéant, de leur traduction. Pour un certain nombre de mots non traduits, un astérisque renvoie au glossaire. Toutes les notes sont du traducteur, sauf mention particulière.

vous allez vivre. Réveillé à l'aube, j'ai entamé ma routine quotidienne. J'ai enfilé une chemise, celle que m'a offerte *Madame*. J'ai contemplé ses finitions et le croisement des rayures roses et blanches, touché délicatement le tissu sur ma peau, fait rouler mon pouce et mon index le long de la manche, retiré la gaze de mon petit doigt teint deux jours plus tôt. Et avec Cheb Khaled, j'ai chanté *Bakhta*. J'ai fait glisser ma main le long de mes côtes tout en appuyant pour m'assurer qu'elles se trouvaient bien en place. Un instant, j'ai cru m'être trompé dans le compte. Peut-être en manquait-il une ? Peut-être bien celle que Dieu a dérobée à Adam pendant qu'il dormait.

Lorsque la sonnette a retenti, annonçant votre présence, je me suis dépêché d'enfiler la ceinture d'Absi. Je l'ai bien serrée autour de ma taille. Pour être honnête, l'approche de notre entretien me donnait des sueurs froides. Ne sachant toujours pas ce qu'il est important de dire et ce que je peux négliger, je m'excuse d'emblée si ma narration n'est pas fluide. Allez, j'arrose les plantes, prenons une part de gâteau… et parlons de ce que *Madame* vous a révélé.

* * *

Les muscles de mes mains sont tendus pendant que j'essaie de pétrir un nouveau pain, dans le désordre des premiers jours d'été. J'essaie de chasser de mon esprit une idée noire qui me ronge cet après-midi-là. J'ai trouvé la recette dans un vieux livre en italien de mon père. Elle était restée prisonnière dans la bibliothèque, perdue parmi les livres de Zeinab qu'elle accumulait telle une fourmi, jusqu'à ce que *Madame* la traduise et en révèle le secret. *Madame* est un ange céleste descendu du ciel à un moment où j'ai besoin de retrouver confiance en moi, en tant qu'homme et en tant que maître boulanger. J'ai essayé cette recette plusieurs fois avant de réussir à réaliser la miche parfaite. Il m'est souvent arrivé d'être confronté au problème de la qualité de la farine. D'autres fois, c'était le temps de fermentation, la température de l'eau ou même de la pièce. Ces nombreux soucis m'ont donné toutes sortes de pains qui ont tous fini à la poubelle. Je savais que ce n'était pas le résultat que j'attendais. Aucun n'avait la saveur de la *ciabatta* que pétrissait mon père et qu'il n'avait eu ni le temps ni l'envie de m'apprendre à réaliser.

Lorsque le pain qui sort du four exhale un parfum qui me rappelle mon enfance et a ce goût que mon palais n'a plus savouré depuis vingt ans, je saute de joie. À ce moment-là, le téléphone sonne dans le salon et je me précipite pour décrocher. Mais aussitôt cette sonnerie me rappelle l'incident de la veille. Je m'assieds sur la chaise, à côté de la table du téléphone. Toute la matinée, alors que je pensais à ce qui s'était passé entre Absi et moi, mon petit doigt m'a démangé. Il a continué à me gêner pendant que je pétrissais le pain, ce qui n'arrive presque jamais. Je m'étais retenu de le gratter, mais là, avec la sonnerie du téléphone qui s'amplifie, je manque de m'arracher la peau. La sueur coule de mon front et je me mets à tapoter mon genou de la main gauche. Je finis par décrocher avant que la sonnerie ne s'arrête. À travers un petit grésillement, je réussis à distinguer un coassement de crapaud. C'est mon cousin Absi.

– Milad, espèce de merde, où étais-tu passé hier, *ya sanam**, t'es vraiment qu'une tête de pioche !

– Abdelsalam ?

– Non, l'ombre de moi-même, défoncée par le mal de tête et morte de soif.

– Désolé, je me suis souvenu que j'avais un truc à faire.

– Tu m'as laissé sans cigarettes !

– Pardon Absi, mais c'était très important !

– OK, OK, ce n'est pas pour ça que je t'appelle. J'appelle d'une cabine téléphonique et je n'ai pas beaucoup de pièces. Écoute-moi, Milad…

– Je t'écoute, je t'écoute…, lui dis-je parce qu'il me semble que c'est ce qu'il me demande de faire.

– Je sais que tu m'écoutes, espèce d'idiot, *sma'**… je t'appelle au sujet de notre conversation d'hier…

Je lui raccroche au nez, je sais ce qui va suivre. Depuis l'enfance nos relations sont conflictuelles, mais nos disputes sont plus virulentes depuis la fois où il m'a balancé ce qu'il pensait de moi et de la vie que je menais ; mon visage honteux et dépité était dissimulé par la fumée des cigarettes et l'effet envoûtant de l'alcool de menthe qu'Absi confectionnait dans son cabanon, sa *baracca**. Depuis une semaine, j'évite de me confronter à une évidence dont tout le monde semble au courant.

Je reviens à mon pain. Maintenant que la chaleur qui formait dans les airs un ballet de vapeur a diminué, je dépose la miche sur la table. Je la découpe lentement, avec une précision chirurgicale, savourant son craquement, enivré par l'odeur qui a envahi la cuisine. J'examine les alvéoles de la mie. Je tâte pour voir à quel point elle est moelleuse et tendre. Je souris en imaginant Zeinab en tomber amoureuse, puis je chasse cette scène qui se forme dans mon esprit en dépit de la sérénité qu'elle me procure et, d'un mouvement de la main gauche, j'éloigne les mots d'Absi qui tournoient autour de ma tête comme des mouches.

D'habitude, chaque jour nouveau qui frappe à ma porte avec ses rayons de soleil matinaux me fait frémir d'impatience. J'ouvre généralement les yeux à l'aube, à cinq heures du matin exactement. J'entrouvre la fenêtre pour permettre au soleil de se faufiler jusqu'à moi. Je n'aime pas les fenêtres fermées. Je commence à confectionner le pain du petit-déjeuner. Je prépare les œufs à ma façon, en ajoutant une pincée de cumin aux ingrédients habituels que je fais frire à feu doux dans de l'huile d'olive ou du beurre. Parfois, je trouve le courage de faire un gâteau ou alors j'ai déjà fabriqué de la pâte à croissant. À six heures trente, je réveille Zeinab pour le petit-déjeuner. Parfois, je lui ai préparé ses vêtements la veille. D'autres fois, je les lui prépare et les repasse aux premières heures du matin avant qu'elle ne se réveille, après avoir enfourné le pain. Pourquoi les repasser ? Bon, il faut que cela reste un secret entre nous. Zeinab n'est pas très douée pour prendre soin d'elle. Elle est belle et avenante, et elle a une grande estime d'elle-même, mais elle vit dans le désordre. Si je la laisse quelques heures seule, à mon retour, je retrouve ses habits sur la table de la cuisine, dans le frigo, dans la salle de bains, sous le lit, et sa tasse de thé abandonnée dans un des coins de la maison est devenue le festin des fourmis. Elle, elle ne sait pas repasser, c'est certain. Elle se réveille dans la précipitation, se lave et s'habille à la hâte, avale son petit-déjeuner en manquant de s'étouffer, comme si elle ignorait totalement que la beauté réside dans la lenteur et dans le fait de prendre les choses avec moins de sérieux.

Lorsque je la réveille le matin, je dépose un baiser sur sa tête et je retourne dans la cuisine pour la laisser s'apprêter. Je mets les œufs sur le feu et prépare la théière. Je sors le pain du four pour qu'il refroidisse. J'allume la radio sur le vieux transistor que j'ai acheté un jour au souk al-Rashid à la recherche de Fairouz célébrant le matin. Zeinab adore Fairouz. Moi, pas vraiment. Je trouve ses chansons trop tristes. Je préfère le disco et le reggae, et ce que j'ai pu entendre de raï me plaît aussi. Je vérifie la température de la miche brûlante tandis que la vapeur provoquée par la chaleur s'envole par la fenêtre de la cuisine, laissant mes muscles complètement détendus. Il ne faut surtout pas manipuler le pain lorsqu'il est encore chaud ; il doit reposer quelques minutes, car bien que sorti du four, sa cuisson n'est pas terminée. Après le petit-déjeuner, je nous ressers deux verres de thé et nous parlons un peu. Je charrie gentiment Zeinab pour chasser son stress d'arriver en retard au travail ; je sais parfaitement bien que, comme tous les Libyens, elle n'est pas du matin. Après notre petite discussion, je mets la voiture en route. Nous avons une Peugeot 404 turquoise, un modèle de 1969, que j'ai héritée de mon père. Avec le temps, sa couleur s'est ternie et elle n'a plus le même entrain sur la route, mais c'est un véhicule acceptable et je n'arrive pas à m'en séparer même si les nouveaux modèles me font envie. Je laisse le moteur de la voiture chauffer et j'allume ma cigarette du matin en attendant Zeinab qui, malheureusement, n'a pas appris à conduire. Avec les années, je me suis habitué à ses horaires de travail. Je la dépose à la Fondation, puis je rentre à la maison, ou alors, je gare la Peugeot dans le centre-ville et je déambule dans les ruelles. Parfois je m'installe dans un café. Il arrive aussi que j'aie une course à faire ou que je doive me rendre au travail – je suis fonctionnaire – pour m'assurer que tout est en ordre ou pour signer la feuille de présence. Ensuite, je rentre chez moi. Cela dépend de ce que j'ai à faire le matin, mais, en général, je termine tout assez tôt, avant dix heures. À mon retour à la maison, je fais la lessive et lave les assiettes du petit-déjeuner, je range le salon et la chambre à coucher ou tout autre endroit en proie au bazar de Zeinab. C'est ce désordre qui détermine le temps que je vais passer à ranger et nettoyer la maison. Cela peut prendre quelques minutes comme quelques heures. Et j'ai parfois besoin d'un jour de plus, voire de deux. Je m'occupe des plantes. Dans le jardin, il y a des tournesols à tige courte que *Madame* m'a offerts. J'ai aussi un arbuste à henné. Pour être exact, ma grand-mère en possédait un dont mon père a hérité. J'en ai coupé une branche que j'ai plantée chez moi. Avec ce henné, je teins le petit doigt de ma main droite, les mains et les pieds de Zeinab. Dans la partie basse du jardin, il y a du basilic, un figuier de Barbarie, de la menthe, du romarin, des Aptenias et des violettes. Parfois, pour me débarrasser de cette paresse qui m'envahit comme la poussière les recoins, je m'attèle à planter tomates et poivrons. D'autres fois, quand j'y pense, je fais germer les graines de maïs et de pastèque pour l'été. Lorsque j'en ai terminé avec les fleurs du jardin et celles qui décorent le balcon qui surplombe le patio à hauteur d'un mètre, j'étends le linge sur la corde. Toute ma vie, j'ai vu les femmes détester étendre le linge ou le plier. Moi, cela me calme et me plonge dans mes pensées. Je commence par étendre les culottes de Zeinab, ses *mutande*, petites et délicates, puis les miennes et ainsi de suite, de la pièce la plus petite à la plus grande. La matinée passe très vite. Un peu avant midi, je prépare une théière de thé à la cannelle et je regarde la télévision une heure ou deux. Il n'y a pas grand-chose à voir. Je passe en revue les vingt chaînes que j'ai à disposition jusqu'à trouver quelque chose qui en vaudrait la peine : la rediffusion d'un match de football, une série syrienne ou le journal télévisé. Certains jours, je ne regarde qu'al-Jamahiriya[1]. Je suis une conférence ou un discours du Guide de la nation. Lorsque je m'ennuie, je me lève pour faire le dîner. Je sors chercher Zeinab puis nous mangeons. Je passe le début de la soirée à cuire le pain pour le lendemain, à confectionner un gâteau ou des pâtisseries. Le soir, nous regardons la télévision, nous discutons ou je me rends à la *baracca* d'Absi pour passer un peu de temps avec lui. C'est

1. Il s'agit de la chaîne nationale, du nom de la grande Jamahiriya (État des masses populaires) arabe libyenne instaurée par Kadhafi.

ainsi habituellement, mais ma routine a changé du tout au tout depuis qu'Absi m'a confié ce qui le préoccupait.

* * *

Ah ? Ce n'est pas ça le début de mon histoire, d'après ce que vous a dit *Madame* ? Je suis désolé. Je me suis laissé emporter sans vous donner l'occasion de poser des questions, et sans réfléchir à comment tout a commencé. C'est toujours pareil avec moi. Je bafouille et je ne sais pas comment me lancer, mais quand je m'y mets, on ne peut plus m'arrêter. Je tiens cela de mes sœurs.

Commençons alors par le début. Je m'appelle Milad al-Usta. On dit souvent que je ressemble à Cheb Khaled quand il était mince. Je suis le seul garçon de la famille. Je suis né à Dahra dans une des rues qui donnent sur la place de l'église San Francisco. J'y passe mon enfance et je m'écorche les jambes sur l'asphalte de ses rues. Je vois les Italiens, les *roums*, entrer dans l'église les dimanches pendant que nous, nous rendons à l'école, et son parvis est le témoin de mon premier amour. À Dahra, je savoure les sandwichs les plus délicieux qui soient, joue au football, fais la course jusqu'à la corniche pour voir les vagues se briser près de nos maisons. Nous sommes à la fin des années soixante, avant que ne se lève le vent du changement, un an avant que Notre Frère Guide n'enfourche sa monture pour débarrasser le pays des collabos, des traîtres et des bases étrangères, comme on nous l'apprend à l'école. Je fais l'école élémentaire à Dahra. Je chante l'hymne national à pleins poumons dans la cour et participe aux manifestations contre l'Amérique, le sionisme, et pour célébrer la première Jamahiriya* de l'Histoire. J'ai quatorze ans quand mon père et mon oncle décident de retourner dans le village natal de mon grand-père, à Bir

Hussein. Ils ont hérité de vastes terres où il fera bon vivre, cultiver et faire du pain. Une nouvelle vie commence dans ce village où je me rendais autrefois avec mon père pour acheter à nos proches de la ricotta, de la *ma'soura**, de l'huile d'olive et des dattes ; la boulangerie que mon père possède à Dahra, sa *kousha**, a été réquisitionnée par l'État parce qu'elle se trouve adossée à un bâtiment étatique destiné à être agrandi[1].

À quatre ans, je joue avec ma petite sœur. À cinq, j'essaie de nouer des amitiés à l'école et dans le quartier. J'y parviens avec Sadek, le frère de Zeinab, avant que nous nous disputions pour des bêtises. À six ans, je passe mon temps avec mes sœurs. J'en ai quatre : une plus jeune que moi et trois plus grandes. À huit ans, je commence à aider mon père à la *kousha*. À quinze ans, j'ai la permission d'apprendre le métier de boulanger. En plus de nettoyer la boulangerie et de porter les sacs de farine, mon père me confie la tâche de pétrir la *mouhawwara*, le pain populaire le plus facile à faire. Mon premier pain. Mon histoire d'amour avec le pain commence à seize ans, quand mon père m'initie aux secrets de sa fabrication que son maître italien, *il signore* Luigi *il Panattiere*, lui a appris. Lorsque j'en ai dix-huit, mon père rejoint mon grand-père, le Prophète et ses compagnons au paradis. Il meurt d'un cancer du poumon.

La *kousha* est le témoin des événements politiques et sociaux du pays. Dans les années quarante et cinquante, ses clients sont italiens, anglais et maltais, et achètent du pain étranger : de la baguette, qui requiert de longues heures et différentes techniques de préparation, des toasts, des boules italiennes, des galettes siciliennes au sésame et de la brioche

1. La réquisition de la boulangerie du père de Milad à Dahra a lieu vers la fin des années soixante-dix, au moment où Mouammar Kadhafi supprime le salariat avec pour slogan : « Associés, pas salariés ».

bien sûr. À l'époque, j'entends beaucoup parler des Épis d'or. Cet établissement fait rêver. Les habitants de Dahra, de Casa Langes, des rues al-Baladiyya et Ben Ashour n'ont rien goûté de meilleur. Mon père est formé par *il signore* jusqu'à ce qu'il maîtrise cet aliment essentiel de la table libyenne. *Il signore*, qui aime les habitants de ce pays, tient à les faire travailler avec lui. Mon père me disait de lui que c'était « un Sicilien d'origine arabe ». Personnellement, je n'ai jamais compris ce que les Italiens avaient à voir avec nous. À l'époque, le pain est un marqueur d'inégalité sociale. Les Italiens et certains membres de la bourgeoisie libyenne achètent les variétés les plus raffinées. Tout à fait par hasard, le grand-père de *Madame*, qui appartenait à cette classe sociale, était client de mon père. Le peuple, lui, mange la *mouhawwara* et le *tannour* achetés sur les marchés populaires. Dans les années soixante et avec la révolution du pétrole, les Libyens commencent à aimer le pain étranger et un grand nombre d'entre eux peuvent se permettre de l'acheter au quotidien : les lettrés, les italianisés et les anciens soldats qui ont fait la guerre du Désert, dont les dents se sont affaiblies à force de mastiquer le *tannour*, ce pain dur bédouin. Dans les années soixante-dix, *il signore* retourne en Sicile et le lieu revient à mon père. Au début, mon père dit qu'*il signore* le lui a confié jusqu'à son retour, mais les années passant, il en devient le propriétaire. Un jour, sous le coup de la colère, Absi me balancera que mon père l'a volée. J'aurai déjà entendu cela de la bouche de Sadek, le frère de Zeinab. Mon père continue à faire travailler quelques salariés libyens, les encourageant à apprendre à réaliser différentes sortes de pain. Cependant, quand Notre Frère Guide s'applique à remplacer les salariés par des associés, mon père s'empresse, poussé par mon oncle Mohammad, le plus habile d'entre nous, de licencier tous ses ouvriers avant qu'ils ne se retournent contre lui. La *kousha* souffre du manque d'ouvriers. Nous sommes, mon oncle et moi, les seuls employés de mon père avec quelques autres membres de la famille, éparpillés à Bir Hussein et dans la région de Bir al-Usta Milad. On dit que mon aïeul possédait toute la région avant que les Italiens ne lui volent sa terre pour la transformer en ferme où étaient cultivés amandes, raisin et olives. Nous avons fonctionné ainsi pendant un temps. Puis, mon oncle a l'idée d'embaucher des ouvriers tunisiens et algériens qui, selon la loi, ne possèdent rien dans le pays. Avec l'arrivée de nouveaux ouvriers, le pain perd en qualité et Les Épis d'or devient une boulangerie comme les autres. Les gens se désintéressent de la baguette française et des galettes au sésame dont la préparation est contraignante. Ces variétés sont plus chères à réaliser ; or, Notre Guide veut que le prix du pain soit le même dans tout le pays. Et c'est ainsi que la *kousha* aristocratique Les Épis d'or – une *pasticceria artisanale*, comme disait mon père – se transforme en *kousha* populaire.

Mon histoire avec la *kousha* a commencé lorsque mon père s'est disputé avec l'ouvrier d'entretien qui réclamait une augmentation de son salaire hebdomadaire. Mon père le frappe en lui disant qu'il ne mérite même pas ce qu'il lui paie déjà, que tout ce qu'il fait, c'est de salir la *kousha* au lieu de la nettoyer. En été, je travaille à temps plein. Pendant l'année scolaire, mon père me confie certaines tâches avant et après l'école. Tous les jours, je balaie et passe de l'eau sur le sol. Je frotte aussi les surfaces et j'aide à récurer le four de temps à autre. Ce sont mes sœurs qui m'ont appris les astuces du nettoyage. À la boulangerie, je déteste que la pâte tombe par terre ; mon père n'hésite pas à me battre si j'en laisse des traces sur le sol. Il me frappe et élève continuellement la voix. Parfois, il me chasse pour me consoler ensuite avec un pain encore chaud, fourré à l'œuf frit et au thon, qu'il a lui-même préparé. Mon père était colérique, odieux avec les gens, mais doux avec la pâte qu'il caressait avec amour. Je me souviens d'une fois : nous sommes seuls dans la *kousha*, un matin d'été brûlant, la sueur coule sur mon front alors que le soleil n'est même pas encore levé. Je passe la raclette partout et je m'arrête à côté de lui. Il s'apprête à faire cuire la première fournée de pâte, réalisée par les ouvriers la veille. Je l'observe alors appliquer sa touche finale sur les pâtons : à l'aide d'un rasoir effilé, il ajoute consciencieusement sa signature. Il remarque mon extrême curiosité, attisée par l'éclat de la lame acérée. Il m'attire vers lui jusqu'à ce que mon corps se retrouve sous son imposante carrure.

– Regarde, me dit-il, ces marques sont la signature du boulanger. Chaque boulanger doit avoir la sienne.

– C'est ta signature ?

– Bien sûr que non, c'est celle de mon maître artisan.

– Le maître artisan ?

– C'est ça, c'est le maître artisan qui guide la fabrication. Le mien est italien et c'est sa signature. Tu ne trouveras nulle part ailleurs dans la ville des marques telles que celles-ci sur le pain.

– Je ne savais pas.

– Évidemment, tu n'es qu'un enfant. Allez, prends !

– Le rasoir ? Mais je vais me blesser !

– Si tu trembles comme une fillette, tu te blesseras sans aucun doute. Vas-y, introduis la lame lentement et dessine une ligne courbe tout au long du pain que tu as réalisé.

– Et si je l'abîme ?

– Et alors ?! Tu penses que ces bovins verront la différence ? La plupart des gens sont des idiots qui ne comprennent rien au pain.

– D'accord.

C'est un de mes premiers véritables souvenirs avec le pain. Sa texture est souple comme celle des pâtes sucrées, la lame s'y enfonce comme un doigt dessinant un trait dans le sable fin. Ce jour-là, mon dégoût de la pâte se transforme en amour et en soif de connaissance. Mais ce qu'il y a de plus beau, ce sont les mots de mon père :

– Un jour, c'est toi qui feras le pain !

Soudain, comme gêné par l'intimité qui s'installe, il examine la *kousha.*

– Tu n'as pas encore terminé de nettoyer, petit imbécile ! fulmine-t-il. Retourne à ta tâche, dépêche-toi de finir !

* * *

Comment ? J'ai encore perdu le fil de l'histoire ?! Pardon. Mais comment faire autrement ? J'ai passé les plus beaux jours de ma vie à la *kousha*. Chaque fois que j'y repense, un détail me revient, puis un autre et je ne vois pas le temps passer. Peut-être que *Madame* vous en a rapporté certains. Je lui ai raconté tout ce dont je me souvenais quand j'étais chez elle. Je lui apprenais à faire du pain et à confectionner des pâtisseries, puis nous buvions du thé et je lui relatais tout ce que je savais de la vie des boulangeries. Je n'ai jamais rencontré quelqu'un d'aussi passionné par le pain. Tout le contraire de Zeinab ! Zeinab n'a jamais trop aimé que je parle de la boulangerie et de mon père. La plupart de nos discussions tournent autour de ses problèmes au travail ou des gens ; ce qu'a fait notre voisine pour mettre en colère son mari dont la voix d'ogre s'élève dans leur jardin par exemple. Mais je ne me souviens pas d'avoir jamais parlé de moi très longuement avec elle. Elle a toujours été le centre de ma vie, tout gravite autour d'elle.

Comme je vous l'ai dit, après l'appel d'Absi, j'essaie de repousser mes pensées. Je me mets à examiner le morceau de pain, sa taille, son parfum, la consistance de sa mie. Peut-être arriverais-je ainsi à m'échapper. J'ai fui toute ma jeunesse : la *kousha*, l'école, l'armée, la *baracca*, et moi-même aussi. Ce midi-là, je n'y arrive pas. Les mots d'Absi me poursuivent dans tout ce que j'entreprends, lorsque je lave la vaisselle, lorsque je récure le plateau au *Warakina** et au savon. Je saisis les verres, les mots d'Absi viennent avec eux. J'essaie de les chasser comme des mouches, mais ils reviennent à la charge lorsque je nettoie le plat à pâte. Mon esprit continue à réfléchir à la question quand je le dépose sur le marbre pour qu'il sèche. Comme nettoyer ne m'aide pas, je me mets à ranger les vêtements que j'ai décrochés de la corde à linge. J'attrape un slip. Je l'étire avec force et je le plie exactement en son milieu. Je répète l'opération. Je m'assure qu'il est correctement plié, comme le ferait un employé de prêt-à-porter. Ensuite, une petite culotte de Zeinab, rose brodée de dentelles avec des fleurs imprimées. Je la dépose par terre. Je m'apprête à la plier quand un autre soupçon m'assaille : « Et si elle avait eu envie de mettre ce sous-vêtement en particulier ? » La réponse à cette question m'effraie. Je m'empresse de mettre les vêtements n'importe comment, je veux fuir. J'essaie d'échapper à la discussion que j'ai eue avec Absi, mais je me sens acculé. En rangeant les habits de Zeinab à leur place dans l'armoire, je sens un parfum d'homme, sûrement le mien, mais je ne suis pas sûr. Je maudis mon obsession de jeter le flacon à peine vide à la poubelle. « Milad ! Attends un peu, il y a un sujet important dont je veux te parler. Cela te concerne… »

C'était une nuit sombre. Nous avons veillé tard dans la *baracca* d'Absi, à côté du figuier. Le cabanon est niché dans l'ombre de cet arbre béni depuis l'époque de mon arrière-grand-mère, avant que l'aïeul ne la répudie pour en épouser une autre. Il se trouve sur un modeste lopin de terre dont mon oncle Mohammad a hérité en même temps qu'une vieille bicoque qu'il a détruite pour construire à la place une maison moderne plus spacieuse. Tous les soirs, Absi reçoit indifféremment chez lui tous les hommes des alentours. J'y ai rencontré des visages que je n'ai jamais revus ensuite. Absi est un homme drôle et sympathique qui fascine les plus jeunes. Il connait tout du quartier, toutes les âmes qui l'habitent, des oisillons jusqu'aux vieillards et aux arbres. C'est une vedette. Nombreux sont ceux qui doutent de sa santé mentale, mais, moi, je n'ai rencontré personne de plus lucide que lui. Il n'a jamais travaillé de sa vie et est réfractaire aux règles de la société qui le lui imposent. La seule tâche dont il s'acquitte parfois est de tenir la caisse de la *kousha*, mais je ne l'ai jamais vu avec une pelle, une bêche ou un râteau à la main. De temps à temps, il fait des petits boulots pour subsister, mais toutes les corvées manuelles, il me les refile. Il se contente du salaire qu'il perçoit de la Fondation de la Presse, au service administratif de laquelle il dit travailler. En réalité, il ne s'y rend qu'une fois par mois. Et parfois, il n'y va pas des mois durant. Absi n'est pas journaliste, il n'a même pas terminé le lycée, mais il est intelligent. J'ai toujours rêvé d'être comme lui. Il sait comment se jouer du système pour obtenir ce qu'il veut. Cette nuit-là, deux de ses amis « les plus chers », deux *sanam* ou idiots comme il se plaît à les appeler, passent la soirée chez lui – il faut savoir qu'Absi aime affubler ses connaissances de surnoms comme *sanam*, Abou Jahl ou Houbal*. Cela fait un mois que je délaisse ses soirées qu'il passe à boire de la boukha, qu'il fait fermenter une semaine, et à raconter toutes sortes d'histoires et de légendes, mais mon étrange attirance pour son univers m'a donné envie de passer cette nuit-là en sa compagnie. Il arrive toujours à m'embarrasser avec des anecdotes personnelles qui nous concernent tous les deux et qu'il termine par cette phrase : « Je te jure, cousin, tu es vraiment trop naïf. » Je souris, allume une cigarette Riyadi et avale un verre de boukha ou alors je prépare un plat de pâtes pour l'assemblée. Ce soir-là, Absi décide de congédier tôt ses deux amis en raison de la venue d'un prétendu cousin du côté de sa mère à qui il voue une affection insensée. Un écrivain et grand réalisateur qui a déserté le village depuis longtemps. Il raconte aux « amis » l'histoire du film dans lequel il a critiqué les villageois dont il n'a pas eu de scrupules à citer les noms. Le voir ivre au milieu de la pièce, cigarette à la bouche, brandissant un coussin pour chasser ses invités, me fait douter de la raison de cet empressement. Je l'avais vu ruser toute la soirée pour se débarrasser d'eux, les attaquant personnellement ou leur disant que désormais il n'accepterait plus qu'ils boivent, fument et mangent à l'œil dans sa baraque. Tout en sachant qu'ils sont dans la misère, toujours à la recherche d'un moyen de grappiller des cigarettes, il leur dit qu'ils devront désormais payer pour ces soirées. Il les met dehors sous prétexte qu'ils ne lui ont pas remboursé les cartes qu'il a achetées. Demain, ils redeviendront amis et tous les deux seront à nouveau là pour passer la nuit chez lui. Je m'apprête à sortir, persuadé que je fais partie de ceux qu'il met à la porte, quand il m'appelle.

– Qu'est-ce qu'il y a Absi ? Tu veux des cigarettes ?

– Hé, bien sûr que j'ai besoin de quelques cigarettes, mais je veux surtout que tu ouvres bien grand les oreilles, cousin. Assieds-toi à côté de moi. Je te sers une boukha ?

– Non merci, j'ai assez bu pour la soirée.

– Un seul verre, comme d'habitude, tu es un homme de conviction, cousin. C'est une des choses qui me plaisent chez toi… tes convictions, ta bonté, ton esprit sportif, comme tes cigarettes… Mais il y a d'autres choses que je n'aime pas, ou devrais-je dire que les gens de ce quartier n'aiment pas.

Et si tu veux mon avis, elles ne plaisent à personne dans ce pays. Tu es devenu la risée de tous.

– La risée ? Je ne comprends pas.

– Oui, *ya sanam*. On se moque de toi. J'ai essayé à plusieurs reprises de te le cacher pour ne pas te blesser, mais tu es devenu célèbre. Un jour, j'ai entendu quelqu'un dire en parlant de ta nièce Hanadi à propos du fait qu'elle s'est rendue à l'université en pantalon : C'est « une famille avec un oncle Milad ».

– « Une famille avec un oncle Milad », mais qu'est-ce que ça veut dire ?

– Ça veut dire que les gens ici voient en toi un cocu qui n'est pas possessif pour un sou. Je sais que ta sœur est tout à fait capable d'élever seule ses enfants, mais enfin, et ton autorité, Milad ?! Aujourd'hui, c'est toi le père de Hanadi, c'est toi le chef de famille.

– Ma nièce ? Elle est tout à fait respectable. Elle marche dans la rue, les yeux baissés.

– Oui, mais elle porte des pantalons et étudie à la faculté des arts et des médias, un lieu qui grouille de filles légères. Je crains que des bâtards ne profitent d'elle. Tu n'as pas peur toi ?

– Oui, mais j'ai confiance en elle, comme sa mère d'ailleurs.

– Tu vois ! C'est pour cela que je voulais te parler franchement cousin. Le *hadj** Mokhtar, paix à son âme, n'approuverait pas cette situation. Mon père a essayé de convaincre ta sœur Sabah, mais elle l'a mis dehors. Comment est-ce possible ?! Chasser un homme de son âge !

– C'est intolérable. Je lui ai dit qu'il était son oncle et qu'il n'était pas correct d'élever la voix sur lui, même s'il avait tort.

– Le vieux est peut-être un salaud, mais il a raison. Réfléchis un peu Milad… S'il te plaît. Nettoie un peu ton esprit de la boue qui l'encrasse et mets ta naïveté de côté pour une fois. Concentre-toi. Nous sommes une famille et l'humiliation d'un seul de ses membres jette l'opprobre sur tous.

– Et la *kousha* ? lui lancé-je, rouge de colère.

– Quoi la *kousha* ?

– Ton père, lui dis-je, il me l'a volée !

Sur ces mots, je sors.

C'est la première fois qu'Absi me parle aussi ouvertement et cela me blesse. Je décide de ne plus jamais retourner à la *baracca.* M'y suis-je tenu ?

Zut… j'ai oublié. Reprenons depuis le début encore une fois.

* * *

Dans la *kousha*, je grandis dans la patience, la douceur, la concentration et le respect du temps. J'apprends la force de l'observation. Je me souviendrai toujours du premier pain que j'ai pétri. J'observe mon père comme d'habitude. Le menton posé sur le manche de la raclette, je le regarde de loin vivre son histoire d'amour. Il a laissé la pâte reposer lentement et il souffle sur la farine qui macule ses mains. Les rayons du soleil qui traversent la fenêtre en verre du toit dessinent les ombres du lieu et viennent croiser le nuage de farine que mon père a remué et qui s'est disséminé dans l'air. Il se lave les mains, savoure la tiédeur de l'eau qui coule tout en contemplant les traits de lumière faire danser les particules blanches. Il se frotte les mains et les sèche avec une serviette prévue à cet effet. Ayant remarqué ma présence et mon intérêt pour ce qu'il est en train de faire, il m'appelle.

– Milad, viens par ici. Apporte un kilo de farine et un peu de levure. Il y a là un petit bocal que j'ai préparé pour toi.

Je me précipite comme n'importe quel enfant qui comprend que les prochaines minutes de son existence vont valoir leur pesant d'or. En dépit de la rudesse et de la sévérité de notre géniteur, et bien qu'il n'exprime jamais son attachement à notre égard, nous savons que certains moments vécus avec lui sont l'expression d'un amour profond. Depuis toujours, à chaque fois que je pétris, je sens la présence de mon père à mes côtés ; ses mains puissantes, posées sur les miennes pour m'apprendre à modeler mon premier pain, ont la couleur du henné auquel se mêle le blanc de la farine et sont couvertes de crevasses. Je lui apporte la farine et un peu de Khaddouja, de la levure dont mon père prend soin depuis les années quarante. Sa préparation a été la première tâche que son maître italien lui a confiée. À l'époque, elle s'appelait Valentina. Je cours en dansant jusqu'à lui. Je lui remets les ingrédients. Il a enlevé son tablier et me l'enfile. Je suis si fluet que je ressemble à un souriceau se trémoussant à l'intérieur. Il me fait asseoir sur la chaise avant de commencer, lui s'accroupit pour me regarder dans les yeux tout en posant ses mains sur les miennes. Il essaie de transmettre ce qu'il ressent.

– Sais-tu ce qui est incroyable dans la fabrication du pain ?

– Quoi ?

– Avec quatre ingrédients, tu peux faire des merveilles. Il n'existe pas de nourriture plus essentielle et plus savoureuse. Avec seulement quatre ingrédients de base que tu trouves partout, tu peux en réaliser de formes et de goûts complètement différents. Tout ce dont tu as besoin c'est de la farine, de l'eau, de la levure et un peu de sel. C'est tout.

– Mais comment ?

– Le secret se trouve ici – il pointe son cœur. Et ici – il montre sa tête –, et là – il fait voir ses mains.

– Pour ce qui est de la tête et des mains, même en goûtant le pain de mille boulangers qui auraient suivi la même recette au détail près, tu en préféreras toujours un à un autre. Le secret ? Le cœur, Milad. Certains ne mettent pas d'amour dans leur pain. L'amour est le cinquième ingrédient… Et le sixième alors ?

– Euh… le four ?

– Non, petit imbécile. Le four n'est qu'un outil. C'est l'air que nous respirons. Lorsqu'il n'est encore qu'une pâte, le pain est un être vivant comme nous. Il respire. Il bouge. Il est empli d'émotions. Si la pâte se fâche, le pain sera gâché. Il peut lever comme il faut ou au contraire pousser difforme.

– Donc… la farine, la levure, l'eau, le sel, l'amour et l'air. Je suis prêt.

– Non, tu n'es pas prêt. Il y a encore un ingrédient secret. C'est lui qui donne son goût particulier au pain. Tu devines ?

– Qu'est-ce que c'est ?

– C'est le temps. Le temps de réaction de la pâte après l'avoir travaillée est très important. Tu dois être très précis. Chaque variété de pain nécessite une temporalité particulière qui créera sa saveur. Il ne faut pas que tu cuises ton pain avant que ce temps soit écoulé, tout comme il ne faut pas que tu l'enfournes trop longtemps après. Le pain est comme nous, il perd de l'eau.

– Nous aussi ?

– Oui, c'est pour cela que nous buvons quotidiennement.

– Je peux rajouter de l'eau à la pâte si elle s'assèche ?

– Non, bien sûr. À l'inverse de nous, l'eau que tu mets dans le pain au départ est la seule eau que tu peux lui donner.

– D'accord. Est-ce qu'il y a autre chose ?

– Une seule. Chaque préparation nécessite des proportions particulières. Il faut que tu prennes en compte la quantité dont tu as besoin. La farine est l'ingrédient sur la base duquel tu calculeras les quantités des autres ingrédients. Vous avez appris le principe du pourcentage en mathématiques ?

– Oui. J'ai eu du mal à comprendre au début. Mais je le maîtrise à présent.

– Alors cela va être facile pour toi de comprendre ce que je vais t'expliquer... Milad, mon enfant, écoute-moi bien. À partir de demain, tu viendras toujours à la *kousha* avec ton crayon et ton cahier. Ton oncle et toi allez hériter de la *kousha* quand je ne serai plus là, la moitié te reviendra. C'est pourquoi il me faut te transmettre mes recettes. Ton oncle est un businessman et tout ce qui l'intéresse c'est l'argent. C'est mon frère, je le connais bien. C'est à toi que reviendra d'être le garant de la qualité du pain. Et c'est ce qui prime, parce que l'important pour un boulanger n'est pas tant de posséder sa propre boulangerie que d'avoir ses propres recettes. C'est ce qui caractérise Les Épis d'or. J'ai hérité des recettes de mon maître artisan, mais j'en ai aussi expérimenté d'autres.

– Où sont-elles ?

– Ici, dans ma tête.

Cette conversation est ancrée dans ma mémoire. Je l'ai conservée, je me la suis remémorée et répétée des milliers de fois.

Ce jour-là, je prends un kilo de farine que je verse sur le plan de travail. J'ajoute le sel et je mélange bien jusqu'à ce qu'il disparaisse.

– Forme un petit puits, comme ça, me dit-il en bougeant la farine avec son index et son majeur, ne mélange pas directement la levure et le sel. Ces deux ingrédients sont comme les hommes et les femmes.

Il fait bouger ma main pour former un creux.

– La levure se mélange d'abord avec l'eau. Il faut savoir si elle est vivante ou pas. Si tu en doutes, mélange-la à l'eau. Laisse-la quelques minutes. Si des bulles se forment, *al-hamdoulillah*, Dieu merci, tout va bien.

Il continue ses explications pendant que je mélange la Khaddouja avec deux tiers d'eau pour une mesure de farine. Ensuite, je l'incorpore progressivement à la farine pour former la pâte. Mon père la prend et la recouvre du creux de sa main, puis commence à la modeler.

– Il te faut parfois travailler la pâte pour obtenir une belle forme. Pour certaines recettes, tu n'en as pas besoin. Le temps peut se charger de le faire à ta place. La machine à pétrir te soulagera, mais si tu veux faire comme moi, tu n'y auras pas souvent recours. Un bon boulanger sait comment faire du pain sans machine.

« Parfait. Laisse-la respirer maintenant. On la recouvre d'un morceau de tissu pour qu'elle ne respire que l'air du récipient. Trop d'air l'asséchera, pas d'air du tout la tuera. Ton amour pour elle ne doit pas se contenter de contrôler et de surveiller sa respiration. Il faut aussi que tu lui garantisses une atmosphère adéquate. Tu dois réfléchir à ce qui la rendra *perfetta*, ça veut dire « parfaite » et Dieu est perfection.

Nous passons toute la matinée à attendre que la pâte lève. Il m'a assis à ses côtés comme si le temps semblait venu pour lui de me transmettre son héritage. C'est le moment pour moi d'entrer dans l'âge adulte. Il pose la théière à chauffer sur le feu et donne ses instructions au contremaître. Comme mon oncle n'est là qu'en soirée, la direction des tâches revient à maître Ikhmeis, originaire de la ville tunisienne de Testour et qui, lui aussi, a grandi dans le monde du pain. Après m'avoir fait asseoir, il sort deux cigarettes et m'en tend une. Je ne suis encore qu'un adolescent à l'époque. J'hésite à la prendre, méfiant.

– Tiens, fume, me dit-il, je préfère que tu fumes devant moi plutôt qu'avec des gens que je ne connais pas.

– Je n'aime pas fumer.

– Ne me mens pas mon garçon. Dernièrement, des cigarettes ont disparu de mon paquet. C'est *haram* de voler, et de mentir encore plus. Compris ?

– Oui.

À l'époque, je subtilisais en effet de temps à autre une cigarette du paquet. Il fumait des Sportives – aujourd'hui appelées Riyadi. J'allume ma cigarette, ma main tremble devant lui. Mon père était ce genre d'homme qui pouvait tout pardonner sauf le mensonge et le vol. En ce vendredi matin, il fume sa cigarette en observant le paysage, alors que nous sommes assis tous les deux sur le seuil de la boulangerie. En face de la *kousha*, il y a une oasis de hauts palmiers qui forme un mur autour du verger de mes cousins. Je n'ai jamais goûté d'oranges meilleures que celles de ces jardins avant que, comme vous pouvez le constater aujourd'hui, les constructions en béton ne s'étendent partout et que les orangers de toutes les variétés – navels, oranges musquées, mandarines, et oranges amères – ne soient arrachés. Le soleil s'élève petit à petit dans le ciel, mon respect pour mon père aussi. La première bouffée de cigarette avalée, le tremblement de ma main disparaît et j'arrive à me tenir tranquille en contemplant son visage qui laisse transparaître une fatigue extrême accumulée avec le temps.

– Ne vole jamais, Milad, et ne mens pas, sois toi-même ! Menteur, voleur, escroc ou hypocrite, tu ne vivras pas heureux, me dit-il.

Puis il me raconte ses premières expériences avec le pain. Mon grand-père était un ami du *signore* italien. Il travaillait avec lui dans sa ferme. Il cultivait du blé et des olives.

Il signore était tombé sur mon père en train d'aider mon grand-père à la ferme et l'avait réquisitionné. « Je t'emmène à la ville pour t'apprendre à faire le pain », lui avait-il dit. Mon père avait quinze ans. Il se met à raconter son émerveillement en voyant la ville pour la première fois. Il en oubliait de revenir dans son village. Au début, il rentrait deux jours par semaine, puis une semaine par mois, puis un jour seulement. Il a finalement épousé sa cousine, ma mère, et a vécu en ville, à Dahra. Il a côtoyé les Italiens, appris leur langue, porté les mêmes vêtements qu'eux, fréquenté leurs salles de cinéma, fumé leurs cigarettes, bu leur café. Il s'est lié d'amitié avec des Arabes, des Maltais, des Italiens et des Juifs. Il travaillait à la boulangerie, à la fabrication ou à la vente, où il aidait *il signore* à se constituer une clientèle fidèle.

– Celui qui a l'habitude de ton pain aura faim en te voyant. Familiarise-toi avec ton pain, les gens feront de même, Milad.

– Qu'est-ce que ça veut dire ?!

– Tu comprendras en grandissant… Mais il faut que je te dise quelque chose mon garçon, j'ai remarqué une certaine faiblesse en toi. Il faut que tu t'endurcisses. Tes sœurs vont bientôt avoir besoin d'un homme à leurs côtés. Je vieillis. Je ne supporte plus la chaleur du four, ni les longues journées à la *kousha*.

– Mais je suis toujours à leurs côtés, on parle beaucoup. L'autre jour Safa m'a appris comment faire des tresses à Asma.

– Quoi !? Que Dieu m'accorde la patience. Imbécile d'enfant, tu es un homme. Les hommes n'ont rien à faire avec les femmes. Tu ne comprends rien. Les hommes et femmes sont comme la levure et le sel. Non seulement tu ne comprends pas, mais, en touchant les cheveux de ta sœur, tu persistes et signes.

– Dé… dé… désolé. Je ne voulais pas.

– Que fais-tu d'autre avec elles.

– Rien… rien.

– Qu'est-ce que je t'ai dit sur le mensonge ?

– Euh… pardon. Je passe du temps avec elles, je les écoute parler des voisines et de la vie dans les champs. Nous confectionnons des gâteaux et je leur achète leurs serviettes intimes.

– Quoi ?!

Ce jour-là, je reçois la gifle de ma vie, plus violente que toutes celles que je recevrai de *Madonna*, plus dure que les coups qu'il me donnera. Mon père m'empoigne et me dit que je dois devenir un homme et abandonner la compagnie de mes sœurs.

– Comporte-toi en gardien ou en père pour elles, rien d'autre !

Il veut désormais me voir toute la journée à la *kousha*. J'étudierai et y ferai mes devoirs, et ne la quitterai que pour dormir et manger ou pour m'occuper de la maison. Je lis dans ses yeux sa déception d'avoir mis au monde un homme tel que moi, comme s'il en était le principal fautif. Il avait bien essayé de me donner un frère, mais ma sœur Asma avait fait échouer son plan. Elle aurait dû naître garçon, mais il n'y avait que des filles dans ma famille. Mon père avait six sœurs et dans la fratrie, il se situait au milieu. Il n'avait qu'un seul frère, le cadet. Ma mère m'avait aussi expliqué que mes grands-pères étaient les seuls garçons parmi quinze filles qu'avait eues mon aïeul. C'est pour cela que mon père ne supportait pas les femmes. D'un côté, il aurait préféré que je m'abstienne de lui dire ce que je venais de lui révéler, de l'autre, il s'en voulait. Le sang afflue sur ses joues roses, brûlées par la chaleur du four. Ce matin-là, rien ne vient briser le silence qui s'est installé entre nous, si ce n'est la minuterie annonçant que ma pâte est prête.

* * *

Dire spontanément ce qui nous passe par la tête peut constituer un danger pour nous-mêmes et pour ceux qui nous entourent, c'est une des règles tacites de notre société que je déduis ce jour-là bien malgré moi. Parce que je veux suivre le conseil de mon père de renoncer au mensonge et à la dissimulation, j'en tire la mauvaise leçon : celle de me taire. J'ai tenté à maintes reprises de dominer les habitudes cultivées auprès de mes sœurs depuis ma tendre enfance, mais en vain. La fois où je frappe ma sœur cadette parce que je trouve dans ses affaires la lettre d'un garçon de sa classe, j'en tremble, pétrifié par la bête sauvage qui se cache en moi. La vie est difficile dans notre pays. *Madame* m'a dit un jour que, dans les villages libyens, les femmes vivent une existence épouvantable. Elle m'a raconté l'histoire de femmes qu'elle connaît qui sont battues, violées, tuées ou mutilées par leurs frères ou leurs maris seulement parce qu'elles sont des femmes. Je sais que tout cela est vrai. Je ne suis pas un homme de culture, je ne suis pas un intellectuel. J'ai essayé pourtant, en lisant les livres de Zeinab, mais je n'y suis pas parvenu. Ma compréhension de ce que vivent les femmes, et des difficultés auxquelles elles doivent faire face, se limite à mes expériences personnelles, au fait d'avoir été éduqué avec des filles, à mes méditations et peut-être aussi à l'attention que j'accorde aux plus infimes détails. Je ne veux pas vous ennuyer en vous racontant le nombre de fois où j'ai pleuré parce que je n'arrivais pas à être un homme, un vrai, comme l'aurait souhaité mon père. Combien de fois n'ai-je pas eu le sentiment que quelque chose ne tournait pas rond chez moi, qu'un esprit malin, un diable, un génie qui voulait effacer en moi toute virilité m'habitait, tout en n'ayant jamais compris non plus pourquoi il serait honteux pour un homme de s'occuper des serviettes intimes de ses sœurs. Je me suis tant lamenté dans mes prières, j'ai tant imploré Dieu de me guider sur le chemin de la vérité.

Les jours qui ont précédé ma deuxième discussion avec Absi, je passe mon temps à trouver un moyen de me sortir de ce mauvais pas. Je suis convaincu d'avoir trouvé la solution. Si l'on se retrouve cerné par le feu, le seul moyen d'y échapper est de se jeter dedans. C'est la deuxième fois que j'essaie de me suicider. Cette nuit-là, je rentre chez moi, je lutte pour ne pas pleurer. Tout le long du chemin, je n'ai qu'une envie, me réfugier dans les bras de Zeinab et me lamenter auprès d'elle de la rudesse du monde. Je rentre. J'allume les lumières. Je la cherche. Je ne la trouve pas. J'essaie de me rappeler si elle m'avait dit qu'elle dormirait chez ses parents ou pas. Je suis assailli de doutes. Qu'est-ce qu'elle peut bien être en train de faire ? Elle est la personne qui me connaît le mieux et elle sait que j'ai totalement confiance en elle. Elle pourrait très bien me tromper sans que je m'en rende compte. Je me jette sur le lit tout habillé, mes vêtements empestent la fumée de cigarette et la boukha. J'essaie de dormir, mais je n'y arrive pas. Ces pensées prennent forme devant moi comme une femme nue qui tenterait de me séduire et je me tourne dans tous les sens. Je me lève. En cherchant une corde dans l'armoire, je disperse son contenu par terre. Je finis par la trouver. Sa rudesse manque de me blesser la paume. Je la prends. Je me dirige vers la chambre de Ghazala, j'attache la corde comme il faut au lustre. Je la saisis et la tends avec force pour m'assurer qu'elle ne va pas céder. J'ai vu un jour à la télévision des tentatives de suicide ratées. La faiblesse de la corde en était une des causes principales. Je monte sur la chaise en plastique. Je tremble. Je reste ainsi une demi-heure environ, hésitant. Des paroles du cheikh pendant une prière du vendredi me reviennent, « pas de paradis pour les suicidés ». Je crains que Dieu ne se détourne de moi. J'ai souvent rêvé de Lui me tournant le dos alors que j'essaie de lui parler. J'ai toujours pensé au suicide pour les plus futiles raisons. La première fois, c'était à l'armée. Puis quand Zeinab a refusé de m'adresser la parole pendant trois jours. J'ai fui l'idée du divorce en imaginant mettre fin à mes jours. Et lorsque je me décide finalement à poser la corde autour de mon cou, je m'urine dessus. Le liquide ruisselle malgré moi sur mon pantalon. C'est mon jean préféré. Je voulais le porter pour mourir. Mais le voilà trempé maintenant et mes jambes sont chaudes. Mon urine me répugne. Je soulève les pieds pour ne pas mouiller le tapis. Je me souviens de l'avoir lavé une semaine plus tôt. Je l'ai aspiré ce matin même et je ne veux pas qu'il se salisse si vite. Je me dis qu'il va falloir que je change de pantalon. Je devrai le relaver. Le problème, c'est que je n'ai presque plus de lessive. Il faudra sortir en acheter un nouveau paquet. L'alcool embrume toujours mon esprit, l'odeur d'urine me donne envie de vomir. Je descends en vitesse de la chaise pour éviter que le liquide ne goutte sur le tapis, mais j'oublie la corde enroulée autour de mon cou. Je suis suspendu dans les airs. J'essaie de me débarrasser de la corde qui m'étrangle. Je bouge les pieds et mon corps vers le bas pour tenter de me dégager. Je ne veux pas me suicider de cette façon. J'avais plutôt imaginé une scène digne d'un film égyptien : le héros est acculé, il se sent humilié, il a l'impression d'avoir trahi Dieu en même temps que lui-même et il s'en remet à la potence. Une musique bouleversante souligne l'intensité de la scène. Puis, il s'abandonne à la corde. On ne voit que ses pieds qui s'agitent jusqu'à leur arrêt complet. C'était cette scène que j'avais en tête avant de mettre à exécution ce projet. Mais ce qui a cours me laisse un goût amer en bouche. Tout ce qui m'importe c'est que Zeinab ne me découvre pas ainsi dans les effluves d'urine. Et je ne veux pas qu'elle s'échine à nettoyer le tapis après moi. J'essaie de me libérer de la corde, en vain. Soudain, j'entends le bruit du plafond qui se fissure et le lustre finit par me tomber sur la tête. Je parviens à libérer mon cou mais, étourdi, je passe le reste de la nuit étendu sur le tapis. Le lendemain matin, j'ai la tête qui tourne, le lustre est toujours sur moi.

« Petit imbécile », lorsque je me réveille, la voix de mon père me trotte dans la tête. Je passe toute la journée à essayer, comme je peux, de réparer les dégâts. J'appelle la famille de Zeinab. À travers le combiné, sa mère m'informe qu'elle ne va pas bien. Elle a fait un malaise au travail à cause de la pression. Je suis inquiet pour elle. Je prends conscience de l'ampleur de mon égoïsme ; ma femme est malade, elle est chez ses parents et non seulement je ne suis pas là pour elle, mais en plus je veux mettre fin à mes jours sans lui dire au revoir.

Les mots d'Absi me tourmentent ce jour-là. Il n'a encore jamais osé me parler ainsi. Jamais. Certes je l'ai entendu plusieurs fois parler de moi quand je me trouvais à l'extérieur de la *baracca*. Et puis, il se moquait parfois ouvertement de ces hommes incapables de gérer leurs épouses. Lors d'une de ces soirées, je suis déjà dehors quand je me rends compte que j'ai oublié mes clés à l'endroit où j'étais assis. C'est une nuit d'automne morose. En revenant sur mes pas, j'entends les rires de ses amis fuser. Je m'approche du mur en tôle et je l'entends raconter des histoires humiliantes me concernant. L'une d'elles évoque une de ces journées d'enfance oubliées. La famille de mon oncle était réunie chez nous. Absi m'avait dit avoir trouvé un nouveau jeu appelé « époux et femme » qui se jouait de préférence entre filles et garçons. Une fois nos maisons construites avec les matelas disposés dans le salon réservé aux invités, la *marbou'a**, il a choisi de jouer avec ma sœur Asma et m'a demandé si, dans le jeu, je voulais être le mari de sa sœur, un mari parti pour un lointain voyage. J'ai fait semblant d'aller à la salle de bains pour jouer le rôle de l'absent pendant qu'il s'isolait avec ma sœur dans sa maison construite de matelas. Je l'ai vu lui caresser les parties intimes. Quand je lui ai demandé ce qu'il faisait, il m'a répondu que ce n'était qu'un jeu. Mais quand j'ai essayé de faire de même avec sa sœur, « mon épouse », il a décrété qu'il me fallait la répudier parce que nous nous étions soi-disant disputés. Debout devant la *baracca*, je l'entends se délecter à raconter cette histoire et continuer avec une nouvelle anecdote. Et moi, debout sur le seuil, je l'écoute et je pleure. Cette nuit-là, comme toutes les autres, je traîne mon humiliation. Je suis cet enfant qui s'échine à tirer derrière lui le jeu qu'il a fabriqué avec le bois et le fer de ce monde injuste. Je pleure, mais je reviens le lendemain, la semaine suivante, le mois suivant. J'oublie tout. *Madame* me dit que ma relation avec Absi n'est pas saine, que je devrais arrêter de m'accrocher à lui, qu'il n'a jamais été mon ami, que je devrais chercher la compagnie de gens qui me ressemblent. Mais je ne suis pas encore disposé à l'abandonner. D'autant plus qu'il est gentil avec moi ; lorsqu'il part pour la mer, dans le désert ou à ses soirées coquines dans la ferme de son père, il m'emmène avec lui… Oui, c'est vrai… je cuisine, m'occupe du ménage pendant le voyage et lui achète des cigarettes parfois… mais sa compagnie m'éloigne de la lassitude de la vie. Ses blagues, les récits qu'il invente, son talent de comédien, son amour de la vie, les surnoms dont il affuble les gens, sa façon de les imiter qui fait rire même le principal intéressé, ses expressions qui sortent d'on ne sait où, toutes les histoires populaires et terrifiantes qu'il connaît, c'est tout mon univers. Le soir, nous écoutons Nass el-Ghiwane, Ahmed Fakroun et Nasser al-Mizdawi, ou alors nous regardons un film. Nous buvons la meilleure boukha à la menthe qui soit ou du vin du pays confectionné sur notre littoral tripolitain qui s'étend à l'infini.

Le matin, devant le miroir, l'examen de la strie laissée par la corde sur mon cou me plonge dans mes pensées. Je me repasse le film de ma vie : la gifle de mon père, sa détermination deux années plus tard à me faire intégrer l'armée, mon mariage avec Zeinab et tous les aléas qui l'ont perturbé les dernières années. Mon visage est livide, comme vidé de son sang. « Qu'est-ce que je vais faire maintenant ? Il n'y a pas d'autre échappatoire que la mort », dis-je à mon reflet dans le miroir, attendant une réponse du visage sinistre qui se trouve devant moi. Je soupire. Puis-je retrouver ma virilité ? Comment ? Il n'y a que deux possibilités, pas trois. La virilité ou la mort. Mais continuer à jouer, à lutter contre la vie et la société, contre mon entourage, ne sert à rien. Je me dis que je n'ai jamais été entraîné à être un homme. Il n'y a eu que les mots de mon père et sa tentative de m'incorporer dans l'armée. L'armée a eu une mauvaise influence sur ma manière de penser, parce que le critère de virilité de l'armée n'est pas le même que celui de la société. La virilité, ce n'est pas tuer des lapins à mains nues et les manger crus, ni rester des heures assis en plein soleil. Absi, lui, est un exemple de virilité, il a pourtant fui le service militaire toute sa vie. Absi ! Une idée me vient. Ne pourrait-il pas m'enseigner à être un homme ?

* * *

Arrêtons-nous un instant. Je pense que nous allons avoir besoin d'un autre thé. J'ai envie d'un autre morceau de gâteau à l'orange et au citron. Est-ce que vous voulez voir la cuisine ? Entrons, mais sans faire de bruit. Je ne veux pas réveiller Zeinab, les difficultés de la vie l'ont épuisée.

Voici le salon. Nous avons passé un été entier à l'arranger. Zeinab est une esthète, elle a grandi dans une famille d'artistes, voyez-vous. Son oncle est un peintre connu dans le pays. Il est mort dans son appartement du quartier de l'avenue Omar al-Mokhtar, il s'est écroulé son whisky à la main au milieu de ses tableaux. C'est l'odeur de putréfaction qui a alerté les voisins. Après sa mort, sa famille a voulu jeter ses œuvres à la poubelle, encouragée par le père de Zeinab qui voyait dans ces peintures et ces dessins la cause de la mort de son frère. Le père de Zeinab était un homme simple, accaparé par une vie professionnelle éloignée du monde de l'art et de ses galères. Mais Zeinab a rassemblé les tableaux et les a stockés. Ce portrait-là ? Zeinab dit que l'homme que l'on voit coiffé d'une toque me ressemble. Son cou est singulièrement long et ses traits ne sont pas dénués de féminité. Son oncle m'a raconté l'histoire de cette œuvre. Elle rend hommage à un ami à lui, rejeté par sa famille jusqu'à ce qu'il abandonne son rêve de devenir artiste, et qui est mort dans la peur et l'accablement. Mais je n'ai jamais compris en quoi je lui ressemblais. Dans la cour intérieure, vous pouvez voir le vélo de mon père suspendu au mur. Zeinab a parfois des idées étranges. Après avoir vécu dans notre ancien appartement, que mon père avait prévu pour moi quand il avait construit la maison familiale, elle avait eu envie d'aménager sa maison comme elle l'entendait. Elle disait que ce vélo lui rappellerait le modeste rêve qu'elle caressait de rentrer à vélo à la maison tous les jours. Elle aimerait s'en rappeler. La cuisine… mon œuvre d'art à moi : un mur entier y est consacré aux anciennes photographies de la *kousha*. Nous avons réussi à agrandir les photos. Vous pouvez voir que certaines d'entre elles remontent à l'époque du *signore* Luigi. Celle-ci, par exemple, du *signore* Luigi portant un plateau rempli de pains, les ouvriers derrière lui. Ce garçon de petite taille collé à lui, c'est mon père. Et cette photographie un peu plus haut... C'est la dernière de mon père à l'époque de Dahra. Mon père adorait les photographies et il avait hérité de l'appareil du *signore* Luigi. On y voit mon père assis sur le seuil de la *kousha* fumant une cigarette Regina à la fin des années cinquante. Sur le cliché, ce jeune garçon buvant un Coca-Cola, c'est mon oncle. À la mort de mes grands-parents, pendant leur pèlerinage à La Mecque, mon père a recueilli son plus jeune frère, qu'il a élevé dans notre maison à Dahra avec ma sœur Saliha. Avec le temps, il a convaincu *il signore* Luigi de le prendre comme commis pour s'occuper des stocks et de l'entretien. *Il signore* Luigi aimait mon père comme son propre fils. Un voisin m'a raconté un jour qu'il avait voulu lui faire épouser sa fille Fatima – *il signore* aimait les prénoms arabes –, mais la jeune fille était morte à dix-huit ans d'une maladie incurable. On dit qu'elle était belle comme une fleur de bougainvillier, mais je n'ai pas encore retrouvé de portrait d'elle. Sur une des photos prises deux décennies plus tard, vous pouvez me voir dans la nouvelle boulangerie en train d'enfourner un plateau de *graïba* pour une de nos clientes. C'était la belle époque. Aujourd'hui encore, je peux humer l'odeur de ces biscuits chauds. Après avoir passé un été entier en Tunisie avec Zeinab, j'ai conçu mes armoires à la manière tunisienne. La Tunisie nous a fascinés. Pendant un temps, j'étais passionné par les films tunisiens de contrebande. Ce qui me plaisait dans ces films, c'étaient les scènes où l'on voyait des cuisines. Les Tunisiens aiment les tables de bois blanc, parfois recouvertes de marbre, qu'ils placent au milieu de la pièce. La plupart de leurs armoires, blanches elles aussi, donnent l'impression de faire partie du mur. Pendant notre lune de miel, Zeinab et moi avons acheté des assiettes et des plats en céramique à Djerba. Nous nous sommes allongés sur les plages de Hammamet et nous avons flâné dans les rues de la vieille ville de la capitale. Un voyage qui restera à jamais gravé dans nos mémoires. Et voici mon four. J'en ai deux dans la maison. L'un est extérieur. Je l'allume de temps à autre pour y faire cuire convenablement une pizza ou un tajine. Le four intérieur ne convient pas à de nombreux plats, en particulier la pizza. J'ai appris cela en travaillant dans la pizzeria al-Nasr à Dahra. Et voici mon plan de travail. Je l'ai voulu large et long pour pouvoir y pétrir correctement la pâte à pain.

Maintenant, je vous présente le fameux gâteau à l'orange et au citron, une recette que *Madame* m'a apprise. Il n'y a rien de plus savoureux dans les préparations que le goût des agrumes. Et voici… voici… Valentina, une nouvelle colonie de levure bien à moi. Depuis la semaine dernière, mes efforts de culture ont commencé à porter leurs fruits. Malheureusement, je n'ai pas pu continuer à entretenir la Khaddouja pour une raison que je vous expliquerai plus tard. Mais cette levure-ci m'a donné du fil à retordre. J'ai essayé de la faire germer à trois reprises, mais, à chaque fois, je me perdais dans la recette. Cultiver de la levure est facile, mais dépend entièrement du soin que vous lui apportez et de sa température. L'été est son ennemi. Par deux fois, la température n'était pas la bonne. Je n'ai réussi à l'utiliser pour faire mon pain qu'aujourd'hui. Qu'en dites-vous ? Elle est belle, non ? Son parfum dégage une douce âcreté. Je vous conseille d'essayer d'en cultiver une, c'est bien meilleur que la levure industrielle. Et voici le tablier que je porte quand je suis en cuisine. J'ai aimé les tournesols dessinés dessus. J'adore cette fleur. Je me souviens de ce jour où je me suis perdu une heure entière sur les terres de mon cousin. Un champ de tournesols s'étendait sur un hectare. Absi et moi volions les graines que nous faisions ensuite sécher sur le toit de notre maison. Mais pénétrer dans le champ était encore plus exquis que de manger les graines ; s'enfoncer dans une forêt jaune, accompagner le mouvement des fleurs suivant la trajectoire du soleil tout en grignotant à l'heure de la sieste les graines volées. C'était exceptionnel. C'est pour cela que, quand j'ai vu ce tablier, je me suis dit qu'il me le fallait. J'en avais un vieux que j'avais reçu de mon père. Le lendemain du jour où j'avais réalisé mon premier pain, mon père était arrivé avec un nouveau tablier blanc à ma taille. Il m'avait adoubé comme un de ses chevaliers de la préparation du pain. À compter de ce jour, il s'est appuyé de plus en plus sur moi pour les recettes jusqu'à ce que je devienne, deux ans plus tard, le chef de la brigade du matin. À ce moment-là, il a arrêté de travailler. Je vais essayer le tablier devant vous. Voilà. Qu'en dites-vous ? J'ai l'impression de reprendre ma vie en main quand je le porte.

Le départ de mon père fait l'effet d'un tremblement de terre dans la *kousha.* Chaque matin, mon oncle Mohammad m'ordonne d'arrêter la fabrication de l'une ou l'autre variété de pain et de me restreindre sur la farine. Nous n'avons pas la même vision du travail. Je considère le mien comme un art, préférant la qualité à la quantité et au profit, alors que mon oncle imagine un avenir où nous ne vendrions que deux sortes de pain, ceux qui demanderaient le moins d'efforts possibles et qui seraient le moins coûteux à produire, et que nous cuirions en grande quantité. Je me plains auprès de mon père de la manière dont se comporte mon oncle, qui se considère comme le maître incontesté de la boulangerie. Mais la flamme qui l'animait s'est éteinte. Ainsi, très rapidement, je quitte la direction de la brigade du matin au profit de maître Ikhmeis.

Au début, mon oncle intervient sur la longueur de notre baguette, puis sur sa forme et sa préparation. Il cherche des noises au maître Ikhmeis. Le maître s'occupe de la fournée de huit heures du matin avec deux ouvriers algériens, Massoud et Bahi. Les yeux de mon oncle deviennent rouges lorsqu'il se fâche. Il sent toujours l'alcool ; c'est un ivrogne qui ingurgite toutes les nuits deux litres de boukha. Il ne se rend à la *kousha* que le soir pour terminer ce qu'il reste à faire. Maître Ikhmeis me prévient que mon oncle l'a informé de la nécessité de réduire la longueur de la baguette pour se conformer aux directives du gouvernement, comme ont commencé à le faire les autres boulangeries de la ville. Il faut uniformiser le poids du pain et changer les prix. Maître Ikhmeis lui a rétorqué qu'il fallait consulter mon père d'abord. Mon oncle s'est alors mis à hurler que c'est à lui que revenaient les décisions dans la boulangerie que mon père lui avait confiée.

Ce matin-là, mon oncle se saisit d'un pain et entre dans l'atelier. Je suis en train de préparer la pâte de la fin de matinée. Les ouvriers écoutent Abdel Halim chanter *Ahwak*, « Je t'aime », à la radio pendant qu'Ikhmeis enfourne les premières miches. Massoud nettoie le sol. Absi s'occupe de la vente. Tous chantent avec Abdel Halim. Bahi pétrit avec moi. « *Ahwak, si** Milad », me chante-t-il. Cette irruption dans la pièce anéantit notre sérénité. « Qui va payer le prix du pain ? » clame-t-il en brandissant la miche.

Silence de plomb. Massoud arrête la radio. Lorsque quelqu'un de la famille se fâche, on peut l'entendre à sa respiration et le lire sur son visage : lèvres pincées, yeux écarquillés et mains qui tremblent. Le pain tournoie dans les airs, on dirait une lame menaçant de tuer quelqu'un.

– Toi, Bahi ? Tu vas la payer ? Toi, Massoud ? Est-ce que je vais encore être obligé de la déduire de ta paie, pour la deuxième fois ce mois-ci ? Et toi… le Tunisien ?

– Oui, *hadj* Mohammad ? s'empresse de répondre Ikhmeis.

– Qu'est-ce que je t'ai ordonné de faire hier ? Je dois le répéter pour que tu comprennes bien ? Je pensais que c'était nous les ânes. Je ne t'ai pas noté hier le poids à appliquer ?

– Mais, et le *hadj* Mokhtar…, rétorque Ikhmeis en manquant de se brûler avec le four.

– Considère-le comme mort. Il n'y a plus de *hadj* Mokhtar, à partir de maintenant. C'est moi le patron ici.

Mon oncle regarde dans ma direction. Son regard qui me transperce guette une quelconque protestation de ma part. Je baisse la tête. Je m'arrête de travailler. Je suis terrifié. Mes oreilles sont sensibles aux bruits tonitruants. Lorsque retentissent les bruits de bagarre, j'aimerais soudainement perdre l'ouïe. Cela me vient sans doute de mon enfance, lorsque j'entendais mon père se disputer avec ma mère, un jour à cause du repas, une autre fois pour la propreté du salon, de nombreuses fois parce qu'en rentrant à la maison il la trouvait partie rendre visite à une voisine sans l'avoir prévenu. Absi observe la scène à travers la porte qui sépare le magasin de l'atelier, un sourire narquois aux lèvres. Mon oncle chancèle. Alors qu'il attrape le pain à deux mains, son regard se fait plus cruel. Il le déchire en trois et en jette les deux tiers dans le chariot, puis s'adresse à nouveau à Ikhmeis.

– À partir de maintenant, c'est à ça que ressemblera une miche.

– Mais *hadj*, trois fournées sont lancées, nous ne pouvons pas les refaire, proteste Ikhmeis.

– Dans ce cas, termine-les et va te trouver un autre travail. Ça suffit tout ce gâchis !

– *Salli 'ala an-nabi*, *hadj*, calmez-vous, intervient Bahi qui sent une bagarre se préparer.

– Ne t'en mêle pas, Bahi, s'énerve mon oncle.

– *Salli 'ala an-nabi, hadj*, Milad et moi allons peser les miches et refaire le pain.

Bahi retient mon oncle en essayant de le calmer puis il se tourne vers maître Ikhmeis qui a empoigné une poêle d'une main ferme.

– Monsieur Ikhmeis, que diriez-vous de vous occuper de pétrir le pain pendant que Milad et moi nous reformons les pâtons, il n'y a pas de problème.

Mon oncle retourne se coucher. Mais l'ambiance à la *kousha* change du tout au tout. À mon retour à la maison, j'informe mon père de ce qui est arrivé. Il n'a aucune réaction. Il continue de fumer, le regard perdu dans le ciel. J'aurais voulu qu'il hurle que mon oncle trahissait tout ce que lui m'avait appris. Le soir, lorsque je retourne à la *kousha*, je trouve maître Ikhmeis, Massoud et Bahi assis à boire le thé. Bahi essaie de convaincre Ikhmeis de prendre sur lui et de rester. Je m'assieds à côté d'eux. Je leur dis qu'ils doivent se plaindre à mon père du comportement de mon oncle.

– C'est trop honteux, monsieur Milad. Nous sommes des hommes et les hommes ne vont pas se plaindre pour une simple altercation verbale, décrète Massoud.

– Cela fait un certain temps que je pense à me trouver un autre travail, nous avoue Ikhmeis, depuis que *hadj* Mokhtar ne travaille plus ici, *hadj* Mohammad me crée des problèmes.

– *Labes*, mon frère, tout va bien, lui rétorque Bahi. Cette *kousha* vaut mieux qu'une autre et, malgré son sale caractère et ses colères, *hadj* Mohammad n'est pas le pire qui soit. Il ne lèse personne. J'ai fait l'expérience de plusieurs boulangeries, je me suis disputé avec leurs propriétaires, j'ai même failli tuer un patron un jour.

– Mais Notre Guide n'a-t-il pas affirmé que nous étions « associés et pas salariés », leur rétorqué-je. Vous êtes associés dans cette *kousha*, c'est Notre Frère Guide qui le dit.

Tous les trois éclatent de rire.

– Vous êtes un homme de cœur, monsieur Milad, dit Massoud, que Dieu vous bénisse.

Un mois plus tard, maître Ikhmeis quitte la *kousha*. Il est remplacé par *'ammi** Abou Saïd, un Égyptien originaire du Saïd que mon oncle nomme chef des ouvriers. Quelque temps après, parce que mon oncle a ordonné à Abou Saïd de veiller à ce que Bahi s'acquitte seul du nettoyage, les deux hommes se disputent et Bahi manque de le poignarder. Les Algériens sont de braves gens, mais si on cherche à les embrouiller, ils se métamorphosent. Les insultes pleuvent et très vite les injures se transforment en violence physique. J'ai assisté à de nombreuses querelles entre Algériens. Lorsque j'ai visité Annaba avec Zeinab, le chauffeur de taxi a failli tuer l'employé de l'hôtel parce que ce dernier, après lui avoir donné le prix de la chambre, a décrété qu'elle était réservée. Les Algériens sont le seul peuple que craignent les Libyens. En Algérie, j'ai vu des gens se quereller pour de simples broutilles. Bahi parti, deux nouvelles recrues égyptiennes arrivent à la *kousha*. Les Égyptiens coûtaient moins cher que les Algériens, les Tunisiens ou les Marocains. Massoud ne met pas longtemps à quitter la *kousha* lui aussi parce qu'il se sent seul. Même s'il s'est lié d'amitié avec les autres ouvriers égyptiens, travailler avec les Algériens lui manque. À cette époque, il écoute beaucoup de chansons algériennes qui parlent de l'exil. Il a le mal du pays en écoutant *Wahran*, « Oran », d'Ahmed Wahbi. Je l'ai vu pleurer lorsqu'il l'a entendue la première fois. Il ne sourit plus, ne fait plus de blagues dans la *kousha*. Il décide de rentrer en Algérie alors même qu'il a trouvé un nouveau travail avec Bahi. Coiffeur. L'exil oblige un boulanger expérimenté à devenir coiffeur. Je vous le dis sincèrement, quelle misère ! J'ai vécu la même chose lorsque j'étais à l'armée. « *Wahran, Wahran rouhti khsara, hejrou* *menek nass chtara*, Oran, Oran, te voilà ruinée, tant de gens de bien t'ont désertée ». C'est ce que chantait Massoud en fabriquant le pain, et bien qu'originaire d'Annaba, il était nostalgique chaque fois qu'il entendait cette chanson.

Mon père quitte ce monde au début du mois d'Hannibal[1]. Sa dernière volonté est que je fasse mon service militaire. Je ne pourrai plus y échapper à moins de dénicher un piston aussi important que celui que mon oncle a trouvé pour son fils. « Tu es l'homme de la famille à présent, déclare mon père sur son lit de mort, tu as la responsabilité de ta mère et de tes sœurs. » J'ai dix-huit ans, je pensais que mon père serait à mes côtés jusqu'à mes trente ans et, lorsque ses poumons décident d'arrêter de fonctionner, j'ai l'impression qu'il trahit un pacte implicite entre nous : veiller sur la famille, en être responsable et me laisser libre d'être moi-même. La perte de mon père me tourmente un mois durant. Quelques semaines plus tard, je rejoindrai l'armée.

L'ambiance de la *kousha* m'aide à prendre une décision. Mon oncle m'a mis au pied du mur. Je suis sa prochaine victime. Il s'est rendu compte que me laisser sans occupation dans la boulangerie est la meilleure façon de se débarrasser de moi ; je la quitterai de mon propre gré. Le personnel proche d'Abou Saïd se fait plus nombreux, me laissant désœuvré. Toute ma vie, je me suis retrouvé acculé comme un chat qui, à la recherche d'une échappatoire, prendrait la décision suicidaire de se faufiler entre les jambes de celui qui l'a piégé dans un recoin.

* * *

Avant de continuer et d'aller plus loin dans l'histoire que j'ai commencé à vous raconter, je dois vous dire que même

1. Mois d'août dans le calendrier de la Jamahiriya. *(Note de l'auteur.)*

si le travail dans la *kousha* était éreintant, j'ai aimé tout ce qu'on y faisait. Je m'y rendais en courant directement après l'école et mon père me confiait toutes les tâches que j'étais en mesure de réaliser. Je suis reconnaissant de ces instants, en particulier de mes débuts lorsque je vendais le pain à la petite Zeinab. Elle en achetait deux tous les jours lorsque la *kousha* se trouvait à Dahra. Au moment de l'Aïd, elle arrivait accompagnée par Sadek, un plateau de *kaak* ou de makroud sur la tête. En été, elle venait avec son père apporter un tajine de poisson qu'elle me demandait de mettre au four. Puis sa mère l'envoyait nous porter une petite assiette du plat que nous avions cuit pour elle. Les meilleurs moments de ma vie, je les ai passés à la *kousha* de Dahra et à celle de Bir Hussein ; une fois le travail terminé, par exemple, lorsque mon visage était maculé de farine, Massoud me tirait vers le four en disant : « Maître Ikhmeis, nous avons oublié une miche ! » Nous n'étions pas seulement des collègues de travail, nous formions une famille, déjeunant ensemble et passant parfois tous plusieurs jours à la mer. Nous avons mangé, chanté et dansé en chœur. La première fois que j'ai été ivre, c'était en leur compagnie. À la *kousha*, la vie était plus simple. Quand une fournée sortait du four, nous nous extasions de son parfum délicieux et nous dégustions ce pain frais en guise de petit-déjeuner. Nous goûtions tout. J'écoutais de la musique et visionnais des films de différents pays sur des cassettes de contrebande apportées par les amis de Massoud, de Bahi ou d'Ikhmeis. Mon père, qui aimait le cinéma et la musique, avait été parmi les premiers à courir acheter un transistor, un magnétoscope et une télévision. Il nous arrivait de nous disputer, pour oublier dès le lendemain le sujet de notre différend. J'ai eu mon lot de bagarres, mais je ne frappais ni n'insultais. Je me renfrognais lorsque l'un d'eux me parlait mal. Tous invectivaient alors le fautif et déposaient un baiser sur mon front. Lorsque je me fâchais contre l'un d'entre eux, tous se chargeaient du nettoyage et de la préparation du repas pour me consoler. À la *kousha*, j'ai reçu le premier cadeau de mon père. J'ai gardé longtemps le tablier qu'il m'avait offert. Tout comme, en dépit des nombreuses fois où elle s'est abîmée ou a desséché, j'ai pris soin de la Khaddouja comme s'il s'agissait de mon propre enfant.

Parfois, lorsque je fais du pain, je repense à ces moments-là. Avant votre arrivée aujourd'hui, par exemple, j'étais en train de préparer de la *ciabatta*. Pendant un jour entier – depuis le moment où j'ai réalisé la pâte fluide, qui a reposé une demi-journée au réfrigérateur pour lever, jusqu'à ce que j'aie enfourné les pâtons élastiques et tendres –, ces instants m'ont habité. Lorsque je n'arrivais pas à faire lever la pâte pour pouvoir la travailler, je repassais dans ma tête le film de cette époque : angoisse et appréhension, puis joie lorsque j'arrivais à la rattraper. Tout me revenait. J'ai parfois l'impression que la fabrication du pain ressemble à la vie, la mienne du moins, avec son lot de craintes.

En parlant de peur et d'angoisse, je passe une semaine entière mortifié par ce que j'ai dit à Absi. J'ai trop honte pour lui reparler après avoir accusé son père d'avoir volé la *kousha*. Et puis je me sens coincé, plus particulièrement depuis ma tentative de suicide avortée. Pendant une semaine, j'évite tout le monde. Je n'adresse même pas la parole à Zeinab. Nous prenons le repas ensemble. Elle me parle de sa vie et de son travail à la Fondation de la Presse, des nouveautés, de ses problèmes avec son directeur : celui-ci refuse de l'envoyer en mission, il lui impose des formations alors qu'elle est souvent la seule personne qualifiée, et elle qui n'arrête pas d'insister pour publier un ouvrage sur les œuvres de son oncle. Lorsqu'elle me raconte un scandale qui a eu lieu dans le quartier, je continue à regarder la télévision en silence. Je mange, puis je fais semblant d'être occupé dans le jardin où il y a toujours du travail à faire. Cette semaine-là, Zeinab tente à plusieurs reprises de provoquer une dispute. Elle me pousse, pleure. Ses yeux me supplient de parler. Mais moi, je l'évite.

J'essaie de prendre du recul par rapport à ce qui a empoisonné mon existence, ce que Zeinab elle-même a eu, des années durant, la hantise de voir révélé, jusqu'à ce que nous ayons notre maison à nous. Dans notre ancien appartement, je l'ai observée de nombreuses fois s'empresser de fermer la fenêtre de la cuisine lorsque je lavais la vaisselle ou que je cuisinais. Plus d'une fois, elle m'a demandé de faire moins de bruit lorsque je passais le balai ou que je récurais le sol. Nous inversions petit à petit nos rôles respectifs et cela lui faisait peur. Je repasse, cuisine et nettoie alors qu'elle ramène l'argent. Elle craignait le scandale et, par-dessus tout, que ma mère apprenne que je ne passais pas mes journées affalé devant la télévision. Un jour, au cours des premiers mois de notre mariage, je fais tomber une assiette de porcelaine en lavant la vaisselle. Elle glisse dans l'évier et vient heurter ma main, provoquant une entaille incurvée de cinq centimètres. Le sang s'écoule de la blessure sans interruption. J'essaie d'arrêter le saignement par tous les moyens : j'applique du café, j'entoure la blessure de bandes de tissus… en vain. Je descends alors chez ma mère pour lui demander de l'aide. Lorsqu'elle me trouve, la chemise et la main maculées de sang, elle me demande comment je me suis blessé. Je lui réponds que j'ai fait tomber une assiette en lavant la vaisselle. Sa première réaction est de décréter qu'un homme n'a pas à laver les assiettes. Je rougis, je me mets à trembler.

– Je suis là devant toi, blessé et, toi, tu me dis que ce n'est pas à moi de laver les assiettes ?

Je retourne me soigner chez moi. Je me souviens d'avoir tourné de l'œil pendant quelques instants. Lorsque Zeinab rentre du travail, je lui raconte ce qui s'est passé.

– Pourquoi as-tu dit à ta mère que tu lavais la vaisselle ? me réplique-t-elle avec froideur.

Je n'ai pas su quoi lui répondre et je l'ai plantée là.

Après cet incident, elle débarquait dans la cuisine chaque fois que je nettoyais les plats pour s'assurer que la fenêtre était bien fermée ou vérifiait les lieux lorsque je pendais le linge. Elle me rappelait sans cesse de répondre que je ne savais pas ce qu'elle avait préparé quand ma mère m'interrogeait sur ce que nous allions manger comme repas. Ma mère n'était pas de ces vieilles femmes qui guettent toutes les erreurs de leur belle-fille inexpérimentée, mais elle n'était pas non plus une femme ouverte d'esprit. Elle avait la mentalité d'une autre époque, celle qui dit qu'une femme doit pouvoir tout supporter, qu'elle doit s'occuper du bien-être de son époux. Même avant mon mariage, lorsqu'elle me trouvait en train de laver la vaisselle dans sa cuisine, elle m'en chassait. Elle me disait que j'étais un homme et que les mains d'un homme n'étaient faites que pour tenir la bêche ou le râteau. L'homme cultive et la femme cuisine. L'homme construit et la femme entretient ce qu'il a construit ; tout manquement à cet accord implicite entre les deux sexes doit être rectifié.

Le premier jour de mon silence, Zeinab pleure. Le deuxième, elle me supplie de lui dire ce qu'il y a. Elle me harcèle, fait les questions et les réponses. Le troisième, elle commence à m'attaquer. Elle me dit qu'elle est fatiguée de se tuer au travail tous les jours pour mon petit confort. Je ne lui réponds même pas. Le quatrième jour, elle me dit qu'elle aurait préféré ne jamais m'avoir connu et ne pas avoir accepté de m'épouser. Le cinquième jour, elle regrette ce qu'elle a dit. Elle s'excuse, mais comme je reste impassible, elle m'accuse de ne pas être un homme et de l'avoir privée de la grâce d'être mère. Le sixième jour, elle ne m'adresse pas la parole, ne prononce pas un seul mot. Le septième jour, elle me menace de divorcer si je ne parle pas. Alors, je mets fin à mon mutisme. Je lui dis que je vais chercher un autre travail, que je ne veux plus être un fonctionnaire de l'État qui touche son salaire sans aucun effort, comme c'est le cas de presque tous les enfants du peuple.

LA CASERNE

« Vis en coq un jour plutôt que dix comme une poule. »

Proverbe libyen sur la virilité qui nous dit qu'il vaut mieux vivre une seule journée en homme de convictions et de courage plutôt que dix fois plus, craintif et servile comme une poule.

Au mois d'Hannibal, un an après la fin de la guerre avec le Tchad, je rejoins l'armée. Écrasé par la chaleur torride, j'ai piètre mine. Je me souviens, idiot que j'étais, d'être arrivé à la caserne vêtu de mes vêtements ordinaires. Le bus qui nous transporte est rempli de garçons de mon âge, certains même un peu plus jeunes. Mis à part moi et deux autres individus, tous portent l'uniforme vert de l'armée.

– *Madonna* va apprécier, s'esclaffe le chauffeur lorsque je monte dans le bus.

Je m'en souviens très bien. Je n'ai pas compris ce qu'il y avait de drôle. C'est un vieil homme à l'uniforme usé, aux dents jaunies par le thé et la fumée de cigarette. Ce n'est pas un officier et il n'a pas l'attitude que j'imaginais d'un militaire. La route qui mène au camp est longue et ennuyeuse. Je m'assieds seul à l'arrière pour observer un groupe de jeunes hommes. Ils ont l'air de se connaître. Ils fument par la fenêtre, essayant autant que possible de ne pas faire entrer la fumée dans le bus en tôle. Je me fais deux amis, et *Madonna* prendra plaisir à nous torturer tous les trois, une heure plus tard, sous le soleil, dans une chaleur mêlée au sel de la mer et à l'humidité de l'été. Plongé dans la contemplation des collines grises et des arbres sombres qui bordent la route, je pense aux jours à venir, en essayant d'imaginer ce lieu qui promet de faire de moi un homme.

Je me rappelle les histoires que racontait mon oncle, hilare à l'idée que je rejoigne cette « fabrique ».

– Ah, mon enfant, si tu savais ce qui t'attend, tu partirais te réfugier en Tunisie, m'avait-il dit en entendant mon père me faire part de son souhait. Tu sais ce qu'ils font à l'armée pour passer le temps ?

Je ne savais pas.

– Les soldats les plus anciens ont le droit de s'amuser avec les novices toutes les nuits pendant un mois entier. Et tu sais comment ils font ? avait interrogé mon oncle en regardant mon père, le sourire aux lèvres.

– Non, comment ?

– La nuit, lorsque les nouvelles recrues sont endormies, épuisées par leur première journée, ils font irruption comme des chiens venus saluer leurs congénères. Ils entrent en meute dans les baraquements et font pleuvoir les coups. Puis ils sortent les nouveaux sur l'esplanade en les traînant derrière eux. Ensuite, ils les soumettent à la torture du seau d'eau pendant une demi-heure, en les obligeant à s'insulter eux-mêmes.

– Quoi ?! avais-je réagi en regardant mon père.

Et mon oncle de renchérir, en riant à gorge déployée :

– Je suis désolé pour toi, mon petit neveu, tu vas vivre des heures sombres.

Et il avait continué à débiter ses histoires de caserne : les chiens de garde qui poursuivent les déserteurs, les paresseux qui doivent se tenir sur un pied des heures durant sous le soleil, la flagellation, les exercices inhumains, les lapins qu'il faut manger crus après les avoir tués à coups de dents, les scorpions qu'il faut gober, les sauts et les combats interminables. À l'écouter, j'en avais presque mouillé mon pantalon. Tout le long du chemin, j'essaie de chasser ces images en me remémorant la *kousha* et mes sœurs, la ville et le quartier de Dahra. Ah ! Dahra ! Je serais prêt à vendre mes testicules pour revivre ces moments. Une Saada[1] bien glacée – dont je retournerais la consigne dans la boutique de *'amm* Saleh – avec un ticket pour le plus mauvais film dans le plus mauvais cinéma de la ville, et me pisser dessus en regardant un thriller américain tellement je serais absorbé : c'est tout ce dont j'ai besoin à ce moment-là. *Madame* ne vous a-t-elle pas rapporté cette histoire amusante ? Je suis sûr de la lui avoir racontée. Un jour, alors élève au lycée de la ville – j'avais convaincu mon père qu'étudier en ville était mieux qu'à la campagne –, je me rends au cinéma après les cours pour voir la rediffusion du film *Karnak* avec Souad Hosni, Kamal el-Shennawi et Nour el-Sherif. J'aime tellement le film que je n'ai aucune envie de quitter de la salle. Je commence à me tortiller. Absorbé par les images, je ne veux pas me lever pour aller aux toilettes. Mon ventre se met à gronder, mais je repousse le moment de me soulager à plusieurs reprises jusqu'à ce que, à l'approche de la fin du film, je me lâche dans mes vêtements. *Allah*, Dieu, que ces jours étaient beaux !

* * *

Vers la fin du voyage en direction de la caserne, je m'endors. Je rêve que je retrouve mon père au paradis. Il est entouré de pains. Il me dit que je n'ai plus à travailler, que nous sommes tous égaux. Je lui souris et je le serre dans mes bras. Mon père ne m'a jamais embrassé de son vivant. Il le fait une seule fois dans ce rêve et, au moment de cette

1. Boisson locale du temps de la Jamahiriya de Kadhafi comparable au Pepsi. *(Note de l'auteur.)* L'auteur cite dans le roman d'autres marques de boissons gazeuses locales : Kawthra, Mourada, Tibr et Kitty Kola, symboles d'une époque.

étreinte, le bus s'arrête. J'entends une voix de chien enragé qui me crie :

– Descends, bourricot !

J'émerge. Je regarde par la fenêtre. Mon regard survole l'intérieur du bus à la recherche des autres. Personne. Encore habité par la torpeur d'un mauvais sommeil, je suis épouvanté de me retrouver seul dans l'engin en tôle. Je ne me souviens même pas y être monté. Je regarde à nouveau à l'extérieur. Je vois mes compagnons de route, debout et parfaitement alignés, les deux garçons vêtus de leurs tenues civiles se tiennent à l'écart. Le rugissement de l'animal enragé se fait entendre à nouveau, mais avec plus de virulence encore. Il est debout dans l'embrasure de la porte du bus qui a tremblé lorsqu'il a grimpé dedans. C'est un homme à la stature imposante qui ressemble à l'une de nos fameuses dattes couleur rouge-noir carbonisé, corpulent, aux cheveux rasés, aux yeux rouges qui exhalent la cruauté et attifé d'un uniforme orné de deux étoiles dorées aux épaules.

– Tu m'entends, incapable, espèce de loque ? Je t'ai dit de descendre. Je dois peut-être me mettre à ton service et venir descendre sa Majesté moi-même ?!

– À... à... à... vos... ordres, monsieur.

J'essaie de surmonter l'épouvante qui me pétrifie. Je me lève précipitamment pour prendre mes affaires. Ma tête cogne le porte-bagage au-dessus de moi. J'entends le son de mon crâne se rompant. Je passe la main sur la tête à la recherche de sang.

– Il faut peut-être que je porte tes vêtements à ta place, couillon que tu es !

Son aboiement me presse. Je me dépêche de rassembler mes bagages. J'ai acheté une valise dans la rue al-Rashid pour y ranger mes vêtements. L'homme se moque de sa couleur rouge.

– On a une demoiselle dans le camp, crie-t-il de l'extérieur.

J'avance entre les sièges du bus, tête baissée, la main posée dessus à cause de la douleur. Je lève légèrement les yeux en marchant pour me rendre compte que le reste de mes bagages se trouve encore dans le bus. Je retourne les chercher.

– Où crois-tu aller avec ça, me dit-il en indiquant mes affaires.

J'abandonne mes bagages à la porte. Lorsque j'arrive à sa hauteur, il me fixe. Ce sont les minutes les plus longues de mon existence. Ses yeux me détaillent de haut en bas, mes vêtements, mon apparence. Il me regarde comme si je représentais tout ce qu'il méprisait le plus. Il constate que je ne porte pas de tenue militaire.

– *Madonna ! Ya salam !* Tu dois sûrement faire partie de la famille de Notre Guide que je n'en saurais rien.

– Mmmmais…

– Mêê… mêê… mêê… Tu es un mouton ?

– Non, monsieur.

– Non, monsieur ? Je te dis que tu es un mouton. Tu as la trogne d'un mouton, tu as la démarche d'un mouton, tu t'appelles mouton. Qu'est-ce que tu es, dis-moi ?

– M… M… Mouton, monsieur.

– Mouuuuu… quoiiiiiii ?

– Mouton… un mouton.

L'une des règles de l'armée est de ne jamais répondre par la négative à ton chef, quoi qu'il te dise sur ton apparence, même s'il te pose une question. Le colosse me pousse à l'extérieur. Il m'ordonne d'attendre debout avec « mes complices ». Je cours rejoindre les rangs des soldats vêtus de leur uniforme. Je ressens l'âpreté du lieu jusque dans mes os. La chaleur du soleil de la sieste manque de faire fondre l'asphalte sous mes pieds. Dans cet environnement désertique, l'air qui semble s'évaporer du sol est presque palpable. Je me tiens debout au dernier rang – je suis au garde-à-vous, je vous le jure. Les propos de quelques soldats me parviennent.

– Tu es perdu, chuchote l'un d'entre eux.

Les autres rigolent. Certains essaient de réprimer leurs rires. Je reste stoïque dans la chaleur étouffante de ce moment insupportable, ignorant les ricanements de certains soldats qui me regardent comme s'ils étaient au théâtre. Ah… non, cette expression n'est pas de moi…

– Pourquoi est-ce que vous riez ? Vous vous croyez au théâtre peut-être ? Le spectacle vous plaît ? Vous allez voir, bande de chiens galeux ! D'ici à la fin de la journée, j'aurai dressé le chien qui sommeille en chacun de vous. Et toi, imbécile, rejoins les vermines habillées à la Bob Marley.

Je me précipite à ma nouvelle place. Anwar me racontera que je courais comme une fillette jouant à la corde à sauter. La bête hurle, puis se met à parler de discipline, de respect du règlement. Elle commence à débiter les règles qui nous concernent spécifiquement. Lever à cinq heures du matin. Coucher à vingt et une. L'animal qui tentera la désertion finira avec une balle dans la tête, le visage dévoré par les chiens du camp. Pas de cigarettes. Pas d'alcool. Pas de drogues. Celui qui est pris en flagrant délit dormira entièrement nu et il aura droit à une petite surprise. La douche quotidienne. Très important. L'hygiène corporelle, la propreté du baraquement et des chambres. Aussi. Celui qui est pris à écouter de la musique, de quelque genre qui soit, sera soumis à la torture. Aucune nourriture en provenance de l'extérieur. Ceux qui se font prendre en train de forniquer : arrêtés et envoyés à la prison de Jedaïda où ils iront ramasser la savonnette dans les douches avec les criminels et les assassins. Pleurer. Interdit. Se pisser dessus. Aussi. Chanter sans permission également. Les tenues civiles interdites. Lorsqu'il parvient à la partie du règlement qui concerne les vêtements, je comprends que notre calvaire, à mes deux amis et moi, va durer toute la journée.

– Et maintenant, pour tout le monde, vingt tours du stade que vous voyez au loin là-bas. Je veux vous voir galoper comme de fougueux destriers. Interdiction de s'arrêter pour quelque raison que ce soit, même pour respirer. Des questions ?

Silence assourdissant. Personne ne répond.

– Nous aussi mon colonel ? demandé-je.

– Vous avez entendu ? Monsieur… comment s'appelle monsieur ?

– Milad.

– Milad comment ?

– Milad Mokhtar Mohammad Milad al-Usta.

– Monsieur Milad, Mokhtar, Mohammad, Milad al-Usta me demande si lui et les deux bovins qui l'accompagnent sont concernés par cet ordre ou non. Est-ce qu'ils sont sommés de courir eux aussi ?

Des rires fusent dans les rangs.

– Silence ! Bande de chiens. Trente tours pour tout le monde. Et non, monsieur Milad Mokhtar Mohammad Milad al-Usta, vous n'êtes pas tenu de courir parce que nous ne voudrions pas que vous salissiez vos nouveaux habits et votre pantalon de cowboy. Déshabille-toi ! À genoux, en plein cagnard jusqu'à ce que le soleil se couche dans la mer, les mains derrière la nuque et le menton vers le haut. Compris ?!

Nous passons toute la journée dans cette position, le soleil dévorant nos nuques. En faisant connaissance avec mes compagnons d'infortune, je me rends compte que l'un d'eux est allé à la même école que moi. Le temps passe et la torture est de plus en plus insupportable. Mes yeux commencent à fatiguer et tout se met à tourner autour de moi. La voix de la bête qui hurle après les soldats se fait plus lointaine. Mes lèvres sont sèches et se crevassent. En raison de l'humidité, l'atmosphère est saturée du sel de la mer située à un pas de la caserne. Nous voyons les camarades courir, la bête sur leurs talons. Le temps passe. Un de mes amis se met à rire.

– Tu es idiot ou quoi ? Qu'est-ce qui t'a pris de discuter avec *Madonna* !? Tous ceux qui entrent dans ce camp ont entendu parler de lui.

Madonna – surnommé ainsi à cause de la fréquence de ce juron dans sa bouche – était cet homme imposant dont on disait qu'il avait été formé jadis dans les camps militaires italiens. Il aurait appris cette expression d'un officier italien qui avait entraîné son bataillon. On disait aussi que sa mère était une Italienne chrétienne qui avait épousé un soldat érythréen de l'armée d'Italo Balbo. *Madonna*, qui signifie « la Vierge Marie », n'était pas le commandant de la caserne, mais l'homme chargé d'entraîner les nouvelles recrues. Celui qui survivait aux premiers mois avec *Madonna* survivait au camp. C'est ce que j'ai appris plus tard.

Pendant ces longues heures, je fais la connaissance de Mounir et d'Anwar, deux jeunes originaires de Tripoli, l'un du quartier d'Abou Salim et l'autre du quartier de Gorje. Cela se voit qu'ils sont citadins. Par un heureux hasard, nous nous retrouverons tous les trois dans la même chambrée et nous passerons de bons moments ensemble.

Je m'écroule sur le sol asphalté avant la fin de la punition. Le manque d'eau m'a fait perdre connaissance.

* * *

« *Ash-shams tji wa t'adi, w-l-ayyam tfout w ma thaddi, ana w anti zayy ar-rih, weddek ma rafeq weddi*, il vient puis s'en va l'astre du jour, paresseusement s'écoulent les jours, mais toi et moi sommes pareils au vent, jamais ne se croisent nos amours[1]. »

J'aime Ahmed Fakroun. Il est le seul chanteur de sa génération à avoir exprimé ce que je ressens. Jeune homme, je passais des heures à n'écouter que ses chansons. Quand il ne me restait plus que quelques petites choses à terminer, je profitais de ma solitude dans l'appartement. Je m'asseyais sur un matelas posé sur le tapis. Sur le feu, la théière bouillait. J'imaginais ma vie à venir. La nuit, je fuyais ce trop-plein de réflexions et d'autocritiques, je cherchais de quoi m'abreuver dans le mirage des jours. J'ai perdu une grande partie de mes plus belles années à osciller entre m'accepter et me déprécier jusqu'à ce que Zeinab arrive et m'apaise quelque peu. Je me sentais en sécurité avec elle. Je pouvais passer des heures perdu dans mes pensées, mais aucun artiste n'arrivait à me réconforter comme Ahmed Fakroun, aucun ne me disait comme lui que « *houroubi sayantahi yawm al-hisab*, ma fuite prendrait fin le jour du jugement dernier »… Je ne devais pas avoir peur…

« *Ah, ya hareb fil-layali, min layali fiz-zabbab, huzn galbak fi galbak, min 'adhabak lil-'adhab, min gharamak fi gharamak, min khayalak fi-s-sarab*… Toi qui te réfugies dans la nuit, puis de la nuit dans le brouillard, ta tristesse habite ton cœur, d'un tourment à l'autre, d'une passion à une autre, de chimères en mirage… »

Je fredonnais avec lui jusqu'à la chanson suivante. L'album *Shawari' al-madina* est ce que j'ai entendu de plus beau. Je me souviens d'être parti pour Benghazi un mois après l'avoir écouté. J'ai eu envie de voir *Les rues de la ville* que Fakroun avait chantée. Après Fakroun, j'ai navigué entre différents

1. Les chansons citées sont répertoriées en fin de roman de manière à pouvoir être découvertes et écoutées au fil de la lecture.

styles musicaux. Comme tous les jeunes de ma génération, j'ai écouté Bob Marley. Comme lui, nous portions des jeans et des chemises en jean largement ouvertes sur la poitrine. Nous laissions pousser nos cheveux jusqu'à ce qu'ils forment des casques sur nos têtes. Beaucoup se sont vautrés dans les vapeurs de hachich, moi aussi de temps à autre. « *No women, no cry* », chantions-nous avec lui dans un mauvais anglais. Je suis triste pour les jeunes de ma génération. Nous sommes une génération malheureuse, une jeunesse perdue dans la plus grave crise économique qu'a connue le pays. Le milieu des années quatre-vingt jusqu'aux deux tiers des années quatre-vingt-dix était une période sombre, abominable lorsqu'on a vingt ans et que l'on regarde vers l'avenir. Nos rêves ont été dispersés, éparpillés comme un collier de perles rompu. J'ai vu de nombreux artistes qui se sont perdus dans l'héroïne, le hachich, la boukha et ont abandonné la musique. À une époque, le fait de posséder une guitare était un crime plus grave que d'avoir en sa possession un sac d'herbe pour planer. Nous ne pouvions plus jouir de rien : les salles de cinéma avaient fermé, les cafés étaient en récession, l'honneur de leurs propriétaires mis en doute, et celui de leurs clients aussi, le café italien a même été interdit pendant un temps. Attention, n'allez pas croire que je critique Notre Frère Guide. Je ne me le permettrais pas. Il a libéré la Libye de la puissance étrangère. Mais je suis certain qu'il n'a pas idée de ce qui se passe réellement dans le pays. Certaines personnes interprètent ce qu'il dit de manière erronée. Vous comprenez ce que je veux dire, n'est-ce pas ?

Pourquoi est-ce que je vous parle de Bob Marley et d'Ahmed Fakroun ? Parce qu'il y a un sujet qui me trouble à chaque fois que je repense à cette époque. Dans la musique que j'écoutais, comme la plupart des jeunes de ma génération, mais peut-être aussi les générations précédentes et les suivantes, l'amour et le désir sont des sujets récurrents. Si j'ai entendu différents artistes chanter l'amour et la passion, la séparation et la souffrance, je peux vous assurer que les Libyens sont ceux qui ont joué ces sentiments avec le plus d'émotion. Certains textes nous décrivent un amant venir se prosterner devant l'être aimé, se consumer d'amour jusqu'à la folie et souffrir terriblement d'en être privé. Lorsque vous les entendez et que vous savez qu'ils sont tant écoutés, vous imaginez que les hommes qui boivent les paroles de ces chansons si sentimentales doivent être les créatures les plus attentionnées de l'univers, or c'est exactement le contraire. Pendant nos belles années, Zeinab me parlait de ses voisines et de ses proches. La femme de mon corpulent cousin chauffeur routier par exemple, celui qui se mettait à danser jusqu'à plus soif lorsque l'on jouait de la *zokra** devant lui ; un jour, ce cousin frappa sa femme uniquement parce qu'elle lui avait préparé un couscous à la place du traditionnel *bazin**. Et un de nos voisins, Mabrouk, dont la sœur a avalé trente cachets après avoir été victime d'attouchements sexuels de sa part et de celle de leur oncle ; ce même Mabrouk, devant qui je passais tous les jours et qui écoutait Gamal Abd el-Qader chanter « *Mshiti wen ma waslek khabarna, wa 'al-ghayat ya zeyna sbarna*, où es-tu partie ? De mes nouvelles tu n'as plus, tu m'as abandonné, Zeyna, et moi, j'ai tellement attendu. » Mon père, lui, n'a jamais mangé à la même table que ma mère alors qu'il est un amoureux inconditionnel d'Oum Kalthoum. Et Absi, qui ne cesse de jouer au grand frère en colère avec ses sœurs, est un comique hors pair.

– Milad, *ya sanam*, entre, entre, viens m'aider et passe-moi ton paquet de cigarettes. J'ai envie de fumer.

J'entre. C'était il y a une semaine environ. Lorsque je pénètre dans la *baracca,* il est en train de travailler dans son jardin. Il veut planter du maïs sous le soleil de cette fin de journée, il en a acheté un sac de graines. Absi a déjà fait plusieurs tentatives infructueuses pour monter une nouvelle affaire. Je l'ai vu essayer à de nombreuses reprises de vendre des écouteurs et des jouets pour enfants vers le milieu du mois de Ramadan. Il a essayé de construire des poulaillers et de gagner sa vie en vendant des œufs fermiers. Il a aussi tenté d'élever quelques moutons pour les vendre pour l'Aïd al-Adha. Il a cultivé de l'ail, des tournesols et même du tabac. Par « cultiver », j'entends qu'il me demandait de le faire pour lui sur les terres attenantes à la *baracca.* Tous les jeudis, il se rendait rue al-Rashid, au souk al-Mushir et avenue Omar al-Mokhtar à la recherche de nouveaux gadgets à vendre aux enfants du village. Il achetait des consoles Atari, Family Games et Nintendo qu'il revendait au double du prix. Mais la plupart du temps, il aspirait à la paresse, même s'il avait toujours de nouvelles idées de business. Quand cela arrivait, je savais qu'il avait des problèmes d'argent et qu'il s'était sans doute querellé avec son père. Il passait alors ses journées à la *baracca*, jusqu'à ce que sa mère le fasse jurer de revenir à la maison et lui donne un de ses bijoux en or à revendre.

– Écoute, il ne faut pas laisser passer la saison du maïs. J'ai pensé construire une *baracca* sur la route de la côte, à côté du village de vacances pour y vendre du maïs grillé ou cuit à l'eau. Qu'est-ce que t'en penses ? J'ai vu dans un reportage à la télévision que les Turcs font bouillir le maïs, tu savais ça toi ?

– C'est une bonne idée.

– *Sma'*, me dit-il en me donnant une tape sur l'épaule tout en fumant ma cigarette, je te veux avec moi sur ce projet. L'été prochain, le village de vacances sera bondé. Je le sens. Plus personne n'a envie de se baigner dans l'eau des égouts. L'année dernière une maladie de la peau s'est propagée parmi les enfants. Lorsque les petits iront pleurer chez leurs pères en disant qu'ils veulent aller à la mer, où penses-tu qu'ils les emmèneront ?

– Je ne sais pas. Si j'étais à leur place, j'emmènerais les enfants plus loin à l'est, la plage ici est impropre à la baignade.

– Bien sûr, si nous étions tous des vaches de mer comme toi, mais la plupart des gens ne viennent à la côte qu'une fois par an et ils viendront ici. J'ai discuté des villages de vacances avec quelques connards du monde des affaires. Tous prévoient une augmentation du nombre de vacanciers. C'est une mafia et je veux devenir leur Don Corleone.

– C'est quoi ton plan alors ?

– Tu es bouché ou quoi ? Le plan, c'est de planter les cent cinquante graines de ce sac dans cette terre *ya sanam*. Allez, aide-moi !

Nous nous appliquons. Les cultures dans les champs exigent la mise en place d'une irrigation spécifique. Il faut diviser la terre en carrés, et dans chaque carré de terre semer quelques graines. La culture du maïs requiert de l'eau, beaucoup d'eau, et nécessite qu'il y ait suffisamment d'espace entre les rangées pour qu'un adulte puisse passer. Il ne faut pas écraser les pauvres plants. Nous travaillons une heure durant. Absi se met à me raconter sa dispute avec son père tout en fumant un pétard. Il est fatigué de ce « chibani à l'esprit étroit ». Si ce dernier mourait, ce serait le plus beau jour de sa vie, décrète-t-il. Il n'arrête pas d'évoquer la *kousha* et la qualité du pain qui s'est détériorée à cause de lui. Il m'en parle à chaque fois que l'occasion se présente. Il aime se remémorer les souvenirs de quand nous y travaillions, de toutes les fois où nous avons brûlé le pain et qu'il devait le vendre aux éleveurs de bétail. Les graines plantées, la rigole tracée, la terre abreuvée de manière que les graines commencent à absorber l'eau, nous nous asseyons pour contempler le coucher du soleil sur le canapé devant la table basse en bois qui date encore de l'époque de notre première maison à Dahra. Nous buvons le thé et Absi fume mes cigarettes. Un silence mêlé de fatigue s'installe quelques minutes avant qu'Absi ne se remette à parler.

– Écoute, Milad, je vois que tu es de mauvaise humeur.

– Pas du tout, au contraire.

– *Sma'*, je me fous de ce que tu as dit de mon père l'autre jour. Je sais que le vieux n'est pas commode, mais tes sœurs et toi lui avez vendu la moitié de la *kousha* qui revenait à votre père, de votre propre chef.

– Je sais ça, mais c'est la façon…

– On s'en fout de la façon. Ce qui importe, c'est que vous étiez d'accord pour vendre.

Il dit ça et nous nous taisons un instant. Nous admirons le coucher du soleil. Puis, il allume un deuxième pétard qu'il me tend pour que je fume avec lui.

– Écoute, me dit-il en brisant le silence, je retire tout ce que je t'ai dit la semaine dernière. Tu es libre de faire comme il te plaît. J'étais saoul et je n'ai pas mesuré mes paroles.

– C'est vrai. J'avais remarqué.

Il semble étonné.

* * *

À la caserne, je grimpe aux cordes, cours des distances que je n'aurais jamais cru pouvoir parcourir à pied, égorge des lapins à mains nues, déchire leur peau avec mes ongles. Je me réveille tôt et je suis tellement épuisé que parfois je n'arrive même pas à avaler mon repas du soir. *Madonna* me corrige si souvent. Connu comme « Milad la bonne pâte », je suis devenu son adversaire naturel. Il est pour moi l'homme brutal et rude par excellence et lui voit en moi son contraire.

À la caserne, je me lave à l'eau glacée en plein milieu de l'hiver. J'ai la respiration coupée lorsqu'elle ruisselle sur mon corps. Je me lave au savon vert Zanata. Parfois, nous ne mangeons que des sandwichs au thon et des pâtes pendant des jours. Je m'entraîne par tous les temps : froid extrême, pluie battante, sécheresse infernale, chaleur terrible, en plein ouragan, dans les tempêtes de sable, dans l'eau de la mer et dans le sable du désert, pieds nus dans les ronces ou sur l'asphalte brûlant sous les hurlements de *Madonna* qui crie :

– *Ma Madonna*, il faut que je t'envoie ma sœur pour te porter sur ses épaules ?

Je m'exerce à tous les types d'armes, Kalachnikovs, mitraillettes et même des RPG, qu'il faut démonter et nettoyer en quelques instants.

– Tu n'aurais pas côtoyé notre ami Milad dernièrement ? plaisante *Madonna* en faisant allusion à moi à chaque fois que l'un d'entre nous rate sa cible, parce que je ne suis encore jamais arrivé à la toucher.

À la caserne, je noue quelques brèves amitiés avec des soldats qui, rentrés de leur permission mensuelle, font de la contrebande de cigarettes et de sucreries. J'apprends ensuite que les cigarettes sont permises par moments et interdites à d'autres ; cela dépend du trafiquant et de ses relations à l'intérieur et à l'extérieur du camp. Les plus beaux jours sont ceux où l'on attend l'arrivée des camions de ravitaillement. On peut obtenir une nouvelle couverture ornée d'un tigre que l'on ramène ensuite chez nous pendant les permissions. J'apporte à la maison, biscuits, vêtements, chaussures en cuir neuves ainsi que des cuillères et des assiettes en provenance de l'Union soviétique, cadeaux de Tchécoslovaquie pour Notre Guide qu'il a décidé de distribuer à ses citoyens armés. Voitures neuves, motos et vélos étaient même proposés aux membres de l'armée à un prix modique.

Parmi tous ces souvenirs, un seul reste gravé dans ma mémoire, lorsque *Madonna* décrète qu'il a échoué à faire de moi une arme qu'il pourrait pointer où bon lui semblerait. Cela se passe à la fin du mois d'*ayy an-nar*[1], après quatre mois de torture continue. Un froid cinglant mord nos torses nus, la pluie s'abat sur nos têtes. Le corps de certains d'entre nous ressemble à celui d'un frêle oiseau, une rousserolle peut-être, trempé par la pluie. *Madonna* veut, semble-t-il, nous enseigner l'endurance parce qu'il a vu, lorsqu'il était en Tchécoslovaquie, les soldats se vautrer dans la neige. Nous ne comprenons pas ce que les températures glaciales de l'Union soviétique ont à voir avec le froid que nous connaissons ici. Nous n'aurons jamais à nous battre dans la neige. Nous rouler dans la poussière pieds nus dans la chaleur de l'après-midi avait plus de sens. J'ai entendu des soldats dire qu'ils ont combattu au Tchad sous des températures qui faisait griller les chairs, certains étaient partis pour Aozou blancs comme des bougies pour revenir à Tripoli aussi noirs que le charbon. Ce jour-là, en tout cas, *Madonna* nous noie dans une course autour de l'arène qui, sous la pluie, s'est transformée en kilomètres d'alluvions. Certains soldats jouent avec la boue en courant sur la route et les plus anciens y poussent les retardataires. Très rapidement, le sol de l'arène devient impraticable. Il est impossible de rester debout, ni même de patauger. Je cours bien et je ne fais pas partie des derniers, mais je trébuche à mi-distance. *Madonna* interdit à quiconque de s'arrêter ou d'éviter mon corps étendu sur le sol. Il ordonne même aux soldats de me marcher dessus. « Milad, espèce de gringalet », me crie-t-il, alors que je gis sur le sol, maculé par la boue et la pluie, mon corps grelottant sous un froid mordant, et que je compte les bottes qui me plaquent au sol. La douleur me brise le dos.

1. Mois de janvier dans le calendrier de la Jamahiriya. *(Note de l'auteur.)*

Combien y en a-t-il ? Peut-être bien cinquante. La meute passée sur mon corps, mon visage est une sculpture de boue, mon dos un tableau des empreintes des lourdes bottes militaires. Lorsque *Madonna*, qui nous suivait en courant, arrive en dernier, il me hurle de me lever. J'essaie, je vous le jure, mais je suis complètement détruit et mon corps glisse sur le sol boueux et immonde. À cet instant, le froid disparaît et la chaleur m'envahit. Je me pisse dessus. Lorsque l'urine chaude s'écoule, mes muscles se relâchent. J'esquisse un bref sourire en dépit de la douleur atroce. Je me dis que j'ai enfin réussi à tenir tête à *Madonna*, sans même le vouloir.

– Milad, espèce de mauviette, lève-toi… Tu veux que je te porte moi-même ? Hein ? Est-ce que je dois venir vérifier que tu as bien une bite ? Tu es sûr d'être un homme ? Debout, gringalet. Lève-toi. Est-ce qu'il faut que je t'arrache ta bestiole pour faire un trou à la place. C'est ça que tu veux. Tu es venu ici pour creuser un terrier ?

– Ahhhh, ahhhh, ahhhh, non… non… non… non, je n'y arrive pas.

– Imbécile. Vis en coq un jour plutôt que dix comme une poule. Bouge !

Il continue à crier, à hurler, mais mon corps refuse de lui obéir. Lorsqu'il se fatigue, il ordonne à un soldat de m'examiner. Je suis à moitié évanoui.

– Il ne peut plus bouger mon colonel. Il lui faut un médecin.

Ce soldat sonne le coup de grâce pour mon corps meurtri. J'en éprouve de la joie. Je peux fermer les yeux. Je sais que cela signe la fin de la torture.

– Emmenez-le à l'hôpital alors, qu'est-ce que vous attendez ?!

J'y reste allongé une semaine en me demandant comment m'y prendre pour fuir la torture. Des jours durant, je rêve de *Madonna* me poursuivant avec les chiens-loups dans la caserne. J'arrive au bout du mur d'enceinte et je me rends compte qu'il est trop haut pour que je le franchisse. Son sommet est hérissé de tessons de bouteilles de Saada, de Kawthra Cola, de Mourada ou de Tibr, et coiffé de barbelés de la hauteur d'un homme. Les deux chiens les plus féroces du camp, Brutus et Rex, s'approchent de mon corps effondré. J'essaie de me remettre à courir, mais je trébuche et je sens mille bottes me piétiner. Mon visage s'imprime dans le sol. À ce moment-là, Rex et Brutus m'attrapent et me déchiquètent les jambes, puis ils me traînent jusqu'au milieu de l'esplanade où se trouve l'arène. Là se tient un chien immense, imposant, qui ressemble à *Madonna*. Avant qu'il n'ouvre la gueule, je me réveille terrifié. Le rêve s'est poursuivi, d'autres sont survenus pendant la sieste ou la nuit durant tout mon séjour à l'hôpital. Au milieu de la semaine, Zaher vient me rendre visite. Parent du côté paternel de la grande tribu du Guide, il fait partie des soldats connus pour être des « passeurs ». Il vient me voir et, après s'être enquis de ma santé, m'avoir charrié sur le confort de ma situation et raconté des anecdotes sur *Madonna*, il me dit qu'il peut m'aider à fuir.

– Par où ? lui demandé-je.

– Par la mer, c'est le seul moyen auquel personne ne pense.

– Mais, qu'est-ce que je ferai si je suis recherché après ? La désertion est lourdement sanctionnée.

– Laisse-moi gérer ça. Mon oncle est colonel dans l'armée, il peut écrire à ton attention une lettre t'exemptant du service militaire.

– Et pourquoi ne le fait-il pas dès maintenant ? Cela m'éviterait de devoir fuir.

– Parce qu'écrire cette lettre va prendre du temps. Si ça te chante, attends que *Madonna* en finisse avec toi.

– Je vais réfléchir, j'ai entendu le docteur dire qu'il allait me donner une lettre de dispense.

* * *

Après deux heures de discussions, Absi me révèle qu'il a vu ma femme monter dans la voiture d'un homme de la Fondation. Je n'arrive pas à me contrôler. Je sors précipitamment. À bout de souffle, je cherche un endroit qui pourrait m'engloutir. Je me retrouve face à la mer. Il fait nuit. Je suis debout devant une falaise devenue une amie au fil des ans. Je regarde en bas pour m'assurer que c'est bien ma falaise, celle où les vagues viennent se briser sur des amas de pierres glissantes et acérées. Je suis rassuré. Au loin, un groupe d'hommes est assis autour d'un feu sous la lumière de deux Jeep. Mis à part eux, il n'y a pas d'autre âme qui vive. Dans la lueur d'une lune timide, je contemple les vagues étreindre les rochers.

– Je te le jure Milad, et tu sais que je n'aime pas mentir quand je jure. Je l'ai vue de mes propres yeux monter dans la voiture du directeur général de la Fondation. Elle est montée à l'arrière. Je me rendais à la Fondation pour récupérer ma paie. Tu sais bien que je n'y vais que pour apposer ma signature et réclamer mon salaire. J'ai acheté de la brioche et un frappé à la fraise chez al-Hadj Fathi et je suis parti. Il était dix heures. Tu le crois ça ?! Je me suis réveillé tôt aujourd'hui. En tout cas, je l'ai vue monter, tout heureuse, dans la voiture du directeur.

– Cela devait sûrement être son frère.

– Tu penses vraiment que je pourrais me tromper et prendre Sadek, longiligne, pour ce goinfre et menteur de directeur adipeux, cet homme qui porte toujours un costume marron avec une cravate arc-en-ciel ?

– Non.

– Exactement. *Sma'.* Je n'avais pas envie de te raconter ça après l'incident de la semaine dernière, mais c'est toi qui viens te plaindre auprès de moi de ta famille, de ta faiblesse. Tu veux récupérer ton trône de seigneur de la maison avant que tout ne t'échappe. Vrai ou pas ?

– Vrai.

« Je l'ai vue monter seule dans la voiture du directeur. » Ces mots résonnent dans ma tête. Face à moi, la mer. Et derrière, il n'y a plus que la peur que représentent les foyers illuminés. Je demande à Dieu ce que j'ai fait pour que la vie me traite ainsi. Est-ce parce que je suis le seul garçon de la famille ? Ou parce que j'ai appris à tresser les cheveux de mes sœurs à dix ans et faire de la cire au sucre lorsque j'en ai eu douze ? Ou parce que je confectionne du pain, des gâteaux, des pâtisseries et de la brioche et que j'ai appris à cuisiner depuis tout petit ? Peut-être parce que je suis content de laver, de ranger et de repasser les vêtements de ma femme, parce que je nettoie la maison et lave les plats ? Peut-être parce que j'ai abandonné le lit conjugal et nos ébats depuis que nous avons perdu l'espoir d'avoir un jour un enfant ? Depuis quand d'ailleurs ? Ah oui, quand j'ai eu quarante ans, l'année où tout le quartier a commencé à se moquer de moi. Un jour, c'est le pays entier, et même l'univers, qui rira de moi. La mer m'appelle. Dans une de ses chansons, Ahmed Fakroun chante les goélands : « *Ya nawras ya halim 'ala shatt al-bahr, ahlamna wa ayyamna nadat... shawq, rihla wa samar*, ô goéland, rêveur des bords de mer, nos rêves et nos jours nous appellent... désir, voyage et veillées. » Seul sur la plage, il n'y a aucun goéland pour chasser ma solitude et me consoler. À une époque, je venais tous les matins jusqu'à cette falaise. Je suivais des yeux ces oiseaux, je m'étais lié d'amitié avec l'un d'entre eux. J'avais plusieurs fois remarqué sa présence. Il était différent des autres, à moitié noir. Il me faisait penser au goéland d'Ahmed Fakroun. Je lui disais que se dissimuler derrière les nuages ne servait à rien. Alors, il descendait à tire d'aile pour plonger dans la mer. J'ai toujours rêvé de faire de même. Cette fois-ci, mon envie de l'imiter est encore plus violente. Plonger de la falaise, libre de tout, libéré de la peur. « La troisième fois sera la bonne », me dis-je mais, cette nuit-là, l'esprit de mon père me poursuit. Et si je ne le retrouvais pas au paradis ? Et si je ne pouvais pas me lamenter auprès de lui de mon oncle qui m'a volé ma vie et ma passion, du quartier qui m'infantilise ou de ma femme qui me trompe, ni me plaindre à lui de *Madonna*, ce monstre hideux ? Je suis ce goéland songeur sur une plage qui aspire au salut. Je suis à deux doigts de me jeter dans le vide quand, soudain, je me souviens que j'ai laissé la pâte lever seule en fin de journée. Je suis dépité. Je fixe la lune et je m'adresse à Dieu en lui assurant que c'est la dernière fois qu'il arrête mon geste. Je hurle au ciel. Au loin, mes voisins chantent et dansent, alors je me permets de le faire. Puis, je reviens sur mes pas en courant pour m'occuper de ma pâte. Je n'ai pas le cœur de quitter ce monde en abandonnant mon pain à d'autres mains. Je préférerais vivre mille ans comme une poule plutôt que de me jeter du toit de l'étable comme un coq, en sachant pertinemment que je ne resterais que quelques secondes dans les airs.

Le lendemain matin, après des jours de silence, pour la première fois depuis longtemps, je ne repasse pas les vêtements de Zeinab et je ne lui prépare pas son petit-déjeuner. Quand elle se réveille en retard pour aller travailler, elle me trouve dans la cuisine en train de boire un café et fumer ma cigarette. Je dissimule ma main droite qui tremble, mais mon anxiété est palpable dans le mouvement de la cigarette que je tiens de l'autre main.

– Bonjour, *sabah al-khayr*, me dit-elle étonnée par ma manière de me comporter.

– *Sabah an-nour.*

– Pas de petit-déjeuner aujourd'hui ?

– Non, je n'ai pas envie.

– *Inchallah khayr*, tout va bien ?

– Assieds-toi.

– Je suis en retard.

– Assieds-toi, lui dis-je en tirant la chaise, je veux que tu arrêtes de travailler.

– Et pourquoi ?

– Je ne sais pas, mais je veux que tu le fasses.

– Non.

– Pourquoi ?

– Non, cela n'a jamais été notre accord. Je me suis épuisée des années durant pour arriver au poste que j'occupe désormais. Je me suis négligée pour que ta petite personne puisse arrêter de travailler, terrifiée qu'elle était par un monde qui la rejetait. J'ai pris sur moi, encore et encore. Et maintenant que tu en as marre de boire et manger à l'œil et de dépenser mes sous pour tes cigarettes, tu voudrais que je m'arrête ? Non.

– Les cigarettes, je les achète avec ma paie.

– Non, ta paie, tu la dépenses pour tes vieilles filles de sœurs.

De toute ma vie, je n'ai frappé une femme qu'à deux reprises. La première fois, je vous en ai parlé, ce fut à mon retour de la caserne quand j'ai corrigé ma sœur cadette, la deuxième fois, lorsque cette discussion avec Zeinab s'est envenimée. Je ne sais comment, je me retrouve dressé devant elle, tellement en colère que je ne suis même plus capable de réfléchir. Je vois ma main s'avancer et la gifler. Elle se laisse tomber en se tenant le visage, puis elle me regarde en pleurant.

– Tu me frappes Milad ? moi !? articule-t-elle.

De nos jours, il est tout à fait normal pour un homme de frapper sa femme. Je connais des hommes qui ont des comportements violents avec leurs épouses. Un homme peut traîner sa femme par terre, la cloîtrer des jours durant chez elle. Il y en a un qui a enfermé son épouse et son fils un mois durant seulement parce qu'elle avait élevé la voix contre lui, après l'avoir bien sûr sévèrement rouée de coups et défigurée. Il l'a soignée et lui a donné à manger alors qu'il la retenait prisonnière jusqu'à ce qu'elle réussisse un jour à s'enfuir. Parfois, tous les membres d'une famille se liguent contre l'épouse de leur frère, étrangère au cercle familial. C'est ce qu'il s'est passé pour la femme de cet homme. Elle criait, pleurait, et sa belle-famille entendait ses gémissements sans intervenir si ce n'est pour le monter davantage contre elle. Pendant des années, ma mère m'a loué auprès de la gent féminine parce que je n'en étais jamais venu aux mains avec ma femme. « *Ma sha' allah 'alayhi*, quelle chance elle a avec Milad, il n'a jamais levé la main sur elle, elle n'en trouvera pas un autre comme lui », disait-elle. Je n'ai jamais reproché à Hanadi, la fille de ma sœur Sabah, de se rendre en pantalon à l'université. Je ne surveillais pas les femmes qui étaient « sous ma protection ». Parfois je me demandais comme cela se passerait si je me mettais à le faire. J'ai imaginé des scénarios dans lesquels je frappais et tourmentais Zeinab. Je l'enfermais à clé, et elle m'attendait effrayée, sans montrer aucune opposition. Elle se laisserait faire. Lorsque je serais satisfait de son comportement, notre relation reprendrait comme si de rien n'était. Comment est-ce qu'on appelle ça ? Je veux parler de cet état de résignation par lequel passent les femmes après avoir été battues par leur mari ou par leur tuteur. Plusieurs jours après, la vie reprend son cours normal et leur bourreau les laisse préparer le repas sans craindre qu'elle ne les empoisonne. Les dresseurs de chiens font ainsi : pour dresser leurs animaux, ils les maltraitent puis les nourrissent ensuite, mais sans utiliser la même main. Ils les frappent de la main gauche et les nourrissent de la droite. Avec le temps, le chien obtempère. Lorsque son maître lève la main gauche, il se tient à carreau. Est-ce cela que font les maris avec leurs épouses ?

Je dois vous avouer un secret. Lorsque je gifle Zeinab, ma paume me fait mal. Ma main tremble. Je n'arrive pas à croire ce que je viens de faire. Si j'ai parfois éprouvé une certaine euphorie et un sentiment de puissance les fois où j'ai pu imaginer cette situation, ce que je ressens à ce moment-là n'y ressemble en rien. Je pense avoir réagi en réaction aux insultes qu'elle venait de proférer à l'encontre de mes sœurs. En même temps, Zeinab a l'habitude de parler ainsi lorsque nos discussions s'enflamment. Quelque chose a changé. J'ai envie de frapper son visage de traîtresse – que je la crois être –, ce visage qui a préféré se laisser embrasser par son directeur plutôt que par moi.

– Tu me gifles Milad !? crie-t-elle en pleurant.

– Je… je… je suis désolé.

J'essaie de m'approcher d'elle pour m'excuser, je tends la main, mais elle fait mine de se protéger en reculant de quelques pas en arrière jusqu'au mur. Elle pleure, elle a peur de moi.

– Ne t'approche pas de moi, hurle-t-elle. Tu m'as frappée Milad !

* * *

Je sors de l'hôpital au bout de sept jours. Le médecin déclare que je ne suis désormais plus apte à l'entraînement militaire, ce qui revient à annoncer l'échec du projet de *Madonna*, ce même projet pour lequel j'ai intégré l'armée. À ma sortie, je me rends immédiatement au bureau du commandant. Je suis content. Si j'avais été capable de danser, je l'aurais fait, complètement indifférent aux rires des soldats qui se seraient amusés de voir un homme se déhancher à la manière d'une jeune fille, comme si se rendre dans le bureau d'un supérieur était une simple promenade. Je reste assis dix minutes à contempler le portrait de Notre Frère Guide qui trône au-dessus de la table du chef de bureau. Ce dernier fume une cigarette tout en écoutant de la musique à la radio. La chanson fait l'inventaire des qualités de Notre Guide, modèle de l'homme parfait pour notre pays. J'observe sa photo. Il n'avait que vingt-sept ans lorsqu'il se révolta contre le gouvernement en place à l'époque pour finir par mener des guerres et soutenir des mouvements de libération partout dans le monde. Le chanteur se met à condamner l'Amérique, l'Angleterre et les pays arabes à leur solde qu'il compare à des femmes au service du maître des lieux. Le cœur léger, j'observe de ma chaise l'endroit en détail, heureux d'être enfin bientôt libre. C'est toujours mieux que de déserter ou de rester à la caserne. Le téléphone se met à sonner. « Milad al-Usta, le soldat… Oui, il est là. » J'entre avec les documents qui m'exemptent du service militaire. Le commandant est en compagnie de *Madonna*. Ils boivent du café. Lorsque j'entre, je présente mes respects. Pour nous les soldats, le commandant est quelqu'un de mystérieux. Il est sans cesse en voyage ou en réunion. Il n'est que très peu présent à la caserne. On dit de lui que c'est un proche d'un des membres du Conseil de commandement de la révolution. C'est une chance qu'il soit présent aujourd'hui. Mes papiers auraient pu prendre des jours pour être traités, mais sa présence indique que je vais pouvoir sortir demain.

– Milad, mon fils, me dit le commandant, Dieu soit loué, tu es sain et sauf. Assieds-toi.

Madonna me fixe, moi son ancien adversaire, mais je n'y prête pas attention. Je m'assieds, souriant, sur une chaise qui ressemble à celle sur laquelle lui est assis. Il semble déconcerté. J'imagine que l'heure de ma vengeance a sonné, et que le commandant va le renvoyer. Le commandant soulève le combiné.

– Allo Mahmoud, apporte-moi un café. Et toi Milad ? Café ou thé ?

– Un café, mon commandant.

– Dieu soit loué, tu es sain et sauf mon fils, répète-t-il, j'ai eu si peur pour toi que je me suis enquis de ton état auprès du docteur tous les jours. Je me suis réjoui lorsque l'on m'a informé que tu étais parfaitement remis.

– Merci, mon commandant.

Madonna se contente de me regarder en silence.

– Tu appartiens à la famille al-Usta, n'est-ce pas Milad ?

– Oui.

– Sais-tu que je connais ton père depuis l'époque de la *kousha* de Dahra ? Il a fait partie des premiers à se réjouir de la révolution. Est-ce que vous faites toujours ce pain au sésame ? J'ai oublié son nom. C'est le pain le plus délicieux qu'il m'ait été donné de savourer, dit le commandant en regardant *Madonna* qui fouille ses souvenirs à la recherche de pareille évocation.

– Le sous-officier Joumoua – le véritable nom de *Madonna* – m'a informé que tu étais boulanger comme ton père, c'est bien ça ?

– Oui monsieur, j'ai travaillé avec mon père dans la *kousha* dès ma plus tendre enfance.

– Tu dois être bon cuisinier également ?

– Oui, mon commandant.

– Nous avons besoin de gens comme toi dans le camp. La nourriture n'est pas très bonne ici, je le sais, les cuisiniers sont mauvais. Les pâtes qu'ils préparent ressemblent à de la nourriture de prison. Je pense déjà depuis un moment à changer la brigade. Que dirais-tu de faire partie de la nouvelle équipe ?

La surprise me laisse sans voix.

– Penses-y, poursuit-il. N'aie pas peur du sous-officier Joumoua. À partir d'aujourd'hui, il ne t'approchera plus. Sache aussi que le salaire des cuisiniers est très bon. Si tu acceptes le travail, tu pourras te marier d'ici la fin de l'année prochaine. Mais avant cela, j'ai besoin que tu fasses quelque chose pour moi.

– Mon commandant..., essayé-je de protester.

– Je voudrais que tu me remettes la feuille que t'a donnée le médecin. Oublions ce qui s'est passé et repartons à zéro, qu'en dis-tu ?

Je ne réponds pas.

– Penses-y et fais-moi part de ta décision demain. Maintenant, tu peux partir te reposer.

– À vos ordres, mon commandant, finis-je par articuler.

– N'oublie pas Milad, laisse-moi tes papiers, je voudrais me rassurer sur ton état moi-même. Mon cousin est médecin.

Je remets les documents au commandant et je retourne au baraquement. Je trouve mes amis et mes camarades de camp, venus m'accueillir, rassemblés dans notre chambre. Je me rappelle la proposition de mon acolyte trafiquant. Je pourrais quitter le camp facilement cette nuit et disparaître jusqu'à obtenir une dérogation de plus haut.

– Où sont tes papiers ? me demande Anwar.

Je lui dis que je les ai laissés sur le bureau du commandant.

– Imbécile, me répond-il – et tous mes camarades renchérissent :

– Oui, tu es vraiment un imbécile Milad, je pense qu'il t'a appâté uniquement pour te faire oublier ta sortie.

– Qu'est-ce que *Madonna* a dit ?

– Est-ce que tu sais que c'est *Madonna* qui dirige en réalité, le commandant n'est qu'une façade.

Les voix et les réflexions de mes camarades tournent dans ma tête.

Le lendemain, nous nous réveillons, une heure avant le début de l'entraînement, aux cris de *Madonna* qui tambourine à la porte de nos chambres.

– Dépêchez-vous, bande de lavettes, espèces de bourriques. Vous pensez peut-être que la guerre va vous attendre ?

Une fois arrivé devant la porte de notre chambre, il frappe et attend que nous lui ouvrions. Nous nous dépêchons de nous changer. Un camarade lui ouvre. *Madonna* me regarde, une joie inquiétante illumine son visage. Il brandit les papiers et me dit en les déchirant devant moi.

– *Al-hamdoulillah 'ala salamtak*, de retour parmi nous en bonne santé, Milad, Dieu merci. Je t'avais prévenu qu'il était interdit de quitter ce camp. Allez, plus vite ! Habille-toi et rendez-vous sur l'esplanade, me lance-t-il avant de se remettre à crier dans le couloir et de frapper aux autres portes.

Mes deux compagnons de chambrée me regardent, effarés.

– Je te l'avais dit, Milad, articule Anwar comme s'il me présentait ses condoléances.

La chemise que je tiens dans la main devient soudain très lourde. Hier, je rêvais de pouvoir enfin ôter ces bottes qui me déformaient les pieds, ce pantalon déchiré qui me lacérait les jambes, raccommodé des nuits durant avec les vêtements des autres, cette chemise qui pesait sur mes épaules, mais qui m'aurait évité de courir nu dans les rues de Dahra. J'ai maintenant, plus que jamais, conscience de ces habits dont mon corps essaie de se débarrasser. Est-ce que c'est ce que ressentent les prisonniers ? Je me dis qu'une des pires choses pour les détenus doit être de porter la même tenue tous les jours. Cette routine me tue. J'ai troqué des tenues colorées et délicates contre un grossier treillis vert. J'avais l'habitude de porter un jean et des chemises aux couleurs vives des années soixante-dix déboutonnées à la poitrine. Les jeunes du village se moquaient même de ma façon de m'habiller. J'étais passé de différentes coiffures à une tête complètement rasée. Je veux récupérer mes vêtements ! En enfilant ma chemise et en laçant solidement mes bottes, j'ai envie de pleurer. Ce matin est horrible en tous points. *Madonna* force la dose pendant l'entraînement et s'acharne longuement sur moi. Après l'exercice matinal, au moment du petit-déjeuner, j'aperçois Zaher en train de manger un sandwich au thon avec son groupe. Je m'approche de lui et je lui demande s'il peut sérieusement me faire sortir du camp.

– Rejoins-moi dans ma chambre ce soir, me répond-il laconiquement.

Le soir venu, je me rends chez Zaher. Il est en compagnie de cinq autres soldats. Je suis étonné de retrouver Mounir parmi eux. Nous n'avons jamais évoqué ensemble notre désir de fuir la caserne.

– Bon, les gars, il faut que je vous explique quelques principes de base, le premier étant que je ne vous connais pas et que vous ne me connaissez pas non plus. Si vous vous faites attraper, vous avez planifié votre fuite tout seul.

Zaher continue à nous parler des règles qu'il a édictées : rester caché jusqu'à l'émission de la lettre nous exemptant du service militaire, elle nous parviendrait chez nous directement ; choisir une bonne cachette – je pense à retrouver Bahi et rester avec lui dans le foyer des Algériens. Puis, il nous laisse poser des questions. Mounir lui demande comment garder le contact entre nous.

– Vos maisons. Je vais avoir besoin des adresses de vos demeures respectives, et il vous faudra rester en communication permanente avec l'un de vos proches en qui vous avez confiance. Personne d'autre ne doit être au courant que vous n'êtes plus dans la caserne, même pas votre famille.

Une question me préoccupe :

– Dis-moi, Zaher. Pourquoi ne t'enfuis-tu pas avec nous ?

– Tu rigoles Milad ! J'aime la caserne, moi. Je peux aider des gens comme toi et en retirer quelques profits. Qui fuirait une mine d'or ? Je serais prêt à aller en prison s'il y a là un business à monter.

– Milad et ses questions incroyables comme toujours, rigole Mounir.

– OK, les gars. Nous avons rendez-vous demain. Rassemblez vos affaires et retrouvons-nous sur l'esplanade où l'on s'entraîne au maniement des armes près de la plage, à deux heures du matin. Ne vous encombrez pas de ce qui est trop lourd.

* * *

Le matin de la gifle, le temps s'arrête. Je n'esquisse plus un mouvement moi non plus. Zeinab n'attend pas que je poursuive. Elle se redresse fièrement, comme toutes les femmes que je connais, prête à en découdre avec cette journée qui commence. Elle s'habille et se maquille. Ma gifle n'a pas été violente. Elle ne laisse aucune trace physique, mais les allées et venues de Zeinab dans la maison trahissent l'empreinte psychologique qu'elle a laissée. Depuis la cuisine où je reste pétrifié, je peux l'entendre se mouvoir, ses gestes sont brusques. Le claquement de la porte de la penderie me parvient. Elle veut sortir le plus rapidement possible. En l'espace de quelques minutes, elle a quitté la maison. Elle n'attend pas que je la conduise sur son lieu de travail comme j'ai l'habitude de le faire chaque fois. Elle va probablement se diriger vers la rue principale, environ à un kilomètre de là, pour prendre un taxi. Si notre voisine institutrice Khayriyya a été la première femme du quartier à conduire une voiture, Zeinab est la première à monter dans un taxi conduit par un homme qu'elle ne connaît pas. Je me dirige vers la fenêtre pour la regarder partir. Elle presse le pas, la tête haute. Je reste assis là deux heures durant à réfléchir à notre avenir. Notre vie ne sera plus la même après ce qui s'est passé. À son retour, elle exigera le divorce. À ces pensées, mon cœur s'emballe. *Madame* m'a dit, un jour que je lui parlais de ma relation avec Zeinab, que le divorce n'était pas honteux, qu'il était parfois la meilleure décision à prendre. Mais moi je n'en étais pas du tout convaincu. Comment deux êtres qui ont fait route ensemble dix années durant peuvent-ils finir par décider de se séparer ? Oui, nous avons eu notre lot de mésententes, de longues et douloureuses disputes parfois – comme celle qui nous a amenés à quitter notre appartement et à avoir notre propre maison, lorsqu'elle m'avait avoué qu'elle n'en pouvait plus de vivre au dernier étage de la demeure familiale. Elle ne supportait plus l'indifférence de ma mère à son égard parce qu'elle était une femme active. Ma mère, *hadja* Fatima, a vécu de longues années sous la tutelle de mon père, convaincue que la place d'une femme se trouvait à la maison avec pour seule ambition le confort de son mari. Une femme se doit de fréquenter les autres femmes de la famille et les voisines, et ne doit pas s'isoler. Personne n'aime « les femmes qui se croient supérieures », lui répétait ma mère. La première année, Zeinab avait enduré ses remarques sur le couple et sur les enfants. « Quand, ma petite Zeinab, vas-tu me faire la joie de mon premier petit-fils ? » Ma mère avait déjà des petits-enfants de mes deux sœurs Sabah et Asma mais « le premier petit-fils » était forcément l'enfant du garçon de la famille. « On a laissé mon fils mourir de faim aujourd'hui, il n'a pas mangé ce midi », disait-elle, commentant devant mes sœurs le fait que Zeinab avait tardé au travail et alors même que c'était moi qui cuisinais pour nous deux. Zeinab n'avait jamais voulu que je dise à qui que ce soit que je m'occupais de la maison. Nous étions dans une situation embarrassante. « Ta mère m'épuise, me répétait Zeinab. Je ne la déteste pas, mais elle veut me contraindre à un mode de vie dont je ne veux pas, avec ses commentaires, ses paroles, ses conseils et sa surveillance permanente. » Je répondais à Zeinab que ma mère était une vieille dame qui avait été élevée à une époque différente de la sienne, voilà tout. Et je répétais la même phrase à ma mère lorsqu'elle critiquait certaines actions de ma femme : « Zeinab appartient à une autre génération, maman, elle a été élevée à une autre époque que la tienne. »

Un jour, un de ceux qui arrivent pour nous empêcher de dormir, je rentre de la pizzeria où je travaille. C'est un vendredi. Mes sœurs sont rassemblées dans la maison familiale autour d'un barbecue. Elles rient et se racontent des blagues. Safa essaie d'énerver Sabah qui s'emporte facilement. L'ambiance est comme elle pouvait l'être habituellement, jusqu'à ce que j'arrive, apportant les morceaux de pizzas qui n'avaient pas été vendus dans la journée. À mon arrivée, le silence s'abat sur la maison. Ma mère me demande de venir manger un peu de viande grillée. Je m'assieds, je déchire le carton qui contient les pizzas et je leur demande où est Zeinab.

– Elle est en haut, me répond Saliha agacée.

Je sais reconnaître, au ton de sa voix, si ma sœur aînée est enjouée ou fâchée. Je suis capable de percevoir son humeur à sa seule façon de parler. Et c'est le cas aujourd'hui. Elle est contrariée, il doit encore s'être passé quelque chose. Mon regard se pose sur les visages de mes sœurs et de ma mère, allongée sur son coude. L'ambiance est électrique.

– Pourquoi ne descend-elle pas ? Hanadi, va l'appeler, dis-je à ma nièce, encore petite à cette époque-là.

– Elle vient de monter, me répond ma mère.

Au regard de ma mère, je comprends qu'il s'est passé quelque chose. Je me lève et je monte chez nous. Je trouve Zeinab en pleurs, seule dans la chambre. Je la prends dans mes bras et je lui demande ce qui lui arrive.

– Rien, me répond-elle en sanglotant sur ma poitrine.

– Allez, dis-moi ce qui s'est passé.

– Rien... rien.

– Si, il y a quelque chose. Que s'est-il passé ?

– Rien.

– Allez, dis-moi, sinon je me prive de nourriture pendant une semaine.

– Un simple malentendu. Rien d'autre. Je pleure pour un rien.

– Et c'est quoi ce malentendu. Avec qui ? Saliha ?

Elle ne répond pas.

– Tu t'es disputée avec Saliha ?

– Plus ou moins. Rien... Oublie.

– Non, je dois savoir.

– Bon... J'étais... j'étais en train de griller le poulet. Tes sœurs étaient toutes accaparées par la conversation ou le nettoyage de la cuisine.

– Et...

– Je pensais au travail. Tu te souviens que je t'ai raconté hier que... que... le directeur a essayé de me changer de poste alors que j'avais parfaitement réalisé ma mission... tu... tu te souviens ?

– Oui, bien sûr. Et que s'est-il passé ?

– Je… J'étais dans mes pensées et j'ai laissé la viande brûler.

– Et puis ?

– Saliha est arrivée et elle a senti l'odeur de brûlé. J'étais… j'étais préoccupée par le travail. Elle m'a crié dessus en disant que ce n'était pas possible de ne pas être capable de cuire un poulet, que ce n'était pas étonnant que son frère ait maigri, alors que tous les hommes prennent du poids après le mariage, tous sauf son petit frère.

– Elle a dit ça ?

– Oui… Je te jure que j'avais complètement oublié le poulet. J'étais préoccupée par le travail.

– Que lui as-tu dit ?

– Nous… nous nous sommes un peu disputées. Au début, je lui ai dit que je n'avais pas fait exprès, mais elle a continué à m'humilier et j'ai explosé. Je lui ai répliqué qu'elle n'avait pas à me donner de leçons sur ma manière de faire avec mon mari. Puis ta sœur Sabah, qui ne mâche pas ses mots, s'y est mise aussi. Elle m'a blessée en me traitant de vipère et de catin. Je me suis sentie cernée, je me suis vite réfugiée ici et j'ai pleuré.

– OK…

– Je ne veux plus vivre ici, Milad. Plus jamais. Je ne veux plus.

– Chut…

Il est facile de déduire ce que j'ai fait ensuite. Je descends en courant, je suis furieux. Ma fébrilité se lit sur mon visage. J'appelle Saliha pour lui faire la leçon.

– Tu es contente de toi ? Ta belle-sœur pleure seule dans son coin et toi tu manges de la pizza et de la viande grillée.

Ce que je lui dis la fait tressaillir. Elle n'avait jamais imaginé qu'un jour je pourrais me retourner contre elle, moi, cet enfant qu'elle avait façonné, pétri de ses propres mains.

Elle tente de se justifier, mais je suis hors de moi. Ma mère intervient.

– Pourquoi te mêles-tu des disputes entre femmes ?

Elle répète sa phrase. J'ordonne à Saliha de s'excuser auprès de Zeinab. Saliha monte la voir, elle l'embrasse sur la tête.

– Je suis désolée, ma petite Zeinab, je ne voulais pas… Tu es pour moi comme une sœur, tu m'es très chère, lui dit-elle en la prenant dans ses bras et en l'embrassant.

Puis, elle part en courant, en pleurs elle aussi. Je n'adresserai pas la parole à Saliha pendant deux semaines. Le lendemain ma mère monte nous voir pour apaiser Zeinab. Elle me répète que je ne dois pas me mêler des affaires de femmes. Je ne comprends pas pourquoi. J'ai appris à cette époque à patienter et à ne pas intervenir dans « les discussions de femmes », comme disait ma mère. Avant notre déménagement, j'écoutais Zeinab me raconter à quel point mes sœurs et ma mère l'importunaient. Et j'écoutais ma mère se plaindre à son tour de Zeinab. Je me taisais ou j'avais une parole gentille, et j'enfouissais tout cela au fond de moi. J'esquivais les querelles, mais je m'endormais en pensant à toute cette pression qui finirait par me rendre fou ou me tuer. Zeinab ne cessait de me répéter que nous devions acheter une maison ou en construire une, qu'elle ne supportait plus sa vie de belle-fille. J'ai vécu ainsi jusqu'à ce que je construise notre maison sur une partie de nos anciennes terres. Zeinab a beaucoup investi dans cette maison. Elle y a placé tout l'argent que son père lui avait donné, elle a vendu son or pour accélérer les travaux et pour que tout soit terminé le plus rapidement possible. Trois années après cet incident, nous déménageons pour vivre une vie presque heureuse, apaisée, une vie de rêve pour ainsi dire.

Ce midi, après avoir giflé Zeinab, le téléphone sonne. Je décroche, c'est la voix d'Absi.

– Je sais que tu m'écoutes, espèce d'idiot, *sma'*… Je t'appelle au sujet de notre conversation d'hier…

Le contraire de l'amour, qu'est-ce que c'est ? Vous l'ai-je dit ? Le contraire de l'amour, ce n'est pas la haine. Cela n'a même rien à voir avec la haine, l'inverse de l'amour, c'est l'indifférence, l'inertie, l'éloignement, c'est vivre sous le même toit et ne même plus sourire à l'autre quand auparavant le simple fait de le voir vous faisait vous envoler de bonheur. C'est prononcer les phrases du quotidien comme « Bonjour », « Oui, le repas est prêt », « Un café ? » sans aucune chaleur, comme si vous vous adressiez à un fonctionnaire de l'état civil. Le froid a envahi votre demeure. Votre lit a cessé d'être confortable et il n'invite plus au rapprochement. Vous vous déplacez vers son extrémité comme si vous vous teniez prêt à sauter d'une falaise. La haine est un sentiment dévastateur, cuisant, mais c'est toujours un sentiment, quelque chose qui vous remue. L'inertie, c'est le contraire de cela, une mare d'eau stagnante que le temps a même dépourvue du ricochet d'un galet lancé par un enfant. C'est ce qui nous est arrivé, à Zeinab et moi. Elle s'est sentie humiliée et moi impuissant. Durant des jours, nous ne nous adressons presque plus la parole. Nos échanges ressemblent à un bulletin d'information. Elle débite son message à la manière d'une présentatrice et, lorsqu'elle arrive au bout, elle se tait.

Le soir, lorsque je retrouve Absi, il me dit qu'il a vu Zeinab monter à nouveau dans la voiture du directeur général. Il a décidé de les suivre et il les a trouvés en train de siroter un café dans un établissement en face de l'Arc de Marc Aurèle. Il les a suivis à l'intérieur et les a vus s'installer à l'étage. Il me confie que Zeinab fumait – je sais bien qu'elle fume, c'est même moi qui lui ai appris d'ailleurs –, qu'elle souriait, riait et discutait gaiement avec l'homme. Je me demande comment elle a fait pour masquer ce jour-là le sentiment d'humiliation qui devait l'habiter. Je souris imperceptiblement à l'idée qu'elle est une femme forte, bien plus que moi. Alors que je me sens éteint, vaincu, elle essaie de vivre sa vie, en dépit de tout ce qui la bouleverse. Je ne sais pas comment amorcer la discussion avec elle sur sa possible trahison. En dépit des preuves apportées par Absi, je laisse la place à sa bonne foi. Je ne dis pas à Absi que je doute de ce qu'il a vu, qu'il y a sûrement une autre explication. J'imagine des tas de motifs. Elle essaie peut-être de publier les œuvres de son oncle, un projet dont elle parle avec un enthousiasme démesuré. Ou alors son directeur fait pression sur elle et elle n'a aucun moyen de lui résister. Dans sa tentative de dévoiler des faits de harcèlement, elle tente de le prendre en flagrant délit, comme le ferait une journaliste expérimentée. Il est vraiment la dernière personne avec qui je l'aurais imaginée me tromper. Elle a des collègues masculins dont elle me parle et avec qui elle va parfois seule prendre un café, mais quand elle évoque cet homme-là, elle s'exprime toujours avec haine et ressentiment. Cependant, je ne partage aucune de ces réflexions avec mon cousin, tout simplement parce que nous avons décidé ensemble qu'il me montrerait la voie pour reprendre ma place au sein de la famille et il ne fait aucun doute qu'il refuserait ce genre d'analyse et mettrait en doute mon équilibre psychologique.

* * *

À la caserne, la nuit de la délivrance arrive. Nous sommes prêts à en finir avec la torture que *Madonna* nous inflige. Les derniers jours d'entraînement me font l'effet d'une promenade. Je me débrouille bien, en particulier avec les armes. Je suis le plus rapide à démonter la mienne, à la nettoyer et la remonter, prête à l'emploi. *Madonna* y voit une réussite extraordinaire au point qu'il dit même aux soldats :

– Regardez ce que *Madonna* est capable de faire, bande de chiens galeux ! Ce n'est pas trop tôt, *si* Milad !

À l'entraînement de tir, je touche la cible à chaque fois. La journée passe sans encombre jusqu'à ce que la nuit tombe et que chacun regagne sa couche.

Nous nous faufilons, Mounir et moi, dans les ténèbres jusqu'aux toilettes. Nous sautons par les fenêtres. Une patrouille fait sa ronde. Nous nous cachons sous un de ces buissons épineux qui ont envahi les lieux. Nous attendons qu'ils s'en aillent. Nous nous déplaçons rapidement de l'esplanade jusqu'au chemin de terre qui mène où nous nous entraînons habituellement au maniement des armes. Nous entendons les aboiements des chiens au loin. Nous arrivons aux abords de la mer. Seuls quelques arbres touffus et serrés les uns contre les autres nous en séparent. Le relief est accidenté. À un endroit, la plage et le terrain de la caserne se touchent, le sol s'élève et s'accentue jusqu'à former une haute falaise en bas de laquelle les rochers sont tristement célèbres. Épuisés, nous nous arrêtons sous les arbres. Nous nous asseyons pour fumer une cigarette le temps que les aboiements cessent. Mounir me parle de sa promise qui l'attend pour qu'ils se marient. Il vivra simplement, travaillera avec son père dans le magasin d'État et aura cinq enfants. Lorsque nos cigarettes sont terminées, les aboiements des chiens se sont rapprochés. Nous nous levons précipitamment et nous nous mettons à courir dans le sens opposé pour nous en éloigner. Nous entendons un sifflement. Nous haletons.

– On dirait qu'ils ont attrapé un déserteur. J'espère qu'il ne fait pas partie de notre groupe.

La férocité des aboiements augmente. Le bruit semble se rapprocher alors que nous essayons de nous extraire de la végétation du littoral. Dans ma course, je me prends dans l'enchevêtrement des branches et ma chemise se déchire. Je vois des gouttes de sang couler sur le sol. Je m'arrête un instant, mais Mounir m'enjoint de courir. Nous n'avons pas le temps de nous occuper de la blessure. Le sifflement et les cris des hommes s'amplifient, les aboiements se font plus proches. Nous sortons du bois. Nous apercevons une lumière qui brille en bas du plateau.

– C'est certainement Zaher qui nous fait signe qu'il se trouve au lieu indiqué.

J'essaie de voir d'où vient le signal, mais la lumière de la lune est faible cette nuit-là. On peut à peine voir les vagues s'écraser sur les pierres de la plage. Au bord de la falaise, nous nous regardons. Mounir pointe du doigt le contrebas.

– Des rochers, nos destins nous ont menés face à ces rochers saillants. Il faut sauter. Je sens que les chiens sont derrière nous.

Les aboiements approchent. Je me souviens des cauchemars que j'ai faits lorsque j'étais à l'hôpital militaire ; Brutus en train de déchirer mes chairs alors que j'essaie de gravir le haut du mur de la caserne. Je me rappelle aussi les paroles de *Madonna* nous souhaitant la bienvenue et promettant le pire des châtiments aux déserteurs. J'examine la falaise. Elle est effrayante. Les rochers anguleux m'enjoignent de sauter. Les chiens, le sifflement et les cris. Je dois choisir. Mourir noblement ou survivre à cette nuit en m'imaginant comment *Madonna* va en finir avec moi.

– Zaher, ce chien… il nous a vendus. On m'a dit qu'il faisait ça, mais je ne l'ai pas cru, dit Mounir, effrayé.

– Quoi ? Qu'est-ce que tu viens de dire ?

– Ce n'est pas le moment Milad. Il faut trouver une échappatoire.

– On pourrait revenir sur nos pas, dire que, n'arrivant pas à trouver le sommeil, nous avons décidé de marcher un peu dans le camp ?

– Tu es complètement idiot ou quoi Milad ? Regarde ta blessure.

Je saigne toujours. Je ne sens pas ma blessure qui ressemble à une pomme fendue, comme picorée par des oiseaux. Cela paraîtra suspect. J'essaie de me souvenir de ce qui a déchiré ma veste et mes avant-bras, mais je n'y arrive pas. Quelque chose de sec et d'épineux.

– Le sang ! Les chiens sont entraînés à suivre le sang. Il faut sauter, dis-je à Mounir.

Nous ne savons pas ce qui va nous arriver, quelques secondes nous séparent de la débâcle de notre fuite. En contrebas, sur la plage, la lueur continue de briller. Lorsque nous apercevons une autre lumière approcher entre les arbres dans notre direction, nous sommes certains que les chiens sont à notre poursuite. Le point lumineux sur la plage disparaît, j'entends le vrombissement d'un moteur de bateau qui se dirige vers la mer.

– Ils ont fui, c'est tombé sur nous, nous avons été sacrifiés… Zaher, ce chien galeux ! s'exclame Mounir avant de sauter dans l'eau.

Je cherche son corps, mais les ténèbres et la lumière qui approche entre les arbres en même temps que les aboiements des chiens m'en empêchent. Je ne l'entends plus. Puis, un faisceau lumineux braqué sur mes yeux m'éblouit. Les chiens sont tout près. Je veux sauter, mais je suis pétrifié, incapable de bouger. Je doute que Mounir ait survécu. Brutus me saute dessus pour me faire tomber et me mordre. Il m'aurait mis en pièces si les soldats ne l'avaient pas retenu. Je suis fait prisonnier.

Je n'ai vraiment pas envie de vous raconter ce qu'il s'est passé cette nuit-là ni les jours suivants. C'est un sinistre souvenir pour moi. Tout ce que je peux vous dire c'est que le matin, on retrouve le corps de Mounir gisant sur la plage. Le ventre lacéré par la falaise, il a succombé à ses blessures. J'apprends la nouvelle de la bouche de *Madonna* qui veut me faire avouer être le commanditaire de toute l'opération. Il veut que je signe des aveux déclarants que je suis responsable de la désertion de mes camarades. Je dénonce Zaher comme l'instigateur de toute l'affaire. Il m'a échappé qu'il était proche du commandement. Plus tard, lorsque je le reverrai dans la pizzeria où je travaille, Anwar me parlera de Zaher. Il me dira qu'il était de connivence avec *Madonna* à qui il donnait quelques noms, dont le mien à l'époque. *Madonna* m'a choisi. Je suis en mauvaise posture. J'attends la sentence qu'il a promise, mais rien. Je suis détenu un mois en cellule d'isolement, cependant mon exécution n'a pas lieu.

Au milieu de la quatrième semaine, je veux me suicider, pour la première fois de ma vie. Je ne supporte pas la torture quotidienne des seaux d'eau, ni d'être laissé dans ma cellule avec Brutus, ni les injures et les passages à tabac que l'on me fait subir. Je ne supporte plus les nuits sans sommeil et la douleur qui veille continuellement avec moi. Je ne supporte plus le fantôme de Mounir qui me poursuit dans tous les recoins de la cellule en me demandant pourquoi je l'ai abandonné, pourquoi je n'ai pas sauté. Je décide d'en finir. Je me déshabille et confectionne une corde avec mes vêtements. Je l'attache en hauteur, aux barreaux de la fenêtre. Je me mets debout sur mon lit pour offrir ma tête à la clémence de la corde de chiffons, fabriquée avec ma chemise maculée de sang, imprégnée d'urine et dont l'odeur est pestilentielle.

Je pousse le lit. Je me laisse aller. Lorsque ma respiration s'arrête, je perds connaissance.

Lorsque je reviens à moi, je suis à l'hôpital militaire, heureux de revoir le visage du médecin qui avait signé mon autorisation de sortie. J'essaie de me redresser pour l'embrasser, mais mon corps m'en empêche. Je ne peux pas bouger. C'est un miracle si j'ai survécu, me dit le docteur. La corde n'a pas supporté mon poids, les vêtements se sont déchirés et je suis tombé sur le rebord du lit après avoir perdu connaissance.

Cette époque est loin maintenant, mais ce que j'en ai gardé n'est que ténèbres. À ma sortie, sur le seuil du gigantesque portail, je me dis que je suis devenu l'homme que mon père et *Madonna* voulaient que je sois. Je peux désormais faire ce qui me plaît.

* * *

Vous ai-je dit que j'aime l'encens ? Nombreux sont les hommes du quartier qui préfèrent les fragrances masculines. Je le sais bien. Ils se divisent en deux camps : ceux qui aiment les parfums appréciés des religieux – il existe des parfums spécifiques venus du Golfe qui ont fait leur apparition sur le marché, et qui soulignent la piété de celui qui les porte –, et ceux – la plupart des jeunes hommes en vérité – qui aiment les parfums français et italiens renommés comme, entre autres, le parfum Hugo Boss. Mais rares sont les hommes qui déclarent aimer l'encens. Au contraire, la majorité, et Absi en fait partie, détestent cette odeur qu'ils taxent de fumée suffocante, argument plutôt paradoxal puisque la plupart sont fumeurs. Moi, je préfère l'encens au parfum. Lorsque nous étions petits, après être allés chez le coiffeur, nous utilisions de l'eau de Cologne, ce petit flacon vert que nous trouvions dans la salle de bains et dont nous nous aspergions le corps.

Nous en dérobions quelques vaporisations en espérant que, au cours de notre entreprise, nos yeux tomberaient sur un quelconque parfum, même de piètre qualité. Le parfum est un luxe, l'encens un produit du quotidien. Lorsque je termine les tâches ménagères, j'aime ouvrir mon tiroir personnel à encens : du *washag*, du *fassoukh*, du *ardawy*, du benjoin et de l'*oud*, ainsi que de l'encens tunisien, indien, des pays du Golfe ou d'Afghanistan. Je commence par encenser la maison. Je suis très attaché à l'odeur du *washag*, sans doute parce qu'elle est liée à mon enfance et qu'elle m'apaise. Je ne pense pas qu'il existe un seul Libyen pour qui le parfum du *washag* ne serait pas une des premières odeurs qu'il ait respirées, celle qu'il apprend à connaître après celle de sa mère et de l'alcool médical. Ma mère dit qu'il nous donne l'impression de redevenir un nourrisson. Mon travail terminé, j'allume les braises du charbon et je prépare les grains de *washag*, iranien et afghan. Ce que j'aime dans l'encens afghan, bien qu'il colle aux mains, c'est son parfum pénétrant et intense. Si l'on veut éviter cet aspect poisseux, l'encens iranien reste le plus approprié. Je prépare le kanoun et j'y dépose le charbon. Je dispose les grains avec précaution. Je saisis le kanoun que j'introduis dans chacune des pièces. Je le fais tourner en son milieu à sept reprises pour que cela nous porte chance, puis je change de lieu jusqu'à me retrouver à nouveau dans la cuisine où je le dépose et lui rajoute d'autres grains.

À propos, que diriez-vous de faire brûler de l'encens dans la maison ? Je viens de me rendre compte que je ne l'ai pas encore fait aujourd'hui. Vous êtes arrivé au moment où je le fais habituellement. Allez, cela sera l'occasion pour vous de continuer la visite des lieux. Mais d'abord, laissons le charbon sur le feu pour qu'il prenne bien. Ensuite, nous choisirons le *washag*, il faut sélectionner les grains avec précaution parce qu'il peut y avoir des brindilles dont la combustion dégage une odeur de roussi qui l'altèrera. Il faut aussi briser l'encens en petits morceaux pour qu'il se consume ensuite plus facilement et plus rapidement. Lorsque l'on pose le *washag* sur les braises, il faut veiller à le faire soigneusement parce que s'il colle aux doigts, il maculera le linge. Personnellement, j'aime cette sensation qui me rassure : mon sens du toucher opère toujours. Il faut mettre la bonne quantité ; il vaut mieux en déposer peu, puis en rajouter si ce n'est pas suffisant plutôt que d'en mettre beaucoup et qu'il en reste dont nous n'aurions pas l'utilité. Il collera au charbon et nous devrons l'en débarrasser. Ce n'est pas indiqué. Cela fait, nous serons prêts à passer dans chacune des pièces.

Voici le salon pour accueillir les invités. Nous n'ouvrons cette pièce que très rarement. Nous y recevons habituellement mes sœurs, ma belle-mère, et la famille de son frère Sadek. En d'autres circonstances, nous ne l'occupons jamais. Nous préférons la cuisine ou le centre de la maison, non loin d'elle. Entrons dans la pièce et effectuons sept cercles de kanoun dans les airs. Ici, c'est la réserve. Nombre de gens préfèrent l'installer à l'extérieur, mais personnellement, je trouve que c'est un sacrilège. À l'extérieur, il est facile d'oublier d'en prendre soin, sans compter qu'elle attirera les souris encouragées par le fait que l'on n'y met peu les pieds. C'est pour cela que nous avons décidé, Zeinab et moi, de la construire à l'intérieur pour l'avoir sous les yeux et que je puisse l'entretenir facilement. J'en occupe chaque recoin. Je ne l'utilise pas uniquement pour y entreposer les conserves, mais aussi les vêtements, les vieux ustensiles, et tout ce qui peut nous être utile ou lié à des souvenirs et dont nous ne voulons pas nous séparer. C'est pour moitié un musée, si je puis dire. Dans le jardin, il y a une autre pièce où est entreposé le matériel de jardinage, mais dans celle-là, je n'y fais pas brûler d'encens. La pièce du haut où j'entrepose ce qui n'entre pas dans la réserve, non plus. Au bout de ce couloir-là, il y a la chambre à coucher. Laissons-la de côté pour le moment. Zeinab dort et nous ne voulons pas la réveiller, n'est-ce pas ? Allez, regagnons l'autre chambre. Je veux vous la montrer, elle fait partie de mon histoire. C'est une chambre d'enfant. Je souffre à chaque fois que j'y entre. Vous pouvez voir le berceau, les murs aux couleurs vives et les jouets. C'est une vision pénible. J'y pénètre une fois par semaine pour épousseter le lit et les objets. Imaginer que s'y trouverait un enfant avec lequel je jouerais me bouleverse. Je pleure sur mon sort, puis je me fais violence pour en sortir. Je la ferme à clé pour que l'âme de l'enfant qui s'y trouve ne puisse pas en sortir, et je reviens uniquement pour y faire brûler de l'encens ou pour l'aérer en ouvrant les fenêtres.

Vous vous demandez comment un couple peut aménager une chambre d'enfant dans une maison où il n'y en a pas. Bien… l'histoire commence la sixième année de notre mariage, après de nombreuses tentatives pour en avoir. Nous avons fréquenté des hôpitaux réputés dans le pays et en Tunisie. En vain. Un médecin m'informe que mes spermatozoïdes ne sont pas capables de pénétrer l'ovaire, un autre révèle à Zeinab qu'elle est stérile, encore un autre nous prescrit un traitement pour nous aider. Un cheikh nous dit qu'un mauvais œil nous guette et nous enjoint de faire brûler de l'encens dans la maison à chacune de nos tentatives. Lorsque nous le quittons, Zeinab m'avoue qu'elle n'y croit pas. Un ami me conseille un remède traditionnel qui augmente les performances sexuelles : un mélange de miel et d'amandes. Une femme raconte à Zeinab qu'elle doit s'allonger dans une certaine position lorsque j'introduis ma verge en elle. Une autre lui propose des pilules à la carotte à prendre un mois durant. À cette époque, tout le monde est préoccupé par notre histoire de bébé. Questions, conseils, anecdotes, invocations, prières. Essayer d'avoir un enfant est épuisant pour un couple dans nos sociétés. Shaaban, un voisin, s'est suicidé après avoir été harcelé par son père qui l'accusait d'être stérile. Les familles de ses frères s'étaient agrandies sauf la sienne alors qu'il était l'aîné. La situation était dramatique pour moi aussi. Je voyais que l'on me regardait avec pitié. Un jour que j'accompagne Zeinab à la clinique, notre agitation est à son comble lorsque le test de grossesse affiche un résultat positif. Nous attendons le médecin dans le couloir. Parmi tous les hommes venus accompagner leurs femmes, assis et à l'air maussade, je suis le seul à essayer de distraire Zeinab. Elle est stressée, elle n'est pas jolie dans ces moments-là et je n'aime pas la voir ainsi. Je lui raconte l'histoire de ma naissance. Mon père était à la boulangerie lorsqu'on la lui a annoncée. À peine sorti du ventre de ma mère, l'accoucheuse m'a donné une claque sur les fesses puis a coupé le cordon ombilical qui me reliait à elle. À ma sœur venue lui annoncer « Milad est arrivé », mon père a répondu « Béni soit-il ! » et il a continué à faire son pain. Son travail terminé, il est rentré à la maison avec des beignets *sfnenz.* Il les a jetés sur le plan de travail de la cuisine et m'a pris dans ses bras. Après m'avoir chuchoté la *shahada*[1] dans l'oreille, il m'a dit qu'il fallait que je m'occupe de la maison sans tarder. C'est du moins ce que ma mère m'a rapporté. En lui racontant cette histoire, je réussis à la faire sourire. Depuis le couloir, je vois le médecin entrer dans la pièce. Un homme de grande taille aux traits effacés vocifère sur sa femme et ses enfants. Il se tient loin d'elle. Elle semble triste et tente de faire taire les enfants. Zeinab pose sa tête sur mon épaule. Même si j'aime qu'elle fasse cela, je suis gêné en public. Je

1. Formule par laquelle le musulman atteste de sa foi en Dieu et en son unicité.

suis alors plus attentif aux regards. Je vois l'homme assis seul en face de moi me lorgner avec dédain et colère. J'essaie d'éviter son regard et j'attends patiemment que le médecin nous appelle. Mais ce n'est pas encore notre tour. Les couples vont et viennent. Certains hommes entrent dans la pièce la mine austère pour en ressortir avec un large sourire. Nous jouons un jeu Zeinab et moi. Nous imaginons la vie des autres couples et la réponse que chacun d'eux obtient dans le cabinet du docteur.

– Regarde, me dit Zeinab, fatiguée, sa tête toujours posée sur mon épaule, lorsque nous voyons l'un des couples sortir. Il est si heureux qu'il ouvre la porte pour sa femme. On dirait qu'elle va lui donner un fils.

– Moi, je serai content si c'est une fille, lancé-je à l'attention de l'homme de grande taille aux traits effacés.

– Vraiment ? Moi, je préfère les garçons.

– Tu as toujours préféré les garçons. À l'école déjà, je te voyais fuir la compagnie des filles.

– Les filles sont ennuyeuses.

– Et les garçons jamais satisfaits, c'est pour cela que je voudrais une fille. Nous l'appellerons Ghazala.

– *Allah !* Comme Ghazala ?

– Non, parce qu'elle sera une *ghazala*, une « gazelle », comme toi.

Notre tour arrive enfin, qui vient me délivrer des regards perçants de mon ami à la silhouette immense. Nous entrons dans le cabinet du docteur, un vieil homme qui s'est épuisé toute sa vie à chercher les fœtus dans les ventres des mères. Il grommèle. Nous sommes assis face à son bureau. Une routine pour lui. Il nous salue, puis il nous demande de nous diriger vers la table d'examen. Son auscultation nous confirme la nouvelle. Zeinab me serre la main de joie. Lorsque j'entends ces mots vibrants, je pleure presque, mais je me retiens.

Je parviens à sortir de la pièce sans une larme. En sortant, mon regard tombe sur l'homme aux traits effacés. Lorsqu'il me voit tenir la main de Zeinab, il secoue la tête.

Les jours et les semaines passent comme un rêve. Puis, nous apprenons que l'enfant à venir sera un garçon. Je fais en sorte que Zeinab n'ait rien à faire à la maison. Je redouble d'efforts. Je ne veux pas perdre mon fils. Nous organisons sa venue. Mes journées s'écoulent entre le travail, le nettoyage de la maison et la préparation du repas. Le soir, je m'occupe de la chambre pour le bébé. C'est une des premières pièces que nous avons aménagées. Craignant qu'il ne naisse avant que la chambre ne soit prête, je m'étais occupé de cette pièce plus que n'importe quelle autre. Je l'ai peinte et meublée avec amour et passion.

Nous vivons la tête dans les nuages jusqu'à ce jour funeste. Zeinab a maigri. Le froid de l'hiver a provoqué chez elle une forte fièvre et mon fils épuise ses forces. Guérie depuis quelques jours à peine, elle fait une fausse couche et nous disons au revoir à notre rêve. Même si elle se remet, Zeinab passe deux années, plongée dans une profonde tristesse qui se révèle dans sa maigreur, ses cernes et son manque d'entrain. Je suis triste d'avoir perdu mon bébé, mais j'essaie d'être fort pour elle. Il est parfois nécessaire d'incarner l'espoir pour les autres. Il faut continuer à vivre, à se battre pour y parvenir. Je vous le dis, si cet enfant était né, tout aurait été différent. Mais la vie continue. Et toujours aujourd'hui, cette pièce est pour nous « la chambre de Ghazala ».

* * *

DAR GHAZALA

« La monture est à l'image de son cavalier. »

Proverbe populaire qui signifie que c'est l'homme qui façonne son épouse, qu'après le père, c'est à lui de l'éduquer. Nombreux sont les jeunes Libyens qui, au moment où sont écrits ces mots, espèrent épouser des femmes qu'ils pourront forger à leur guise.

J'ai huit ans quand Zeinab descend pour la première fois avec Sadek pour nous regarder jouer au ballon dans la rue. Nous nous efforçons de ne pas l'envoyer sur un des balcons déserts, dans la fenêtre d'une des maisons ou, que Dieu nous pardonne, dans l'église. Sadek laisse la fillette de trois ans s'asseoir sur le trottoir et regarder les garçons courir derrière la balle. Je suis le gardien, et je ne me souviens d'ailleurs pas d'avoir jamais occupé un autre poste. Elle est assise derrière mon but et je crains que le ballon en cuir ne la percute. À l'époque, les ballons sont rigides. Ils impriment sur la joue une marque rouge qui, avant de disparaître, fait de l'infortuné la risée de l'école des jours durant. J'ai eu mon lot de blessures. N'arrivant pas à évaluer le tir qui venait me heurter de plein fouet, j'ai souvent saigné du nez. Les premiers matchs sont ceux qui déterminent notre destinée et le surnom que l'on portera pour le restant de nos jours. Petit, parce que, gavé de pain et de gâteaux par ma mère, je n'arrivais pas à courir, on m'appelait « Milad, le lourdaud », « Milad, la brioche » ou encore « Milad, la bonne pâte », ce surnom dont on m'affublera plus tard à la caserne.

La petite fille nous observe avec admiration alors que je savoure d'avoir réussi à arrêter la balle. Je la regarde. Elle porte une robe immaculée – je m'en souviens encore –, ceinturée à la taille de carrés blancs et rouges. Ses vigoureux cheveux noir de jais s'entrelacent en une couronne de tresses. Avec sa peau couleur crème et ses sandales rouges, elle ressemble à une princesse assistant à une joute de chevaliers. Elle est assise dans un coin, non loin des plantes de *'amm* Kamal, des Aptenias aux petites fleurs cramoisies. Je songe quelques instants à sa présence, là avec nous quand les cris de mes coéquipiers me tirent de ma rêverie ; je dois sauter pour m'emparer du ballon mais, tout perdu dans mes pensées que je suis, il ne m'en laisse pas le temps et vient fouetter mon visage. Lorsque je reprends mes esprits, après un bref étourdissement, les garçons sont en train de me hurler dessus. Pendant que l'équipe adverse se moque de moi, je ne quitte pas la petite fille du regard ; mon visage rouge la fait rire. Je souris. À cette époque, je ne suis encore qu'un enfant mais – j'en suis certain aujourd'hui – je sens déjà que quelque chose nous réunira plus tard.

Peu de temps après, je la revois à l'école dans son uniforme blanc et noir, une cravate rose autour du cou. Les premiers jours, Sadek et moi l'accompagnons ensemble. Elle tente de nous suivre mais, pour son frère, elle est un fardeau dont il n'a pas envie de s'embarrasser. De son pas rapide, il essaie de mettre de la distance entre elle et nous. Tout en marchant à ses côtés, je jette des coups d'œil en arrière pour m'assurer qu'elle nous suit toujours. Je la vois redoubler d'efforts, son cartable sur le dos, pour nous rattraper. Parfois, elle saisit mon petit doigt teinté au henné et, moi, je suis gêné de l'accompagner ainsi à l'école avec Sadek qui nous précède. Au fil des mois, nos liens se resserrent. C'est parfois moi qui l'emmène à l'école lorsque son frère est malade ou quand il l'abandonne et que je la trouve assise en train de pleurer sur les marches de l'immeuble. Nous continuons ainsi jusqu'à ce que Sadek et moi nous disputions un matin lors du rituel du *tabour**, quand il accuse mon père d'avoir usurpé la boulangerie à son propriétaire. Après cet épisode, de façon inattendue, notre relation se renforce. Je lui achète des sandwichs de la cafétéria de l'école et, lorsque je suis assis seul pendant la récréation, elle s'installe à mes côtés. Nous ne parlons pas mais nous partageons nos sandwichs ou un jus de fruits Yoga. Chez l'épicier, j'achète parfois des chocolats pour les manger avec elle. Je les déballe et les lui tends timidement. À la *kousha*, elle prend du pain. Je lui en donne un ou deux à l'insu de mon père. Nous continuons à nous fréquenter ainsi, la plupart du temps sans se parler. Et puis un jour, mon père retourne s'installer à Bir Hussein et c'est pour moi le début d'une nouvelle vie. Avec le temps, je les oublie, son frère et elle, plongé que je suis dans mes propres tracasseries, occupé à me familiariser avec un nouvel environnement et une nouvelle demeure ; je l'avais vu se construire petit à petit lors de nos séjours dans le village, à l'époque où nous vivions encore à Dahra. Mon père me laissait flâner dans cette nouvelle bâtisse impressionnante. Je m'en échappais pour rejoindre les vergers de grenadiers et d'orangers. Je cueillais les fleurs d'amandiers, puis les amandes en été. C'était cela que le village représentait pour moi pendant l'enfance : une grande ferme pleine de pêches délicieuses, de ricotta, de lait frais et la manufacture de glaces Pingouin. Lorsque nous nous y installons, les détails de Dahra, malgré mes efforts pour ne pas les oublier, s'effacent peu à peu de mon esprit. À l'adolescence, sans que mon père ne le sache, je retourne de nombreuses fois voir la rue dans laquelle nous avons habité. Mais j'ai oublié Zeinab ; en grandissant, elle a disparu des ruelles où, petite, elle faisait du vélo ou jouait à la marelle avec les autres filles du quartier. Puis, le jeune homme que je suis devenu oublie aussi cette rue, trop occupé qu'il est à survivre et à gérer ses premiers émois de jeunesse. Les souvenirs de notre ancienne maison et de notre rue me reviennent plus tard, lorsque j'approche la trentaine. Je passe alors la plupart de mes soirées à Dahra avec mes anciens voisins, une fois le travail à la pizzeria terminé.

Je suis assis sur le bord de la route, en compagnie d'un vieil ami d'enfance. C'est le soir, nous buvons du thé et nous écoutons du raï, lorsqu'une jeune femme de vingt-quatre ans passe devant nous. Elle est belle et élégante. Elle porte un sac bien plus petit que celui qu'elle traînait autrefois sur son dos. Les yeux baissés, elle avance en essayant de ne pas attirer les regards. Elle entre dans l'immeuble délabré qui porte gravé en lui les stigmates de mon odeur, mon sang, ma morve et ma sueur. Le temps s'arrête un instant. Je demande à mon ami le nom de cette jeune fille.

– Tu ne la reconnais pas ? Ce n'est pas possible. C'est Zeinab, la sœur de Sadek.

Je m'empresse de demander comment va Sadek.

– Bien, mais on ne le voit plus. Il passe le plus clair de son temps dans sa nouvelle maison au sud de la ville. Ils vont bientôt déménager.

Mon ami m'apprend qu'elle étudie à l'université. Il ajoute que les prétendants ont délaissé leur demeure parce que Zeinab veut continuer ses études et qu'elle refuse toutes les demandes en mariage. Je me dis qu'il faut que je lui parle, que je lui déclare l'amour que ses pas rasant le mur de l'immeuble ont fait naître en moi. J'essaie à plusieurs reprises de croiser le chemin qu'elle emprunte quotidiennement depuis sa descente du bus jusque chez elle. Mais je n'y parviens pas, je renonce à chaque fois par timidité ; j'ai peur de sa réaction ou que Sadek ne me voie faire. Mon plan pour arriver à échanger quelques mots avec elle n'aboutit pas. J'ai retenu les lieux qu'elle fréquente : le parc de l'université dans lequel elle déjeune et rit avec ses amies, le café al-Hadj Fathi, les boutiques de vêtements de la rue du 1er septembre[1], la cafétéria de la faculté d'ingénierie et son jardin où les amoureux craignent de s'afficher, puis plus haut, devant les portes de l'université, les bus. Ils attendent les passagers qu'ils transporteront en empruntant le chemin qui passe par le quartier de Sidi al-Masri, puis l'avenue al-Sekka, circulant entre les immeubles anciens où vivent des habitants aussi vieux que les gazelles sculptées dans les murs des habitations. À chaque fois, elle demande au chauffeur de l'arrêter sur l'îlot du palais du Peuple où elle descend avec précaution. Je retiens le parfum qu'elle abandonne derrière elle lorsqu'elle longe le bâtiment, sa silhouette lorsqu'elle s'arrête quelques instants avant de disparaître dans la librairie al-Mokhtar. Je me représente ses allées et venues, les jeunes hommes qui l'apostrophent lorsqu'elle descend la rue al-Wadi en quête d'un livre qu'elle cherche depuis longtemps. Je la suis de loin, sans me faire voir. Parfois, elle s'arrête brusquement et regarde derrière elle comme si elle sentait ma présence. Je détourne alors la tête pour qu'elle ne distingue pas mon visage. Je n'ai jamais réussi à séduire une fille, malgré tous mes efforts à regarder les amoureux et les garçons plus entreprenants. À la voir prendre des détours pour rentrer chez elle, j'imagine qu'elle aime allonger le chemin. Elle choisit tous les jours de nouvelles rues à emprunter pour découvrir la ville, un luxe dont les filles de ce pays sont privées ou plus exactement que les regards des harceleurs et des épieurs ont poussé à abandonner. Lorsqu'elle entre dans une ruelle presque déserte, elle

1. Aujourd'hui connue sous le nom de « rue du 24 décembre », comme c'était déjà le cas après l'indépendance, cette artère s'appelle « rue du 1er septembre » lorsque Mouammar Kadhafi prend le pouvoir le 1er septembre 1969.

passe la main sur les murs des immeubles anciens comme si elle communiquait avec eux. Je peux l'entendre chanter tout bas de sa voix angélique, à un ou deux immeubles de là où je me tiens, et j'aime l'écouter. Cela arrive rarement mais lorsque cela a lieu, vous ne pouvez qu'en tomber éperdument amoureux.

Je suis tellement nul qu'un soir d'automne Zeinab découvre par hasard que je la suis. Pressé de la voir, je me suis hâté de terminer mon travail à la pizzeria. Je me tiens à l'entrée du palais du Peuple, enveloppé dans un vent glacial qui soulève les quelques dernières feuilles des arbres. Je reste une heure à scruter les bus qui s'arrêtent quelques minutes pour se vider de leurs passagers à la recherche de sa silhouette, elle qui n'a toujours pas appris comment en descendre sans encombre. J'ai peur de ne pas la voir et de m'être efforcé de rester debout contre le rempart pour rien. Les bus défilent les uns après les autres et je suis sur le point de perdre espoir. J'allume une cigarette et je pense à ce rêve qui me poursuit, à quelques détails près, depuis des années. Je me revois en train de faire du pain dans la *kousha* de mon père. Je prépare un pain anglais cette fois, comme celui que j'ai vu dans un film de contrebande et que j'ai rêvé pouvoir pétrir un jour. Soudain, le rêve se transforme en cauchemar terrifiant. Le visage de *Madonna* prend la place de celui de mon père qui m'ordonne de pétrir un pain après l'autre sans interruption. Je finis par m'affaler sur le sol de la *kousha*, épuisé. La scène se répète à plusieurs reprises avant que je ne me réveille en train de murmurer les paroles que m'a apprises ma mère pour chasser le diable.

Le bus de Zeinab finit par arriver, en retard, contrairement à son habitude. Elle en sort avec précipitation et tombe presque. La façon qu'elle a d'en descendre est inhabituelle. J'avais remarqué qu'elle tenait la poignée de la porte pour poser le pied au sol avec précaution alors que cette fois elle saute de la marche. Je me dis : « Vas-y, c'est le moment de lui dire d'une façon ou d'une autre que tu l'aimes. » Elle longe à pas rapides l'enceinte du palais. Je me dépêche pour la suivre mais ma manie de rester caché me fait hésiter à m'approcher. J'attends qu'elle tourne à gauche, vers la rue al-Baladiya, comme elle a l'habitude de le faire mais elle continue de marcher sur le trottoir pour traverser la rue, là où il y a plus de monde. Soudain, elle s'arrête et se retourne. Je me détourne rapidement pour regarder un nouveau modèle d'appareil photo Kodak japonais dans la vitrine d'une des boutiques. L'appareil me rappelle la passion de mon père pour la photographie, une passion qu'il a échoué à me transmettre. Je me dis que si nous avions une photographie de Zeinab petite à la maison, ce serait facile de lui déclarer mon amour, de lui dire que nous avons une histoire commune. Et cela serait encore mieux si nous étions rien que nous deux sur la photo. Je pense au drame que cela serait si elle se rendait compte que je la suis. Me reconnaîtra-t-elle ? Je n'ai pas vraiment changé même si j'ai laissé pousser ma moustache et que, comme les jeunes de l'époque, mes cheveux que je fais briller avec de l'huile d'olive sont coiffés en banane. Mais ma physionomie n'a pas beaucoup évolué ; j'ai maigri et je suis plus grand de taille, mais c'est tout. Elle n'aura aucun mal à m'identifier. Elle se plaindra certainement auprès de son frère qui partira à ma recherche dans les quartiers de la ville. Il me trouvera facilement, la plupart des jeunes de notre ancienne rue viennent à la pizzeria, parce que l'on peut dire fièrement qu'on y sert la meilleure pizza du centre-ville. Cela tient à la pâte que j'utilise, tout simplement. Sadek me poursuivra, il ira me chercher jusqu'au village pour me donner une bonne leçon. Dans toutes les bagarres auxquelles j'ai participé petit, j'ai toujours été le plus faible. Lorsque nous nous battions et que je le frappais, il ripostait en m'attaquant ; à la caserne je pleurais « comme une fille ». Je n'ai jamais le dessus lors des disputes et même lors de simples altercations avec mon patron à la pizzeria, je finis par renverser la pâte et je sors errer dans la ville jusqu'à ce qu'il m'appelle pour me persuader de revenir travailler. Je ne suis pas habile à donner des coups de poing et de pied même si j'aime beaucoup la boxe que je regarde autant que je le peux en suivant les rediffusions de matchs de Mohamed Ali, de Mike Tyson et de Prince Naseem Hamed. J'ai souvent imaginé que Zeinab se mettrait à crier sur la voie publique ou qu'elle chercherait secours auprès de policiers qui me maîtriseraient et me corrigeraient. J'ai aussi imaginé qu'elle me giflerait elle-même en essayant de me fuir. Devant la vitrine de la boutique, j'essaie de l'observer du coin de l'œil. Elle continue à avancer plus rapidement. En me dépêchant pour la suivre, je la bouscule devant la librairie al-Mokhtar. Le regard planté dans le mien, elle se fige. « Me voilà découvert… », me dis-je.

– Milad ?

Elle pousse un soupir de soulagement et cherche dans mes traits le garçon qu'elle a connu.

– Zeinab…

Silence.

– Cela fait si longtemps !

Le destin a voulu qu'elle me prenne sur le fait, sinon mon histoire n'aurait eu aucun sens et rien de tout ce que je vous raconte ne serait arrivé. Ma mère me dit toujours que lorsque Dieu décida de créer le monde, Il avait tout prévu : les hommes avaient été présentés à leurs futures épouses et le Seigneur leur avait remis les clés de leurs cœurs, Il leur avait même expliqué comment les rencontrer. Ce qui s'est passé faisait partie d'un plan – si l'on peut le dire ainsi –, dans lequel je n'étais qu'un pion. Lorsqu'elle me voit, je la sens soulagée, à l'inverse de ce que j'avais imaginé. Mes craintes se dissipent lorsqu'elle me sourit, mais je reste gêné de me retrouver ainsi devant elle en pleine rue.

– Heureusement que c'est toi Milad !

Ces paroles me vont droit au cœur et je respire. Oui, grâce à Dieu, il s'agit de moi et pas d'un autre qui a le plaisir de la rencontrer encore une fois dans sa vie. Merci à Lui qui m'a créé et qui a fait en sorte que je ne change pas comme nombre d'autres garçons de mon âge. Il me faut Le louer dans toutes les religions ; Le prier dans l'église où je suis gêné d'entrer, me rendre au mausolée de Sidi Abdel Salam[1] pour lui dire que son intercession auprès de Dieu a réussi et lui laisser une pièce pour m'assurer qu'il continue à se tenir à mes côtés à l'avenir, sacrifier un mouton pour remercier le Seigneur de m'avoir accordé cet instant et parce que, selon ses propres mots, c'est moi, Milad.

Très vite, je comprends qu'un jeune homme l'a importunée à l'université. « C'est pour cela, Zeinab, que tu étais en retard à notre rendez-vous quotidien », me dis-je en me reprochant mon anxiété. Le garçon l'avait suivie dans le bus. Il n'avait cessé de la fixer sans vergogne et lui avait même fait des avances, lui susurrant des paroles supposées la séduire. Je me demande ce que j'aurais fait s'il l'avait suivie hors du bus, s'il avait décidé de lui prendre la main ou s'il avait continué à l'importuner avec ses paroles malveillantes. J'aurais été le seul témoin. Et si tel avait été le cas, me serais-je précipité pour le rouer de coups comme l'aurait fait Mohamed Ali ? Loué soit le Seigneur, ce n'est que moi. Cela aurait aussi pu se passer autrement et cette scène héroïque aurait pu se terminer avec de douloureux coups de pied dans le ventre. Mais j'en serais sorti grandi dans les yeux de Zeinab et j'aurais

1. Saint soufi du XVIe siècle.

peut-être même pu obtenir qu'elle me prenne dans ses bras… Non… une étreinte, non, personne dans ce pays n'obtient cela d'une femme extérieure à la famille dans l'espace public. Tout au plus, m'aurait-elle gratifié d'une larme et d'un sourire, même si j'avais eu la bouche en sang. À l'évocation du jeune homme, Zeinab tremble toujours. Je lui propose de la raccompagner chez elle. Notre promenade est courte cette fois-là. Nous échangeons sur ce que nous sommes devenus et sur nos voisins en général. Lorsque nous descendons derrière l'immeuble al-Dinar, nous nous apercevons que nous sommes seuls.

– Tu sais, la rue n'a plus été la même après la fermeture de la *kousha*. Comment ça va au village ?

– J'ai arrêté de travailler à la *kousha* après la mort de mon père. Je travaille maintenant dans une pizzeria tout près d'ici.

– J'aime la pizza.

« Et moi, je t'aime », ai-je envie de lui répliquer mais je ne le fais pas. Ces mots devront attendre d'autres promenades pareilles à celle-ci avant de franchir mes lèvres. Nous faisons un marché : désormais, je l'accompagnerai depuis sa descente du bus jusque chez elle. Puisque Sadek n'est pas prêt à protéger sa sœur, je le ferai moi. De toute façon, quel mal y aurait-il à ce que, maintenant que nous avons grandi, je la soulage de sa peur des dragueurs et des harceleurs, moi qui l'ai accompagnée à l'école et ai porté son sac quand elle était petite ? Je termine le travail à la pizzeria, de bonne heure, impatient de cette rencontre. Je me lave vigoureusement le visage et les cheveux pour en ôter la farine et me recoiffer. J'ai avec moi une tenue de rechange. Et pour la première fois de ma vie, j'ai acheté du parfum. Je décide que la protéger des hommes est l'occasion d'un rendez-vous avec elle. C'est logique. Je repense en souriant au jeune garçon que j'étais à l'époque, qui découvrait soudain l'amour. Parfois, je lui apportais des morceaux de pizzas qu'elle dévorait, à la place de fleurs ou de cadeaux qui auraient dévoilé plus qu'il ne le fallait mon amour pour elle.

Le premier jour, notre promenade amicale, comme aime l'appeler Zeinab, ou notre rancard, comme je le nomme intérieurement, nous emmène au café Aurora. Nous descendons la rue du 1er septembre pour tourner ensuite dans la rue Haïti ; nous parlons à peine, nous tenant un peu éloignés, chacun de nous observant secrètement l'autre. Je sens ses yeux me transpercer alors que nous marchons dans le brouhaha de la ville.

– Oh, s'exclame Zeinab – en brisant le silence, à la vue de mon petit doigt teint, le même auquel elle s'accrochait les jours de pluie lorsque nous nous rendions à l'école –, tu continues à te teindre le petit doigt au henné, Milad ?

– Ah, oui..., dis-je, parfois j'oublie quand je l'ai fait.

– Je me souviens que je m'y accrochais lorsque l'orage me faisait peur.

J'aurais tellement voulu qu'il frappe encore une fois pour que, terrifiée, elle soit attirée vers moi, qu'elle emmène avec elle mon doigt, réchauffé par sa douce étreinte, dans les rues de la ville. Elle l'entraînerait dans les rues en chantant : « *Natartak habibi*..., je t'attends mon amour... » ou « *Ya hawa dakhl al-hawa, khodni 'ala biladi*, brise adorée, ramène-moi au pays », tout en caressant les murs des immeubles. Je me séparerais volontiers de mon doigt pour elle, ma présence ne serait même pas nécessaire, je le lui offrirais pour qu'il la guide vers la sérénité et le courage, pour qu'elle le dépose sous son oreiller ou sur sa table de nuit et dorme avec, ou qu'elle le porte en collier autour de son cou que la société a tenu caché du soleil. « Vas-y, Zeinab, prends-le », ai-je envie de lui dire.

– Il m'est arrivé de renoncer à le teindre parce que je craignais les commentaires de mon père ou de *Madonna.*

– *Madonna* ?

– C'est une longue histoire.

Oui, au plus fort de mon travail à la *kousha* avec mon père à l'époque du village, celui-ci m'avait demandé d'arrêter de me teindre le petit doigt. Mon père n'aimait pas ça, ma mère avait déjà cessé depuis longtemps de se teindre les mains pour ne reprendre cette habitude qu'après la mort de son époux. « Le henné altère le pain », m'avait-il dit pour se justifier lorsque je lui avais dit que mon grand-père – qui était son père et son oncle à la fois – se teignait le petit doigt. Pendant mon service militaire, j'avais également cessé de le faire. Je savais que sinon je serais la risée de tous. L'influence de l'armée avait perduré une année entière avant que je puisse reprendre mes anciennes habitudes et passer du temps en compagnie de mes sœurs, les laisser jouer avec mes cheveux, la tête posée sur les genoux de l'une d'entre elles.

Lors de notre deuxième rencontre, nous arpentons Dahra de long en large. Nous commençons par l'hôtel al-Waddan. Il y a là quelques étrangers à l'allure de journalistes, sous la protection de la police secrète. Il y a aussi quelques rares touristes venus de Tunisie pour visiter les sites archéologiques du pays. L'observation de ce petit monde délie nos langues. Zeinab me dit qu'elle a toujours eu envie de faire du journalisme ; elle adorait se rendre chez son oncle, et poussée par ce dernier et ses amis, elle s'était lancée dans l'écriture journalistique. Mais son père voyait d'un mauvais œil cet héritage familial artistique et littéraire, et elle n'avait pas pu persévérer dans cette voie. « Tu étudieras la médecine », avait décrété son père. Elle s'était soumise à sa volonté tout en gardant pour elle son rêve, qui resurgissait à chaque fois qu'elle se rendait chez son oncle pour passer la journée. Elle nettoyait son appartement et buvait du thé à la cannelle avec lui. Il lui parlait du dernier tableau qu'il était en train de peindre ou il lui apprenait à dessiner. Est-ce que je vous ai dit que Zeinab a réalisé plusieurs croquis ? Un instant, je suis sûr d'avoir gardé son carnet dans la réserve avec ses papiers et ses livres.

Voici ses dessins au crayon à papier. Je voudrais vous montrer un portrait. Il date de nos rendez-vous sur la corniche. Notre troisième ou notre quatrième rencontre, il me semble, ou était-ce la cinquième ? Non, lors de notre cinquième rendez-vous, nous nous sommes enfoncés dans la vieille ville à la recherche d'une ancienne boutique où elle se rendait avec son père lorsqu'elle était petite et qu'elle n'avait jamais oubliée. Je suis sûr que ce dessin de moi date de nos premières rencontres. En tout cas, le voici. Elle m'a dessiné regardant la mer sous la pluie. Je voulais me mettre à l'abri mais elle avait insisté pour que nous restions sous les gouttes. Elle riait en essayant de me dessiner. Vous pouvez encore voir les traces de pluie sur la feuille, sur mon visage et sur les traits au crayon. Je ne sais pas comment elle a réussi à le réaliser. J'endurais l'averse pendant qu'elle dessinait ma moustache et mes grands yeux. Elle a quand même réussi à représenter quelque chose de moi dans ce portrait, sans être vraiment ressemblant à vrai dire. Il y en a d'autres : l'ancienne boutique, le parc – quand nous sommes-nous retrouvés dans le parc ? –, une esquisse de moi en train de travailler dans la pizzeria, un jour où, elle avait terminé plus tôt et où j'avais tardé à la retrouver à notre lieu de rendez-vous habituel. Elle était arrivée à la pizzeria toute tremblante. Personne ne l'avait suivie ce jour-là, mais elle s'était habituée à me voir à sa descente du bus. Les souvenirs me reviennent maintenant. Je m'étonne aujourd'hui de tout ce que nous avons réussi à faire en dépit de l'emprise exercée par la société. Et, plus que jamais prégnante, c'est encore plus difficile pour les amoureux de nos jours, d'après *Madame.* Zeinab n'est pas ce que l'on peut appeler une fille émancipée, mais elle n'est pas conservatrice non plus. Elle se situe entre les deux. Elle peut avoir des idées bien arrêtées tout comme elle peut parfois être plutôt progressiste, en particulier lorsqu'il s'agit d'art. Je dirais que cela vient de sa relation privilégiée avec son oncle, son autre moitié, et celui qui a défendu notre relation à ses débuts.

Est-ce que cela signifie que notre relation était totalement platonique ? Je mentirais en disant cela et trahirais le serment que j'ai fait à mon père. Le jour où elle a si peur et qu'elle apparaît soudainement dans la pizzeria, un endroit que j'avais longtemps évité pour nos rencontres, c'est la fin de la sieste. Elle a fini plus tôt ce jour-là ; d'habitude, j'ai le temps de terminer mon travail pendant son dernier cours à l'université. Mon patron fait la sieste avec sa femme et il n'y a pas de clients. La cohue terminée, je nettoie la boutique. Je fais briller le plan de travail, vêtu de ma tenue maculée de farine. Soudain, je la trouve à mes côtés. Son visage baigné de larmes trahit la peur qui l'a saisie. Je m'empresse de descendre le volet de fer jusqu'au milieu de la porte avant de m'assurer qu'elle va bien. J'essaie d'abord de la calmer mais aussitôt elle m'étreint. Nous ne nous étions retrouvés que peu de fois encore. Je sens ses mains qui m'enserrent le dos. Je suis raide comme un roseau. Je ne sais pas ce qu'il convient de faire à présent. Est-ce que je l'entoure de mes bras comme elle le fait ? J'ai les bras en l'air, je tiens ma tenue que j'avais prévu de laver lorsqu'elle est entrée. Elle fond en larmes. Je crains que le même garçon l'ait à nouveau importunée. Il me faut quelques secondes pour m'approcher d'elle et l'enlacer. Je sens sa peur et son désir aussi. Je me suis reproché ce que j'ai fait ensuite. Je la laisse s'agripper à moi un peu. Elle lève ensuite soudainement la tête et nos regards se rencontrent, ils se mélangent comme la levure et l'eau. Je n'ai jamais été aussi proche d'une femme qu'à cet instant-là. La distance entre nous s'évapore et je lui avoue mes sentiments pour elle. Je lui dis que je l'aime. Toutes mes craintes, mes théories, mes certitudes se volatilisent, je ne sais comment. J'approche ma bouche de ses lèvres et je l'embrasse. Les battements de mon cœur s'accélèrent. Il fait de plus en plus chaud. C'est un baiser léger et furtif certes, mais il manque de me faire fondre en larmes moi aussi.

– Tout va bien, lui dis-je pour la calmer, je ne serai plus jamais en retard.

Je dresse une table pour elle. Je prépare quelques quartiers de pizza avec une pâte élaborée à l'avance, une pure pâte napolitaine que je m'étais destinée. Même mon patron n'en mange pas. Il ne fait pas confiance à cette recette, j'ai pourtant essayé à plusieurs reprises de le convaincre de ses avantages. J'en dépose devant nous un grand morceau orné de feuilles de basilic du jardin. Je m'assieds pour la regarder le dévorer en buvant une bouteille de Saada, savourant le bonheur qui m'a saisi quelques minutes auparavant. J'ai envie de lui chanter : « *'Oyounek, 'oyounek… fi 'oyounek nadhra hazina, tahki 'an al-hobb wa hanino*, tes yeux, oh tes yeux… dans tes yeux il y a ce regard triste qui parle d'amour et de tendresse », j'ai envie de lui dire combien j'ai passé de nuits à imaginer la scène de nos lèvres se rencontrant, et combien la chaleur que son corps a communiquée au mien par son étreinte fait pleurer mon cœur.

« Tu aimes la pizza et moi je t'aime », ai-je vraiment dit ça ? Ou l'imaginé-je aujourd'hui ? Je ne sais pas. En tout cas, la voir ainsi bouleversée me pousse à lui avouer mon amour pour elle. Je n'ai pas besoin qu'elle me réponde quoi que ce soit parce que j'ai compris qu'elle m'aimait au moment où elle est entrée dans la pizzeria. Nous avions essayé de dissimuler notre attirance mutuelle lors de nos précédentes rencontres, pendant lesquelles, après de longues rigolades, nous demeurions silencieux, conscients que quelque chose, que nous essayions de cacher, était en train de se produire. « Est-ce que tu savais qu'ici on vendait du concentré de tomates au gramme ? » lui disais-je par exemple dans la cohue du souk al-Mushir. Ou quelque chose de ce genre, pour éloigner de nous la gêne, l'angoisse du silence, une attirance qui nous rendait fous et un amour silencieux, là au milieu de la foule, des vendeurs de soies et de parfums. C'est cela l'amour selon moi. Il grandit lentement pour atteindre subitement des sommets. Là-haut, les amants peuvent décider d'essayer d'atteindre des pics plus élevés encore ou de s'installer dans cette routine-là ou encore d'en descendre et de se séparer. Nous, nous nous sommes élevés dans des cieux très lointains qui ont changé le cours de nos histoires personnelles.

Je ne vous dis pas que je suis un bon croyant. En dépit de mon amour pour Dieu, je suis en proie aux péchés et aux désirs. Comme tout jeune homme dont les élans ont été réfrénés, j'ai rêvé de mettre Zeinab dans mon lit, tout comme j'ai fantasmé sur d'autres jeunes filles avant cette deuxième rencontre plus tardive. Je me suis masturbé en épiant depuis le toit de notre maison, par la fenêtre ouverte de sa cuisine, notre voisine en robe d'intérieur. Les aventures sexuelles d'Absi avec les prostituées algériennes et libyennes avec lesquelles, selon son expression favorite, « il s'était entraîné » en Tunisie ont formaté mon esprit. J'ai joui seul en regardant des films tunisiens et américains de contrebande. Les films égyptiens qui nous faisaient l'aumône de scènes de baisers, de danse orientale et de gémissements à eux seuls me donnaient envie d'évacuer mon ardeur tandis qu'Absi se masturbait sous la couverture, en ma présence, lorsque nous visionnions des films dans la *baracca*. Un jour, il a même organisé ma première expérience sexuelle ; il avait loué les services d'une prostituée pour ses amis et lui dans la ferme de mon oncle Mohammad à Bir al-Usta Milad lors d'une de ces nuits coquines qu'ils passaient ensemble de temps à autre. Tout en essayant d'en rester éloigné, j'avais connaissance de ces veillées d'alcool, de danse, d'orgie, de sexe. La dernière chose que je voulais était de me retrouver poursuivi par la police des mœurs entre les arbres de la ferme. Cette nuit-là, Absi insiste pour que je les accompagne et que je cuisine pour eux. Après que la prostituée s'est rassasiée de ma cuisine, Absi me propose d'en profiter à mon tour. Elle a trente ans, une peau dorée comme les blés, elle est légèrement potelée et essaie autant que possible de cacher les traits de son visage sous une couche de maquillage bon marché qu'elle a probablement acheté dans les boutiques de la rue al-Rashid. Elle se fait appeler Khaddouja. Je souris de la similitude de son nom avec celui de ma culture de levure. Absi et un de ses amis l'ont déjà prise de nombreuses fois. Pendant que je préparais le barbecue, je l'entendais rire et gémir quand Absi s'introduisait en elle. J'évitais de regarder par la fenêtre de la chambre d'où émanait une odeur de sexe, de sueur et de sperme, une torture pour mon membre qui voudrait goûter à la chair. Soudain, Absi m'appelle :

– Milad, viens jouer avec nous.

Moi, je ne veux pas. J'ai déjà honte de mon corps lorsque je me lave seul dans la salle de bains, que dire alors de l'exhiber devant mon cousin, son ami et cette fille.

– Merci, je n'ai pas envie.

La prostituée rit lorsqu'elle m'entend dire cela. Les deux amis d'Absi qui dansent sur du *merskawi** à l'extérieur s'esclaffent à leur tour. Absi sort nu de la chambre. Je peux voir son sexe recouvert de fluides féminins.

J'essaie de détourner la tête. Il rigole, m'attrape et m'attire vers lui en disant :

– Entre, baise-la ou c'est moi qui te la mets.

Vous pourriez rire, vous demander pourquoi je vous raconte tout cela. Est-ce que cela a vraiment un lien avec mon histoire ? Je vous répondrai que oui. Absi a essayé à de nombreuses reprises de faire de moi un « étalon » avant mon mariage avec Zeinab. Et même après. Il est convaincu qu'un homme ne peut être embarrassé que par son manque d'expérience pour faire pleurer une femme et la faire se consumer de désir ou par son incapacité à tenir l'alcool. Un homme doit pouvoir user de son instrument sans éprouver de honte. Pour prouver que j'en serais capable dans mes ébats futurs, je devais selon lui entrer dans la mêlée avec sa Khaddouja à lui et oublier, pour une fois dans ma vie, ma levure bien aimée, ma Khaddouja à moi, et mon pain, et laisser la viande brûler sur le gril si nécessaire. C'est ainsi que je me retrouve devant Khaddouja étendue sur le lit comme une princesse égyptienne, la tête appuyée sur son coude, me dévoilant ses fesses et les courbes de son corps, ses seins lourds comme deux grappes de raisin mûr, prêts à être cueillis. L'ami d'Absi est allongé, épuisé par une monture qui me dévisage à présent avec défi.

– Viens ici, fais-la-moi goûter comme tu m'as fait goûter de ta cuisine.

– Fatigue-la Milad, s'esclaffe l'ami d'Absi en allumant sa cigarette.

– Je ne peux pas, dis-je à Absi.

– Tu ne peux pas ? Tu bandes ou pas ? me demande Absi en tâtant ma verge.

Je reste sans voix.

– Elle est bien réveillée. C'est que tu peux alors… décrète-t-il en riant aux éclats.

Absi et son ami enfilent leurs pantalons et sortent hilares de la pièce. Absi promet à Khaddouja un autre round. C'est sa putain préférée. J'ai pensé à mon oncle qui m'a demandé un jour si son fils buvait. Je lui avais répondu que non, qu'il ne faisait que coucher avec des prostituées. « Si ce n'est que ça, tout va bien. Le plus important est qu'il ne touche pas à l'alcool, Milad, m'avait confié mon oncle, je compte sur toi pour prendre soin de lui. » Ce que l'oncle ne savait pas, c'est que c'était Absi qui veillait sur moi en réalité. Je ferme la porte, prêt à affronter l'ogresse qui me courtise, exhibant ses charmes dans un lit imprégné de l'odeur de la sueur et maculé de liquides visqueux. Un frisson me parcourt dont je ressens la vibration jusque dans mon petit doigt teinté au henné. J'essaie d'enlever mon pantalon mais je suis trop crispé. Elle essaie de m'encourager :

– N'aie pas peur, je ne mords pas, je ne fais que sucer.

Offensée que je reste de marbre devant elle, elle s'allonge sur le ventre et tend le bras vers sa boîte de maquillage ; ivre et somnolente, elle veut se refaire une beauté pour ce qui reste de la nuit. La courbe de ses fesses dodues m'excite. J'avance pour fermer la fenêtre complètement en tirant les rideaux pour me donner du courage. Elle m'observe du coin de l'œil. Elle éclate de rire.

– Ha ha, tu aimes les secrets toi, viens, n'aie pas peur… je m'occupe de ton dépucelage.

Les scènes de mon « dépucelage » imminent affluent dans ma tête. Dans quelques instants, j'aurai marqué un point qui me rapprochera de ce que l'on entend par la masculinité dans ce pays.

– Allez mon chéri, viens, joue avec elles, me dit-elle en remuant ses fesses, tout en terminant de se maquiller.

Je me vois en train de la chevaucher au milieu de ses gémissements de plaisir. Ces cris imaginés par mon esprit traverseraient le mur jusqu'à parvenir aux oreilles d'Absi ivre qui se réjouirait et laisserait éclater sa joie. « Je vous l'avais dit que mon cousin était un étalon, dirait-il à ses compagnons. La progéniture de notre ancêtre est une pure lignée d'étalons…, nous épuisons les femmes. » Je lui fais l'amour en imagination, comme il convient de le faire avec une prostituée : je la fais pleurer, elle me supplie d'arrêter alors que je suis au plus haut de ma fougue. J'arrache les boutons de ma chemise. Elle attend que je termine ma comédie. Mon sexe bat de plus en plus fort et, avant même de m'approcher d'elle, j'éclabousse mon pantalon. De là où elle se tient, elle le voit.

– Tu fais donc partie de ces hommes-là, me dit-elle en riant.

Je baisse le regard et je vois ce que j'ai fait. Dans mon ardeur, j'ai éjaculé avant même de la toucher. Je suis brisé. J'éclate en sanglots. Je ne sais pas ce qui m'est arrivé. J'aurais dû lui faire l'amour passionnément et elle en retour, cela devait me servir de preuve. J'ai échoué, comme d'habitude. Je m'assieds sur un vieux fauteuil qui appartenait à mon grand-père et je pleure. Khaddouja éprouve soudain de la sympathie pour moi. Enveloppée dans le drap, elle s'approche de moi.

– N'aie pas peur chouchou, j'assiste tout le temps à ça, me dit-elle pour essayer de m'apaiser.

– Pas de cette manière, je ne suis pas un homme.

– Au contraire, tu en es un, me ment-elle pour calmer ma douleur qui se fait plus intense.

Toutes les remarques que j'ai endurées à propos de ma virilité me traversent l'esprit. « Seul son *cazzo* peut faire honte à un homme », répète sans cesse Absi. Même ça, je l'échoue lamentablement et je me mets dans une situation embarrassante, devant une femme en plus. Mon père me reprochait ma « mollesse ». Mon oncle avait du mépris pour mes actes trop peu masculins. *Madonna* me ridiculisait en essayant vainement de tuer l'enfant en moi. Et maintenant cette prostituée est un nouveau témoin de mon humiliation. Elle me caresse le dos et s'assied à côté de moi en allumant sa cigarette.

– Ne crains rien, je ne le dirai à personne.

Elle a compris dans quelle position gênante je me trouverais si Absi apprenait que j'avais éjaculé prématurément. Je redresse la tête. Elle m'apparaît plus belle à présent. Cette marque de tendresse me fait changer d'avis sur elle. Je la regarde, je suis à la recherche de ce visage bienveillant qui éprouverait de la compassion pour moi. Elle se lève pour bien fermer la porte. Même enveloppé d'un drap, son corps est beau. Elle se dirige vers la porte avec coquetterie, puis vers moi. Elle passe sa tête entre les rideaux de la fenêtre pour voir ce que font ses clients et s'assurer qu'ils sont toujours occupés à boire et à danser. Elle s'assied sur le lit.

– Écoute, me dit-elle, tu as l'air d'être un bon garçon, tu ne leur ressembles pas. Je t'ai observé au début de la soirée pendant que tu cuisinais et nettoyais. Je suis capable de distinguer un homme honorable d'un fourbe. Tu es quelqu'un de respectable. Ne te blâme pas de ne pas être capable de baiser une simple putain comme moi. Je donnerais n'importe quoi pour avoir un homme comme toi, tu le crois ça ? me dit-elle doucement.

La bête de sexe en elle s'est transformée en ce qui semble être une mère affectueuse.

– Mais Absi va savoir que j'ai fait semblant, objecté-je, cela se voit à mon pantalon.

– C'est rien du tout ça, dit-elle en se levant, la boîte de maquillage dans les mains.

Elle s'approche de moi et se penche pour pouvoir mettre en pratique son stratagème et effacer la preuve. Je l'arrête. Elle sourit et me remet la boîte. J'ai peur qu'elle ne me touche… Je suis muré dans ma tristesse.

– Utilise le rouge à lèvres et les autres maquillages pour cacher la tache. Tu pourrais dessiner des lèvres rouges pour les faire marcher.

C'est ce que je fais tout en doutant que cela puisse cacher quoi que ce soit, mais elle reprend sa position pour dissiper mes doutes.

– En ce qui concerne le reste, n'aie pas peur. Tu penses vraiment qu'un groupe d'adolescents peut faire crier Khaddouja ? me susurre-t-elle – et elle commence à gémir toute seule tout en me regardant, le sourire aux lèvres.

Elle se touche en criant :

– Haaa, Milad…, c'est bon, oh oui !

Je l'observe en train de jouer notre rapport hypothétique.

– Regarde par la fenêtre, est-ce qu'ils entendent ?

Je me lève pour jeter un œil à travers les rideaux. Ils se sont arrêtés pour écouter les gémissements qui s'élèvent de la chambre.

– Ah, Milad, ah, c'est bon, oh oui, c'est trop bon. À ton tour Milad, dis n'importe quoi, insulte-moi, m'intime-t-elle.

– J'en suis incapable…

– OK, répète après moi : Tais-toi sale pute, tu crois que je vais y aller doucement ? Tiens, prends ça !

– Tais-toi, sale pute…

– Dis-le d'un ton dur et plus viril, comme si tu me frappais.

Je répète la phrase en m'appliquant. Nous rions pendant que nous jouons nos rôles. Je vois les gars entrer en courant. Ils sont derrière la porte maintenant. Je ris, elle pleure, gémit, je ris encore. Elle pousse un ultime cri annonçant que je lui ai fait atteindre l'orgasme. Derrière la porte, les voix marquent leur surprise puis se taisent à l'affût. Je m'assieds sur une chaise. Elle me tend une cigarette et nous fumons, le sourire aux lèvres. Elle a réussi à faire de moi un demi-dieu et lorsque je sors de la chambre, tous me félicitent. Absi lève son verre qui contient un mélange de citron, de Kawthra et de boukha.

– Je vous avais bien dit que Milad était l'héritier incontestable du *hadj* Milad al-Usta, le plus grand étalon qu'ont connu Bir Hussein, Bir al-Usta Milad et même le pays tout entier.

Cette nuit-là, la soirée terminée et mes compagnons profondément endormis, je suis assis seul à boire un dernier verre en fumant une cigarette. Khaddouja me rejoint. Elle me raconte son histoire. Elle avait vingt-cinq ans, mon âge exactement, lorsqu'elle a fait l'amour pour la première fois. Elle était amoureuse d'un jeune homme de la ville qui l'avait séduite. Il l'avait emmenée dans l'appartement d'un de ses amis. Elle m'avoue qu'elle s'était donnée à lui par amour, elle s'était abandonnée entièrement car à quoi bon aimer si l'on n'offre pas tout ce que l'on possède de plus cher à l'être aimé. C'est ce que le garçon lui avait mis en tête pour obtenir de goûter à son fruit. « J'étais mince, les femmes de la ville pourraient te dire combien j'étais belle avant que je ne flétrisse », m'a-t-elle confié. Une, puis deux, trois, vingt fois et puis lorsqu'elle lui avait demandé le mariage, son amoureux l'avait quittée. Il lui avait répondu qu'il n'épousait pas les putes. Elle avait failli se tuer d'humiliation. Elle ne pouvait plus vivre au sein de sa famille qui se rendrait compte qu'elle s'était donnée au premier prétendant qui avait voulu la déflorer, elle, qui avait perdu sa virginité à la première étreinte avec le traître qu'elle aimait.

– Depuis ce jour, me dit-elle, je me venge des hommes en m'appropriant leur argent, ce sont tous des chiens. Milad, me fait-elle promettre, si tu tombes amoureux un jour et qu'il se passe entre toi et elle ce qui s'est passé entre moi et ce fils de chien, promets-moi que tu ne la rejetteras pas. Tu peux faire ça pour moi ?

Elle lève le petit doigt qu'elle accroche au mien pour sceller notre promesse.

– Ton petit doigt est teint, j'avais bien dit que tu ne leur ressemblais pas, ajoute-t-elle en riant.

Son rire s'estompe…

– Promets-moi, Milad, de ne jamais me laisser seule…

J'entends la voix de Zeinab qui termine la dernière part de pizza, son petit doigt en l'air. Je lève à mon tour le mien teinté de henné et ils se rejoignent, symbole de ma promesse. Je souris. L'ai-je abandonnée ? Pas pour autant que je sache… Oui, je l'ai déçue, parfois, mais j'ai toujours été à ses côtés, je l'ai encouragée, accompagnée en essayant autant que possible de la protéger. Je me souviens d'un jour où nous étions au parc. C'était après une autre étreinte dans la pizzeria, bien plus risquée que la première. La pizzeria était devenue le lieu de nos rencontres. J'y ai fait la connaissance de ses seins exquis, goûté à leur nectar. Nous y avons échangé des baisers enflammés, sur nos lèvres et lobes d'oreilles, dans le cou et sur la nuque mais jamais au point de nous dévorer tout entiers. Cela faisait peur à Zeinab et moi je n'étais pas sûr d'être à la hauteur. Nous ne nous étions pas aventurés à des caresses plus intimes. Nous nous contentions de jouir du délice de ce moment sur le plan de travail de la pizzeria, recouverts de farine, riants aux éclats. Nous faisions parfois des batailles de farine. « Je vais faire de toi une pizza », me disait Zeinab, ce à quoi je lui répondais que j'allais la pétrir. Nous nous enfoncions dans les plaisirs de l'amour, tout en guettant l'ombre du patron qui pouvait remonter le rideau de fer à tout moment, ou celle de Sadek qui découvrirait sa sœur en pleine débauche avec son ami d'enfance. Ce jour-là, comblés, nous époussetons nos vêtements et nous partons pour le parc de la Gazelle[1] lorsqu'il était encore le lieu de rendez-vous des amoureux. Nous sommes ivres de ce que nous venons de vivre. Nous nous asseyons sur un banc, nos regards attirés l'un vers l'autre, indifférents à ce qui nous entoure, sans songer à l'emprise de la société qui surveille les faits et gestes nonchalants sous les arbres, quand soudain les voix rauques d'un groupe de garçons nous arrachent à notre attraction mutuelle.

– Un vicieux et une dépravée ! Vous faites quoi ?! aboie l'un d'entre eux.

– Tu accepterais qu'on fasse ça à ta sœur ? demande un autre.

– Oui, bien sûr, cela ne lui poserait aucun problème.

Il m'arrive d'aller à l'encontre de ma personnalité. Je suis toujours surpris d'y parvenir. Comme je vous l'ai raconté auparavant, cela m'est déjà arrivé, lorsque j'ai frappé ma sœur Asma. Ayant appris qu'elle recevait des lettres d'un camarade de classe, je l'ai tirée par les cheveux de sa chambre jusqu'au milieu de la maison, suivi de mes sœurs qui me suppliaient d'arrêter. « Tu parles aux garçons ? lui ai-je dit, espèce de dépravée. » J'ai toujours envie aujourd'hui de me tuer quand je pense à cet incident. Je l'ai giflée. Ma mère a arrêté mon geste avant que je ne recommence et m'a mis dehors. Après cet épisode, Asma a continué à avoir peur de moi jusqu'à ce que je parvienne à combler le fossé qui s'était creusé entre nous. J'ai regagné sa confiance et elle s'est remise à me parler.

À la surprise des jeunes qui nous entourent, je leur réponds. Ils se mettent alors à me rouer de coups et chassent Zeinab

1. Hadiqat al-ghazala : parc qui se situe non loin de place de la Gazelle et sa célèbre fontaine où, jusqu'en 2014, on pouvait admirer *La belle à la gazelle*, une statue représentant une femme nue caressant une gazelle, réalisée par l'artiste italien Angiolo Vannetti.

en lui promettant de l'emmener au poste de police s'ils la trouvent à nouveau en ma compagnie ici ou ailleurs. J'essaie de protéger mon visage lorsqu'ils se remettent à me frapper. L'un d'eux veut me planter avec un couteau, mais nous sommes proches d'un commissariat et un agent de police qui ressemble à un crapaud s'approche, les faisant fuir à toute vitesse. Je reste dans le parc, j'ai mal et je me demande ce qui est arrivé à Zeinab. Est-elle arrivée chez elle sans encombre ? Peut-on considérer que je l'ai abandonnée ? Dans ce cas, oui, on peut dire que j'ai rompu le pacte.

La journée passe péniblement. Je crains de regagner la rue de peur que les gars du quartier ne me voient les habits en lambeaux et roué de coups, mais je veux m'assurer que Zeinab va bien. La journée me semble durer une éternité. J'attends le lendemain pour la revoir et m'excuser de l'avoir abandonnée, de les avoir laissé l'insulter et la chasser, m'excuser de ce que je suis.

Mais que diriez-vous de changer de sujet ? Pourquoi ne pas boire un autre verre de thé dans le jardin ?

* * *

À quoi bon vous parler en détail de mon mariage avec Zeinab ? Je préfère vous raconter les jours qui ont suivi nos noces, lorsque la Peugeot nous a emmenés en Tunisie et plus précisément à Djerba et à Dar Ghazala, qu'en dites-vous ? Nous pourrons ensuite revenir un peu sur ce qu'il s'est passé après mon humiliant passage à tabac. Il faut que je vous raconte un épisode essentiel de mon histoire, qui a motivé ma décision de vous raconter comment notre relation a commencé. Asseyez-vous pendant que j'arrose les plantes. Je vous raconterai ensuite ce que je peux appeler la plus belle période de ma vie.

Après une semaine épuisante de festivités qui se clôture par la nuit de noces, nous nous préparons le matin pour prendre la route vers le nord-ouest. En chemin, nous écoutons de la musique. Nous dépassons les pompes à essence de la frontière, les changeurs de devises, les vendeurs de dattes et de poteries. Nous voulons nous rendre d'abord à Djerba pour nous reposer un ou deux jours avant d'aller à Hammamet, puis à la capitale. Lorsque nous quittons la frontière libyenne, Zeinab extraie la moitié de son corps par la fenêtre de la voiture pour essayer d'étreindre le vent.

– J'ai toujours eu envie de faire ça, crie-t-elle.

Puis, elle ôte son foulard.

– Oui ! C'est mieux comme ça, la chaleur est insupportable dehors.

– Je ne comprendrai jamais ta tolérance mon amour, m'avoue-t-elle, mais elle me plaît.

Ce qu'elle ne comprend pas, c'est que toute ma vie j'ai entendu mes sœurs se plaindre d'avoir à porter le foulard, en particulier lorsqu'en été il les étouffait, alors qu'elles devaient déjà supporter des tenues peu confortables. Il me semblait évident que la solution était de ne pas en mettre, ou de le porter de façon à pouvoir respirer correctement et de manière à avoir moins chaud. Mon raisonnement les faisait rire, tandis que ma mère me regardait horrifiée. Sous le soleil de ce milieu de la matinée, nous écoutons *Soleil, soleil*, une chanson disco d'Ahmed Fakroun. Nous arrivons sur une route bordée des deux côtés par d'immenses marais.

– Arrête-toi, ce sont des flamants roses, me dit Zeinab. Je n'en ai encore jamais vu.

Quant à moi, j'en avais certes vu à la télévision mais jamais de mes propres yeux. J'ai observé de nombreuses espèces d'oiseaux lors de mes périples en mer : des cigognes, des oies et des canards migrateurs, des mouettes, et toutes sortes d'oiseaux étranges dont je n'ai jamais retenu les noms, mais jamais un attroupement entier de flamants roses sur la route de leur migration dans la chaleur de l'été. Ils se tiennent sur une patte dans le marais. Zeinab descend, elle veut s'approcher. Je me souviens d'une information intéressante que j'ai apprise dans un documentaire télévisé et dont je peux me faire valoir. J'éteins le moteur de la voiture, je m'approche d'elle et je l'enlace.

– Est-ce que tu sais que les flamants roses tirent leur couleur des crevettes dont ils se nourrissent ?

– *Allah !* Vraiment !

– Ces oiseaux sont la preuve que ce que tu manges déteint sur toi.

– Et toi, qu'est-ce que tu manges pour être aussi tendre alors ? me demande-t-elle en riant.

– Du pain.

– Nous en mangeons tous.

– Ce que l'on mange dans notre société n'est plus du pain, c'est un ersatz, le véritable pain est confectionné avec amour. Imagine manger tous les jours le pain de ta mère.

– Je ne savais pas que tu étais aussi philosophe, Milo.

« Milo », c'est le diminutif que Zeinab a choisi pour moi, pas « Millau », comme dit Absi. « Milo » est plus beau, plus intime et empreint d'amour. J'ai envie de lui demander quelle nourriture la rend si charmante, si belle et si attirante. Mange-t-elle du gâteau tous les jours ? Peut-être a-t-elle l'habitude de croquer de délicieux fruits frais ? Transis d'amour, nous restons une demi-heure devant l'attroupement de flamants roses, majestueux sous la chaleur, puis nous repartons en direction de Djerba. Nous sommes arrêtés par une patrouille. Des agents me harcèlent en me faisant comprendre que je dois payer une taxe en vertu d'une prétendue règle que je ne comprends pas. « Prépare-toi à ouvrir ta bourse pour contenter les poulets », m'avait dit Absi quelques jours avant mon départ au milieu d'une pléthore de conseils qu'il m'avait donnés en même temps que les numéros de prostituées qu'il connaissait au cas où je m'ennuierais avec ma femme. Nous arrivons finalement à Houmt Souk. Nous nous arrêtons pour prendre un café et des rafraîchissements. Nous nous asseyons à l'une des terrasses qui donnent sur la place du marché. Les habitations peintes en blanc et décorées de bleu ciel nous engagent à la sérénité.

– Qu'est-ce que tu veux boire ?

– Un Coca-Cola.

– Moi, j'ai envie d'un café avec un croissant, dis-je au serveur.

Je l'observe savourer sa joie. Elle regarde tout autour d'elle, à droite, à gauche, comme si elle avait trouvé le lieu où elle voudrait vivre pour le restant de ses jours. Un vieil homme se déplace entre les tables. Il vend des brins de jasmin. « Ignore les vendeurs ambulants, ce sont des voleurs masqués. Chasse-les dare-dare et ne commence pas à discuter avec eux », m'avait recommandé Absi dans son avalanche de conseils.

– J'ai envie de me mettre à danser sur cette place, me dit Zeinab qui manque de s'envoler en s'étirant pour se détendre de la fatigue de la voiture.

La place est entourée d'échoppes diverses, de tissus traditionnels brodés qui attirent tant les touristes étrangers, de bijoux, de tapis, et de fruits secs. Dans la rue, les gens et les touristes pullulent, nous, nous sommes assis à l'ombre du café. Le serveur revient avec notre commande. Bon, il est temps pour moi de goûter à ce fameux croissant dont j'ai tant entendu maître Ikhmeis et Absi parler. Je l'examine. Il ressemble à de la brioche, mais avec une texture d'apparence plus friable. Je prends ma part que je dévore avec bonheur.

Il me faut un instant seulement pour comprendre la différence entre ces deux spécialités ; le croissant n'a besoin de rien d'autre pour être délicieux, au contraire de la brioche, que le *hadj* Fathi truffait de miel, d'amandes et de beurre comme un sandwich. Le croissant est généreux en beurre et sa pâte ressemble à celle de la *baklawa.* J'applaudis les Français, j'ai la preuve de leur supériorité sur les Italiens en matière de viennoiseries. Ces deux peuples se font concurrence de longue date. Les Italiens ont réussi à pousser le monde entier à manger de la pizza, c'est un point pour eux. Mais la capacité des Français à faire du croissant une viennoiserie aussi célèbre me stupéfie. La pizza se vend toute seule : le fait qu'elle soit composée de fromage, de sauce tomate et d'olives et qu'elle puisse se manger à tout moment font son succès, mais le croissant… il relève du sentimental. Heureux, j'allume une cigarette. Je peux à présent siroter mon café.

– Je peux fumer avec toi ?

La question de Zeinab interrompt le flot de mes pensées.

– Pourquoi veux-tu fumer ?

– Je ne sais pas mais j'en ai toujours eu envie. Mon père, mon frère et mon oncle sont tous les trois des fumeurs invétérés, mais ils ne m'ont jamais laissée fumer et ils ne me laisseront jamais essayer.

– Une seule alors, et après fini !

– Pourquoi ?

– Parce que c'est mauvais pour la santé et que c'est une question de bienséance, lui rétorqué-je spontanément, essayant de la réprimander.

– Mais toi tu fumes. Est-ce que cela porte atteinte à ton honneur ?

– Non.

– Et alors, pourquoi crois-tu que cela me porterait préjudice ?

– C'est différent.

– Non, ça ne l'est pas. Ma grand-mère prisait bien du tabac, elle.

– Et la mienne chiquait du tabac soudanais.

– Et donc ?

– Donc, tu as tout à fait le droit de fumer.

J'ai l'impression que nous venons de vivre notre première dispute mais je balaie bien vite ce sentiment. Nous nous étions déjà querellés lorsque nous nous fréquentions au début et que nous étions « amis », mais des désaccords précoces sont un signal alarmant. Certains répudient leur femme dès les premiers jours de mariage pour une simple divergence d'opinions. Voir des femmes fumer autour de nous m'incite à m'incliner. Je suis surpris de voir une femme âgée et voilée allumer une cigarette devant ses fils. Et en dépit de la présence de quelques familles libyennes qui se promènent et font leurs emplettes, je me dis qu'une cigarette, ce n'est pas bien grave. En la voyant essayer d'allumer la sienne, je me remémore ma première tentative ; je n'étais pas arrivé à inhaler la fumée correctement. Je l'invite à me regarder faire.

– Il te faut d'abord sentir sa présence, puis tu aspires sa fumée comme si tu avais enfin retrouvé cette deuxième part de toi-même après l'avoir longtemps cherchée.

– *Ya salam !* Ces mots sont de toi ?

– Non, c'est mon ami Bahi qui travaillait avec moi à la *kousha* qui en parlait de cette manière. C'était un sentimental qui aimait les cigarettes plus que tout, plus que les femmes même.

– Et toi ?

– J'éprouve beaucoup de respect pour les femmes en général mais je n'en aime qu'une seule ! Et je suis terriblement attiré par sa manière d'être et sa façon de vivre.

En milieu de journée, nous nous invitons dans un restaurant situé dans le souk et tenu par un juif. Nous y entrons par hasard après avoir lu un écriteau mentionnant Le tripolitain. À l'intérieur, nous voyons de vieilles photographies de Tripoli : un vieux restaurant dans le quartier juif avec une inscription à la main indiquant Le djerbien ; de vieux clichés du cinéma Le Miramar et du souk al-Mushir ; des hommes et des femmes vêtus de costumes traditionnels tripolitains lors de réunions de famille ; la photo d'un homme, un Libyen vraisemblablement, devant la statue de *La belle à la gazelle* ; des photos de la mosquée Gurgi et de l'Arc de Marc Aurèle après qu'il fut restauré par les Italiens, un portrait du gouverneur militaire Italo Balbo dans un restaurant juif de Tripoli en compagnie d'un rabbin. Nous nous trouvons dans une galerie consacrée à la nostalgie d'un passé juif, italo-libyen. Le décor du restaurant est à la fois tripolitain et djerbien. Un vieil homme corpulent, dont le visage a la couleur des pierres de la tour Boulila imprégnées du sel de la mer, s'adresse à nous dans un parler tripolitain vieilli que nous n'arrivons à comprendre qu'après avoir déchiffré son jargon spécifique.

– Libyens ?

– Oui, nous sommes de Tripoli.

– Tripoli la Protégée, que Dieu la garde. Je suis Benyamin le Tripolitain, un de ses anciens enfants, dit-il avec nostalgie pour nous accueillir ensuite avec un grand sourire.

Il nous reçoit de la meilleure des façons et appelle sa fille. Elle porte une robe courte, rouge à pois blancs. Ses cheveux noir de jais sont la preuve qu'elle est issue de la Sirène des mers comme on appelle parfois Tripoli.

– Voici ma fille, Sarah, dit-il – et en s'adressant à elle : Regarde, ce sont des enfants de ton pays.

Puis, avant de nous demander ce que nous voulons commander, il ajoute :

– Les Libyens ne nous rendent pas souvent visite. Ils préfèrent manger chez les musulmans.

Il s'assied à côté de nous et nous interroge sur Tripoli. Nous parcourons la carte des plats en français sans savoir quoi commander.

– Ça, c'est du *hraïmi** de poisson, du denti, nous explique notre ami qui a senti notre désarroi et qui a compris que nous peinions à déchiffrer les lettres latines, c'est incroyable. Ce plat vous emmènera aux portes de la mer…

Je cherche le regard de Zeinab, en extase devant la jupe de la jeune fille qu'elle s'imagine porter pour sillonner les rues de la ville. Je me demande comment son père prendrait le fait qu'elle ait envie de porter une robe comme celle-ci. Elle m'a souvent répété que lorsqu'elle regardait des films avec son oncle, son regard était attiré par les vêtements féminins.

– Et ça, c'est un plat de haricots aux tripes, je vous le conseille, continue le patron du restaurant, vous n'en trouverez de pareil que dans le restaurant Abiya. Est-ce qu'il est toujours ouvert ? La dernière fois que j'ai visité la ville, c'était il y a dix ans et je ne sais ce qu'il est devenu.

Il décide de ce que nous allons manger. La jeune fille s'en va, suivie par le regard de Zeinab qui n'arrive pas à se détacher d'elle.

– Dites-moi, quelles sont les nouvelles de Tripoli ? J'y suis né, j'y ai grandi et passé les plus beaux jours de ma vie. Je suis un juif d'al-Hara[1].

Il n'attend pas vraiment de réponse de ma part. Nous parlons de la dernière fois où il a vu Tripoli. C'était trois ans avant l'année du bombardement.

1. Quartier juif de la vieille ville de Tripoli.

– Tripoli était lugubre, ça, je m'en souviens, j'étais dans la fleur de ma jeunesse, elle était triste, solitaire et habitée par la peur.

Ce sont ses mots. Nous aimons sa description de la ville, c'est comme s'il décrivait un être humain qui respirait, dormait, mangeait comme nous. Il nous raconte des souvenirs de son enfance. Il nous parle du bouillonnement culturel et ethnique qui coulait dans ses veines. Il nous confie que lorsqu'il est retourné à Tripoli ensuite, il l'avait trouvée sombre et sans éclat, elle avait perdu ses couleurs comme si ses artistes l'avaient désertée pour gagner leur vie dans d'autres contrées. Il n'avait pas pu visiter grand nombre de monuments et il s'était bien gardé de révéler son identité juive à qui que ce soit. Je ne suis pas à l'aise. J'ai l'impression de trahir la cause palestinienne alors que Zeinab, elle, est avide d'écouter son histoire. Je suis gêné. Me lever et sortir serait insultant pour ce vieil homme nostalgique de cette patrie perdue qui lui manque. Et puis, j'aime la joie qui rayonne sur le visage de Zeinab que j'observe en train d'écouter ce récit passionnant. Je raconte au vieil homme que nous sommes en lune de miel et que c'est notre premier voyage en Tunisie. Je me dis que je pourrais glaner quelques conseils de gens du cru ; ils connaissent les meilleurs endroits, où l'on peut manger pas cher et bien et où l'on peut dormir aussi.

– Vous avez réservé un hôtel ? me demande-t-il.

– Pas encore. Cela ne fait pas longtemps que nous sommes arrivés et nous avions envie de boire un café et de déjeuner avant tout.

– Combien de temps voulez-vous rester à Djerba ?

– Un jour ou deux.

– Alors, vous logerez chez moi.

– Ce n'est pas nécessaire.

– Par Dieu, vous viendrez ! Les gens de Tripoli sont mes enfants. Vous dormirez dans une dépendance, tout près de la plage où vous pourrez vous baigner si vous le souhaitez, sans être dérangés.

J'imagine la réaction de ma mère si je lui racontais que j'avais été logé par un juif et que j'avais mangé sa cuisine. Elle en deviendrait folle, c'est certain. Mais l'homme est si gentil que je me sens forcé d'accepter son invitation. Nous acquiesçons, et il continue son récit de la ville et de Djerba. Il nous raconte qu'il connaît une femme originaire de Tripoli qui vient tous les quelques mois avec son fils cadet. C'est une commerçante qui achète des bijoux et des plats en céramique de Djerba. Il se trouve qu'elle était entrée, comme nous, un jour, par hasard, dans le restaurant. Ils s'étaient liés d'amitié après s'être rendu compte que son père à elle vendait au sien des étoffes damassées et se rendait tous les jeudis dans son restaurant du quartier juif pour manger du *hraïmi*. En souvenir de l'amitié qui liait leurs pères, il lui avait proposé de l'aider à acheter sa marchandise au prix le plus bas du marché. Il lui louait un logement lorsqu'elle décidait de rester une semaine ou plus.

– Comment s'appelle-t-elle ? demande Zeinab.

– Zaima al-Andalousi, répond Benyamin.

Le nom de cette femme tinte aux oreilles de Zeinab comme un heureux hasard du destin. Cette femme puissante est sa tante.

– C'est ma tante, exulte-t-elle.

– Une raison de plus pour vous inviter, répond Benyamin, madame al-Andalousi est une femme vertueuse et généreuse, je suis heureux de pouvoir m'occuper de sa nièce. Vous êtes mes invités.

Le repas arrive. Le pain me plaît, le croustillant de sa croûte. J'ai envie de l'interroger sur la boulangerie où il l'achète. Ce pain me rappelle celui de maître Ikhmeis que j'ai envie d'appeler, si j'ai le temps, pour nous remémorer ensemble les souvenirs de la *kousha.* Nous passons le reste du temps dans le restaurant en compagnie de Benyamin et de sa fille Sarah qui se lie très vite d'amitié avec Zeinab. « Est-ce que je peux savoir où tu as acheté cette robe ? » Je l'entends poser la question alors que j'essaie d'aller dans le sens du vieil homme lorsqu'il évoque le café de Tripoli, tout en buvant un thé.

– Le café de Tripoli est le plus délicieux qui soit. Malheureusement, la dernière fois que j'ai visité Tripoli, je n'ai pas pu le savourer comme il se doit. Il était plus proche du goût du café d'ici, mauvais.

Je lui donne raison sur le fait que le café à Djerba est imbuvable mais je prends fait et cause pour la saveur du café tripolitain. Il y a deux choses que les Libyens défendent lorsqu'ils voyagent hors de Tripoli : le café et la nourriture. Il me donne raison sur la nourriture, en particulier la pizza. Elle est bien meilleure que celle que l'on peut manger à Djerba. Je lui dis que je peux lui préparer une pizza s'il le souhaite.

– C'est d'accord ! Cela vaudra pour le prix du gîte.

Je comptais bien laisser de l'argent dans la maison en partant le lendemain. Nous terminons le *hraïmi*, les pommes de terre farcies et le rouget frit. Je le complimente pour ces plats délicieux et lui demande comment cuisiner du *hraïmi* comme celui que je viens de goûter. Il me répond que tout est dans la qualité et le choix du poisson. Certains ne conviennent pas au *hraïmi.* Il est possible d'utiliser de la dorade mais cela ne sera pas aussi savoureux qu'avec du denti. Puis, il vous faut choisir les gousses d'ail avec précaution, en quantité appropriée par rapport à la quantité de poisson. L'ail et le cumin pourraient masquer le goût du poisson, c'est pourquoi il faut en user avec modération. Si vous voulez rajouter du concentré de tomates, il est préférable de savoir le préparer soi-même mais une conserve fera également l'affaire. C'est un poème qu'il me récite, pas une recette. J'adore écouter les gens raconter leur façon de cuisiner certains plats. J'ai appris cela de mon père. Selon le ton de la voix et le choix des mots, il est possible de savoir si le plat est cuisiné avec amour ou pas. C'est une astuce à laquelle il est possible de recourir lorsque l'on doute de la qualité d'un met avant de le commander. En posant simplement une question sur la manière dont il a été cuisiné, si l'on ressent la passion du chef lorsqu'il en parle, c'est que notre choix est le bon.

Un peu avant l'appel à la prière de l'après-midi, je vais me reposer. Sarah, Zeinab et moi prenons la Peugeot jusqu'à leur maison. À l'entrée, une plaque de marbre indique que nous sommes les invités de « Dar Ghazala », une demeure à l'architecture à la fois tunisienne et française, divisée en deux parties avec un jasmin grimpant qui court le long de son petit mur d'enceinte, un jardinet abritant toutes sortes de plantes et une cour dont les murs sont gardés par une gazelle sculptée de la bouche de laquelle jaillit de l'eau. Je gare la Peugeot sur le trottoir. Sarah descend pour prendre la voiture de son père dans le garage et s'en va avec Zeinab. Je porte les valises dans l'entrée avec le fromage que j'ai acheté au souk. J'ai eu du mal à trouver du fromage de qualité mais j'y suis finalement arrivé. J'ai acheté les légumes pour la sauce. J'utilise une sauce particulière pour la pizza maison : un mélange de tomates, d'ail, de basilic, de thym et d'huile d'olive en diverses proportions. J'ai laissé Zeinab avec sa nouvelle amie, elles sont parties acheter une robe du style de celle que porte Sarah. Je prépare la sauce, pétris la pâte à pizza pour qu'elle soit prête pour la soirée. Habituellement, je préfère la faire un jour avant. J'ajoute deux tiers d'eau pour une mesure de farine – la quantité de farine détermine celle des autres ingrédients. Cette fois, je choisis d'ajouter un peu moins d'eau dans la pâte. N'ayant que quelques heures pour lever, elle sera difficile à façonner si la quantité d'eau est trop importante. N'utilisez surtout pas de levure chimique ! C'est le conseil que je peux vous donner si vous avez un jour à préparer une pizza. Après l'avoir pétrie, je sais que je peux me reposer et dormir un peu.

J'entre dans la chambre à coucher. C'est la première fois que je vois des armoires encastrées dans le mur. J'admire le bois blanc, il est gravé de l'étoile de David peinte en bleu ciel. Je suis saisi d'angoisse. Je me sens cerné par le Mossad. Mais ma peur s'évanouit aussitôt que mon regard rencontre la large fenêtre. Elle ressemble aux nôtres : ses persiennes en bois bleu me rappellent celles de Bir Hussein, l'encadrement de la vitre est blanc comme chez nous mais le mélange des couleurs est plus beau. Nos fenêtres sont petites, de couleur brun foncé et protégées par des barreaux en fer pour dissuader les voleurs d'entrer dans la maison. Elles sont placées un peu plus haut que cette fenêtre-ci et il est possible de s'y asseoir confortablement. J'ai toujours eu l'impression d'être prisonnier dans nos maisons. Je n'ai jamais compris pourquoi, alors que la sécurité et la tranquillité régnaient à l'époque de Notre Guide, les gens se barricadaient derrière de hauts murs hérissés de verres brisés, percés de petites fenêtres protégées de barreaux en fer, comme dans une caserne ou une prison. Ce n'est pas le sentiment que j'ai chez Benyamin. Je suis traversé par les émotions, je me sens bien en dépit de l'exiguïté du lieu. J'entends les vagues se briser sur la plage. Ma joie décuple. Je m'approche de la fenêtre, aucun mur ne vient cacher la vue. « Je n'aurais jamais pu jouir d'une telle vue si j'avais été à l'hôtel », me dis-je. Des Aptenias avoisinent le petit mur d'enceinte et dans chaque recoin, il y a un palmier. Toute la maison ressemble à un temple de bord de mer. J'entraperçois la plage à travers la forêt de fleurs qui s'entremêlent le long du mur jusque sur le sable, formant un chemin. Benyamin a vraiment une âme d'artiste ; il a ajouté une barrière en bois qui permet aux plantes de grimper et d'offrir une ombre agréable pour arriver à la plage. Après avoir savouré la vue, je me laisse tomber sur le lit sous la fenêtre.

Je fais un rêve au goût de souvenir : je suis sur la plage en compagnie de mon père. Nous sommes à Ghout al-Rouman. Mon père aimait la mer autant que le pain. Nous embarquions dans la Peugeot à l'aube. Il nous emmenait mes sœurs et moi, et parfois aussi les enfants des voisins. Je ne sais pas encore nager et la mer me fait très peur. Dans le rêve – ou ce jour-là peut-être –, Sadek et sa petite sœur Zeinab nous accompagnent. Je ne me souviens pourtant pas d'être jamais allé à la plage avec Zeinab. Nous nous rendons sur une plage confidentielle de Ghout al-Rouman, très peu fréquentée peut-être parce qu'elle n'est pas connue ou parce que la plupart des gens préfèrent la plage aménagée de Sindbad ou des villages proches de Tajoura. Nous nous enfonçons dans une forêt de chênes des garrigues et de pins. Lorsque nous en sortons, nous nous mettons à courir pour voir la mer. À l'arrière, mon père sourit. Accoudé sur la carrosserie de la Peugeot, il attend que nous percions l'énigme. Nous nous approchons de la falaise et c'est la déconvenue. Nous pouvons apercevoir la plage en contrebas mais absolument aucun vacancier. Et pas un village de vacances en vue mais cela ne nous décourage pas pour autant. Nous regardons mon père, nous nous demandons comment nous pourrions rejoindre le bord de mer. Il sort une pastèque de la voiture et avance vers nous.

– Sautez ! dit-il en riant.

Nous ne sommes encore que des enfants et nous ne comprenons pas la plaisanterie. Nous le regardons, renfrognés.

– Pas de mer pour vous aujourd'hui, nous dit-il sur un ton de défi. Nous allons manger la pastèque ici sur la falaise et puis nous rentrerons à la maison.

Puis, il soulève Asma et nous demande de le suivre. Il descend précautionneusement un sentier en pente que des pieds humains ont dessiné entre les fourrés et la végétation de bord de mer. Une plante aux petites fleurs blanches, dont je ne connais toujours pas le nom aujourd'hui, recouvre les alentours. À l'époque, j'apprécie sa présence rassurante dans ce lieu qui semble nous encourager à descendre à notre tour. Après quelques minutes de marche, nous arrivons au paradis.

– Allez ! Nous avons atteint l'Éden, nous dit mon père qui nous attend en bas.

Ce qu'il ne sait pas, c'est que la descente est pénible pour moi. Je crains de glisser et de me blesser la cheville qui porte encore les séquelles de blessures anciennes. Je n'ai pas envie que cela se reproduise ce jour-là. Zeinab me suit, elle se trouve tout derrière. Il ne reste plus que nous. Là où nous sommes, le chemin forme une marche d'un mètre de haut. À cinq ans, elle possède encore en elle cette peur des petits enfants. Je regarde la marche avec attention. Je dois sauter. Je le fais et, Dieu soit loué, j'y parviens. Mon regard se tourne vers Zeinab qui se tient pétrifiée là-haut dans son maillot jaune. Elle a le vertige et cette pierre lui semble très haute. Je tends le bras vers elle pour l'aider et la voilà qui saute. Elle serre mon petit doigt pour descendre ce qui nous reste du sentier devenu plus commode et nous rejoignons les autres qui ont commencé à nager. Mon père dépose la pastèque sur la plage et, aidé par mes sœurs, il se met à l'ensevelir dans le sable pour que l'eau ne l'emporte pas. Je m'empresse de sauter dans l'eau. Je vois mon père enlever sa chemise. La forêt touffue de poils qui couvre sa poitrine protège sa peau couleur henné. Il s'avance dans la mer après avoir vérifié que tout va bien pour Asma et les autres filles. Il pénètre profondément dans la mer et se met à nager sans s'arrêter jusqu'à ce que nous ne puissions presque plus l'apercevoir. Puis, mon rêve se brouille un peu. Je suis recouvert de terre. J'aimerais savoir nager comme mon père, aller aussi loin mais, en même temps, la mer me fait peur. Sadek se moque de ma couardise. Lui nage jusqu'à ce que l'eau lui arrive au niveau du cou.

– Viens, ne fais pas ta fillette, ricane-t-il.

Soudain il disparaît.

– Sadek ?

J'ai entendu de nombreuses histoires de noyades en mer et je n'ai pas envie d'être témoin de l'une d'elles. Il disparaît quelques minutes dans l'eau pour réapparaître très haut, porté par mon père. Sadek rit, installé sur ses épaules. J'aurais voulu faire de même.

– Milad, si tu ne viens pas, je te noie, me crie mon père.

Sadek saute et mon père se met à nager dans ma direction. Je veux sortir de l'eau mais la présence de Zeinab sur la plage non loin de moi me met dans l'embarras. Je ne veux pas qu'une fille qui ne fait pas partie de la famille se rie de moi. Mon père s'approche. Je me fais pipi dessus dans l'eau. Il m'attrape et entre dans la mer avec moi. Je pleure en essayant de m'échapper.

– Écoute petit, me dit-il alors qu'il me soulève sur son épaule, si tu as peur de te noyer, tu te noieras assurément, et si tu n'apprends pas à nager, tu n'auras pas le courage d'avancer dans la vie.

Enfant, je n'ai jamais réfléchi à ce que mon père voulait imprimer dans mon esprit avec cette comparaison entre la vie et la natation. J'ai compris plus tard, en grandissant. Il m'entraîne loin dans la mer. Je nage en tenant son épaule.

Parfois il plonge et m'entraîne avec lui pour me faire goûter le sel de la mer.

– Si tu n'arrives plus à respirer, tapote sur mon épaule pour que je remonte, me dit-il avant de plonger.

Il tarde sous l'eau. Je tape sur son épaule mais il ne remonte pas. Il veut défier ma peur de la noyade. Lorsque je perds espoir, il remonte. J'essaie de reprendre mon souffle. Nous arrivons à un endroit où mes sœurs, Sadek et Zeinab m'apparaissent aussi grands que des nains au bout de l'horizon.

– Maintenant, je te lâche, annonce mon père, tu dois me suivre jusqu'au rivage.

– Milad, Milad… regarde ce que j'ai acheté.

Zeinab me tire de mon rêve, elle tient un bikini dans la main. J'essaie d'intégrer la vision de ma femme vêtue de sa nouvelle robe qui me montre son maillot. L'odeur salée de la mer toujours dans les narines, je me demande si elle existe vraiment ou s'il s'agit d'une réminiscence de mon rêve. Je la détaille. Sur son bikini jaune est dessinée une pastèque. « Avons-nous mangé la pastèque dans le rêve ? » me demandé-je. Elle admire ses vêtements tout heureuse. Elle dépose le bikini.

– Regarde, la robe, elle me va bien, non ?

J'ai besoin de fumer une cigarette, je ne réalise pas que ce que je vois n'est apparemment pas une résurgence de mon rêve.

– Le bikini, tu vas le porter ?

– Bien sûr ! Sarah m'a dit que la plage sur laquelle donne leur maison est privée et que personne ne la fréquente.

– Je ne sais pas, je pense que c'est risqué, dis-je en allumant une cigarette.

– Comment ça ?

Je souffle la fumée en direction de la fenêtre.

– Je ne suis pas à l'aise avec l'idée du bikini. Nous sommes musulmans tout de même. Tu ne pourrais pas te baigner dans des vêtements plus recommandables ?

– Plus recommandables pour qui ? me répond-elle sur la défensive, sa joie a disparu pour laisser place à de la colère.

Oui, je sais, je vous ai dit que Zeinab était à la fois conservatrice et émancipée mais, pour comprendre, vous devez d'abord savoir qui l'a réellement élevée. Écrasé par les préoccupations professionnelles, son père avait abandonné l'éducation des enfants et il n'y avait en réalité qu'un seul parent à la maison. Comme c'est le cas pour nous tous, c'est sa mère qui l'a élevée, sans compter la grande influence de son oncle, en particulier sur sa mentalité et sa manière de penser. Sa mère lui avait inculqué la manière de se tenir en société et elle n'adressait pas la parole aux hommes en dehors du cercle familial. Lorsqu'elle sortait, dans les limites imposées par son éducation, elle ressemblait à n'importe quelle jeune fille qui respectait les lignes rouges fixées par la société. Elle marchait dans la rue en faisait preuve de pudeur, les yeux rivés au sol. Elle aimait les mariages et les occasions festives mondaines et religieuses dans lesquels elle s'investissait dans les moindres détails. Elle aimait tout ce qu'aiment les autres jeunes filles du pays. Lorsqu'elle se rendait à la plage avec son père et sa famille, elle se baignait entièrement vêtue. Si cela avait lieu aux premières lueurs de l'aube, et s'il n'y avait pas de vacanciers, son père lui permettait de nager sans son voile. Mais si elle se conformait à la plupart des traditions populaires, sa manière de penser était très différente. Elle avait été abreuvée par les idées de son oncle, un célibataire, sans enfants – comme moi, et dont je peux dire qu'elles étaient étranges. Je n'avais jamais entendu quelqu'un parler ainsi auparavant. Cet artiste estimait que les gens s'étaient terriblement éloignés de la religion, que l'ascendant de l'homme sur la femme n'avait rien de religieux, mais que les hommes avaient altéré la religion et l'avaient exploitée à leur profit pour se protéger des femmes. Parmi ses idées pour le moins surprenantes, il y avait celle que l'alcool n'était pas illicite. Vous le croyez ça ?! Moi qui bois de l'alcool, lorsque je suis sobre, je sais bien que l'alcool est interdit, même si j'en suis dépendant. Il considérait aussi que les femmes n'ont pas à se couvrir plus que les hommes. Zeinab reprenait ces idées à son compte : « Il y a là la religion véritable et celle de la société, ce sont deux choses différentes », l'entendais-je dire. Elle ne ratait aucune prière. Elle était persuadée que ce qu'elle faisait n'était pas contraire aux prescriptions. Je n'étais pas assez érudit en matière de religion pour lui opposer un avis contraire, en particulier lorsqu'elle me bombardait d'arguments. Jamais aucun autre homme n'a eu l'influence qu'a eue son oncle sur sa vie, pas même moi. Je n'ai rencontré cet homme qu'une seule fois dans ma vie, lors de nos fiançailles. Il m'avait pris à part :

– Je sais que son père ne t'a pas imposé cette condition mais Zeinab, que je considère comme ma propre fille, travaillera, c'était mon devoir de t'en informer. Et sache que je ne te pardonnerai jamais si tu la contraries un jour, même pour une futilité.

Bien que plutôt sensible, comme tous les artistes, on voyait bien qu'il ne fallait pas lui chercher misère, c'était un homme du pays, un vrai, et il pouvait se transformer en animal sauvage si la situation le requérait. Le regard qu'il m'a lancé en me le disant m'a fait peur et j'ai toujours été très prudent lorsque nous discutions, elle et moi.

Notre échange sur le bikini ne dure que quelques instants. Elle a les larmes aux yeux lorsqu'elle comprend ma position. Elle avait cru que je me serais réjoui de la voir porter ces vêtements pastèque. Je vous avoue que j'en aurais été heureux – quoi de plus beau pour un homme que de nager en compagnie d'une femme libre –, mais l'idée qu'un autre que moi, même autre que libyen, puisse voir le corps de ma femme m'affole. Elle se jette sur le lit en pleurant son infortune : elle a épousé un homme qui n'est pas différent des autres « arriérés » de son pays. L'être doux qu'elle est se transforme en volcan de colère qui me hurle que je lui ai menti, que je l'ai trahie. Devant le miroir, je me demande si j'ai ou non brisé une promesse que je lui aurais faite à propos d'un bikini mais je n'en ai aucun souvenir, nous n'en avions jamais parlé. Chacun de nous s'était fait de l'autre l'image qu'il voulait. La puissance de l'amour occulte tous ces détails : porter un bikini à la plage, fumer, le nombre d'enfants souhaité, lui avouer ou non que je suis alcoolique, la laisser ou non boire du vin, va-t-elle s'occuper de la maison ou sera-ce moi qui me noierai dans la mer de vêtements qu'elle éparpillera dans tous les recoins de la maison ? Aujourd'hui, je me dis que tous les couples devraient bien réfléchir. On ne devrait pas avoir peur de parler de ces choses-là, si vous voulez mon avis. Et parce que je suis quelqu'un de sensible et que je me suis toujours demandé pourquoi mes sœurs devaient être entièrement vêtues à la plage, après les avoir vues, lorsqu'elles étaient petites filles, nager en maillot avant que la *jebba** ne devienne soudainement obligatoire, je crains que cette dispute ne signe la fin de notre mariage, que nous allons rentrer en Libye le jour même et que je devrai annoncer à ma famille que j'ai divorcé de Zeinab, après de longs mois à avoir imaginé notre vie commune dans ses moindres détails.

– OK, Zeinab, finis-je par céder, tu peux te baigner en bikini mais à une condition.

– Laquelle ? me dit-elle en sanglotant.

– Qu'il n'y ait pas de Libyens dans les parages. La *khuttifa** du mariage est toujours visible sur tes mains et je ne veux pas que quelqu'un de chez nous puisse nous reconnaître.

– Et comment tu pourrais savoir s'il y a des Libyens ou non ?

– Je peux, on se reconnaît entre nous.

Après m'être assuré qu'il n'y a personne sur la plage, je reviens vers elle. Elle porte le bikini sous une robe de plage tunisienne qu'elle a achetée au souk. Son nombril et le grain de beauté qui se trouve à côté, son adorable ventre que j'ai embrassé tant de fois, son bustier qui met en valeur sa poitrine et le dessin de la pastèque qui me rappelle la petite Zeinab : elle est si belle ! Partageant mon avis sur la beauté de la femme qui se tient devant moi, mon bas-ventre se durcit doucement. Le henné noir de ses mains, symbole de ce « scandale », la rend encore plus attirante à mes yeux. Je la précède lorsque nous sortons de la maison à la recherche de Benyamin. Après avoir vérifié qu'il n'est pas dans les parages, je demande à Zeinab de se dépêcher. Elle ne sait pas que je suis toujours convaincu de ne pas vouloir qu'un autre homme que moi puisse voir son corps à demi dénudé, même si cet homme n'est qu'un vieux juif qui ne fait pas partie de la famille et que demain sera le dernier jour où nous le verrons. Nous descendons vers la plage en empruntant le chemin bordé d'Aptenias. Alors que nous avançons, je me demande si je pourrais en planter de la même manière chez nous – et c'est ce que j'ai fait finalement sinon nous ne serions pas, vous et moi, assis sous leur ombre dans ce jardin. Arrivés à la plage, nous nous mettons aussitôt à l'eau.

– Je ne sais pas nager, me dit-elle en enlevant sa robe.

– C'est facile, viens avec moi, lui dis-je en l'attirant vers là où l'eau lui arrive au cou et couvre tout son corps.

L'ai-je fait parce que je n'étais pas convaincu par l'idée qu'elle se baigne en bikini ? Je ne sais pas. Nous jouons un peu, nous nous aspergeons. Je la soulève pour la jeter à la surface. Elle essaie de me noyer mais son corps menu ne l'aide pas. Je l'enlace et je veux l'entraîner plus loin. Effrayée, elle appelle à l'aide un hypothétique père qui se trouverait sur la plage. Il m'arrive de jouer avec elle à ces jeux stupides pour vérifier si j'éprouve un quelconque désir de violence en mon for intérieur. Par moments, je l'étouffe presque alors qu'elle essaie de me repousser en riant à la manière des actrices de cinéma. Lorsque ses cris se font plus réels et cessent de ressembler à du jeu, je m'aperçois que je vais trop loin.

– Désolé, je me suis laissé emporter.

– Arrêtons de jouer, s'il-te-plaît, apprends-moi à nager.

Je me jette sur le dos et je laisse l'eau me soulever vers la surface.

– Laisse-toi aller et tu flotteras.

Mais Zeinab n'est pas de ceux qui se laissent porter. Elle résiste au courant marin tout comme elle le fait dans la vie aussi.

– Je n'y arrive pas, me dit-elle.

– Très bien, tu vas te noyer dans ce cas.

– Comment ça ?

Mon rêve me revient à l'esprit.

– Si tu as peur de te noyer, tu te noieras, c'est certain. Si tu n'apprends pas à nager, tu n'auras jamais le courage d'avancer dans la vie, lui dis-je, reprenant à mon compte les mots de mon père.

– Qui t'a dit cela ?

– Mon père, pour autant que je m'en souvienne du moins.

– Qu'est-ce que tu veux dire ? me demande-t-elle tout en essayant de reproduire mes mouvements alors que je nage sur le dos.

– Avant que tu ne me réveilles, j'étais en train de rêver de mon père à la plage.

Je lui raconte mon rêve. Elle semble passionnée par mon récit. Je lui rappelle que je l'ai portée pour l'aider à descendre sur le sentier.

– Tu es sûr ?

Évidemment mais elle en doute. Elle m'avoue qu'elle n'a aucun souvenir de s'être rendue à la mer avec nous. Elle se souvient que Sadek lui faussait compagnie à l'aube pour accompagner *'amm* Mokhtar, ça oui, et qu'elle se réveillait et se précipitait à la fenêtre pour voir la Peugeot quitter à l'instant l'emplacement où elle était garée. Elle se mettait à pleurer devant son père. Je m'étonne de ma détermination dans mon rêve à ce qu'elle ait été présente. Je me mets à douter de l'exactitude de mes souvenirs. Encore aujourd'hui, il me vient parfois à l'esprit que Zeinab n'a jamais existé et que ma vie avec elle est une chimère dont je ne peux me défaire. Lorsque je reste longtemps seul chez moi, huit heures d'affilée par exemple, ce sentiment me poursuit jusqu'à ce qu'elle rentre et que je puisse la toucher et la sentir. Là, dans l'eau, je caresse son visage.

– Zeinab, es-tu vraiment réelle ? lui dis-je en plaisantant pour chasser la gêne dans laquelle ce stupide rêve m'a plongé.

– Non, je ne suis qu'un songe, me répond-elle en riant.

Puis, elle m'interroge sur la suite de mon rêve et sur mes souvenirs avec mon père.

– Est-ce que tu t'es noyé quand il t'a laissé ?

– Je me souviens d'avoir bu la tasse au début. Il me remettait sur ses épaules pour me lâcher à nouveau en me disant que si je me laissais aller, je nagerais. Au début, je ne comprenais pas ce qu'il voulait dire. Puis il m'a dit qu'il fallait que je me couche dans l'eau, comme si j'étais dans mon lit et que je flotterais alors. C'est ce que j'ai fait. Il m'a dit de bouger mes bras et mes jambes dans des directions opposées, de ramer comme lui. Mes premières tentatives ont été infructueuses, puis j'y suis arrivé. Je lui ai crié de regarder, que je savais nager à présent. Il a souri et m'a ordonné de le suivre.

– Et la pastèque ?

– Quelle pastèque ?

– La pastèque que ton père portait avec Asma dans ses bras. Vous l'avez mangée ?

– Dans le rêve ?

– Oui.

– Je ne sais pas. Tu m'as réveillé avec ce haut de bikini pastèque.

J'introduis ma main dans son bustier pour cueillir ses petites framboises. Il n'y a personne et le jour tombe, j'ai terriblement envie de la caresser. Nous nous embrassons sous le soleil couchant.

– Oh, j'ai réalisé l'un des objectifs de ma liste, s'exclame-t-elle lorsqu'elle se rend compte que le soleil est en train de se coucher.

Je n'avais pas connaissance de l'existence d'une telle liste avant cela. Zeinab avait fait l'inventaire des choses qu'elle voulait absolument faire avant de mourir : publier le livre qu'elle avait écrit sur son oncle et sur ses tableaux ; embrasser la bonne personne dans l'eau sous les rayons du soleil couchant ; visiter l'Italie ; avoir des enfants pour remplir sa vie de leurs cris.

– Est-ce qu'il y a des choses que tu voudrais faire ? me demande-t-elle.

– Moi ? Je n'y ai jamais réfléchi.

Je ne trouve pas mes mots. J'ai grandi dans un environnement où l'on ne rêve pas, où l'on n'encourage pas à le faire. Peut-être que mon seul rêve était de pétrir le plus grand nombre possible de pains différents. Je suis toutefois content d'être la bonne personne, et celui avec qui elle a réalisé un de ses desseins.

* * *

Oh la la ! Je vous prie de m'excuser. À chaque fois que je me rappelle ces moments, les larmes me viennent sans le vouloir. Cette soirée avec Benyamin et sa famille, leur engouement pour la pizza que j'avais préparée, la danse… Bon, je suis prêt à présent pour continuer mon récit de l'époque où nous n'étions pas encore mariés. J'ai encore besoin de thé. Vous en voulez aussi ? J'ai de la confiture d'abricot faite maison. Qu'en dites-vous ? Avec quelques toasts croquants et un peu de beurre. Vous allez avoir envie de les goûter. J'ai cueilli les abricots moi-même dans la ferme de mon oncle. Cueillir ces fruits pour me venger de lui, c'était tellement bon.

OK, où en étions-nous ? Ah oui… je n'avais pas dormi de la journée à cause de ce qu'il s'était passé. Le lendemain cependant, je sors précipitamment. Je cherche à Dahra les endroits que nous avions l'habitude de fréquenter. En dépit de la cohue, le café Aurora me paraît désolé et déprimant, le parc encore plus sale et habité par les rats, la statue de *La belle à la gazelle* est laide et semble me défier, la silhouette de Zeinab n'est pas là à déambuler à côté de sa fontaine, les mains baignant dans l'eau. Comme fou, je la cherche partout, je veux m'excuser auprès d'elle. Je la cherche dans les librairies qu'elle fréquente : la librairie Maarif, la librairie al-Mokhtar, la librairie Fergiani, les librairies de la rue al-Wadi, toutes ne sont plus que de simples boutiques poussiéreuses, envahies par les toiles d'araignées et fréquentées par des vieillards. Zeinab n'est pas là pour caresser les livres esseulés. Les odeurs de parfums et d'encens, des tapis, des tissus, des épices et des cuivres des souks al-Mushir, al-Qazdara et al-Rabaa ont disparu. La citadelle n'est plus qu'un démon gigantesque juché sur la poitrine de la ville. Sa disparition a ôté toute beauté à ces lieux. Dahra et son église ne sont plus ce qu'elles étaient. Je passe les premières heures de la journée à la rechercher, négligeant mon service à la pizzeria. De toute façon, le désaccord qui s'est installé entre mon patron et moi ne cesse de s'accroître à cause du « changement » qu'il a remarqué dans ma personnalité. Épuisé, je m'assieds sur la fontaine de Dahra pour reprendre mon souffle. J'achète un café et je m'installe devant le palais du Peuple pour fumer ma cigarette. Je pense à ce qu'est devenue Zeinab. Depuis l'incident de la veille, la raison m'a quitté. Je n'arrive plus à réfléchir posément. L'insomnie de la nuit affecte ma perception. Je me mets à élaborer des hypothèses sur ce qui a pu lui arriver. J'imagine tous les scénarios. Elle aurait disparu dans les rues de la ville pourchassée par des hommes impitoyables, et peut-être qu'en me cherchant, elle serait même arrivée jusqu'aux fermes de Bir al-Usta Milad. Il ne fait aucun doute qu'elle doit être épuisée, que ses chaussures rouges sont déchirées, qu'elle court dans les prairies, blessée jusqu'au sang par les chardons. Elle doit être perdue et effrayée, me cherchant en vain. Elle a peut-être été percutée par une voiture lorsqu'elle est montée sur les hauteurs de Dahra ; elle se trouverait maintenant à l'hôpital des accidentés de la route complètement amnésique. Ou alors elle est effectivement rentrée chez elle ; Sadek l'aurait découverte en pleurs et obligée à tout lui raconter, le voilà sillonnant les mêmes rues que j'ai parcourues pour me donner une leçon que je n'oublierai jamais sur la virilité et sur le fait que les filles des autres ne sont pas des jouets. Ou alors, elle est rentrée chez elle d'un pas contrarié, résolue à ne plus jamais m'adresser la parole. Je termine ma deuxième, ma troisième, puis ma sixième cigarette en me torturant l'esprit, harassé par la fatigue et la réflexion. L'atroce soleil de midi m'empêche de trouver le repos. Toutefois, au milieu du soleil et des nuages qui s'affrontent, je m'endors sur la fontaine comme un vagabond. J'entends le bruit des klaxons, les cris du policier chargé de la circulation et le pénible gazouillis des oiseaux, mais je m'endors malgré tout si profondément que je fais un rêve étrange. Je revois le parc. Nous arrivons à l'instant de la pizzeria, ivres d'amour comme la veille. Le même groupe d'hommes se plante devant nous mais cette fois, avant que leurs traits ne s'estompent, je reconnais mon père, *Madonna*, Sadek, Absi, mon oncle Mohammad et même mon patron. Ils nous encerclent et mon père prend la parole :

– Qu'as-tu fait à Zeinab, Milad ? Est-ce que c'est ainsi que se comportent les hommes ?

– Milad Mokhtar al-Usta, combien de fois ne t'ai-je pas dit que les relations sexuelles étaient interdites dans le camp ? hurle *Madonna*.

– Ne vais-je pas obtenir un baiser d'elle moi aussi comme toi, Millau ? me demande Absi.

– Dans la pizzeria, Milad ?! s'indigne mon patron.

De plus en plus tourmenté, je suis en nage. Chaque phrase fait disparaître un morceau de Zeinab, comme si ma propre honte l'éloignait de moi. Les visages deviennent immenses.

– Ma sœur, Milad ?! Je savais bien que tu la désirais depuis son premier jour d'école. Tu l'as volée comme ton père a volé la *kousha*, me reproche Sadek.

J'essaie de me cramponner à Zeinab, de trouver refuge auprès d'elle avant qu'elle ne disparaisse. Les visages rabâchent leurs paroles et me tuent à petit feu. Le corps de Zeinab s'éclipse, ne demeure plus que sa figure.

– Tu n'es pas un homme, décrète-t-elle avant de s'effacer complètement.

J'ai de plus en plus chaud et je suis toujours plus effrayé.

– Milad, que fais-tu ici ? me dit une voix qui me parvient comme une mélodie dansante.

Je me réveille en sueur. Sous les violents rayons du soleil, j'essaie de distinguer la silhouette de la personne qui me réveille. Je parviens à discerner Zeinab, qui apparaît dans la lumière.

– Zeinab ?

– J'ai eu peur pour toi. Je t'ai cherché partout. À la pizzeria, sur la corniche, en vain. Je retournais à l'arrêt des bus lorsque je t'ai trouvé, étendu sur la route. Regarde-toi, tu es en piteux état. Est-ce qu'ils t'ont frappé ?

Mon visage est couvert de contusions, mes vêtements sont déchirés et je n'ai pas encore pu me changer depuis la veille. J'ai vraiment l'air d'un clochard et c'est pour cela que personne ne m'a encore adressé la parole ou n'a essayé de me tirer de ma sieste. Elle a envie de me prendre dans ses bras. Je peux le voir à l'anxiété qui transparaît sur son visage. Elle s'approche et s'assied à mes côtés. Un silence idiot s'installe entre nous comme cela arrivait lors de nos premiers rendez-vous. En dépit de la joie de voir toutes mes élucubrations s'envoler en fumée, je n'ai que du mépris pour moi-même. J'ai envie de la fuir cette fois. Je me détourne pour qu'elle ne puisse pas voir à quel point j'ai l'air misérable. Je cherche quelque chose à quoi raccrocher mon regard. Je fouille dans le désordre des voitures sur la route. De son côté, elle scrute les arbres du parc du palais du Peuple, les mains posées sur ses cuisses. Elle attend que je me mette à parler. Résignée, elle finit par dire :

– Tu sais, hier, je me suis précipitée dans le commissariat proche du parc. Je leur ai dit qu'un groupe de jeunes te tabassaient. J'avais peur pour toi. Je suis restée pour observer la police les chasser. Je voulais revenir pour m'assurer que tu allais bien mais quelque chose m'en a empêchée. J'ai eu peur que tu me fuies.

– Te fuir ?

– Tu sais bien, après tout ce qui est arrivé, après les coups que tu as reçus, j'ai supposé que tu ne voudrais plus jamais me voir.

– J'aurai toujours envie de te voir.

Elle reste silencieuse Je m'empresse de renchérir :

– Je suis désolé, je t'ai abandonnée.

– Pourquoi est-ce que tu t'excuses ?

– Parce que je n'ai pas été un homme, je me suis contenté d'être moi-même.

– Je ne me suis jamais intéressée aux hommes musclés. Je t'ai apprécié pour ce que tu es : tendre et gentil, et parce que tu me prépares de la pizza, parce que tu m'écoutes lorsque je parle, et parce que tu me respectes. Je me fous que tu sois fort, que tu sois capable de cogner et de mettre des coups de poing, tout comme que tu sois assez courageux pour tuer pour moi, ce qui compte… c'est que lorsque j'agrippe ton petit doigt, je me sens apaisée.

À cet instant, toutes mes inquiétudes se volatilisent. Cette conversation a suffi pour que je me sente en paix avec elle. Ses paroles qui se déversent dans mon âme épuisée effacent ce qui me reste de doutes. Elle me fait oublier ma fatigue, ma douleur et la vie tout à la fois, me revoilà capable de voir la beauté qui m'entoure. Lorsque j'étais malade, ma mère me préparait un breuvage à base de citron, de miel et de sirop de datte, je m'en souviens parfaitement. Les mots de Zeinab sont pour moi comme ce remède, peu importe qu'il soit efficace non, ou qu'il ne guérisse pas tous les maux. À l'instant même, je me sens mieux, revigoré, régénéré. Je me sens à nouveau prêt à flâner dans les rues de la ville comme nous le faisions tous les jours à la recherche de rues que nous ne connaissions pas, ou de petites boutiques figées dans le temps, d'une mouette volant au-dessus de la corniche porteuse de l'une ou l'autre anecdote, ou des bateaux qui fendraient la mer vers de lointaines contrées avec ce désir profond qu'ils nous emmènent pour un voyage romantique. Je me sens prêt pour avancer dans l'amour et la vie, pour l'embrasser encore et encore, pour me parfumer et soigner mes tenues. Je lui souris comme un enfant laissé seul chez lui et qui craint que sa mère l'ait abandonné ; lorsqu'elle ouvre la porte avec des biscuits et des sucreries, il saute de joie et se jette dans ses bras. Quand je termine de parler, Zeinab saisit mon petit doigt. Nous oublions tout : le monde, la société, la terre et la famille.

Nous voilà rétablis, la situation tout comme mon corps et mon esprit. Nos habitudes reprennent : de furtifs baisers dans la pizzeria et dans les venelles à l'écart, loin des regards, les jeux dans les ruelles de la ville à la découverte d'un passage désert. Et là où les fenêtres sont fermées et les fleurs des balcons n'ont pas été arrosées depuis longtemps, je lui vole un baiser fugace pour me sentir vivant. Nous en ressortons en courant à la recherche d'autres petites rues. Fuyant les regards dérobés à l'affût, nous sommes très entreprenants, jusqu'à ce jour…

– Je me sens prête maintenant, me dit Zeinab alors que nous nous trouvons dans la pizzeria.

– Vraiment ?

Moi, je ne le suis pas. J'ai peur que mon patron nous surprenne. La dernière chose qu'il souhaite est de trouver une jeune fille nue sur son plan de travail. En réfléchissant à un endroit à l'abri des regards, je pense à la ferme de mon oncle. Je ferais d'une pierre deux coups : lui faire l'amour et prendre mon ultime revanche. Je me dis qu'il faut que nous le fassions tôt le matin parce que mon oncle se rend à la ferme dans la soirée. Il faut d'abord que je parle à Absi de mon désir de réserver la chambre. Que vais-je lui dire ? Est-ce qu'il va vouloir m'accompagner ? « Khaddouja », me dis-je. Je vais lui dire que j'ai loué ses services pour une heure pour qu'elle me donne une leçon approfondie en art du sexe. Mais que faire s'il me dit qu'il veut m'accompagner pour apprendre lui aussi ? « Absi, Khaddouja m'a dit qu'elle ne voulait que moi. » Non, non, pas comme ça. « Absi, elle veut me payer un service que je lui ai rendu. » Non, ce n'est pas un mensonge crédible. « Je veux apprendre quelque chose de nouveau. » Oui, ça, c'est un mensonge vraisemblable qu'il faut que j'étoffe un peu. « S'il-te-plaît, ne dis rien à Absi, c'est mon client préféré et je ne veux pas qu'il sache que je l'ai fait seulement avec toi. » C'est sa façon à elle de me remercier. J'allais trahir mon père et son conseil de cette façon mais c'était pour la bonne cause. Ce mensonge élaboré viendra flatter son ego et je pourrai ainsi être seul avec elle sans craindre qu'il veuille se joindre à nous. « Tôt le matin, oui… elle a beaucoup de clients ce jour-là. Elle s'est arrangée avec son mac, on fera vite », c'est ce que je me dis en m'imaginant prendre la clé de la ferme avec l'assentiment d'Absi.

– On va le faire ici ? lui demandé-je, pendant qu'elle m'embrasse.

– Oui, où est le problème ? Il n'y a personne ici.

– Non, non, c'est dangereux. Et puis, j'ai envie que nous soyons à l'aise. Que penses-tu de la ferme de mon oncle ?

– Comme une prostituée ?

– Non, non bien sûr. Mais je suis inquiet pour toi.

– Mmm.

– Et puis je ne veux pas le faire sous les yeux de mon patron, lui dis-je en lui montrant une vieille photo de lui accrochée au mur.

Ce matin-là arrive. À sept heures trente, à l'heure où elle se rend habituellement à l'université, je gare ma Peugeot loin de la rue et des yeux inquisiteurs. Je sors de la voiture et je scrute les alentours. La vie n'a pas encore repris : quelques voitures de citoyens respectables consciencieux, des écoliers qui se rendent à l'école en courant. J'allume une cigarette et mon regard fouille les fenêtres des immeubles en face. Elles ne sont pas encore ouvertes. Je suis content de vivre au milieu d'un peuple de gens indolents dans sa majorité. Elle s'approche de moi, entièrement recouverte de la traditionnelle *farrashiya** immaculée qui ne laisse apparaître qu'un seul œil et qu'elle a certainement dérobée à sa mère. Je sais qu'elle essaie de se dissimuler des regards des voisins qui pourraient l'apercevoir dans la rue. Je m'éloigne de la voiture garée près du rond-point en laissant la porte ouverte. Je suis pressé de l'enlacer, heureux qu'elle ait réussi à sortir de chez elle mais je suis un plan précis que nous avons élaboré ensemble. Elle doit monter dans la voiture et s'allonger sur la banquette arrière quelques minutes avant que je ne retourne au véhicule après m'être assuré que je n'ai pas attiré les regards. Je me dirige rapidement vers la voiture. Le moteur tourne déjà, je n'ai plus qu'à démarrer au plus vite, ce que je fais et nous prenons la route. Elle est toujours couchée. Je peux voir son corps dans le miroir tout en conduisant comme n'importe quel citoyen se rendant au travail. J'essaie de ne pas me montrer anxieux pour les conducteurs qui me suivent. Lorsque nous dépassons la route de l'université, elle se sent suffisamment rassurée pour s'asseoir. Je la regarde en souriant.

– *Sabah al-khayr*, lui dis-je en guise de bonjour.

– *Sabah an-nour*, que ce matin te soit plein de lumière, me murmure-t-elle timidement.

Elle laisse tomber la *farrashiya* sur ses épaules et sort une boîte de maquillage.

– Ce n'est pas nécessaire, lui dis-je – et j'ajoute en pensant à Khaddouja : Tu n'es pas une prostituée.

Elle repose la boîte.

– Du rouge à lèvres seulement alors. Nous n'avons qu'une heure devant nous…

Nous arrivons à la ferme de mon oncle.

– *Allah*, comme j'aimerais vivre le restant de mes jours ici !

Je n'ai jamais pensé à la beauté de ce lieu avant que Zeinab ne l'évoque. La ferme de *hadj* Mohammad al-Usta est un morceau de paradis. D'abord un chemin de terre ombragé par des pins de chaque côté et qui ouvre sur une terre immense avec, sur chaque parcelle, une variété d'arbres particulière : des orangers et des muriers qui font office de parasols et qui nourrissent hommes, fourmis, vers et oiseaux, un large bassin dans lequel nous avons nagé tant de fois, un lopin verdoyant de vignes dont on aurait dit qu'un fermier italien les avait plantées avec soin des décennies auparavant dans l'espoir que le vignoble transforme l'eau du bassin en vin, des amandiers, des pêchers, des abricotiers, des pins pour délimiter le terrain, des figuiers, des oliviers, des grenadiers, des pruniers, des dattiers dont les grosses dattes rouge-noir me rappellent *Madonna* à chaque fois que j'en cueille une, des cyprès qui s'offrent aux abeilles et qu'elles font fructifier, de vastes étendues plantées de blé et aussi d'orge au cas où le blé viendrait à manquer. C'est réellement magnifique, mais c'est la présence de Zeinab qui me fait voir toute cette beauté. Nous entrons dans le pavillon, ce lieu qui a toujours été pour moi l'endroit où je cuisine pour Absi et ses amis. Il est divisé en trois espaces : la cuisine et la salle de bains, un débarras où l'oncle invitait ses prostituées pour calmer ses ardeurs et une seule pièce à côté de la cuisine qui sert pour les réunions familiales et où Absi laisse libre cours à ses fantasmes. Elle donne sur un jardinet entouré d'une haie avec en son centre un seul pommier dont j'ai oublié la présence, tellement habitué à le voir là.

– Des pommes ! Je n'ai encore jamais vu de pommier.

– Je l'avais oublié tellement je me suis habitué à sa présence. Vas-y, goûtes-en une.

J'en cueille une bien mûre pour elle. C'est un arbre avare en fruits et il arrive certaines années qu'il ne donne rien. Il semble mélancolique comme s'il savait qu'il n'était pas à sa place. Je regarde la pomme. Je songe à Adam et à la raison pour laquelle il a quitté le paradis. Dieu lui avait dit qu'il pouvait y vivre mais qu'il ne devait pas s'approcher du pommier – ou bien était-ce un grenadier ? –, mais Ève en avait eu tellement envie – était-ce vraiment elle ou plutôt lui ? – qu'il s'était vu contraint de grimper à l'arbre pour lui cueillir la pomme comme j'étais moi-même en train de le faire à l'instant. Lorsque je lui ai raconté ce que qui m'avait traversé l'esprit à cet instant-là, *Madame* m'a dit que la pomme était le symbole des relations sexuelles interdites et j'avais levé la tête, scrutant le ciel à la recherche d'une punition qui me tomberait dessus. Je lui donne la pomme. Elle sourit comme une enfant qui recevrait un cadeau pour la première fois. Je me dis que pour Zeinab, ce fruit vaut toutes les parts de pizza que je lui prépare. Mon petit doigt tremble sous l'effet de la tension. Je vois l'anxiété se dessiner sur son visage alors que nous contemplons la chambre qui nous attend. Je lui donne mon petit doigt pour me donner du courage et nous entrons. Le matelas sur lequel Khaddouja m'a débauché est toujours là, la même odeur nauséabonde aussi, comme celle de n'importe quel lieu qui n'aurait pas été aéré pendant longtemps. J'ouvre la fenêtre. Elle s'allonge sur le lit.

– Et si nous restions ici pour toujours ? me dit-elle pendant que je surveille la Peugeot garée devant le pavillon et que je m'assure que nous sommes véritablement seuls.

Heureusement, mon oncle a chassé l'ouvrier nigérian de la ferme.

– Il faut le faire maintenant, lui dis-je.

– Ne réfléchis pas trop et viens ! me répond-elle en posant la pomme dans laquelle elle a croqué sur la table près du lit.

Elle tend la main vers moi, mon sexe se dresse. J'ai peur qu'il ne me joue le même tour que la fois précédente. Je me l'arracherai s'il ose. J'enlève mon pantalon et je m'allonge pour l'embrasser. Nous sommes nus comme Adam et Ève lorsqu'ils ont mangé le fruit défendu et qu'ils ont découvert leur attirance réciproque. Nous nous étreignons longuement avant de faire l'amour. La veille, j'ai mangé du miel et des amandes comme me l'avait recommandé Absi lorsqu'il m'avait remis la clé. « C'est pour rendre Khaddouja dingue de toi. Je te le dis Millau, la prochaine fois c'est elle qui t'appellera et te paiera. Moi, cela fait longtemps que je la baise gratuitement. C'est ton tour maintenant. » J'avais retrouvé confiance en moi.

Une fois le premier round terminé, qui n'a duré que quelques minutes – j'ai éjaculé quelques instants à peine après être entré en elle –, nous restons allongés sur la couche, les yeux perdus dans le plafond. J'ai honte. Le miel et les amandes n'ont eu aucun effet. En même temps, je suis content de ce rendez-vous.

– Où est le sang ? demandé-je en regardant le matelas.

– Toutes les jeunes filles n'ont pas forcément d'hymen.

J'ai des doutes et j'ai envie de lui demander d'où elle tient ses informations, de savoir comment elle sait cela.

– Nous l'avons étudié à l'université, me dit-elle, comme si elle avait lu sur mon visage les questions que je me posais.

– Moi, je n'ai jamais terminé mes études, je ne suis pas arrivé plus loin que le lycée.

– Je le sais, Milo. Je n'ai pas envie de continuer mes études, je n'ai jamais aimé la médecine, me répond-elle en me prenant la main.

Puis elle me murmure :

– Je craignais d'en avoir un, que tu sois surpris et que tu prennes peur.

– Avoir peur de toi ? Impossible, lui dis-je en l'embrassant.

Je lui caresse les cheveux et je la serre dans mes bras. Elle est couchée sur ma poitrine dénudée, son corps enroulé autour de moi. À l'extérieur, le chant d'une huppe nous assure que nous sommes seuls. La huppe pourrait prévenir mon oncle et lui raconter ce qu'elle a vu. Qu'il aille au diable ! Je ne permettrai plus qu'il cherche à s'imposer plus qu'il ne l'a déjà fait. J'informerai cet homme maudit que ce que j'ai fait vaut pour ce qui reste du prix de la *kousha.*

– Est-ce que tu vas vouloir m'épouser à présent ? me demande-t-elle.

– Bien sûr que je le veux.

– Je savais que tu ne me voyais pas comme une prostituée, et c'est pour cela que je me suis offerte à toi.

– Ne crains rien. Nous allons nous marier. Promis.

Je lui donne mon petit doigt teint pour qu'elle joue avec avant d'entamer le second round.

* * *

– Milo, est-ce que tu m'as épousée parce que tu m'as déflorée ? me demande Zeinab à notre retour de la soirée passée avec la famille de Benyamin.

Pris par les conversations, les anecdotes et à faire la connaissance des membres de la famille, le temps est passé très vite et nous avons oublié la fatigue du voyage, notre bain de mer et le voyage du lendemain. Au début, nous sommes tous les quatre à table : Benyamin, sa fille Sarah qui s'occupe de la maison, Zeinab et moi. La femme de Benyamin, Ghazala, était décédée deux années auparavant, et ses enfants s'étaient éparpillés aux quatre coins du monde. La soirée commence avec un repas préparé par Benyamin : de la dorade grillée, de la *slata méchouia*, du pain *talian** accompagné d'une bouteille de jus de raisin et d'une bouteille de vin.

– Vous ne voyez pas d'inconvénient à ce que je boive devant vous, n'est-ce pas ? me demande Benyamin.

Zeinab est toujours ravie de sa nouvelle robe. Assise près de Sarah, elles chuchotent toutes les deux. Je me trouve dans une position délicate. Comment avons-nous fait pour nous retrouver embarqués dans cette aventure étrange avec cette famille juive dont nous ne savons rien et ma femme qui se comporte avec la fille comme si elle la connaissait depuis toujours. Il me vient à l'esprit que tout cela n'est qu'un complot sioniste pour nous piéger : les touristes libyens viennent à Djerba parce que c'est la ville la plus proche, et ils se retrouvent à enfreindre les principes selon lesquels ils ont été élevés.

– Bien sûr que non… aucun souci.

Zeinab se rapproche de moi.

– Je voudrais goûter le vin, j'en ai toujours eu envie, me murmure-t-elle à l'oreille.

– Vas-y, pas de problème, chuchoté-je à mon tour, embarrassé.

Je maudis son oncle et leur relation privilégiée, je maudis aussi la position dans laquelle je me trouve. Je regarde le pain et la chair du poisson grillé. J'ai envie de tout oublier et de prendre congé sans avoir à faire la pizza. Mais la manière dont Benyamin nous a accueillis lorsque nous sommes entrés me pèse, je me sens redevable.

– Il y a un film que nous pourrions regarder ensemble, *Un été à La Goulette*, c'est un film qui est sorti il y a trois ans seulement. Peut-être pourriez-vous nous préparer la pizza, cher Milad ?

Je ne connaissais pas ce film mais j'en avais regardé un quelques années auparavant en compagnie d'Absi qui s'appelait *L'enfant des terrasses*, sur un garçon qui épiait les filles nues dans le hammam. J'avais peur que ce soit un film de ce genre. Me retrouver à regarder des filles dénudées, ma femme à mes côtés et avec des étrangers, était bien la dernière chose que je voulais. Même lorsque, petit garçon, j'allais au cinéma, il n'était jamais arrivé que je regarde un film en compagnie de filles autres que mes sœurs. Celles-ci profitaient de ma présence pour pouvoir entrer dans les salles, et moi je dormais dans le giron de l'une d'entre elles. Les spectateurs étaient la plupart du temps des hommes et de jeunes garçons. Nous nous retrouvons à préférer le vin au jus de fruits. Je n'ai pas envie d'être celui qui jouerait la carte de l'hypocrisie et boirait du jus pendant que les yeux et l'esprit des autres pétilleraient sous l'effet de la douceur de l'alcool.

– À votre santé à tous les deux !

– À votre santé ! répond Zeinab en levant son verre comme une experte.

Je soupçonne qu'elle y a déjà goûté auparavant, quelque chose dans sa façon de porter le verre à sa bouche suggère qu'elle en a déjà bu, ne serait-ce qu'une gorgée, avant de me rencontrer. Elle a dû y goûter un jour qu'elle nettoyait l'appartement de son oncle lorsqu'il s'était absenté le temps d'une exposition en Italie. Elle m'a raconté ses aventures dans cet appartement et, pour être honnête, je dois vous avouer que j'ai été plus d'une fois un de leurs protagonistes. Nous avons fait du chemin pour nous débarrasser de cette carapace qui recouvrait nos désirs. La situation que nous vivons à ce moment-là n'est qu'une étape dans notre mue. J'ai envie d'atteindre rapidement cet état d'ébriété qui ôte toute gêne. J'avale mon verre d'une traite. Benyamin se réjouit du spectacle que j'offre. L'homme est vraiment sincère, mais moi je guette une possible conspiration christiano-sioniste de sa part. C'est ce que je pense du moins.

– Savez-vous, cher Milad, que c'est la première fois que je vois un homme de confession musulmane boire en présence de sa femme ?

Je ris jaune.

– Mon père m'a rapporté beaucoup d'histoires sur l'époque des tavernes de Tripoli, lorsque les juifs buvaient en compagnie des musulmans dans les bars qu'ils fréquentaient où ils dansaient ensemble ou se battaient parfois. Je connais aussi beaucoup de Libyens qui viennent passer leur lune de miel à Djerba. Ils abandonnent leur femme dans la chambre d'hôtel pendant qu'ils vont faire la fête et boire, et ils ne rentrent la retrouver qu'au milieu de la nuit complètement saouls.

Et il ajoute :

– Même votre tante refusait de boire devant moi mais elle remplissait d'alcool des bouteilles de jus de fruits pour les apporter à son époux.

Je n'ai jamais assisté à cela mais j'ai entendu des histoires d'hommes qui utilisent leur femme pour faire passer de l'alcool par la frontière tunisienne. Ils cachent les bouteilles dans les valises de leur épouse, sous leurs sous-vêtements. J'ai aussi vu, dans le quartier al-Qaraqisha, des femmes remplir des bouteilles qu'elles vendaient à la place de leurs maris. Absi m'a raconté que notre voisin forçait parfois sa femme

– je m'étais souvent masturbé en l'observant en tenue d'intérieur – à boire avec lui. Il m'avait rapporté dans sa langue fleurie que lorsque ce dernier venait lui acheter de l'alcool, il lui confiait parfois que sa femme s'était dévergondée la nuit précédente, « cette pute ». Je n'ai jamais cru à ces histoires mais je me retrouve aujourd'hui un de leurs personnages : Zeinab boit du vin tout en discutant avec Sarah de la vie à Djerba comme si elle projetait que nous nous y installions. Elle parle de la mer, de la baignade en bikini, de la robe et de la conduite de la voiture. Assis à mes côtés, Benyamin mange son poisson, sa main posée sur la mienne.

– Est-ce que vous aimez la musique ? me demande-t-il tout bas.

– Bien sûr, lui dis-je.

– Hedi Jouini, il faut que vous l'écoutiez !

Il hausse la voix à l'attention de Zeinab, assise en face de moi :

Lamouni elli gharou menni	Ceux qui me jalousent m'ont jugé
Galou li wesh 'ajbak fiha	Tu lui trouves quoi, m'ont demandé
Jawabt elli jahlou fini	À ceux qui ne savent pas, j'ai proposé
Khoudou 'ayni shoufou biha	De prendre mes yeux pour la regarder

Il nous chante un couplet avant de demander à sa fille d'allumer le gramophone. Devant moi, il y a une étagère blanche qui déborde de disques anciens. Cela fait très longtemps que je n'ai pas vu un appareil de ce genre, ni ces pochettes des années soixante, soixante-dix et quatre-vingt-dix avec les grands disques noirs à l'intérieur. Je suis d'une génération qui a plus écouté la radio et les cassettes audio que les conseils avisés des parents. Zeinab, qui semble toujours fascinée par l'univers dans lequel vivent notre hôte et sa fille, se lève pour danser avec Sarah. J'esquisse un sourire ivre ; à ce moment-là, j'ai déjà vidé trois verres.

– Doucement, mon cher Milad, nous ne sommes qu'au début de la soirée, me dit Benyamin en riant.

Mon quatrième verre dans la main, je les observe. Pour la première fois, mon regard est attiré par Sarah plus que par Zeinab. Elle a la peau hâlée. Elle a dix ans de plus que moi. Comme elle n'a pas eu l'occasion de se marier, elle a décidé de s'occuper de son père. Si je devais la comparer à une plante, elle serait – tout comme Khaddouja – un figuier de Barbarie en fleur alors que Zeinab m'évoque plutôt le jasmin. Toute mon enfance, j'ai aimé ces plantes incroyables qui entouraient les terres familiales. En la désirant ainsi, je trahis la confiance de Zeinab, certaine que je ne suis subjugué que par sa beauté et son charme. J'essaie de chasser ce désir que je ressens, incriminant l'effet du vin.

– Ma fille compte parmi les plus belles filles de Djerba, me dit Benyamin.

– Que Dieu la garde, renchéris-je en me demandant pourquoi il me dit cela.

– Que Dieu garde Zeinab. Les femmes vivent une période critique de leur histoire à Tripoli en ce moment. Cela ne peut pas continuer ainsi pour toujours. Le monde entier va de l'avant et nous, Libyens, nous sommes à la traîne.

Sarah a laissé à Zeinab l'honneur de poser le disque sur la machine. La musique pénètre mon esprit. Ma peur et ma vigilance disparaissent petit à petit, tout comme toutes les théories de complot universel qui nous entravent. Nous finissons de manger et nous nous levons pour danser.

– Je vais vous apprendre comment faire danser votre femme d'une manière qui la liera à vous à jamais. Ma défunte épouse Ghazala ne m'a quitté que lorsqu'elle est morte, me chuchote Benyamin.

Il prend la main de sa fille pendant que Hedi Jouini voue aux enfers ceux qui le blâment parce qu'ils ne comprennent pas comment un homme tel que lui peut aimer une servante noire. D'une main, il lève vers le haut le bras de sa fille et entoure son cou de l'autre. Le verset du Coran « à son cou, une corde de fibres[1] » me vient à l'esprit. Je me dis que le cou de Sarah est entouré d'une corde semblable à un faisceau de lumière. L'homme entraîne sa fille dans un mouvement vers la droite, avec l'assurance d'un danseur qui aurait été formé par une professeure de danse française dans un bar de Lyon. Je me lève avec Zeinab.

– Allez, mon cher Milad, faites comme nous.

Je la regarde dans les yeux. Ils sont empreints d'un charme nouveau. J'oublie Sarah et je retrouve mon amour pour Zeinab. Je me sens grisé et je suis exalté par la musique. Je lève son bras vers le haut, elle rapproche son buste de moi. Nous commençons à danser. J'observe le vieil homme et sa fille enjouée pour apprendre les pas. Zeinab pose sa tête sur ma poitrine, perdue dans l'instant. Nous virevoltons près de la table. Mon corps s'y cogne.

– N'y prêtez pas attention, dansez seulement ! me dit Sarah en riant – son père et elle rient de bon cœur.

– Aurais-je un jour une fille à qui j'apprendrais à danser ?

1. Sourate CXI, verset 5. Le Coran, traduction de Denise Masson, Gallimard, Bibliothèque de la Pléiade, 1967.

Je prononce ces mots tout bas.

– Vraiment, Milo, me demande Zeinab qui m'a entendu, tu aimerais apprendre à danser à ta fille ? Tu es vraiment quelqu'un de différent !

Elle me dit cela en me regardant, le sourire aux lèvres. Elle est saoule. Je peux le voir à ses yeux endormis et un peu rouges, elle n'a pourtant bu que deux verres.

– Il y a une chanson algérienne sur laquelle il faut que nous dansions, me dit Benyamin en avançant vers l'étagère des disques. Avez-vous déjà écouté Cheb Khaled ? me demande-t-il.

Je tiens toujours ma femme serrée contre moi bien que la musique se soit arrêtée. Je lui réponds que oui, j'ai des cassettes de lui.

– Parfait, cette chanson-ci convient à l'ambiance romantique des lunes de miel, affirme-t-il, Elle s'appelle *Bakhta.*

La chanson s'élève : « *Bakhta, nour tnadi, kayti min al-bakhta kih, yaghabha mouradi, mniti ghalia ya sidi*, Bakhta, lumière éclatante, de Baktha vient ma souffrance, mon cœur la désire, quand elle m'appelle "mon maître". »

Je regarde Zeinab et je me mets à fredonner aussi. Je parviens avec habileté à prendre l'accent algérien pour lui chanter :

– *Zeinab, nour tnadi, kayti min Zeinab kih.*

– Que veut dire « *kayti* » ?

– « Je souffre ».

– Mais pourquoi souffrirais-tu à cause de moi ?

Je lui réponds que l'aimer est un tourment. Elle ne comprend pas, elle veut savoir.

– Je n'ai jamais imaginé qu'une femme comme toi pouvait exister. Tu es une force indomptable, je pensais que toutes les filles de Tripoli étaient comme de la pâte que l'on pouvait façonner à notre guise. Tu es la preuve du contraire.

– Et c'est une mauvaise chose ? m'interroge-t-elle.

Nous dansons sur les lamentations de Cheb Khaled qui chante les mots d'amour du Cheikh Abdelkader El-Khaldi[1] que sa bien-aimée fait tellement souffrir, et je lui murmure : « Mon cœur se flétrit d'amour pour elle, aimer Zeinab n'est que souffrance, Zeinab est une somptueuse monture, même les gazelles n'ont pas sa beauté. »

J'observe notre hôte et sa fille. Ils sont assis et nous regardent en train de danser seuls dans la lueur orangée de la nuit que les lanternes ont ourdie pour nous. Leur lumière se reflète sur le revêtement des murs immaculés. Témoins d'une histoire d'amour qui semble impossible à notre époque et dans notre pays, ils sourient.

– C'est plus compliqué que de dire s'il s'agit d'une bonne ou d'une mauvaise chose, c'est un mélange de sentiments contradictoires. Mais, en définitive, je t'aime autant que toi tu aimes la pizza.

Elle pose de nouveau sa tête sur mon corps engourdi par les tourments de mon existence.

La musique s'arrête, commence alors la deuxième partie de notre soirée. Benyamin et moi sortons pour fumer une cigarette dans la cour, nous laissons les filles nettoyer et débarrasser la table. L'homme a une énergie que je n'ai jamais vue chez quelqu'un de son âge, mais il a les poumons fatigués par la fumée des cigarettes consommées au fil des ans. Je m'étonne que nous sortions pour fumer. Il m'explique que sa femme, qui n'avait pourtant jamais touché une cigarette de sa vie, est morte d'un cancer du poumon parce qu'elle a toute sa vie durant respiré sa fumée dans la maison et dans la voiture. Fumeur invétéré, il ne veut pas que le cancer emporte sa fille comme il l'a fait avec sa femme avant elle.

1. Grand poète algérien (1896-1964).

– Mais alors pourquoi ne pas arrêter ?

– Impossible, je ne peux pas m'en passer. Je n'arrive plus à vivre sans désormais.

Je sors un paquet de cigarettes Riyadi de ma poche. Il exulte.

– Des Sportives…, me dit-il songeur comme s'il se remémorait une adolescence tumultueuse à subtiliser des cigarettes dans les poches de son père.

– Excusez-moi, mon cher Milad, mais je voudrais vous poser une question personnelle.

– Bien sûr.

– Pourquoi avez-vous épousé Zeinab ? Vous ne me paraissez pas être un homme affranchi, vous devez plutôt avoir grandi imprégné des traditions de la société alors que Zeinab, elle, me semble sur la voie de l'émancipation.

– Comment ça ?

– Je suis désolé. Si vous ne souhaitez pas me répondre, je comprendrais.

– Non, non… mais la question est étrange, qu'est-ce qui vous fait dire cela ?

– Votre façon de la regarder lorsqu'elle boit du vin.

– Ma façon de la regarder ?

– Le regard trahit énormément.

– Non… non, je ne sais pas. Zeinab et moi avons grandi ensemble et nous sommes tombés amoureux.

Cette question m'avait beaucoup préoccupé lorsque j'avais demandé Zeinab en mariage. J'étais assailli de pensées contradictoires. D'un côté, j'étais convaincu d'être poussé par l'amour et mon désir de vivre à ses côtés pour le restant de mes jours. Je ne me sentais épanoui qu'avec mes sœurs et ma mère, et Zeinab était la seule femme avec qui je pouvais être moi-même sans qu'elle ne trouve cela suspect, sans que cela nuise à l'image qu'elle avait des hommes. Je n'étais pas prêt à épouser une femme que je ne connaissais pas et, parce que nous nous fréquentions depuis l'enfance, j'avais l'impression qu'un destin commun nous unissait. Zeinab était un choix sentimental, même si un autre élément me poussait à fuir. Nos tribulations érotiques dans la pizzeria, sa défloration dans la ferme de mon oncle et notre assiduité à répéter la chose à chaque fois que nous en avions l'occasion dans l'appartement de son oncle ; tout cela a influencé ma décision de l'épouser. Jusqu'aux dernières heures qui ont précédé la lecture de la Fatiha[1], je me disais que notre mariage n'avait lieu que parce que j'étais le premier homme à s'être approprié son corps. La promesse que j'avais faite à Khaddouja m'avait aidé à me rendre compte que notre mariage était la conséquence de cet acte et que je ne serais pas un homme, un vrai, si je laissais Zeinab emprunter le même chemin qu'elle. Cependant, les rumeurs qui couraient dans le pays à propos des femmes épousées par leur dépuceleur me faisaient peur ; Absi disait à ses amis qui fréquentaient la *barraca* – lorsqu'il rapportait ces ragots sur ces putes et ces femmes de peu d'honneur que leur dépuceleur avait été contraint d'épouser pour sauver la réputation de la famille parce qu'un de ses membres les avait surpris – que j'avais épousé Zeinab uniquement pour cette raison. Quelques heures plus tard, le film *Un été à La Goulette* me ferait repenser à cela.

– On ne choisit pas son partenaire seulement par amour, me dit Benyamin tout en savourant sa Riyadi.

– Que voulez-vous dire ?

– Je veux dire que l'amour est important mais nous, les hommes, devons choisir une femme qui corresponde à notre façon de vivre. L'amour s'étiole avec le temps, ce qu'il reste,

1. Sourate d'ouverture du Coran.

c'est la compagnie, la confiance, le dévouement entre les époux. Est-ce que vous comprenez ce que je veux dire ?

– Non, toujours pas.

– Je connais des gens qui habitent Bir Hussein ou des territoires analogues autour de la capitale qui sont liés par des liens familiaux très forts, à la manière des tribus auxquelles ils s'apparentent. La femme ne suit pas uniquement son mari dans ce cas mais toute la famille. Elle en devient un des membres à part entière et elle doit se conformer à ses traditions, c'est particulièrement le cas pour votre femme qui est une fille de la ville.

– Mais, moi aussi, je suis un citadin, j'ai grandi à Dahra.

– Grandir en ville est complètement différent que d'y vivre toute sa vie. Je vous apprécie beaucoup et j'espère que vous serez heureux ensemble. Je n'ai pas voulu vous offenser mon cher Milad, simplement vous ouvrir les yeux sur des obstacles que vous pourriez rencontrer plus tard, pour que vous soyez prêt à y faire face.

– Non... vraiment, lui dis-je, tout va bien.

Sur ce mensonge, je jette ma cigarette avant de l'avoir entièrement terminée et j'en allume une autre. J'ai envie de lui mettre mon poing dans la figure.

Sur le moment, je ne comprends pas pourquoi le vieil homme a la certitude que notre mariage va devoir faire face à une guerre féroce. Je ne veux pas le comprendre. Je savoure la poésie que les verres de vin m'inspirent : la brise de cette soirée d'été qui me fait agréablement frissonner, le murmure de l'eau qui s'écoule de la bouche de la gazelle sculptée, la musique émanant d'une discothèque qui ne se trouve qu'à quelques pas sur la plage, le bruit des vagues, le timbre de voix cuivré du vieil homme, la fumée de cigarette s'élevant au-dessus de son corps massif, le parfum délicat et envoûtant du jasmin, les rires de Zeinab et de Sarah qui me parviennent depuis la fenêtre de la cuisine toute proche. Nous nous taisons après ce simple échange. Alors que nous sommes sur le point de terminer nos cigarettes, il se met à fredonner tandis que je continue à penser à la hardiesse avec laquelle il a fait intrusion dans mon intimité. Je l'insulte au plus profond de moi-même. À ce moment-là, Sarah apparaît dans l'embrasure de la porte de la cuisine qui donne sur la cour.

– *Si* Milad, la cuisine est prête pour la préparation de la pizza.

Nous jetons nos mégots de cigarettes et nous entrons dans la maison.

– Je vous précède dans la salle à manger, nous dit Benyamin.

Il s'y rend et se sert une eau-de-vie.

– Le four est prêt, je vais préparer du pop-corn, vous pouvez commencer la pizza, dit Sarah lorsque j'entre dans la cuisine.

Zeinab est assise sur un plan de travail en marbre légèrement surélevé, elle balance les jambes comme une enfant. Lorsqu'elle me voit, elle me tend les bras pour m'inviter à m'avancer vers elle. Je m'approche et elle m'embrasse, heureuse, devant Sarah. Déjà rosées sous l'effet sournois du vin, mes joues se colorent un peu plus encore.

Sarah nous regarde en souriant :

– Ah ! *L'amour…*, nous dit-elle.

J'abandonne ma femme et j'avance vers les ronds de pâte réalisés avant la soirée pour commencer la préparation et la garniture. Il y a plusieurs façons de procéder, tout dépend de ce que vous aimez et de la température du four. Je jette un coup d'œil au four de la cuisine. Je peux y préparer de la pizza tripolitaine : de petits disques tendres de la grandeur d'une main ou un peu plus grands. Certain que le four ne supporterait pas plus que cela, j'ai préparé la pâte à cet effet. Je confectionne les disques de pâte pendant que Zeinab et Sarah me racontent les péripéties de la soirée.

– Votre femme est forte, vous avez de la chance *si* Milad.

– Que s'est-il passé ? demandé-je tout en continuant ma préparation.

– Nous conduisions la voiture et nous allions arriver au souk quand une voiture immatriculée en Libye remplie de jeunes hommes s'est approchée de nous. Ils ont essayé de nous importuner. J'avais peur pour Zeinab. Il n'y avait pas de policier dans les parages. Nous avons essayé de les fuir et de ne pas prêter attention à ce qu'ils nous disaient mais ils ont continué à nous embêter. Ils avaient l'air saouls. Nous avons arrêté la voiture, Zeinab est sortie et elle s'est dirigée vers le conducteur qui voulait descendre du véhicule pour continuer à nous harceler. Elle s'est plantée devant la porte et l'a ouverte. Lorsqu'il a voulu se lever, elle l'a refermée sur lui de toutes ses forces.

– *Allah !*

– Et Dieu m'en est témoin, elle ne s'est pas arrêtée là. Elle les a insultés, leur a donné une leçon d'éducation, les a menacés d'appeler la police et ils se sont enfuis. Vous pouvez être fier d'elle.

– Je suis très fier de toi, Zeinab, dis-je.

Elle est gênée par mes paroles.

– Vous devez lui apprendre à conduire, me dit Sarah tout en versant le maïs dans la casserole.

– Bien sûr, il faut qu'elle sache conduire, dis-je tout en regardant Zeinab en souriant.

– Si une femme ne sait pas conduire, l'homme a tout pouvoir sur elle, décrète Sarah en s'adressant à Zeinab.

Je termine de préparer les ronds de pâte et je les enfourne. Je m'assieds sur une des chaises de la table qui se trouve au milieu de la pièce. Je réfléchis à ce que Sarah vient de dire à Zeinab tout en examinant la cuisine : un caisson en bois au-dessus de l'évier pour y suspendre les tasses et les plats, des armoires en bois blanc bordées de fleurs peintes en rose entremêlées au bout de branches d'un vert éclatant, de grands placards en bois dans le bas, recouverts d'une plaque de marbre, et une petite pièce attenante à la cuisine contenant les réserves de denrées alimentaires. Sarah se tient devant la cuisinière, son buste bronzé mouillé de la sueur de la danse et du souffle chaud de l'été : une femme dans la quarantaine toujours dans la fleur de sa jeunesse. Zeinab est assise sur le plan de travail et moi je pense à ce que Sarah a dit à Zeinab à propos de l'emprise des hommes sur les femmes. Et la voilà qui lui explique le secret pour y remédier :

– Il faut que tu sois indépendante, la *manyake* des hommes, leurs conneries, ça suffit ! énonce Sarah tout en expliquant à Zeinab l'importance d'être indépendante de l'homme socialement, économiquement, sentimentalement, physiquement et intellectuellement.

Zeinab et moi échangeons des regards. Nous sourions en l'entendant prononcer ce mot vulgaire.

– Cela ne se dit pas, assène Zeinab.

– Qu'est-ce qui ne se dit pas ? demande Sarah.

– Ce mot que tu as dit des hommes, répète Zeinab.

– *Manyake* ?

– Oui, c'est moi qui lui réponds.

– Chez nous, c'est normal de le dire. Je le dis tout le temps à mon père : *yizzi min al-manyake*, arrête ces conneries ! répète-t-elle.

Complètement saouls, nous sommes pris d'un fou rire incontrôlable.

– Dis-le Zeinab, ordonne Sarah.

– Quoi ?

– Répète « *yizzi min al-manyake* », articule Sarah.

Je n'ai plus envie de rire.

La fin de la soirée approche enfin, plus qu'une heure et demie ! Il est presque minuit lorsque Benyamin enclenche la cassette. Nous prenons place dans le salon. Je m'installe, à ma droite Zeinab qui pose la tête sur ma poitrine et à ma gauche Benyamin dans un fauteuil à bascule en bambou. Sarah, elle, s'assied dans un des canapés du salon. Le film commence : une suite d'images de La Goulette, de la banlieue nord de Tunis, des restaurants de poisson en bord de mer, des enfants qui jouent, des hommes qui boivent de la bière sur le seuil de tavernes à côté de la mer, des femmes déambulant dans les rues vêtues de jupes ou de robes courtes, de jeunes garçons flânant dans les rues, rassemblés en bandes dans les coins des ruelles pour draguer les filles, des mosquées, des églises et des synagogues, des enfants se faufilant dans une maison pour dérober du jasmin, des familles rassemblées pour le repas du midi, l'été qui fait transpirer le front des hommes et mouille les vêtements des femmes, l'odeur de la nourriture qui chatouille les narines. Un *hadj* rend visite à une famille, s'assied à leur table et parle des juifs dont il déteste la cuisine immonde. Je regarde Benyamin qui sourit de cette insinuation.

– Notre nourriture est-elle vraiment immonde, mon cher Milad ?

– Bien au contraire, lui répond Zeinab en se pelotonnant contre moi.

À l'écran, le *hadj* se lève pour se rendre aux toilettes et il entrevoit une des jeunes filles, que l'on avait vue se faire draguer par les garçons, complètement nue. Son corps élancé comme un palmier et couleur datte mûre soulève le seau d'eau pour se laver. Le *hadj* se sent écrasé par la violence du désir que cette vision suscite en lui et moi, je me sens terriblement gêné. Je devrais peut-être m'éclipser aux toilettes. Je me demande comment je peux regarder un tel film en présence de ma femme et en compagnie d'autres personnes. Mais, en réalité, je suis dépassé depuis le début de la journée. J'ai l'impression que plus rien n'aurait d'effet sur moi après que Zeinab a bu du vin en ma compagnie, sauf peut-être si nous nous mettons à jouer à des jeux de hasard ou s'il faut que je mange du porc. Je change de position de manière à ce que Zeinab se détache de moi. Sa présence sur ma poitrine m'étouffe. Je remplis ma bouche de pop-corn pour me donner une contenance, je me sers aussi d'un verre de la bouteille de boukha Bokobsa que boit Benyamin. Je continue à regarder le film : le *hadj*, ce personnage religieux mais aussi odieux qui utilise tous les moyens à sa disposition pour mettre le grappin sur la jeune fille, les garçons qui s'aventurent à épier les seins des jeunes filles faisant leur toilette à leur retour de la baignade en mer et qui les embrasseront pendant une fête de mariage.

– Où se trouve La Goulette ? demande Zeinab.

– À côté de Marsa, à Tunis, il faut que vous alliez la visiter, lui dit Benyamin qui répond à toutes ses questions sur les lieux incontournables.

– Qui est-ce ?

– C'est Claudia Cardinale, l'actrice tunisienne la plus connue.

Je ne comprends pas le sens de la présence de cette actrice renommée dans ce film. Peut-être pour en faire la promotion et pour lui garantir un accueil favorable du peuple qui se précipitera dans les salles de cinéma, excité à l'idée de voir Claudia Cardinale, même si c'est seulement à l'écran ! Bagarres entre Juifs, Arabes et Italiens. Autres scènes érotiques. Mon envie d'aller aux toilettes se fait plus pressante.

La chaleur, la situation et le vin me font transpirer, j'étouffe. Les seins des jeunes filles, leurs fesses. Je bande. J'ai peur d'être découvert. J'observe le plaisir qu'éprouve Benyamin à regarder ces scènes, Sarah pelotonnée sur elle-même, sa robe qui découvre des cuisses bronzées. Je déglutis. Voir Zeinab complètement absorbée par le film comme une petite fille qui découvre le plaisir de fumer me rend nerveux. La *farrashiya*…

– Je ne savais pas que les Tunisiennes portaient la *farrashiya* comme chez nous, dis-je en essayant de fuir la gêne que me procure l'évocation de l'image de Zeinab dissimulée sous ce vêtement lors de l'un de nos rendez-vous.

Drame social. Des hommes boivent la même boukha que celle que nous buvons en ce moment. Ah, j'ai besoin d'un autre verre ! J'en bois un autre. Je suis sauvé par ma vessie et mon envie de vomir. Je n'ai jamais autant bu de toute ma vie. Je m'excuse et je fuis à la salle de bains. Je m'effondre sur la cuvette, je régurgite toute cette nuit dans les toilettes. J'ai les larmes aux yeux. Complètement saoul, je reste plié en deux pour reprendre mon souffle une minute ou deux. Je me sens mieux, alors j'urine. Puis, je me plante devant le miroir. J'essaie de distinguer l'homme que je vois dans la glace. Comment me sortir de cette situation ? Pas de panique Milad. Cette nuit va se terminer et cela ne sera plus qu'un autre mauvais souvenir. Je reprends ma respiration après avoir essuyé la sueur et rincé mon visage. J'y retourne. Tous sont absorbés par le film. Aucun n'a remarqué mon absence ni mon retour. C'est la fin : la jeune fille en question se dénude devant le *hadj* pour satisfaire son désir. Cette comédie sociale se termine quand le *hadj* tombe en syncope.

– Qu'en pensez-vous ? demande Benyamin.

– C'est un bon film même si je n'ai pas tout compris.

– Ce film parle du drame de la pluralité et de la cohabitation dans la société tunisienne. La Goulette, en tant que lieu de grande diversité, en est le symbole : une histoire de sexe et de familles de différentes confessions qui ont vécu enfance, jeunesse et vieillesse comme une seule et même famille pour se séparer à cause d'un simple incident.

– Ah, je comprends maintenant pourquoi le *hadj* était en colère à chaque fois qu'il voyait un juif ou un chrétien, dis-je en essayant d'éviter le mot « sexe » que Benyamin a glissé dans son explication.

– Exactement, et quand j'ai vu le film pour la première fois, je me suis rappelé Tripoli. Italiens, Maltais, Juifs, Arabes, Berbères, Éthiopiens et Anglais : à une époque la ville bouillonnait. Aujourd'hui, tout a changé. La dernière fois que j'y suis allé, il n'y avait plus que des vieillards. La diversité, l'acceptation des autres et notre ouverture sont très importantes Milad !

– Je suis d'accord avec vous ! répond la version saoule de moi-même gagnée par la fatigue.

Nous prenons congé du père et de sa fille et nous retirons dans nos appartements. Nous dansons dans le couloir, grisés par la lumière de la lune, la brise de l'été et cette soirée étrange. Nous entrons dans la chambre. Un violent désir de faire l'amour nous assaille. De la fenêtre ouverte nous parviennent les vagues chargées du léger parfum des Aptenias. Pressés de nous déshabiller, nous nous dévêtons sur le lit. Je repars à la découverte des détails de son corps, comme si nous faisions l'amour pour la première fois. Sous la lueur de la lune et la brise marine, nous avons envie de notre premier enfant. Mes lèvres descendent le long de son cou, vers sa poitrine puis son ventre et son grain de beauté avec lequel je m'amuse un peu. Je m'aventure plus bas encore pour sucer le nectar de sa petite fleur. Pour la première fois de ma vie, je m'enhardis à le faire. Au fil des ans, j'ai pris quelques leçons sur la manière de satisfaire une femme avec Khaddouja, des leçons qui étaient restées théoriques. « Si tu l'aimes, il faut que tu la lèches comme *un gelato* », m'a-t-elle dit un jour. Elle gémit, se consume et m'attrape par les cheveux. Nous nous embrassons plus encore. Cette nuit-là, plusieurs minutes s'écoulent avant que je ne laisse exploser mon désir en elle. Je suis plus patient à éjaculer. À penser à la question de Benyamin sur ce qui nous a poussés à nous marier, je me retrouve à lui faire l'amour longuement. Lorsque nous terminons, Zeinab veut se précipiter vers la mer. Engourdi de fatigue, je cherche le lit, pressé de continuer notre route demain, mais devant sa folle envie de nager sous la lumière de la lune, je résiste à la somnolence qui me guette et je me lève.

– Milo, est-ce que tu m'as épousée parce que tu as été le premier homme que j'ai connu ? me demande-t-elle alors que nous sommes loin du rivage.

– Bien sûr que non, lui dis-je, je t'ai épousée parce que tu es toi.

Elle scrute mon regard à la recherche de la vérité. Un silence angoissant s'installe entre nous. Nous nageons plus loin encore : elle avec des mouvements enfantins et moi comme un nageur aguerri. Je réfléchis. Je lui redis que cela n'a jamais été une raison pour moi. Je sais que je mens mais j'ai peur qu'elle ne me croie pas. J'ai envie de changer de sujet. Les lumières des maisons qui donnent sur la mer sont éteintes. Les seules lueurs qui nous parviennent sont celles de notre chambre, des boîtes de nuit et des hôtels autour de nous. Plongé dans mon mensonge, la nuit de ma fuite du camp me revient en mémoire. C'était une nuit tranquille comme celle-ci, tout près du bord de mer.

– Tu sais, la mer me fait peur la nuit.

– Vraiment ? Tu veux rentrer ?

– Non, ta présence éloigne la peur, mais la mer et la nuit sont associées à de mauvais souvenirs : un soir, j'ai assisté au plongeon mortel de l'un de mes amis.

– *Allah*, tu ne m'as jamais raconté cela.

– J'ai gardé cela secret toute ma vie. Je ne voulais pas que l'on se moque de moi si je racontais mes souvenirs de l'armée.

Elle se rapproche de moi. Nous n'avons plus pied, nous ne touchons plus le fond. Elle me serre contre elle comme pour ne pas se noyer, tout en me poussant à m'enfoncer plus loin dans mes souvenirs.

– Que s'est-il passé ? me demande-t-elle.

Je lui raconte *Madonna* et comment il a failli me tuer à plusieurs reprises, je lui parle de Mounir et de notre fuite avec les chiens à nos trousses pendant la nuit au milieu des buissons de ronces, le sang sur mon bras, la peur de Brutus et du saut vers l'inconnu, la trahison de Zaher et le plongeon de Mounir, lui qui rêvait d'épouser la jeune fille qu'il aimait. Je lui raconte mon humiliation quand on m'a rattrapé en haut de la falaise, mon corps lacéré, mon arrestation, la torture subie en cellule et ma tentative de suicide.

– Je suis près de toi maintenant.

Elle m'étreint.

Mon corps mouillé retrouve la sérénité.

* * *

Je m'excuse pour les longueurs de mon récit mais il m'a semblé que vous deviez savoir tout cela pour pouvoir accepter ce que je vais vous révéler à présent. Zeinab et moi avons affronté de nombreuses difficultés qui ont mis en péril notre amour. Plusieurs fois, nous nous sommes retrouvés à la croisée des chemins. Peut-être a-t-elle été plus faible face à tous ces choix et à ces décisions, peut-être l'ai-je été moi. L'important est que nous avons surmonté tout cela et que nous avons appris à accepter ce que nous étions, à clore nos conflits et disputes par une longue étreinte, par une promenade sur la corniche ou sur la plage. Je connais toutes ses craintes et elle connaît les miennes. Elle sait ce qui me passionne mais connaît aussi la part d'ombre que je traîne avec moi, et c'est aussi le cas pour moi vis-à-vis d'elle. Je me souviens qu'appréhendant de se rendre dans l'appartement de son oncle, elle m'avait raconté un épisode de son enfance.

Son oncle était un coureur de jupons, toujours et partout à la recherche d'une femme à séduire. Elle a quinze ans à l'époque. Elle possède un double des clés de chez lui qu'elle conserve en cas d'urgence ou pour l'entretien de l'appartement lorsque son oncle est en voyage. Une semaine auparavant, il l'avait prévenue qu'il serait absent et qu'il aurait besoin qu'elle vienne y faire le ménage. Lorsqu'elle ouvre la porte, elle entend un bruissement qui provient de la chambre à coucher. Elle craint qu'il ne s'agisse d'un rat ou d'un chat, ou pire encore, d'un voleur. Elle entre doucement, attirée par les gémissements d'une femme. Elle le voit nu, en train de faire l'amour à l'une de ses conquêtes, il lui caresse le sexe, sa *khaddouja*, comme disent les Tunisiens. Elle est choquée mais arrive à se retenir de crier. Cela a été, pour elle, une découverte impressionnante et elle n'a pas voulu gâcher l'instant. Je n'aurais jamais pu entendre une histoire de ce genre de la bouche de Zeinab si nous n'avions pas été véritablement sincères l'un envers l'autre concernant nos expériences passées et si je n'avais pas été capable de lui raconter ma mésaventure avec Khaddouja. Cela l'a fait rire.

Tout cela nous avait rendus sensibles à nos faiblesses respectives. Mais dernièrement, les incidents de la vie, les confidences d'Absi sur ce dont il avait été témoin et ses révélations sur ce que pensent les gens de moi, le fait que tout le monde semble très concerné par ma vie au point que j'ai l'impression parfois que nous habitons une maison de verre surveillée par tous même au plus profond de notre intimité, tout cela m'a non seulement fait revoir ma façon de penser, mais aussi reconsidérer mes valeurs et ce que j'ai fait à Zeinab. Il existe de nombreux proverbes populaires qui déterminent ce que doivent être les relations entre les hommes et les femmes mais celui qui me parle le plus est celui que ma mère m'a lâché un jour qu'elle était énervée parce que Zeinab travaillait et qu'elle négligeait notre demeure. « La monture est à l'image de son cavalier », m'avait-elle dit. Aujourd'hui, je ressasse cette phrase. Je sais que tout ce qui s'est passé est de mon fait. Je n'ai pas été capable de dresser mon cheval. J'ai aimé Zeinab intrépide, forte, capable de riposter si je me montrais injuste envers elle. Parfois j'essayais de rendre mon père responsable du fait que je faisais honte à ma communauté, parce qu'il n'avait pas pu me donner de frère qui m'aurait montré la voie pour tenir les rênes. Parfois, j'incriminais mes sœurs et leur manière de se comporter avec moi, je les blâmais de m'avoir enseigné comment préparer le sucre pour l'épilation, de s'être épilé les jambes devant moi, de m'avoir permis d'essayer, de leur admiration pour mes mains douces et compatissantes qui arrivaient à leur arracher les poils sans autre douleur que celle qui procure du plaisir. Je fustigeais aussi mon goût pour cette tâche que j'exécutais aussi sur Zeinab dans l'appartement de son oncle. Je pointais tout le monde du doigt : *Madonna* et son comportement bestial envers moi pour m'obliger à être un homme quand bien même cela serait au prix de ma propre vie ; mon oncle qui m'avait négligé à la mort de mon père et qui m'avait laissé grandir au milieu de cinq femmes ; l'oncle de Zeinab, cet artiste débauché qui avait fait de sa nièce un être incapable de vivre enfermé dans ce pays. J'ai accusé tout le monde sauf moi-même. Quand ma mère a dit qu'elle ne voulait pas de ce mariage et qu'elle préférait que j'épouse ma cousine, j'ai essayé de faire taire sa voix maternelle qui me disait que ma relation avec Zeinab et notre mariage ne se termineraient pas bien. Je luttais pour écouter une autre voix. *Madame* m'a expliqué que ce que j'entendais n'était autre que l'écho de mon désir de regagner la ville alors que celle de ma mère exprimait ce que j'avais vécu dans le village ; j'avais ouvert les yeux sur la manière dont cela se passait dans le pays.

« Tu m'as épousée Milad parce que tu as eu peur d'abandonner une fille que tu avais déflorée, avoue-le. » Tous les matins, je revis la dispute de ce mardi midi, le deuxième jour du mois d'Hannibal – je ne sais pas pourquoi ce mois en particulier est synonyme du pire et du meilleur. J'étais arrivé à la fin du premier mois de formation à la virilité que m'avait concoctée Absi. « Tu es diplômé à présent, Milad », me dit Absi une semaine avant l'incident, après que j'ai informé Hanadi qu'elle n'aurait désormais plus le droit de porter des jeans. Ensuite, je décide au cours d'une longue soirée avec lui, pendant laquelle il élabore le plan de l'étape suivante, d'espionner Zeinab après l'avoir conduite sur son lieu de travail. Elle porte un assez grand sac à main dont le volume m'étonne. Contrairement à mon habitude, je gare la Peugeot un peu plus loin. Je m'assieds dans un café en face de la Fondation. Plus rien n'est naturel entre nous depuis la gifle que je lui ai donnée mais nous avons continué à vivre deux semaines durant comme si nous nous contentions d'accepter de fait la situation, comme tous les couples autour de nous. J'ai un seul objectif en tête : celui de surveiller les voitures qui sortent de la Fondation et leurs passagers. Je reste assis deux heures avant que quelque chose d'intéressant ne se produise. Lorsque je vois la voiture du directeur, cet homme adipeux, entrer dans le bâtiment, je l'insulte en secret. Pas plus d'une demi-heure plus tard, à dix heures trente, le même véhicule en ressort. Je ne distingue pas les passagers mais lorsque je me lève à la hâte pour scruter les visages derrière un lampadaire, je le vois. Il est accompagné d'une femme à l'arrière. J'en suis sûr. Je me dépêche de rejoindre la Peugeot pour le suivre.

Son véhicule s'arrête devant le café Marcus, le café des intellectuels, des journalistes, des écrivains et des artistes, hommes et femmes, qui se trouve en face de l'Arc de Marc Aurèle, à l'entrée de la vieille ville. Nous nous y sommes assis, Zeinab et moi, maintes fois pour fuir le regard des gens après nos ébats amoureux chez son oncle. Je me souviens encore de ce jour où nous nous sommes faufilés dans l'appartement qui se trouvait en face de la rue al-Kindi – autrefois la rue des prostituées et aujourd'hui celle des studios de télévisions. Elle entre la première. J'attends une demi-heure qu'elle me fasse signe par la large fenêtre, elle agite la petite culotte qu'elle porte pour que j'entre rapidement. Je manque de me tromper de numéro d'appartement mais je me souviens d'un détail : « C'est la porte sur laquelle se trouve accrochée une perle sertie d'un œil bleu. » Je frappe à la porte. Elle m'ouvre. Elle est complètement nue.

– Bonjour, comment puis-je vous aider ? me demande-t-elle en souriant, aguicheuse.

J'entre précipitamment pour l'embrasser, sentir ses cheveux imprégnés de l'odeur du basilic. Nous le faisons dans la chambre où elle a vu pour la première fois son oncle faire l'amour à une femme. Puis, nous entrons dans la cuisine pour que je prépare un café. Je le lui avais promis lors de nos premiers rendez-vous amoureux. Je lui avais assuré que mon café était le meilleur de Tripoli. Je prépare le café et nous nous installons dans la pièce d'où elle m'a fait signe.

– Comment pourrais-je savoir que c'est le meilleur de Tripoli ? me demande-t-elle.

– Allons dans un endroit où tu es certaine que le café est bon et faisons l'essai.

Nous terminons rapidement nos tasses pour profiter un peu de l'appartement. Il est rempli de livres, d'œuvres d'art et d'objets que je n'ai jamais vus de ma vie. Des tableaux de femmes nues aussi.

– Tu en fais partie ?

– Mais que crois-tu ?! Bien sûr que non, il deviendrait fou s'il savait que j'ai vu ces tableaux.

– Tout comme de nous voir ici ensemble…

– C'est compliqué. D'un côté oui et de l'autre, non. Mon oncle ne croit pas à la *zina*, à cette interdiction d'avoir des relations sexuelles extraconjugales, du moins pas dans la façon dont on la conçoit habituellement. L'autre jour, je suis tombée sur une jeune fille lui préparant son petit-déjeuner. Je lui ai dit que ce qu'il faisait était scandaleux et il m'a fait la leçon.

– Est-ce que tu lui as parlé de la fois où tu l'as vu en compagnie d'une femme ?

– Non, cela le rendrait fou.

– Qu'est-ce qu'il t'a répondu alors ?

– La véritable *zina*, Zeinab ma fille, c'est lorsqu'un homme et une femme ont des relations sexuelles sans amour. Voilà ce qu'il m'a dit.

– Qu'est-ce qu'il voulait dire ? Je n'ai vraiment jamais compris ce que vous pouviez avoir en commun.

– Il veut dire que de nombreux hommes dans notre pays commettent la *zina* avec leurs épouses.

– Vraiment ? C'est curieux, d'où sort-il ces définitions étranges ?

– De Dieu.

– On dirait que son Dieu est différent de Celui dont j'ai reçu l'enseignement à la *kuttab*, l'école coranique.

– Ce n'est pas l'enseignement de Dieu que tu y reçois mais celui du cheikh de la mosquée qui ne veut pas t'apprendre la religion véritable.

– Arrêtons de parler de religion, je n'aime pas ça. Que Dieu me pardonne.

– Marcus.

– Quoi ?

– Le café Marcus. Allons au café Marcus, dit-elle soudain pour changer de sujet. Allez, sors, je te rejoins dans la rue.

Nous y allons. Nous commandons un café et nous nous asseyons pour observer un groupe d'intellectuels et d'écrivains.

– Cette femme, c'est une écrivaine, je l'ai aperçue une fois dans l'appartement de mon oncle, me révèle Zeinab. Et est-ce que tu reconnais cet homme ? C'est un auteur et un réalisateur célèbre. Je pense que c'est un parent à toi.

– Je le connais, c'est le cousin d'Absi mais il n'habite plus du tout à Bir Hussein.

– Ah, beurk... Le café est mauvais. Le tien est vraiment meilleur, admet-elle.

– Je te l'avais bien dit.

Il semble qu'à présent mon café ne soit plus du tout le meilleur qui soit. L'homme sort de la voiture le premier pour ouvrir la portière à la femme qui se trouve à l'arrière. La femme qui sort du monstre de fer est complètement différente de celle que je connais, son attitude, ses vêtements sont différents, mais c'est elle, c'est Zeinab. Elle entre dans le café et ils s'installent sur la terrasse en face de l'Arc. Mon visage prend une teinte cramoisie mais je ne sais pas ce qu'il convient de faire. « Milad, mon cher cousin, pour que la femme ait peur de toi, il faut que tu tues le chat. Si tu le vois demain, frappe cette pédale, c'est lui le chat, c'est même un gros matou qui a de nombreuses raisons d'être puni. » Je sors de la voiture et j'avance. Je m'arrête un instant sur la place de l'école de natation. Je les observe. « Mon café est devenu mauvais », me marmonné-je à moi-même en la voyant fumer sa cigarette et rire avec l'homme qui doit sans doute lui raconter une blague. « Tu savais que mon mari avait une petite queue ? Il ne m'a jamais fait jouir. Lorsque j'ai rencontré la tienne, je me suis demandé comment il avait fait pour me dépuceler. Il n'a même jamais réussi à me mettre enceinte. » L'homme rit de cette discussion que j'imagine en la voyant parler avec lui. « Mon directeur est un sale type, il me fait des misères et veut me faire mettre à la porte. » Je la revois se plaindre de son travail tout au long de ces dernières années. Le lieu commence à me hanter alors qu'il a été durant longtemps notre havre de paix, cet endroit où nous pouvions être de véritables amoureux sans craindre d'être surveillés. Je sens la colère me brûler les poings. J'ai envie de lui broyer le visage, de jeter son corps hors de la terrasse. Lorsque je m'apprête à me diriger vers le café, l'ancienne version de moi-même me tire en arrière et me chuchote qu'il faut partir, qu'il vaut mieux régler la situation à la maison. « Fixer solidement la corde, prendre garde de ne pas se pisser dessus et dire adieu à ce monde qu'il faut quitter. » Je commence à marcher lentement. J'ai envie de reculer et d'avancer en même temps. Je réussis à entrer dans le café. Je regarde en direction de l'endroit où ils sont assis depuis la cour intérieure. Je monte l'escalier.

– Milad, que fais-tu ici ? Permettez-moi monsieur de vous présenter mon mari, Milad… Milad, voici monsieur Abdelnabi.

– Rentrons à la maison !

– Pardonnez-moi un instant, monsieur.

Planté debout non loin d'eux, j'ai interrompu leur conversation en surprenant Zeinab par ma présence. Son visage avait changé lorsqu'elle s'était rendu compte que je me tenais devant elle en chair et en os. J'échange avec l'homme un regard perçant tout en essayant de retenir mes poings. J'ai envie de le frapper, de tuer le chat sous ses yeux pour qu'elle ait peur. Il regarde avec dédain celui qui possède cette « pouliche de compétition » assise devant lui. Je regarde la table : un paquet de cigarettes devant chacun d'eux, des tasses de café et de l'eau. Il me vient à l'esprit de saisir la bouteille d'eau et de la lui briser sur la tête mais Zeinab, perspicace, réagit avec sagesse, elle a senti la tension de la situation. Elle peut lire la colère sur mon visage. Elle se lève et me prend par la main pour que nous discutions à un peu à l'écart.

– Partons, Milad, je t'en prie. Je vais tout te raconter.

Je résiste un instant à son charme mais, lorsque je l'entends prononcer « Milo, fais-moi confiance », en attrapant mon petit doigt, je m'écarte.

– Qu'est-ce que tu fais ici avec cet homme ?

– C'est compliqué Milad. Je t'en prie, rentre à la maison, je te raconterai tout.

– Tu mens.

– Je ne te mens pas, Milad. Je ne t'ai jamais menti. S'il te plaît. Écoute-moi. C'est moi, ta petite Zeinab, me dit-elle en plantant dans les miens ses yeux qui me supplient de la croire.

– Allez, rentrons à la maison.

– Non.

– Je… Je suis ton mari. C'est un ordre. Allez !

Elle remarque le regard que je leur lance, à elle et à cet homme. Elle sent que quelque chose a changé en moi. Je ne suis plus le Milad qu'elle connaît. C'est comme si j'étais habité par un démon prêt à faire un scandale et à en découdre.

Elle lâche mon doigt et se dirige vers la table pour prendre congé de l'homme.

– Je suis désolée monsieur Abdelnabi, mais une urgence familiale m'appelle, lui dit-elle – et nous sortons du café.

Nous montons dans la voiture et je la reconduis à la maison. Nous n'échangeons pas une parole tout le long du chemin. Un silence empli de colère a envahi le véhicule. Je conduis vite, elle serre tellement fort les poings que ses ongles s'enfoncent dans sa chair. Nous arrivons à la maison. Nous entrons. Elle jette son sac et ses affaires dans l'entrée puis elle me fait face.

– Il s'est passé quoi là ? m'apostrophe-t-elle.

– Toi, dis-moi !

– Comment as-tu su que je me trouvais dans ce café ?

– Je vous ai suivis.

– Et pourquoi as-tu fait une chose pareille ?

– Pour le voir de mes propres yeux.

– Voir quoi ?

– Ce que j'ai entendu sur ta relation avec ce salopard.

– Est-ce que c'est ton ivrogne de cousin, ce fils de saoulard, qui t'a raconté ça ? Tu penses que je te trompe ? C'est ça que tu penses ? Tu penses que je suis une pute qui se jette sur les hommes ? Tu es débile ou quoi ?

– Oui, vraiment, je suis un idiot d'avoir laissé ma femme me traiter de la sorte.

Une dispute éclate entre nous. Au début, ce ne sont que des mots qu'enflammée elle me jette à la figure et auxquels je réponds. D'autres sentiments nous font réécrire le film de notre vie.

– Tu m'as épousée parce que tu m'as dépucelée, avoue-le Milad, sois un homme au moins une fois dans ta vie. Avoue que tu as eu peur du scandale avec la putain que tu vois devant toi, dis la vérité sans t'embarrasser de ces conneries d'amour, de sentiments et de toutes ces paroles vaines que tu me répétais.

– C'est moi le fautif peut-être ?! Tout ce qui t'importe, c'est ta petite personne et la manière dont les gens te perçoivent, tes petites histoires et ta petite vie, tu es égoïste, t'es-tu jamais demandé ce que moi je voulais ?

– Tu n'es pas un homme, tu ne l'as jamais été. Tu me faisais pitié quand tu lavais les assiettes ou les vêtements, ou que tu te comportais comme un enfant fuyant tes problèmes, effrayé, mais maintenant je te méprise.

– Et toi, toi, tu ne m'as jamais aimé, tu voulais simplement un homme comme moi pour pouvoir n'en faire qu'à ta tête. Je l'ai su dès le premier jour de notre rencontre. Tu t'es servie de moi, tu as profité de ma naïveté. Est-ce que tu peux au moins reconnaître ça ?

Ces échanges de mots sont suivis d'assiettes brisées, d'elle en pleurs, et de moi les bras levés au ciel, les veines gonflées et le visage rouge. Puis, elle se dirige vers la cuisine et déverse la farine sur le sol, attrape le tablier, brise les plats que j'utilise pour cuisiner, puis elle sort la Khaddouja du frigo et la lance dans ma direction.

– Voilà ce que je pense de toi, de tes activités futiles et de ton tempérament répugnant Milad. Parfois, j'aimerais que tu ne sois plus toi-même, que tu sois quelqu'un d'autre, quelqu'un qui aurait un minimum de dignité pour m'affronter. Prends ta Khaddouja et enfonces-y ta queue, peut-être arriveras-tu à la mettre enceinte !

Après avoir vu ma Khaddouja détruite et gâchée par terre, j'arrache l'un des tableaux de son oncle du mur pour en sortir le dessin et le déchirer devant elle.

– Voilà ce que je pense de ton oncle, tu m'as brisé le cœur avec vos histoires. Est-ce qu'il t'a baisée quand tu étais petite ? Est-ce que tu l'as sucé comme tu l'as fait avec ton directeur en échange de la publication de ses œuvres ?

Elle crie et elle se précipite vers le tableau en larmes.

– Espèce de paysan mal élevé, comment oses-tu ?! dit-elle est essayant de ramasser les morceaux éparpillés du tableau.

Elle pleure, accroupie. Je m'arrête, pétrifié. « Bats le chat pour effrayer la femme, Milad », m'avait dit Absi la veille. Elle se lève brusquement et sèche ses larmes. Elle se dirige vers moi et me gifle, puis elle entre dans la chambre à coucher et s'enferme à double tour.

Désemparé par ce qui vient de se produire, effrayé par un divorce inéluctable, je monte sur le toit-terrasse. Le suicide de notre voisine qui s'est jetée du deuxième étage de sa maison me vient à l'esprit. Elle avait plongé tête en avant et avait cogné le mur qui séparait les deux habitations. Elle a fini sur le sol, le crâne ouvert. Elle avait agonisé des heures durant pendant que son mari était au travail. Lorsqu'il était rentré, il l'avait retrouvée, nageant dans une mare de sang. Le comble était que je me trouvais à ce moment-là dans la cuisine en train de préparer des croissants. Nous étions rentrés de notre premier voyage en Tunisie depuis un mois. J'avais entendu un choc à l'extérieur pendant que je préparais le beurre pour en badigeonner la pâte. L'opération était délicate et je n'avais pas eu envie de sortir pour voir ce qui avait provoqué ce bruit. J'avais regardé en direction de la maison de mon voisin et j'avais vu une tache de sang sur le mur qui nous séparait. « Ces voisins et leurs habitudes étranges », avais-je pensé, notre voisine égorgeant de temps à autre un coq noir pour conjurer un mauvais sort. Je m'étais dit qu'elle avait versé le sang sur le mur qui se trouvait entre nous de crainte que nous soyons à l'origine de cette sorcellerie. Je monte sur le toit de la maison pour regarder la distance qui me sépare du sol. Ce n'est pas haut. Les maisons sont généralement formées d'un seul étage mais les escaliers attenants permettent de construire sur le toit-terrasse lorsque les enfants sont en âge de se marier. Je me remémore la scène de notre dispute. Je suis sûr de ne pouvoir oublier cette torture que lorsque ma tête cognera le sol. « J'aurais dû lui dire qu'elle ne m'aimait plus, qu'elle n'aimait plus mon café, ni mon pain ni la pizza que je lui préparais. » Je n'avais pas pensé à ces arguments pendant notre dispute. « Adieu Zeinab, je vais te soulager de ma présence. » Je me représente la chute de ma voisine et je saute.

Et parce que je suis un idiot, je rate ma dernière tentative de suicide. Je tombe d'une hauteur de cinq mètres sur le sol du jardin, jambes en avant. En m'élançant dans le vide, libre comme l'air, je m'en étais remis au destin mais celui-ci décide pour moi d'une douleur au genou et d'un cri bien réel que Zeinab, enfermée dans la chambre, entend. Elle ouvre la fenêtre et me voit effondré sur le sol, incapable de bouger : mes jambes sont lourdes et me font souffrir, et j'ai vomi tout ce que j'avais avalé le matin. « Milo », crie-t-elle, en se précipitant à ma rescousse. Elle pose ma tête sur ses genoux et hurle jusqu'à ce que les secours arrivent. Je suis comme un morceau de viande rabougri entre ses mains.

– Que s'est-il passé Milo ? me demande-t-elle.

Elle a oublié la dispute et essuie la sueur sur mes joues et mon visage. Voir ma femme laisser notre différend derrière nous m'arrache un sourire au milieu de cette souffrance. Puis je perds connaissance.

* * *

Il y a quelques souvenirs de Tunisie que je voudrais vous raconter avant de continuer l'histoire. Vous permettez ? Ils me reviennent maintenant en regardant la bicyclette. Je ne serai pas long. Je vous le promets. Nous avons visité la Tunisie à plusieurs reprises. Nous l'avons tellement aimée. Dès que nous franchissions la frontière vers la Libye, nous avions déjà envie d'y retourner, bien que la route pour y parvenir soit pénible et qu'il faille subir le harcèlement de la garde nationale. Après cette nuit à Djerba avec Benyamin et sa fille Sarah, nous tombons en amour pour ce pays. Nous l'avions craint pourtant et avions eu peur que ses habitants se montrent méprisants envers nous ; Absi nous avait mis en garde. Cette fois-là, nous visitons Hammamet où nous restons une semaine, accueillis par la sœur de Benyamin – en payant le logement cette fois. Cette dame possède deux bicyclettes : l'une pour elle et l'autre pour son mari. Elle est ravie que nous ayons envie de les utiliser et nous propose de les emprunter. Chaque matin, nous parcourons la ville et ses plages. Zeinab est heureuse de pouvoir à nouveau rouler à vélo. Lorsqu'à dix ans elle doit abandonner ce loisir, c'est pour elle comme se séparer d'un amoureux. Quand elle aperçoit les deux vieux vélos, elle saute de joie et se met à les examiner. À Hammamet, nous allons aussi dans les bars, nous fumons en regardant le coucher du soleil, nous négocions avec les vendeurs et les commerçants, nous mangeons, à l'affût de ce qui nous rappelle le pays. Dans la capitale, nous visitons La Goulette, Marsa et la vieille ville. Nous nous perdons dans les ruelles et les quartiers comme nous le faisions à Tripoli. À chaque fois que nous sortons nous promener et flâner dans les rues, nous nous disons : « *Allah*, s'il pouvait y avoir à Tripoli même un mauvais cinéma tel que celui-ci. » Lorsque nous empruntons la rue Ibn Khaldoun, une rue adjacente de l'avenue Habib Bourguiba, nous dégustons de délicieuses viandes grillées dans les restaurants bon marché. Nous essayons le pain *mlawi*, les bricks et les *fricassés* vendus dans les petites échoppes. En suivant un filet de lumière, nous entrons dans la rue Kotteb Louzir qui nous fait découvrir un petit souk populaire appelé el-Kherba. Nous en sortons à la recherche d'endroits pittoresques dans d'autres ruelles. Nous rendons visite à Sidi Mahrez dans son mausolée et nous l'implorons de nous guider dans le futur. Nous prions ensemble dans la mosquée Zitouna ou nous nous arrêtons sur la corniche de Marsa pour manger du pop-corn en regardant la mer comme si nous étions deux personnages d'*Un été à La Goulette*. Nous entrons dans un restaurant de poisson de La Goulette où nous commandons une boukha Bokobsa pour moi et du vin pour elle avec un plat de poisson grillé. Nous prenons le petit train qui relie La Goulette à Sidi Bou Saïd et nous grimpons entre les habitations blanches collées les unes aux autres et qui semblent sertir l'immensité du ciel pour boire un mauvais café ou un thé aux amandes au Café des Délices en regardant les mouettes planer au-dessus des bateaux du port. Nous discutons avec un vendeur d'une échoppe à touristes le prix d'un briquet ou d'un plat pour l'informer finalement que nous avons trouvé un meilleur prix ailleurs, et nous partons en riant. À Testour, nous retrouvons maître Ikhmeis dont la famille nous reçoit deux jours durant avec un accueil incomparable. Ikhmeis nous sert de guide dans les quartiers de la vieille ville et nous mangeons la meilleure pizza de Testour. Puis, il nous réserve une journée privée dans le hammam familial al-Boukhari. Nous nous y retrouvons seuls, je la caresse, nous faisons l'amour au milieu de la vapeur et dans la chaleur du bain. Puis, je lui verse de l'eau froide sur le corps comme le fait la jeune fille du film *Un été à La Goulette*. Elle tente de m'échapper au milieu du hammam savonneux et elle glisse. Elle tombe sans heurts près du bassin. Je m'allonge à mon tour pour que mon sexe touche le sien. Des jours merveilleux que nous vivons hors du temps, loin de nos vies et de ce qui nous attend à notre retour.

Les voyages suivants, nous rendons visite à Benyamin et à Sarah à chaque fois que nous le pouvons. Nous essayons aussi de voir maître Ikhmeis, devenu grand-père, à qui nous apportons des cadeaux de Libye. Nous essayons de profiter du voyage mais cela ne sera plus jamais comme la première fois, et c'est particulièrement vrai pour le dernier voyage. Zeinab a fait une fausse couche. J'ai envie de lui changer les idées et j'organise un séjour d'une semaine pour rencontrer un médecin là-bas. Nous essayons de ressusciter les premiers jours de notre union en assistant au mariage tunisien d'une des filles d'Ikhmeis. Mais rien ne se passe comme prévu, à commencer par la Peugeot qui tombe en panne à mi-chemin de la capitale. Nous voilà en train d'essayer de rejoindre la fête ; après avoir essayé en vain de faire redémarrer la voiture nous attendons une heure durant, sur une route de campagne, que quelqu'un nous prenne en pitié. Vétuste et bourré d'avaries que j'avais pris soin de réparer maintes fois, le moteur semble avoir à nouveau besoin de repos. Nous sommes sur le bord de la route. Je manque de perdre tous mes moyens mais Zeinab semble sur le point de s'effondrer et je ne veux pas que mon état d'esprit lui pèse. Après une heure interminable à attendre et à faire signe aux voitures qui passent à toute vitesse, un paysan s'arrête, il conduit une carriole de légumes, tirée par un âne éreinté. Il examine la voiture avec moi, me demande une cigarette et appelle une dépanneuse. J'observe Zeinab, elle est très pâle et prête à vomir ce qu'elle a mangé sur la route. Je tue le temps en discutant avec l'homme. « Une voiture qui s'arrête au milieu du chemin est un mauvais présage, me dit le paysan, c'est le signe qu'il faut rentrer, sois prudent ! » Je me souviens de ce que j'ai laissé derrière moi au village : une vieille mère en fin de vie, deux sœurs qui ne sont pas encore mariées, une autre divorcée, une autre encore jeune mariée, un beau-frère qui ne m'aime pas, qui me méprise même parfois, semble-t-il, et qui a un frère rendu complètement fou par la solitude. Tel un ange venu me transmettre la Bonne Parole, le paysan me salue et disparaît lorsque la dépanneuse arrive. Je monte dans ma voiture et la dépanneuse nous emmène à Testour.

– Regarde, dis-je à Zeinab pour la distraire, c'est comme si on volait dans les cieux.

Plongée dans un tourbillon de ténèbres, elle ne prête pas attention à ce que je lui dis.

– Cette route est fatigante, me dit-elle après un silence.

Je lui réponds que ce n'était pas comme ça les fois précédentes.

– C'est vrai, le soleil m'a liquéfié le cerveau.

Ces jours s'étaient écoulés tant bien que mal. Lorsque maître Ikhmeis m'avait téléphoné pour m'inviter au mariage de sa fille, je m'étais dit que le destin nous faisait un cadeau pour recommencer à vivre ; un mois était passé depuis que j'avais perdu mon fils, encore dans le ventre de sa mère. Je voulais aller à Testour avant tout, au retour nous passerions une nuit chez Benyamin pour nous baigner dans la mer. Je ne me souviens que très peu des jours de fête passés là-bas. Je vois encore Zeinab, silencieuse, au milieu des youyous des femmes le jour du henné, souriant avec difficulté. Je ne me rappelle que l'aboiement d'un chien la nuit pendant que nous dormons dans une des pièces de la maison d'Ikhmeis. Je me réveille et je ne trouve plus le sommeil, mes souvenirs avec Brutus, Rex et *Madonna* me reviennent. Je nous vois encore assis seuls à une table pendant le mariage : Zeinab scrute les visages qui nous entourent avec regret comme si elle avait espéré pour nous un mariage tel que celui-là, elle fait mine de se concentrer sur la dégustation de la *baklawa* en essayant en vain de profiter du moment. Le khôl macule le contour de ses yeux, elle se rend aux toilettes pour revenir s'asseoir à mes côtés et continuer à observer la fête.

Le dernier jour, avant que nous nous mettions en route pour la capitale, nous visitons la Grande Mosquée et nous prions dans son mihrab andalou, nous visitons le cimetière qui se trouve sur la colline pour voir le tombeau de la famille d'Ikhmeis. Nous nous asseyons ensuite dans un café.

– Je suis maintenant prêt à mourir, m'annonce mon ami au milieu des tables du café El Bathaa, pendant que Zeinab boit un Coca-Cola pour évacuer son amertume de la vie.

Elle observe les pigeons qui descendent à tire d'aile pour picorer les graines jetées par les passants.

– J'ai pardonné à ton oncle Mohammad pour ce qu'il m'a fait, dit Ikhmeis en souriant à l'évocation de quelques-unes de nos péripéties à la *kousha.*

Je ne suis pas prêt à pardonner à mon oncle aussi facilement, d'autant plus que je n'ai pas eu mon fils alors qu'Ikhmeis mariait sa dernière fille.

Nous sommes assis tous les trois à observer les gens aller et venir avec nonchalance dans cette petite ville. Je m'enquiers auprès d'Ikhmeis de ce que sont devenus Bahi et Massoud.

– Bahi m'a raconté que Massoud s'était noyé en tentant la *harga*, la traversée vers l'Italie après son retour à Annaba. Il avait cinquante ans quand l'obsession de l'émigration l'a pris.

– « *Annaba rouhti khsara*, Annaba, tu as tant perdu », lui chantonné-je.

Je suis triste pour cet homme courageux que son pays a tué à deux reprises : une première fois lorsqu'il est tombé malade en y retournant et une autre en essayant de lui échapper.

– Et qu'est-il arrivé à Bahi ?

Zeinab commande une autre bouteille de Coca-Cola. C'est sa troisième. Elle la prend des mains du serveur et allume une cigarette, les yeux plongés dans le désespoir.

– Bahi va bien, il a ouvert un salon de coiffure.

– La prochaine fois que j'irai à Annaba, je lui confierai mes cheveux, lui dis-je.

En voyant Zeinab noyer ainsi sa tristesse dans le Coca-Cola, Ikhmeis se lève alors et nous propose de nous montrer le reste de la ville. Nous visitons une orangeraie, nous pénétrons dans les ruelles et les quartiers de la vieille ville, nous en sortons perclus de fatigue. Je ne permets pas à Zeinab de lâcher ma main, je la tiens comme une enfant. J'ai peur qu'elle ne disparaisse soudain de ma vie dans cette ville étrangère avec laquelle nous ne partageons que quelques souvenirs de belles journées.

À part cela, j'ai tout oublié de notre séjour à Testour, de ce que nous avons fait lorsque la Peugeot s'est remise à fonctionner et jusqu'à ce que nous parvenions à Tunis encore une fois. Nous devons rencontrer le docteur. Nous dépensons nos économies pour faire des analyses dont Zeinab ne veut pas.

– Je n'en ai pas envie, me dit-elle.

Je lui réponds que nous devons essayer.

– Nous sommes toujours en train de nager, lui dis-je, tu te souviens ?

– Si tu as peur, tu te noieras certainement... je n'ai pas envie de me noyer, Milad.

En réalité, elle se noie dans le chagrin. Ni les *fricassés*, ni le *mlawi*, ni même les bars de La Goulette n'y peuvent rien. J'essaie de rendre l'ambiance romantique et de lui faire l'amour – c'est la première fois depuis la perte du fœtus –, mais elle m'abandonne son corps sans désir. Nous voilà en train de commettre la *zina* selon la définition de son oncle.

Le lendemain, nous nous rendons chez le médecin. Mais ses mots ne guérissent pas notre rancœur : « Vous êtes en parfaite santé, il vous faut seulement avoir la foi… Cela arrive parfois que les ovules de la femme et les spermatozoïdes de l'homme ne se mettent pas d'accord, exactement comme dans la vie. » L'homme s'exprime sans aucune émotion, semant le doute sur le sens de notre attachement. En sortant de son cabinet, nous ne sommes pas plus avancés et nous regagnons l'appartement. Nous faisons nos valises et nous les jetons dans le coffre de la Peugeot. Au départ, j'ai peur qu'elle ne démarre pas. Pressé de prendre la route, j'insulte le véhicule et le bourre de coups, mon corps tremble, j'en ai oublié la présence de Zeinab à qui j'avais pourtant longtemps essayé de cacher ce que je ressentais. En frappant encore une fois le volant, je me blesse la main. Je crie de douleur. J'apprendrai, en arrivant à Tripoli, qu'elle est cassée. Zeinab se met à rire : « Enfin ! » dit-elle, puis elle retourne à son silence, plongée dans la contemplation de la route : les gens, les voitures, Dieu, le ciel et la Terre. Le moteur de la voiture se met en marche. Je conduis sans interruption sur la route vers Djerba, je ne m'arrête que pour uriner dans les toilettes des stations-services. Arrivés à destination, nous nous rendons directement chez Benyamin. Pendant que tinte la sonnette de Dar Ghazala, j'attends qu'il en sorte pour embrasser Zeinab et lui insuffler un peu de vie. Sarah apparaît. Elle est seule et ressemble, elle aussi, à un figuier de Barbarie flétri. Nous nous embrassons en pleurant. À la manière dont elle nous serre dans ses bras, nous comprenons la raison de sa tristesse : un cancer du poumon a emporté Benyamin un mois plus tôt. Sarah vit seule dans la maison. Nous sommes impuissants face aux assauts de la mort. Nous faisons nos adieux au passé et la soirée se déroule en silence : Sarah, Zeinab et moi autour de la même table mais sans musique cette fois, ni rires, ni film, ni pizza. « Une voiture qui s'arrête au milieu du chemin est un mauvais présage, m'avait dit le paysan, c'est le signe qu'il faut rentrer. » Ses paroles me reviennent. Si nous avions rebroussé chemin, les mauvaises nouvelles auraient cessé. Nous sommes complètement abattus. Le bikini acheté furtivement à Tunis pour en faire la surprise à Zeinab est toujours dans la valise que je n'ai pas encore vidée depuis. Ce soir-là, le temps passe aussi lentement qu'un escargot se déplaçant sur le dos d'une baleine.

Le lendemain matin, lorsqu'elle nous fait ses adieux sur le pas de la porte, Sarah nous offre le gramophone et les disques. Elle nous étreint comme si elle avait envie que nos corps se confondent.

– Mon père vous a légué ceci, nous annonce-t-elle en souriant avant de nous embrasser à nouveau, « si l'étrange Libyen revenait », avait-il dit.

Nous retournons d'où nous venons. Nous passons par la sebkha où nous avions vu les flamants roses. Zeinab se prépare à retrouver ses compagnons ; les mains sur la vitre de la voiture comme une petite fille, elle attend d'apercevoir ces volatiles roses. Je cherche la nuée d'oiseaux dans le marécage désert et lugubre. Je pensais que la disparition physique de Zeinab ôterait goût et senteur à ma vie, la rendant plus sombre. En réalité, son absence psychique est plus cruelle encore.

– Ce n'est pas la saison des flamants roses, on dirait, dis-je lorsque nous laissons la sebkha derrière nous.

« Menteur », me dis-je en moi-même.

– On dirait en effet, dit-elle – tout en pensant « mensonge » au plus profond d'elle-même.

Je me demande quelle autre mauvaise nouvelle nous attend à notre retour au pays… Son oncle artiste s'est suicidé dans son appartement…

Maintenant j'ai besoin d'une tasse de café. Est-ce que j'en prépare une pour vous aussi ?

* * *

LA MAISON DE FAMILLE

« Les filles sont la semence du diable. »

Proverbe libyen.

Lorsque je termine ma tasse de café, j'aime la retourner pendant quelques minutes pour laisser le marc se déposer sur les parois. Puis, je me mets à y lire mon destin en interprétant les traces censées indiquer ce que la vie me réserve. C'est une habitude qui me vient de mes sœurs, comme bien d'autres qu'elles m'ont apprises. Ma relation avec le café est complexe. Généralement, je préfère le thé pour m'accompagner tout au long de la journée – notre thé traditionnel, le *shahi al-'ala**, léger, parfumé à la cannelle ou à la menthe, est une invitation à la sérénité, tandis que le café vous invite à apprivoiser votre agitation. Depuis que j'ai goûté au thé à la cannelle de Zeinab, j'évite l'amertume du café, et il arrive parfois qu'une semaine entière s'écoule sans que je n'en boive une seule tasse. À d'autres moments, il m'arrive de passer ma journée entière autour de la cafetière, le *bakraj*. Je vous lis votre avenir si vous voulez.

Petit, je jouais avec mes sœurs à colin-maillard et à la marelle. Nous chantions « Un le verger de Saleh, deux la pomme, trois elle a mûri et sent bon. » Mes sœurs ne se sont jamais senties gênées en ma présence, ce n'est pas le cas avec mon père. Assises dans le patio extérieur, elles se relaient pour s'épiler les jambes et les bras. Je m'installe à leur côté, attentif à leurs cris de douleur à chaque arrachage de poils. J'observe leur façon de procéder : l'une d'entre elles prend un peu de pâte à sucre qu'elle étire et prépare. Elle l'étale ensuite sur la jambe du bas vers le haut, la laisse reposer un peu puis l'enlève d'un coup sec. Quand mon père rentre à la maison, mes sœurs se précipitent pour cacher leurs jambes à demi épilées sous leurs robes et poser le sucre loin de son regard. Saliha sourit. Safa me fait un clin d'œil. Un jour, elles me laissent toucher leur peau pour sentir la différence avant et après.

– Millau, évite d'épouser une femme poilue, me dit Safa, me mettant en garde contre les femmes dont les jambes ressemblent à la forêt amazonienne.

Tout commence par un regard qui entraîne un sourire, puis un baiser : c'est comme cela qu'arrivent les relations sexuelles, à ce qu'on dit. Tout dans la vie se passe ainsi. C'est d'avoir regardé faire mes sœurs qui m'a conduit plus tard à m'occuper de l'épilation de Zeinab. Après s'être habituées à ma présence, elles me laissent essayer. Je passe la pâte à sucre sur les bras de Saliha et la manière dont je la lui retire lui procure une délicieuse et légère douleur.

– Encore une fois Millau, s'il-te-plaît.

J'étire la pâte et la prépare pour les derniers poils qui restent. Je la pose dans le sens contraire du poil, puis je l'ôte à une vitesse impressionnante. Mes sœurs s'habituent à mes mains. C'est moi qui prépare le sucre désormais. Les fois suivantes, j'ajoute un peu de miel – parce que cette mixture ressemble aux sirops à base de miel – et une goutte d'eau de fleur d'oranger. Elles s'accoutument à ma formule, elles ont le sentiment que mon sucre est plus léger et plus efficace que leurs recettes traditionnelles. Le soir généralement, cette opération terminée, nous nous installons pour boire le café en prenant garde à ce que mon père ne nous voie pas.

Nos tasses vidées, Saliha les retourne pour nous lire ce que l'avenir nous réserve.

– Ici, il y a un soleil qui brille sur une haute clôture, Sabah, on dirait que tu vas te marier. Ah, Milad, une opportunité se dessine pour toi à l'horizon. Mon Dieu Safa, regarde le hibou, dit-elle en saisissant la tasse de Safa pour le lui montrer.

– Où ? Je ne vois rien.

– Deux grands yeux, ce sont des yeux de hibou. Seigneur, protège-nous ! Puis, elle crache dans son décolleté pour éloigner le mal qui guette ma sœur.

J'ai certes appris énormément d'elles mais surtout sur elles : je les connais mieux qu'elles-mêmes. Je sais tout de leurs problèmes et de leurs ambitions. Il y a Saliha et ses cheveux toujours coiffés différemment, le plaisir qu'elle prend à se faire photographier dans des robes et des tenues nouvelles devant le poste de radio ou de télévision ou encore à côté d'un vase, l'insuccès de ses études, sa peur des cafards, son langage, ce qui peut la faire rire ou attiser son sens de la répartie, son désir de tout savoir concernant ce qui se passe autour d'elle, sa manie de poser des questions futiles. Il y a eu la fois où elle a failli se marier, avant que ne s'en mêle mon oncle Mohammad qui a chassé le prétendant ; il ne convenait pas à sa nièce « préférée ». Saliha le détestait, il la répugnait. Le temps est passé par là et sa beauté lui échappe, ses cheveux ont terni, elle qui a pleuré un matin après les avoir complètement rasés parce que cette action devait les rendre plus vigoureux. Elle est friande de légendes et aime interpréter les rêves.

Et puis il y a Safa, avec son caractère railleur, capable de mener n'importe quelle discussion, de pointer ce qui vient contredire ce que vous avez dit précédemment, sa passion pour les vêtements imprimés de visages de femmes, de personnages de dessins animés et de fleurs, sa boulimie lorsqu'elle est triste ou lorsqu'elle a ses règles, son amour pour le chocolat Ward, son talent pour le chant, ses préoccupations et ses problèmes à l'école, son incapacité à supporter les pleurs des enfants, sa fierté d'être une femme indépendante, de n'avoir jamais accepté l'autorité d'un homme, à l'exception de celle de son père, d'avoir refusé tous les prétendants avec la promesse de ne pas se marier avant sa sœur aînée, sa compulsion à faire les magasins et à acheter toutes les nouveautés, toujours à la recherche de ce qui est à la mode, alors même que cela n'est plus de son âge.

Et puis il y a Sabah, ma petite Sabah, mon tourment, et son histoire tellement triste qui me donne envie de pleurer à chaque fois que j'y pense, son obsession de la propreté, sa répugnance à voir la poussière recouvrir meubles et objets, son dégoût des mauvaises odeurs, sa séparation d'avec son mari avec qui elle a eu deux enfants, Hanadi et Mohannad, une âme sensible et anxieuse qui a fui le cauchemar du mépris, des coups, des insultes, des humiliations et de l'infidélité de son mari, le silence dans lequel elle se mure la plupart du temps, elle qui n'a pas peur des cafards à l'inverse de toutes les autres femmes que je connais, sa capacité à composer avec la mélancolie, son indulgence et son amour infini des enfants.

Et pour finir, il y a Asma, l'enfant gâtée, la petite chérie de sa maman, nos relations mouvementées depuis l'enfance, notre rivalité vis-à-vis de notre mère, ses accès de colère qui me rappellent mon père, son désir de travailler dans la *kousha* malgré le refus paternel et les traditions dans lesquelles elle a été élevée, sa capacité à surmonter la peur qui domine ses sœurs, sa joie, sa faculté de pardonner à ceux qui lui ont fait du mal, sa conscience de fabriquer les meilleures pâtisseries qu'il m'ait jamais été donné de goûter.

Et tout comme pour le café, les rapports que j'entretenais avec elles étaient tumultueux, pleins d'instants doux et amers à la fois depuis que Saliha et Safa m'emmenaient flâner dans les rues de Dahra et que nous descendions la rue du 1er septembre pour admirer les vitrines des boutiques de maquillage et de vêtements. Elles m'achetaient une glace en me demandant de garder ces sorties secrètes ; il n'était pas nécessaire que mon père apprenne ce que faisaient ses filles lorsqu'il disparaissait dans la *kousha* ou qu'il se rendait dans son village natal. Lorsque je tombais malade, elles m'emmenaient jusqu'au dispensaire pour recevoir une injection. Elles se relayaient ensuite pour me porter jusqu'à la maison. Elles glissaient en cachette dans ma poche la liste de leurs petits secrets de femmes avec un peu d'argent pour que je les leur achète. Nous nous querellions pour des futilités, nous nous fâchions pour nous réconcilier ensuite et mon cœur éprouvait une tendresse infinie pour elles. Elles m'utilisaient pour tenter de se faufiler dans le cinéma Omar Khayyam. Lorsqu'elles s'asseyaient dans un café, elles étaient impressionnées par le nombre d'hommes dans le centre-ville. Elles achetaient trois bouteilles de Kitty Kola, puis me ramenaient à la maison. Parfois, elles se servaient de moi pour obtenir quelque chose de mon père. Lorsqu'au prix d'un cahier de mathématiques venait se rajouter le prix d'autres achats, le vieil homme me regardait avec méfiance.

– C'est le prix de deux cahiers, disais-je à mon père, qui était sur le point de découvrir le stratagème.

– Comment ça ?

– Un pour l'école et un autre en plus pour moi, pour la résolution des problèmes.

Et parce qu'il n'avait jamais résolu de problèmes mathématiques de sa vie, il acceptait au nom de la science et de l'apprentissage mais aussi pour que je le laisse en paix avec son pain. Pendant qu'il vivait sa romance avec sa pâte, mes sœurs m'habillaient de leurs vieilles tenues et riaient en appliquant des baisers appuyés sur mes joues. Elles jouaient avec moi comme si j'étais une petite poupée vivante entre leurs mains : un peu de fard à joues, des bracelets de fillettes, leur tentative de rassembler mes cheveux bouclés en une seule couette au-dessus de mon crâne qu'elles attachaient avec un élastique, un peu de rouge sur mes lèvres et du khôl autour de mes yeux pour chasser le mauvais œil. Elles me prenaient en photo avec l'appareil subtilisé dans le tiroir de mon père. Leurs rires dans la chambre attiraient ma mère qui découvrait ce qu'elles avaient fait. Elle se mettait en colère et les grondait mais cela ne faisait pas cesser leur hilarité. Une fois les traces de féminité qui maculaient mon visage nettoyées, ma mère rendait à la poupée que j'étais ses traits masculins. Lorsque je n'arrivais pas à dormir, elles me berçaient et me chantaient : « Do l'enfant do, *nini hoha*, et au diable la *ghoula*[1] ! » Ou : « Fais dodo, mon petit Millau, fais dodo tu grandiras bientôt, et à la noce tu iras, à minuit tu reviendras, et maman qui pour toi a prié sera là pendant que la servante ta lanterne préparera. » Elles bottaient mes fesses nues lorsque je mouillais mon pantalon, ou quand mon côté petit garçon prenait le dessus et que je faisais des bêtises. Et, devant ma mère, elles me défendaient de la jalousie enfantine de Sabah. À la naissance d'Asma, nos relations se détériorent. Seul garçon parmi toutes ces filles, dans l'appartement, mon sentiment de solitude est immense. Je prie Dieu pour qu'il m'envoie un frère avec qui jouer. De leur poupée, je deviens leur petit frère. La jalousie fait son chemin dans mon cœur, elle s'y faufile comme mes sœurs tentant de pénétrer dans le cinéma. Je deviens un sale gamin qui embête sa sœur cadette. Je ne

1. L'ogresse.

veux pas manger en sa présence, ni jouer avec elle, ni même m'asseoir à ses côtés. La compétition entre nous fait rage et je refuse de me plier aux demandes de mes sœurs, à leurs envies de sortir en ma compagnie, ce qui ne fait qu'accroître la distance qui s'installe entre nous. Je m'achète des sucettes que je déguste dans le couloir de l'appartement, et lorsqu'elles me demandent de partager, je refuse. La petite Asma vient alors me demander de lui en donner, même juste un petit morceau, je m'empresse de lui en casser un bout pour éviter qu'elle ne dise à ma mère que je ne l'aime pas et que je ne veux pas partager mes bonbons avec elle. Le morceau que je lui jette atterrit sur sa chaussure rouge écarlate. Elle se met en colère et prend un des bâtonnets pour me l'enfoncer dans l'œil. C'est le désastre ! Mes sœurs se mettent à pleurer, Saliha frappe Asma tandis que moi aussi je pleure de voir le sang couler de mon œil. Mon oncle Mohammad arrive pour m'accompagner à l'hôpital. On s'assure que le bâtonnet n'a pas percé complètement mon œil mais qu'il a simplement blessé sa partie extérieure. Notre relation reprend son cours normal et elles se remettent à me choyer.

Pourtant élevé par des femmes qui me teignent le petit doigt et avec qui je m'entends bien, je suis, encouragé par mon père, à la recherche d'une autre identité. Je m'interroge sur l'intérêt de confectionner de la pâte à sucre pour l'épilation que je refuse désormais souvent de préparer pour mes sœurs, tout comme je ne veux plus m'approcher d'elles dans ces moments-là. Cette nouvelle identité se forge véritablement à Bir Hussein où la présence de mon père est plus prégnante qu'avant dans ma manière de penser et d'agir. Là-bas, dans notre demeure, « *bayt al-'ila al-'ali al-mdallal bil-hobb*, cette grande maison familiale avec l'amour pour ombrage », il m'arrive fréquemment de m'isoler ou de délaisser mes sœurs pour rejoindre Absi. Nous essayons de jouer au ballon sur les chemins sablonneux, nous poursuivons les petites paysannes ou nous volons des oranges dans les vergers du village. Absi m'oriente vers cette part manquante de ma personnalité. Nous traquons les grenouilles autour d'un bassin, nous les attrapons dans nos mains et, par la pression qu'il exerce sur elles, Absi leur fait comprendre qu'elles mourront si elles tentent de s'échapper. Me voilà fuyant mes sœurs pour courir à ma perte, puis je reviens vers elles après m'être longuement battu avec Absi. Je rentre à la maison en pleurant des coups que j'ai reçus d'un garçon trois ans plus jeune que moi. Saliha me prend dans ses bras et me serre contre elle. Le sang de Safa ne fait qu'un tour et elle se rend chez mon oncle pour donner une leçon à l'enfant.

– Personne n'a le droit de toucher mon frère à part nous, décrète-t-elle à la mère d'Absi, dis-le à ton fils !

Nous reprenons nos habitudes et j'apprends d'autres choses d'elles. Les jours passant, je suis à nouveau tourmenté par notre façon de fonctionner : une remarque de mon père sur mon doigt teint me déstabilise. Puis il me surprend en train d'épiler la jambe de Safa, me tire les oreilles et chasse ma mère qui n'est pas capable d'éduquer son fils. Il nous sépare et je reste trois jours seul avec lui à la maison. Il ôte sa ceinture, qu'il abat sur moi partout où il peut.

– Je vais faire de toi un homme même si je dois y laisser ma vie ! Tu épiles les jambes de ta sœur, espèce de femmelette !

La colère passée, il s'effondre en larmes sur son infortune.

Le voyant totalement désemparé, je lui dis :

– Papa, je te fais un café ?

Il me lance la tasse à la figure en me hurlant qu'il ne veut rien de moi.

– Tu n'es pas mon fils, assène-t-il, à partir d'aujourd'hui, je ne veux plus te voir dans la maison.

Il me rappelle ainsi que ce n'est pas un lieu pour les hommes et lorsque ma mère revient à la maison, ma relation avec mes sœurs se détériore à nouveau. À la mort de mon père, elles me tombent dans les bras en pleurant, elles m'étreignent ; elles cherchent un homme pour les protéger de cette tragédie et moi, je suis terrassé par l'injustice de la vie. Avant que je ne décide de me lancer dans mon aventure militaire, tout reprend comme avant entre nous.

En rentrant de l'armée, je suis à la recherche d'une façon de m'épanouir. Je retrouve Absi, qui veut se lancer dans la construction d'une *baracca.*

– Ce lieu sera un jour le témoin de souvenirs inoubliables, me dit-il en allumant un joint – que les jeunes hommes se sont mis à consommer avec avidité –, pendant que je construis son cabanon avec du bois, des plaques de tôle, de la ferraille et quelques pierres pour servir de base à l'ossature.

Je les aligne, les mets à niveau et les dispose parfaitement pendant que lui me raconte ses ambitions, ses rêves, et me parle de son cousin en exil. Il me tend le joint que je regarde avec crainte au début.

– C'est comme ta cigarette du matin mais en plus savoureux, m'explique-t-il.

Je tire une bouffée et ça me fait tourner la tête, j'adore ! En expirant la fumée, je rejette tout ce que je peux pour oublier ces jours oppressants passés à l'armée.

– Vas-y, dis-moi, qu'est-ce qui s'est passé là-bas ? me demande Absi.

– Rien qui ne mérite d'être mentionné…

Je lui réponds tout en écoutant ses mésaventures comiques avec son père qu'il réussit à faire courir sur une distance incroyablement longue sans se laisser attraper.

– Les derniers mois ont été compliqués pour toute la famille, dit-il en tirant sur son joint de quoi remplir son esprit.

Et il me raconte les tentatives de mon oncle d'asseoir son autorité dans la maison familiale et sur mes sœurs.

– Le bonhomme pensait qu'il pouvait mater ta sœur Saliha, s'esclaffe-t-il, je te jure, on dirait grand-mère qui faisait grimper grand-père aux murs.

Je l'écoute tout en me remettant à travailler à la *baracca.* J'imagine la scène : Saliha chassant mon oncle en lui jetant ses chaussures à la figure et le touchant presque. Le hachich infiltre mon cerveau, tout comme la jalousie s'insinue dans les cœurs. J'y prends goût et je me laisse emporter par des mélodies de raï, des chansons de Bob Marley ou d'Ahmed Fakroun, des films de contrebande et les blagues d'Absi.

– Écoute cette histoire, me dit-il en riant, elle est aussi réelle que toi ou moi.

Je me demande si je peux vraiment le croire et à quel point cette histoire a vraiment eu lieu.

– C'est mon père qui me l'a racontée. Il m'a dit qu'un boulanger qu'il connaissait s'était mis à parler de la crise de la farine pendant un enterrement auquel il assistait, il pointait du doigt l'État, insultait les responsables en s'adressant d'une voix tonitruante à l'assemblée. Parmi elle se trouvaient deux agents des services secrets. Le lendemain, les deux hommes frappèrent à sa porte. Ils le traînèrent jusqu'à leurs bureaux. En chemin, se représentant celui qui serait chargé de lui soutirer des aveux, il manqua de se pisser dessus. Lorsqu'il arriva, le tortionnaire n'était autre qu'un sac de farine de cent kilos. L'un des agents l'informa que l'État avait entendu sa plainte et qu'il souhaitait le lui offrir. L'autre lui enfonça la tête dedans en lui disant que toute cette farine était pour lui. « Mange, bouffe-la, c'est de la farine de la meilleure qualité qui soit, nous espérons que tu vas apprécier, espèce de chien galeux ! » Avant de le laisser seul avec son sac, ils lui ordonnèrent de le terminer le plus rapidement possible. Ils le gardèrent prisonnier des jours durant. Il n'avait que la farine et de l'eau pour soulager sa faim. Il essaya vainement d'en faire du pain et dut se résoudre à la manger crue. La dernière poignée de farine avalée, il avait laissé pour moitié sa raison dans le sac. Lorsqu'il rentra chez lui, les gens vinrent le saluer, louant le Seigneur qu'il soit sain et sauf. « Dieu merci, leur dit-il en scrutant les visages à la recherche d'un potentiel agent secret parmi eux, c'était de la farine et pas du piment. »

Absi s'esclaffe en me demandant si j'ai compris. Je me tais un instant pour essayer de me concentrer sur l'histoire. Elle me rappelle *Madonna*, ses coups et la manière dont il m'a torturé. Heureusement pour moi, je ne suis pas allé chercher la virilité en prison, là où on façonne les véritables hommes. Je ris longtemps après, quand je comprends enfin la blague. Je rentre à la maison en dissimulant mes yeux rougis à ma mère et mes sœurs. Tandis que je me rends dans ma chambre, je tombe sur Safa.

– Milad, tu veux bien nous faire du pain ? me demande-t-elle.

– *Al-hamdoulillah*, Dieu soit loué, tu me demandes du pain et pas de la pâte à sucre !

Je ris et je lui ferme la porte au nez.

Je dérive emporté par l'odeur de l'herbe et les anecdotes d'Absi sur le village et sur les gens, ses médisances et ses plaisanteries. Nous passons nos journées, vautrés sur le vieux canapé sous le toit de l'entrée. Je m'imagine sautant de la falaise à la place de Mounir et cette image me poursuit, tout comme son fantôme qui me chuchote que je ne suis pas un véritable ami. Les vrais amis poursuivent leur chemin jusqu'au bout avec vous, même si cela signifie pour eux de plonger vers la mort. Les rires d'Absi et de ses amis qui s'esclaffent de me voir ainsi pétrifié me font reprendre mes esprits. Dans de pareilles situations, ce démon rêve de posséder une caméra pour me filmer. Je peux l'entendre médire sur mon compte : « Ce sont ses sœurs qui dirigent la maison, il ne peut même pas dire bonjour sans leur aval. » Je l'entends leur raconter pourquoi je rentre tôt à la maison, au moment où je franchis l'enceinte qui entoure les terres de la *baracca*. De retour chez nous, Saliha m'attend.

– Pourquoi as-tu les yeux rouges ?

Elle me fait passer un véritable interrogatoire.

– Tu as une odeur bizarre, ajoute-t-elle – pendant que je cherche les mots pour m'imposer comme l'homme de la maison. Ne t'ai-je pas mis en garde contre toute amitié avec Abdelsalam ? Te voilà comme lui, sans instruction et sans travail. Quand est-ce que tu vas retourner à la *kousha* ? Pour ton père, c'était toute sa vie.

Je la laisse m'expliquer ce que l'avenir me réserve et, pendant que je me trouve accaparé par ses divagations, le spectre de mon père se dessine sur son visage, leurs traits se confondent. Puis ils se transforment à nouveau pour ressembler à *Madonna*. Je lui ris au nez.

– Reviens à la réalité Milad, me dit-elle pour conclure.

– À vos ordres, madame !

En prononçant ces mots, je lève le bras pour lui adresser un salut militaire et je succombe aussitôt au sommeil.

Un matin, un de ceux où l'on se réveille avec le sentiment qu'une catastrophe se prépare, je fais ce que le destin me dicte de faire et je me rends dans la *baracca* d'Absi. Il est en train de dormir. Je tends la main vers l'endroit où il cache son hachich. Je l'observe. Je lui ressemble désormais. Je le suis dans chacun de ses pas, si ce n'est que je me lève toujours très tôt pour fixer la vacuité de ma journée. Après avoir nettoyé les restes de la veille d'Absi, qui gravite toujours entre le hachich et la boukha, je m'assieds sur le canapé de l'entrée. Je fume un joint. Il est huit heures du matin. À cette heure-là, les dernières années, c'était soit le coup de feu au travail, soit le moment où j'étais le plus concentré pour étudier. Je termine ma cigarette et je me laisse aller à rêver tout éveillé au milieu des petits tournesols qu'Absi a plantés pour en vendre les graines. Je passe la main entre les fleurs dont le Tout-Puissant a mélangé les couleurs pour leur donner ce ton jaune orangé. Je suis attiré vers le fond du champ d'où je vois un enfant émerger de l'une d'entre elles. Il rit et disparaît aussitôt. Il m'appelle pour que je le cherche. Je m'enfonce précipitamment dans les fleurs, au milieu des mouches et des moustiques. À mesure que s'élèvent les rires de l'enfant, je me mets à le chercher avec plus de frénésie, dans cette forêt florale dont les tiges ont tellement poussé que je me retrouve moi-même comme un enfant perdu au milieu. Je regarde mes mains, elles ressemblent à celles d'un petit garçon. Je tâte mon visage, il me paraît plus doux, les poils ont disparu. Je regarde les hautes corolles au-dessus de moi et je vois des visages d'hommes me scruter.

– Qu'est-ce que tu fabriques ? me dit l'un d'entre eux.

– Il a l'air perdu, dit un tournesol à un autre.

– Que dirais-tu de quelques cachets pour faire passer la crise ? reprend le premier visage.

J'essaie de leur échapper, mais ils m'entourent et me coupent la route.

– Milad…

Le visage tournesol prend les traits de mon père.

– Pourquoi n'es-tu pas allé à la *kousha* aujourd'hui ? Est-ce que tu as passé ton temps à tresser les cheveux de ta sœur ? Est-ce que tu as laissé la Khaddouja s'altérer ?

Je me réveille, effrayé par mon rêve, en plein champ.

– Khaddouja !

Je me précipite vers la *kousha*. J'entre. Cela fait longtemps que je n'y ai pas mis les pieds. Abou Saïd est en train de pétrir la pâte, pendant qu'un de ses neveux enfourne les pâtons dans le four.

– Milad, quand je t'ai vu pour la dernière fois, les poils de ta moustache poussaient encore lentement, me dit Abou Saïd, heureux de me voir.

– Où est-elle ?

– Qui ?

– Khaddouja, où l'as-tu mise ?

– Je l'ai gardée pour toi, même si nous ne l'utilisons plus du tout. Je voulais te la faire parvenir par l'intermédiaire d'Abdelsalam *bey**.

– Encore heureux que tu l'aies gardée et que tu ne l'aies pas jetée, lui dis-je avec colère d'une façon terriblement mélodramatique.

Il me la remet. Le Libyen tapi en moi lui fait peur, ce même monstre qu'il pouvait voir dans les regards méprisants que lui adressait Absi.

– La voici, me dit-il en me tendant le pot.

Je la fixe. Elle est avachie et sur le point de mourir. Quarante ans de culture et de soins sur plusieurs générations qui menacent de partir en fumée.

– Tu l'as nourrie à la farine ou au piment ?!

– À la farine, Milad *bey*, mais *hadj* Mohammad…

– Quoi ?!

– *Hadj* Mohammad nous a demandé de ne pas gaspiller de farine en la nourrissant, surtout en ce moment avec la crise.

Je la prends, ignorant son angoisse, et je me dirige vers les plaques de pâtons prêts à être enfournés. J'en prends une et je la soulève dans sa direction comme si je m'adressais à un fantôme :

– Tu appelles ça du pain ? C'est une honte.

Et je jette la pâte sur le sol. J'en saisis une autre et je fais la même chose.

– Que penses-tu de la crise de la farine maintenant ? Dis-moi !

– Reprends-toi, pour l'amour de Dieu, mon fils, me dit Abou Saïd pour me calmer pendant que ses proches sont témoins de ma sauvagerie.

– C'est ce qu'est devenue la *kousha* du *hadj* Mokhtar al-Usta ? Où est la signature ? Hein ? Où est-elle ?

Je suis là, ma Khaddouja dans une main et un pain à peine sorti du four qui me brûle les doigts dans l'autre. Je regarde mon petit doigt : il n'est pas orné de henné comme il l'était lorsque j'étais enfant.

– Ici c'est la *kousha* Les Épis d'or !

J'entends cette voix au timbre toujours métallique. Le pain me tombe des mains lorsque je me tourne vers lui. Mon oncle n'est pas sous l'emprise de l'alcool à cette heure matinale, un miracle qui n'advient pas souvent. Ignorant ma présence, comme à son habitude, il fixe Abou Saïd.

– Abou Saïd, est-ce toi qui vas payer le prix de la pâte étalée sur le sol ? C'est quoi cette comédie ? Est-ce que c'est toi qui vas payer, Saïd ? Qui alors ? dit-il en tournant la tête dans ma direction et défiant ma présence dans le lieu. Je croyais que tu avais délaissé le pain pour tes sœurs, mon cher neveu.

Je tremble en lui répondant :

– C'est ma boulangerie.

– Un tiers de sa moitié seulement te revient, cher Milad.

Je me sens pris au piège, j'essaie de me dégager et j'avance vers la sortie. Lorsque je passe près de lui, il m'empoigne le bras.

– Nous n'en avons pas encore fini, toi et moi, me dit-il.

Je rentre à la maison, ma Khaddouja dans les bras. Je pleure. Lorsque je retrouve mes sœurs, j'enfouis mon visage dans le giron de l'une d'elles, groggy par mon désespoir et mon incapacité à récupérer ce qui m'appartient.

* * *

En toute honnêteté, je ne garde en moi aucune rancœur en ce qui concerne mon passé, même les événements pénibles que j'ai endurés et les obstacles qu'il m'a fallu surmonter, je suis capable de les accepter avec sérénité. Pour vous dire, j'ai revu *Madonna* à la pizzeria dix ans après les épisodes de l'armée. Il entre pour commander de la pizza comme n'importe quel autre client. Je remarque tout de suite qu'il a terriblement maigri et vieilli avant l'heure. L'appareil qui lui ceint le cou indique qu'il est atteint d'un cancer de la gorge. Sa petite-fille lui tient la main. Debout devant la caisse, il commande à mon patron quelques morceaux de pizza pour l'enfant. On lui a arraché sa voix tonitruante. Je l'observe. Au début, je ne peux pas croire que cet homme chétif est *Madonna*. Je quitte mon poste de travail pour leur remettre la commande. Il me fait face. Je lui souris sans le vouloir. Il me scrute à la recherche d'un jeune homme qu'il connaîtrait, mais j'ai changé et, avec le temps, il m'a oublié. Il esquisse un sourire fatigué par la vie, épuisé d'essayer de se souvenir des gens qu'il a connus. Puis, il s'assied à une des tables pour faire manger la fillette. Je l'observe la regarder comme si, se découvrant grand-père, après avoir toute sa vie délaissé sa propre progéniture, il avait voulu racheter auprès de l'enfant la tendresse dont son fils avait manqué. Je prends une bouteille de Kawthra et je la pose sur la table.

– C'est pour moi, lui dis-je en souriant.

Puis, je lui adresse le salut militaire. Envers mon oncle aussi – même lui ! –, j'éprouve de la compassion à mesure qu'il vieillit. Petit, il vivait dans l'ombrage de son frère ; ce dernier l'avait élevé en même temps que ses filles comme son propre fils, mais il restait le frère cadet. Il avait voulu sortir de l'ombre et briller haut dans le ciel, être ce que son frère n'avait pas réussi à devenir et vivre. Les années passant, je m'en rendais compte. Et même si je n'ai jamais oublié ce qu'il m'a fait, lorsque j'y réfléchis de temps en temps la tête froide, je lui pardonne. Je suis plus pondéré et serein aujourd'hui, c'est ce que j'essaie de vous expliquer, et pour y arriver, j'ai exploré les profondeurs de mon âme. C'est ma sœur Saliha qui me l'a enseigné.

Vous ai-je dit que Saliha m'avait soutenu lorsque j'ai décidé d'épouser Zeinab ? Un jour – c'était avant le mariage –, de retour à la maison, je lui annonce que je reviens d'un rendez-vous galant avec Zeinab.

– Ah oui, cette jeune fille mince, la fille d'al-Andalousi, notre voisin, je vois de qui il s'agit, me dit-elle en m'écoutant lui parler d'elle et de nos aventures quotidiennes dans les rues de la ville, elle est jolie, tu as de la chance, Milad. Pourquoi ne l'emmènes-tu pas au Jnan al-Nawwar ? Vas-y avec elle, cela sent si bon dans ce parc. Est-ce que tu lui as offert un bouquet de fleurs ? Personne n'offre de pizza en cadeau à une jeune fille.

Elle me prodigue des conseils sur notre relation, elle la vit avec moi, elle qui est toujours en extase devant les scènes romantiques dans les films. Passionnée pour ce qui m'arrive et pour les sentiments que j'éprouve envers Zeinab, elle en oublie sa tasse de café qui refroidit. Lorsqu'elle la porte à ses lèvres, elle grimace de dégoût.

– Attends, il faut que je réchauffe le café.

Et elle revient suivie de mes trois autres sœurs. Elles s'asseyent autour de moi sur un tapis dans le patio. Elles m'écoutent ébahies leur raconter une anecdote amusante qui m'est arrivée avec elle. Safa est adossée à l'épaule de Saliha, Sabah la tête posée sur ses paumes écoute impressionnée l'histoire d'amour que je narre, tandis qu'Asma, assise derrière elle, prête l'oreille embarrassée.

– Est-ce que tu l'as embrassée ? me demande Safa. Dis-moi que tu l'as embrassée sur la corniche !

Saliha la pousse pour plaisanter. Je souris.

– Est-ce que tu l'as embrassée ? répète-t-elle en imitant ironiquement Safa. Est-ce que c'est une question ?! Fais attention Milad, ne l'embrasse pas, c'est mal, il ne faut pas embrasser une fille avant le mariage, me met en garde Saliha contre cette faute infâme que j'ai pourtant déjà commise.

– Mais c'est normal, insiste Safa en riant, c'est romantique.

– Romantique, mon œil ! lui réplique Saliha en lui frappant l'épaule.

La discussion qui portait sur mes sentiments se transforme en prise de bec.

– Tais-toi, tu rêvais d'un baiser de Fathi quand nous étions encore à l'école, lui lance Safa pour la provoquer.

Gêné de me retrouver au milieu de cet échange, je me recroqueville de honte.

Après de longs mois, je me désespère d'appeler ma relation avec Zeinab « une amitié » et j'ai envie de passer à l'étape suivante.

– Je veux l'épouser, annoncé-je à Saliha.

Ses yeux se remplissent de larmes, elle cherche en moi le petit garçon qu'elle a élevé, incrédule de voir que je suis subitement devenu un homme.

– Vraiment, Milad ! Le petit garçon enquiquinant veut vraiment se marier ? Vas-tu l'emmener en calèche le jour du mariage ? me demande-t-elle, en me saisissant le visage à pleines mains. Dis-moi ! Est-ce que tu vas l'emmener en calèche ?

Elle m'imagine déjà vêtu de mon costume de marié, se représente la noce et ses sept jours continus de joie, de chants et de danse.

– Ce n'est pas la peine de prévoir le grand repas traditionnel pour les invités[1], tu pourrais économiser l'argent pour une lune de miel en Tunisie, qu'en penses-tu ? J'ai toujours rêvé d'aller en Tunisie. Je serais contente que tu fasses ce voyage et que tu me racontes comment c'est.

Et la voilà en train de planifier le mariage et mon voyage. Elle pousse un youyou qui résonne dans toute la rue pour annoncer un futur marié dans la maison des Usta. Mes sœurs arrivent en courant pour connaître cette nouvelle qui fait la joie de Saliha.

– Milad va épouser Zeinab !

Les youyous se propagent dans mon corps comme une levure affamée dans une pâte. À ma mère qui demande ce qu'il se passe, Safa annonce la nouvelle après m'avoir embrassé sur les joues. Ma mère se réjouit avec l'espoir que j'épouse la jeune fille qu'elle souhaite pour moi.

– Qui est l'heureuse élue ? demande-t-elle.

– Zeinab, la fille d'al-Andalousi, lui répond Safa.

– Tu penses vraiment que c'est une fille pour toi ?

L'euphorie retombe aussitôt.

– L'important est qu'il épouse celle qu'il veut, maman, lui répond Saliha, en prenant ma défense.

1. Après la lecture de la Fatiha (ou avant selon), la famille du marié prépare un grand couscous ou un *bazin* et invite généralement les amis, les proches, les voisins. Il arrive aussi que l'invitation soit ouverte à tous. Seuls les hommes sont conviés.

– C'est une fleur de henné, disent mes sœurs me parlant de ma future épouse.

Elles me la décrivent comme si je ne l'avais jamais vue.

– Et un corps si beau, tel un palmier auquel « les guirlandes lumineuses restent fermement suspendues[1] », ajoute Safa pour détailler sa beauté, et des fossettes ! Es-tu bien sûr de ne pas lui avoir déjà embrassé les joues ? dit-elle en se demandant comment elle fait pour qu'elles soient si charmantes.

– Je n'aurais jamais cru qu'elle deviendrait si belle en grandissant, commente Saliha lorsque nous revenons de Dahra à bord de la Peugeot.

– Elle n'est pas mal mais ta cousine est plus jolie, décrète ma mère.

– Notre cousine Malak, cette fille épaisse et large plus belle que Zeinab ?! Tu rigoles maman, lui répond Safa.

– Sa maman est gentille, comme je l'ai toujours connue, reprend ma mère pour changer de sujet pendant que nous traversons le quartier Sidi al-Masri.

– *Allah*, que Sidi al-Masri a changé ! ajoute-t-elle.

– La vie au village nous a fait oublier la ville, lui dit Saliha avec amertume.

– Qui va nous épiler maintenant, Milad ? me demande Safa, malicieuse.

– Tu le laisses encore voir tes jambes ? commente ma mère qui désapprouve.

Elle ne sait pas que mes sœurs vont prendre très au sérieux son étonnement et que le mariage passé, elles dissimuleraient désormais leurs jambes lorsque je pénétrerais dans la maison.

– Ton oncle Mohammad a accepté de te représenter, me dit Saliha ce jour-là – puis elle ajoute qu'il était content d'apprendre cette nouvelle.

1. Expression libyenne. *(Note de l'auteur.)*

J'imagine que c'est une de ses ruses mais il aurait sauté de joie.

– Il m'a dit qu'il se chargerait de toutes les dépenses de la fête de mariage… pour notre père, termine-t-elle – puis elle pousse un autre youyou.

C'est aussi Saliha qui m'a trouvé ce travail à la pizzeria. Elle a appelé la mère de mon futur patron pour lui demander que ce dernier m'emploie. « Mon frère Milad est le meilleur boulanger du pays, qu'il lui laisse sa chance et ce qu'il verra lui plaira. » Je lui dois beaucoup. C'est elle qui pousse ma mère à vendre tout son or pour qu'avec l'argent je puisse terminer les travaux de mon appartement. Puis elle participe à une tontine pour m'aider à acheter des meubles, elle me conseille et m'indique les meilleurs endroits où faire mes achats.

– Cette armoire ne vous conviendra pas, regarde, me dit-elle en tapant de la main sur le bois.

Sans elle, mon mariage avec Zeinab n'aurait jamais eu lieu.

Les premiers mois sont difficiles pour Zeinab. Elle ne se sent pas à l'aise dans sa nouvelle maison. Notre bonheur insouciant n'a duré que quelques jours après notre retour de Tunisie. Maintenant, elle me chasse du lit de peur que je n'abuse d'elle, tout comme voir notre voisin toujours saoul épier notre cuisine toute la journée en fumant ses cigarettes lui fait peur. Cette crainte la garde éloignée de la pièce des jours durant. C'est moi qui y prépare les repas tout en surveillant, à travers les persiennes fermées, l'homme scruter nos fenêtres. Ce que lui disent spontanément mes sœurs, Zeinab y réfléchit plus que nécessaire ; elle analyse tout. Avant de dormir, elle me parle de ce que lui a dit Safa en me demandant ce qu'elle a insinué, ou du comportement de ma mère dont elle craint le mépris profond. « Mon Dieu, ma fille, la viande ne se coupe pas ainsi ! » « Ne gaspille pas trop d'huile ! » Zeinab n'arrive pas à s'y faire et moi, c'est ma relation avec mes sœurs qui m'occupe ; nous ne passons plus nos soirées à siroter le café ensemble et leur comportement vis-à-vis de moi a changé. Depuis la dispute qui a éclaté entre Saliha et Zeinab, j'étouffe. D'un côté, j'ai envie d'instituer un nouveau mode de vie avec ma femme et de l'autre, je ne suis pas prêt à renoncer à ma relation avec elles. Elles guettent le moment où leur frère obéissant se transformera en époux docile. Je vis quelques jours moroses jusqu'à ce cauchemar que je fais : je vois Saliha m'attendre devant ma porte, elle retient un énorme chien noir. Je suis prisonnier, je ne peux pas sortir de chez moi. Et ni elle ni le chien noir, qui ressemble à Rex, ne font minent de disparaître. Quand je me décide finalement à descendre prudemment, Saliha lâche l'animal dans ma direction. Lorsque la bête saute sur ma poitrine, je me réveille en sueur. Je comprends ce que cela signifie et je décide d'aller parler à ma sœur. Lorsque je m'isole avec elle dans sa chambre pour que nous nous expliquions et lui dire que j'aime ma femme, elle s'exclame :

– Un chien noir ? Impossible, je ne te voudrais jamais de mal.

Elle m'assure qu'elle n'a jamais voulu manquer de respect à Zeinab.

– Ce sont ces mains qui t'ont nettoyé les fesses quand tu étais petit, me dit-elle en pleurant, les mains tendues vers moi, me garantissant que je peux être tranquille, qu'elle n'a rien contre mon épouse.

Je sors de la maison pour lui acheter des fleurs en guise d'excuses. Lorsque je raconte à Zeinab ce qu'il s'est passé, elle me demande pourquoi j'ai raconté mon rêve à Saliha. Elle n'a pas idée de l'importance que ma sœur accorde aux rêves et combien elle craint qu'ils ne deviennent réalité, mais je n'ai pas envie de me perdre en explications.

– Parfois, je ne te comprends pas, Milad, me reproche-t-elle durement.

Je reste silencieux, je scrute les murs de l'appartement à la recherche d'une échappatoire.

– C'est ma sœur aînée, finis-je par lui dire.

– Tu connais ta sœur mais tu ne sais rien de la femme qu'elle est, me réplique-t-elle, en détentrice d'un secret dont je n'aurais aucune idée sur les femmes.

Puis, elle se met à parler de son travail et des difficultés qu'elle rencontre avec son directeur.

– Parfois j'ai envie de le démasquer dans un article.

Mais votre café a refroidi ! Je vais vous en faire un autre ! Je n'aime pas le réchauffer.

* * *

« Je vois un nuage, un nuage blanc et immense qui plane sur ton avenir, il y a le visage d'un homme maculé de farine qui tournoie autour de toi, Dieu soit loué. »

C'est ce que me dit Saliha le soir de ce jour où je fuis une altercation avec mon oncle, emportant avec moi la Khaddouja. Je passe la journée, la tête sur ses genoux ; mes pensées sont dominées par le désespoir. Elle passe les doigts dans mes cheveux en me chantant un air ancien. J'en oublie presque l'existence de mon oncle.

« *Ya bayt al-'ila ya 'ali ya mdallal bil-hobb, illi fiki ijtama'ou 'ayali, bir-rouh, wa bil-galb, fiki iltamena wa 'arafna ma'na al-wedd snin.* Ô toi, cette grande maison familiale avec l'amour pour ombrage, là où tous mes enfants sont rassemblés, par le cœur et par l'âme, là où quand nous nous retrouvons le mot "affection" prend bel et bien tout son sens. »

Je m'endors profondément au son de sa voix angélique. J'essaie d'échapper au rêve qui me poursuit depuis que j'ai quitté l'armée. Il se répète inlassablement, au point que je me dis que cela a vraiment eu lieu : la nuit, les forêts, un haut mur d'enceinte et des chiens qui me poursuivent, un molosse noir ressemblant à *Madonna* qui me retient de tomber…

– Milad, bois un café avec moi.

Je me réveille au son de sa voix. Nous vidons nos tasses. Elle me dit que mon oncle me cherche et qu'elle l'a chassé.

– Comment oses-tu le traiter ainsi ?

– Ton oncle a seulement cinq ans de plus que moi. Quand nous étions enfants, il se cachait derrière notre père, lorsque je courais après lui. Petit, c'était un poltron, et il l'est toujours aujourd'hui.

Elle me parle de sa relation avec lui et de comment elle a réussi à s'imposer. Notre pays ne connaît que peu de modèles féminins de sa trempe. Quoi qu'ait fait un homme, une femme ne peut se permettre d'élever la voix contre lui. Toute sa vie, Saliha avait refusé d'intégrer ce précepte que sa mère voulait lui inculquer. Je me souviens d'une scène plutôt comique qui avait eu lieu entre mon père et elle. Il l'avait grondée parce qu'elle avait arrêté ses études, qu'elle avait lamentablement échoué à s'instruire. « Mais toi, tu n'as pas étudié que je sache ! » lui avait-elle lancé. Mon père avait esquissé un mouvement dans sa direction pour la frapper mais avant qu'il ait pu la toucher, elle s'était levée et s'était mise à courir. Je me vois enfant en train de regarder mon père poursuivre Saliha dans la maison, puis à l'extérieur, puis à l'intérieur à nouveau, et autour du bâtiment encore. Il s'approche pour l'attraper mais elle l'esquive et il manque de glisser. Lorsqu'il retrouve l'équilibre, il explose de rire, tout en essayant de reprendre son souffle. « Tu me rappelles ma mère », lui avait-il dit.

– Ah, ton oncle ! Une plaie mais que veux-tu, il fait partie de la famille…

À me parler de lui, ses pensées voyagent, je la laisse continuer…

– Il n'a pas toujours été comme ça, c'était le petit chouchou de notre père. Le *hadj* Mokhtar ne voulait pas que son frère se sente orphelin.

Elle avale une gorgée de café et me tend un morceau de *graïba* fondant.

– Goûte, me dit-elle, je les ai préparés aujourd'hui, ton oncle les a ramenés en venant de la *kousha.*

Puis, après avoir scruté les alentours à la recherche de ma mère ou de mes sœurs, elle me chuchote à l'oreille qu'elle a quelque chose à me révéler, puis, au moyen d'une clé imaginaire, elle ferme sa bouche à double tour, m'indiquant ainsi qu'il faut que je garde son secret dans mon cœur.

– J'ai oublié de te parler de mon rêve, dit-elle en retroussant un peu sa robe, qu'elle rassemble pour s'asseoir comme les enfants pendant les séances d'apprentissage du Coran.

Puis, elle me le raconte tout en sirotant son café.

– J'ai rêvé de notre père, il était vêtu de blanc, un pain, un *khobz talian*, dans une main et dans l'autre une clé. Je pense que c'était la clé de la *kousha.* Il m'a demandé où tu étais.

Elle lui avait répondu que je dormais mais sa réponse n'avait pas semblé le satisfaire. Il avait répété sa question, à laquelle elle avait répondu la même chose. Il s'était tu un instant puis avait décrété que je n'étais pas endormi mais mort.

« Mort ? Milad est mort ? » l'avait-elle interrogé en essayant de lui soutirer une explication, mais il avait déjà disparu, il était retourné dans son trou après avoir laissé le pain et la clé sur sa tombe. Elle les avait pris et s'était mise à chercher dans son rêve une porte que la clé ouvrirait. Elle en avait trouvé une qui ressemblait à celle de ma chambre et autour de laquelle volaient des corbeaux. Elle avait émietté le pain et jeté les miettes au loin pour se glisser par la porte sans être importunée par les oiseaux. Elle avait ouvert, je n'y étais pas, mais elle avait vu des photographies accrochées au mur, de nombreux portraits de mon cadavre sous différents angles. Et elle avait encore entendu mon père répéter : « Où est Milad ? »

L'imagination de Saliha est sans limites. *Madame* m'a expliqué que ce rêve n'était rien d'autre que le reflet de ce que traversait ma sœur et de son angoisse concernant ma situation dans la famille. Elle ne pouvait exprimer cette anxiété que dans ses rêves et les portraits accrochés au mur n'étaient rien d'autre que le fruit de terribles scénarios échafaudés par son esprit où elle se représentait ma mort inéluctable de diverses manières. Mais ma sœur avait une autre explication. Son récit terminé, elle m'avoue sa crainte que ce rêve ne soit un avertissement de mon père depuis l'au-delà, d'où il peut voir ce qui m'attend. Je dois me méfier des chemins susceptibles de me conduire à la mort, ce qui signifie ne plus fréquenter Absi – ou le moins possible –, mais ça reviendrait déjà à me tuer.

– Je ne veux pas te perdre Milad, tu es mon pilier, me dit-elle. La Peugeot pourrait être un danger, t'es-tu assuré qu'elle était toujours en bon état ? Elle a presque quinze ans maintenant.

Elle boit les dernières gouttes de son café et retourne sa tasse.

– Pas un mot à Safa, elle serait fâchée d'apprendre que nous ne l'avons pas attendue, me dit-elle.

Puis, elle prend la mienne et la retourne.

– Bon, tu ne me racontes plus tes rêves.

– Moi ? Je ne rêve plus.

– Menteur.

Je reste silencieux.

– Millau, je sais très bien quand tu mens.

– Ah oui ? Et comment ?

– Tu te grattes le petit doigt. D'ailleurs, pourquoi as-tu cessé de le teindre au henné ?

– Je ne sais pas. Je ne l'ai plus fait depuis la mort de notre père.

– Il est mort depuis longtemps maintenant. Allez, ces derniers jours, j'ai broyé du henné en me disant que j'allais le vendre mais il faut que je l'essaie sur toi avant. Je vais le préparer pendant que le café se dépose sur les parois de la tasse et que tu me racontes tes rêves. OK ?

– D'accord.

Elle est déterminée à me tirer de mon désespoir en une seule soirée. Comme si elle avait lu l'avenir, elle a préparé le mélange d'huile, de henné, d'eau et le jus de citron tôt le matin même et a tout organisé pour m'accaparer ce soir. Je l'imagine émerger de ce rêve effrayant pour finir par se rappeler que je ne teinte plus mon petit doigt et se dire que la seule façon que je redevienne moi-même serait que je reprenne cette habitude ; je me souviendrais qui je suis à chaque fois que je le regarderais. Elle apporte un plateau et un peu de gaze. Quant à moi, je pense au morceau de hachich que j'ai laissé chez Absi en me demandant si, à son réveil, il l'a fumé ou s'il a remarqué qu'il en manquait un bout.

– Vas-y, raconte.

– Quoi ?

– Ton rêve, tu as oublié ?

– D'accord, mais tu ne dois en parler à personne.

– Promis.

Elle enroule son petit doigt autour du mien et commence à le teindre pendant que je lui raconte mon dernier cauchemar.

– Je ne t'ai jamais rapporté ce qui s'était passé quand j'étais à l'armée.

– Que s'est-il passé ?

– Des choses horribles… il y avait un homme appelé *Madonna*.

Elle écoute mon récit.

– Un molosse noir, mon Dieu, ce n'est pas un bon présage. Pourquoi ne m'en as-tu jamais parlé ?

Elle continue à me faire des reproches tout en refermant la gaze sur mon doigt. Puis elle s'assied pour écouter le récit des supplices auxquels elle n'a pas assisté. Je n'ai pas envie de m'attarder sur la mort de Mounir et sur la façon dont elle m'a affecté, ni sur ma tentative de suicide. Je n'ai pas envie de lui faire peur et de renforcer ses craintes me concernant. La main posée devant la bouche, elle est horrifiée de m'entendre évoquer toutes les souffrances qu'un homme peut subir à l'armée. Elle remercie Dieu qu'une femme n'ait pas à endurer cela.

– Je faisais ce rêve presque tous les jours.

– Miséricorde ! Est-ce que tu as revu ce *Madonna* après avoir quitté la caserne ?

– Non.

– Sois prudent. Ne le revois plus, et si tu le rencontres un jour, fuis !

– D'accord.

– Il faut que j'aille voir un cheikh pour qu'il te donne une amulette qui te protégera.

– Ce n'est pas nécessaire. Je n'aime pas les cheikhs, leurs pratiques et leur magie. Et puis, j'ai entendu l'imam dire pendant la prière du vendredi que s'y livrer était *haram* quel qu'en soit l'objectif.

Après avoir attendu, assis, que les tasses sèchent, nous entamons la dernière partie du rituel. Un doux silence s'installe entre nous et me laisse le loisir d'admirer l'affection qu'elle me voue. Je me demande si ma future femme m'accordera une telle attention. Je ne flâne pas encore dans les rues de Dahra à l'époque et la rencontre avec Zeinab n'a pas encore eu lieu. J'imagine que ma future femme aura le même parfum de menthe que Saliha, qu'elle sera comme elle, une femme capable de chasser les ténèbres de mon cœur et de me guider vers la lumière, entourée d'une aura divine empreinte de tendresse et de protection, c'est tout ce que je souhaite, une femme qui me ferait beaucoup d'enfants et qui ménagerait mes sentiments. Rien de plus. J'imagine Saliha mariée avec des enfants que j'envierais d'avoir une mère incroyable. Je suis presque soulagé que mon oncle l'ait empêchée de se marier. Joie égoïste certes mais les enfants ne le sont-ils pas toujours lorsqu'il s'agit de leur mère ?

« Je vois un nuage, un nuage blanc et immense qui plane sur ton avenir, il y a le visage d'un homme maculé de farine qui tournoie autour de toi, Dieu soit loué. »

Ce sont les mots qu'elle prononce lorsqu'elle retourne la tasse et qu'elle étudie attentivement les courbes sur ses bords.

– Regarde ! dit-elle, comme pour me confirmer la véracité de ses dires.

Je m'approche pour voir le bon présage. Un sentiment de bien-être m'envahit tout comme lorsque le hachich s'insinue dans mon esprit. Je me sens apaisé. Safa et Sabah surgissent par la porte, les bras chargés de la nouvelle vaisselle qu'elles viennent d'acheter. Safa crie d'une voix adorable et en clignant de l'œil :

– *Allah, Allah*, il y a de la traîtrise dans l'air !

Un rire innocent et spontané m'échappe. Puis, je disparais, dans un nuage, entraîné vers les jours merveilleux qui m'attendent.

* * *

Vous seriez tenté de croire en m'écoutant que Zeinab n'a passé que des jours sombres dans la maison familiale. C'est ma faute, je perds le fil de mon récit. En vous parlant, j'ai l'impression d'entendre ce que je vous raconte pour la première fois. Je découvre les événements et mes actions futures en même temps que vous. Je vous demande pardon une fois encore. Pour me rattraper et pour vous éviter les conjectures inutiles, je dois vous dire qu'après les premiers mois de notre union, nous vivons une période pendant laquelle Zeinab découvre, je crois, ma famille tel que moi je la vois : elle se met à apprécier les moments passés autour de la cérémonie du thé, elle apprend les traditions de Bir Hussein et participe aux séances de commérages entre femmes. Elle se lie d'amitié avec Hanadi, à qui elle prête même quelques livres qu'elle a lus au même âge. Elle aime les expressions de Saliha et en adopte même certaines, s'amuse à lire dans les tasses de café tout comme moi, s'abandonne aux mains de Safa qui adore le maquillage. Avec mes sœurs, elle danse sous l'arbuste à henné, chante sous la douce lumière de la lune à travers les palmiers qui s'élèvent autour de la maison. Elle souffle avec elles les bougies des gâteaux que j'achète à chaque anniversaire. Comme elles, elle est attirée par les quelques vergers restants de Bir Hussein généreux en fruits pendant les mois d'été où l'on cueille des figues gorgées de miel. Elle fait tourner ses doigts autour de la pâte des biscuits pour en faire des anneaux tout en écoutant Safa lui raconter une histoire me concernant. Sous la houlette de Sabah, elle se lance dans l'apprentissage des meilleurs produits d'entretien et se laisse convaincre de l'utilité du vinaigre pour ôter les taches. Les jeudis soir, elle s'octroie même le loisir de dormir entre mes quatre sœurs jusqu'à l'aube du vendredi pendant que celles-ci lui racontent des secrets à ne pas ébruiter, sur leur enfance et leur jeunesse, sur des rues qu'elle ne connaît pas, sur des gens qu'elle n'a jamais rencontrés et les échoppes et les cafés dans lesquels elles grappillaient brioches et sucreries, sur leurs aventures avec des garçons, loin des yeux inquisiteurs de notre père et de l'angoisse de notre mère. Ces soirées lui plaisent.

Lors d'une de ces réunions, elles décident de s'épiler. Zeinab me le raconte et me dit que c'est son tour de préparer le sucre.

– Mais je ne sais pas comment faire, me dit-elle – tout en me faisant part de son enthousiasme à partager avec elles ce moment ; ce qu'elle n'a jamais fait auparavant avec aucune fille, même pas ses copines à l'université.

– Facile ! lui dis-je – en lui donnant la recette pendant que j'ajoute les ingrédients et que je commence à mélanger la préparation jusqu'à ce qu'elle s'épaississe. N'oublie pas l'eau de rose !

– Est-ce vraiment nécessaire ?

– Non, mais cela parfume agréablement les jambes.

Je lui explique le secret qui en fait une pâte unique.

– Te souviens-tu encore de la fois où tu m'as épilée dans l'appartement de mon oncle ?

Pendant que je surveille le sucre qui cuit et commence à prendre une teinte dorée, je suis le premier à me remémorer le passé. Je suis gêné des stupidités que j'ai pu faire à l'époque sous le coup de l'amour. Ce jour-là, nous avions essayé une nouvelle façon de faire l'amour sur le lit de son oncle et notre étreinte s'était achevée par son cri de plaisir. Je lui avais demandé si elle pensait que les voisins nous avaient entendus.

– Quelle importance ! Qu'ils aillent au diable, ces hypocrites.

Elle avait ri et s'était mise à se mouvoir dans l'appartement complètement nue.

– J'ai toujours rêvé de faire ça !

Lorsqu'elle avait disparu dans la salle de bains, j'avais passé la tête par la fenêtre à la recherche d'éventuels voyeurs. L'odeur de la délicieuse barbe à papa du vendeur ambulant qui hélait les passants m'était parvenue : « Barbe… barbe… barbe à papa ! Pour les petits et les grands ! »

– Voilà, je suis prête !

La voilà qui ressortait de la salle de bains après s'être lavée.

– Pourquoi ?

– Le sucre, espèce d'idiot !

Elle minaudait tout en exhibant ses jambes nues par la porte.

– Ah, tu veux parler du sucre des barbes à papa ?

– Tu te moques de moi ?

J'avais éclaté de rire.

– J'arrive !

Puis, nous nous étions assis près du grand balcon de l'appartement, là où l'artiste passait la plupart de son temps à peindre. Il y avait des toiles partout. Zeinab avait disposé un drap blanc maculé de taches de peinture et s'était assise par terre. Les rayons du soleil s'infiltraient par les longues persiennes et se reflétaient sur son corps nu. Elle ressemblait à un tableau : la lumière dessinait des traits sur son cou, ses mamelons et son ventre. Nu moi aussi, je m'étais senti durcir face à la beauté qui se tenait devant moi.

– C'est vrai, ce sucre ne ressemble pas à celui des barbes à papa, il faut le manger rapidement pour éviter qu'il ne colle au palais.

J'avais fait mine d'approcher une petite poignée de la préparation de sa bouche. Elle avait ri. Comme elle, je m'étais assis sur le drap et je lui avais demandé si c'était la première fois.

– Oui, est-ce que cela fait mal ?

– Pas aussi mal que quand tu fais l'amour pour la première fois, lui ai-je dit tout en étirant la pâte que j'avais posée sur sa jambe.

Avec le reflet des rais du soleil, la substance d'un brun doré scintillait sur sa peau.

– Les voisins vont nous entendre maintenant, l'avais-je prévenue en tirant la pâte vers l'arrière pour arracher les petits poils en même temps.

– Ah, c'est… c'est, ah… une douleur délicieuse.

– Avec ma mixture seulement.

– Comment ?

– Seul le sucre que je confectionne procure une douleur exquise.

– Comment le sais-tu ?

Je lui avais répondu que j'avais mes clientes…

La cuisson du sucre est terminée.

– Tu m'as vraiment dit à l'époque que tu avais « tes clientes » ?!

– Parfois, j'ai l'impression que tout ça n'était qu'un rêve.

– Mais nous voici encore en train de le faire.

Je le laisse reposer. Puis, je l'embrasse dans la cuisine et nous faisons d'autres choses, enfin… autant que le lieu nous le permet. Des coups frappés à la porte nous parviennent.

– Mon oncle, dis à Zeinab que mes tantes sont prêtes.

Hanadi se tient devant la porte, elle semble avoir revêtu ce qu'il lui est tombé sous la main pour se couvrir.

– Pour quoi faire ? lui demandé-je pour me jouer d'elle.

– C'est un secret…

Zeinab prend le sucre et descend.

Allongé dans le salon, je me remémore les événements agréables du midi lorsque, tout comme cette sérénité qui me gagne doucement, des paroles se faufilent jusqu'à moi.

– C'est le sucre de Milad…

Un timbre de voix qui ressemble à celui de Safa arrive jusqu'à moi. Je me dis que, lorsqu'elle a pris la pâte dans ses mains, le parfum de la fleur d'oranger mêlée à l'amertume du citron a dû chatouiller ses narines. Le sourire qui s'est dessiné sur mes lèvres disparaît quand j'entends Saliha s'exclamer :

– Vraiment ? Comment est-ce possible ?!

– C'est vrai, il m'a aidée à le préparer.

Au son de la voix de Zeinab qui me parvient, brisée et sur ses gardes, je me lève aussitôt et je me rapproche de la fenêtre du salon pour suivre ce qui s'y passe. Ma mère, assise devant le service à thé, trie les lentilles sur le plateau.

– Comment peux-tu faire cela, ma fille, lui reproche-t-elle, n'es-tu pas gênée devant ton mari ?

– Où est le problème maman ? Milad nous épilait bien les jambes lorsqu'il était petit.

Je respire en entendant Safa se ranger du côté de Zeinab.

– Nous étions petits à l'époque, cela fait longtemps que Milad n'a plus vu mes jambes.

La voix de Saliha a pris le timbre masculin de celui qui prêche à la télévision ces derniers mois.

– Un homme ne doit pas s'occuper des affaires des femmes, c'est *haram*, ajoute-t-elle.

« Mince ! » me dis-je en les observant.

Derrière la fenêtre, mon regard se tourne vers Zeinab : elle est assise au milieu d'elles, tête baissée, les poings serrés pendant que mes sœurs et ma mère continuent à parler du sucre.

– Votre père n'a jamais vu comment je préparais le sucre. Lorsqu'il revenait en fin de journée, il me trouvait jambes et bras épilés, c'est tout ce qu'il voyait, rien d'autre.

– Je ne comprends pas le sens de cette dispute, réitère Safa qui n'a pas changé de position sur le sujet, moi j'aime le sucre que prépare Milad.

Mais Zeinab est mal à l'aise. Je peux sentir sa crispation. Elle reste longtemps tête baissée, écoutant ce qui se dit. Soudain, elle lève la tête en direction de la fenêtre. J'ai l'impression qu'elle a aperçu ma silhouette derrière les persiennes en train d'observer ce qu'il se passe.

– Milad est mon mari et ce que je fais avec lui ne vous regarde pas !

Elle trouve enfin les mots pour se défendre. Elle se lève et se dirige rapidement vers la porte. Je retourne promptement dans le salon et je ferme les yeux. Je ne me sens pas d'attaque pour quelque discussion ou dispute que ce soit. Une porte s'ouvre et se ferme violemment. Puis j'entends la porte de la chambre à coucher claquer. Je suis sûr qu'elle pleure mais je me répète en boucle le conseil de ma mère et je n'ai pas envie d'intervenir : « Ne te mêle pas des histoires de bonnes femmes. » La voix de ma mère qui hurle à mes sœurs s'élève :

– Les filles sont la semence du diable !

Lorsque l'épisode a lieu, nous venons de recouvrir de ciment les fondations de notre future maison. Zeinab quitte l'appartement et déclare qu'elle ne remettra plus les pieds ici tant que la maison ne sera pas terminée. Les fenêtres et les portes en bois viennent d'être livrées sur le chantier, et j'attends que la cuisine soit terminée. Mais je suis moins préoccupé par la maison que par l'idée d'avoir des enfants. Où que j'aille, je dois faire face à des regards apitoyés. Les chuchotements des hommes et des femmes à propos de ma stérilité me font l'effet de coups de poignard dans le dos. Je peux entendre de la pitié dans les conseils qu'on me prodigue sur la manière de s'accoupler ou quelle mixture ingurgiter le matin. Toute la famille se sent concernée par l'affaire. Et bien que je n'aie jamais apprécié que l'on se mêle de mon intimité, j'en suis arrivé à accepter n'importe quoi. Ce soir-là, le jour de notre quatrième année de mariage, j'ai apporté un gâteau *bereesh* à la crème d'amandes de la rue Haïti pour fêter cela. D'habitude, j'en achète deux, l'un pour la famille et l'autre pour Zeinab et moi, mais comme tout notre argent est passé dans la maison, je suis obligé de me contenter d'un seul gâteau que nous partagerons tous ensemble et que l'on pourrait appeler « le gâteau de nos adieux à la maison familiale ». Au début, l'ambiance est à la fête. Je vois Zeinab, qui pourtant n'était pas emballée par l'idée, assise avec Safa ; elles rigolent et chuchotent en me regardant jouer avec le petit Mohannad. Ma mère, assise sur des coussins à même le sol, m'observe. Saliha nous parle de sa jeunesse et se remémore le mariage de mes parents dont ils n'avaient jamais fêté le souvenir. Des ballons bondissent de partout et Asma a mis Amr Diab pour m'obliger à danser avec elle. Aidée par Hanadi, Sabah prépare la table de fête sur laquelle elle dispose les morceaux de pizza, une carafe de jus instantané Foster Clark's et les assiettes.

– *Happy birthday to you !* chantent en chœur mes quatre sœurs.

– Mais ce n'est pas mon anniversaire ! protesté-je.

– C'est votre anniversaire à tous les deux, dit Sabah qui a allumé quelques bougies sur le gâteau.

Les bougies soufflées, Saliha prend un morceau de gâteau.

– Je n'arrive pas à réaliser que vous êtes mariés depuis quatre ans, dit-elle.

– Et malheureusement pas encore d'enfants en vue ! s'exclame ma mère à l'évocation de ce chiffre « énorme ». Moi, j'étais enceinte de Saliha au premier mois de mon mariage.

Et elle reprend de plus belle :

– Ta cousine Malak a deux enfants maintenant, me dit-elle, me signalant ainsi au passage l'épouse que j'ai laissée passer.

J'étouffe. Je sors fumer une cigarette dans le jardin. Je n'ai jamais fumé devant ma mère, par respect pour elle. J'aurais voulu qu'elle ne se permette pas de tels commentaires, elle aussi par respect pour moi.

Je fume en me remémorant cette nuit avinée avec Benyamin, lorsqu'il m'avait annoncé que mon mariage avec Zeinab serait semé d'embûches. Je me rappelle ce qu'il avait dit sur Bir Hussein, tout en essayant de finir rapidement ma cigarette avant que ne se passe quoi que ce soit de regrettable.

– Qu'est-ce que tu dis ?

Le cri de Zeinab m'oblige à jeter précipitamment mon mégot pour me ruer à l'intérieur. Elle est debout et fait face à ma mère toujours assise. J'essaie de comprendre ce qu'il s'est passé pendant les deux minutes durant lesquelles j'ai quitté la pièce.

– Milad, viens écouter la solution que propose ta mère le jour de notre anniversaire de mariage !

Elle tremble en s'adressant à moi. Mon regard se pose sur ma mère, sur mes sœurs bouche bée et sur Zeinab.

– Ta mère se dit que tu pourrais en épouser une autre... précisément aujourd'hui !

– Ce n'est pas ce qu'elle a dit, la reprend Saliha.

– Comment ça ?!

– Elle a dit que notre père pensait à se remarier avant que ne naisse Milad, explique Saliha pour essayer de calmer Zeinab.

– Et qu'est-ce que cela veut dire ?

– Cela veut dire ce que cela dit, rien d'autre ma Zeinab chérie, lui dit Safa.

– Tu penses peut-être que je suis trop idiote pour ne pas comprendre ses allusions ?

– Zeinab, doucement, lui dis-je.

– Doucement ? Je ne peux plus supporter toutes ses remarques. Rien ne lui va : ni mon travail, ni ma façon de m'habiller, ni la manière dont je m'occupe de toi, jusqu'à ma personne elle-même puisque je ne t'ai pas fait d'enfants. Rien, absolument rien. Pourquoi n'as-tu pas épousé Malak, Milad ? Pourquoi ?

– Parce que c'est toi que je veux !

Je le dis en la prenant dans mes bras tout en regardant mes sœurs. Elle se met à pleurer et s'accroche à moi. Mes sœurs me fixent comme si j'avais fait mon choix entre elles et ma femme. Je le comprends à la manière dont elles m'observent enlacer Zeinab devant elles sans un regard pour ma mère qui tremble de surprise, entourée par Asma et Sabah. Et contre moi, je l'entends décréter :

– Je ne veux plus rester ici… Je ne peux plus supporter cette maison !

Nous quittons la fête et nous remontons chez nous. Elle entre dans l'appartement et se met à rassembler ses vêtements dans la chambre à coucher. Elle prend les habits dont elle a besoin et, en les fourrant dans une valise, elle m'annonce :

– Je ne reviendrai qu'une fois la maison terminée !

* * *

Un jour, Saliha me raconte l'histoire de notre voisine – celle qui s'est suicidée – et de son mari. Elle était très jeune lorsqu'elle a épousé l'un de ses cousins de vingt ans son aîné. Elle l'avait rejoint dans ce village depuis le fin fond de l'ouest du pays, là où il travaillait depuis dix années consécutives, afin qu'ils puissent se marier. Il était locataire d'un des membres de la grande famille al-Usta, parti pour l'Angleterre. Tout le village les traitait comme des étrangers et la jeune fille vivait dans la solitude. Elle n'a pas supporté. Elle a commencé à entendre des voix et à avoir des visions. Lorsque ses coups de folie la prenaient, mes sœurs l'entendaient. Leur maison se trouvait entre la mienne et la leur.

– Il paraît qu'une amulette ensorcelée était cachée dans sa maison et comme le cheikh n'a pas réussi à découvrir où, la pauvre femme a perdu la raison.

J'écoute Saliha, lorsqu'elle termine son récit, elle fait mine de cracher dans son décolleté tout en implorant Dieu de nous sauver du diable. J'ai envie d'ajouter qu'en plus son mari était un débauché qui l'obligeait à boire de l'alcool. Je voudrais aussi lui raconter que cette femme dépensait beaucoup d'argent pour encenser sa demeure et déloger le djinn qui y avait élu domicile. Elle n'utilisait pas de *washag* et de *fassoukh* mais une variété d'encens infecte avec laquelle j'avais manqué de m'étouffer un jour tellement il était épais et son odeur putride. Son mari, cet homme si civilisé, organisait des séances de lecture du Coran pour chasser l'esprit de chez lui mais celui-ci avait pris le contrôle de son épouse. Saliha se rappelle la fois où cette femme était sortie dans la rue complètement nue. Elle est écœurée par ce geste inqualifiable alors qu'Absi, lui, s'en rappelle comme d'une scène érotique sur laquelle il s'est masturbé ensuite des semaines durant. Je travaillais à la pizzeria à l'époque.

– La place de la femme est à la maison même si cela signifie qu'elle doit périr à l'intérieur, nue ou habillée d'ailleurs, ajoute ma sœur en me racontant que la peau incandescente du djinn l'avait brûlée lorsqu'elle s'était enfuie de la salle de bains où elle faisait sa toilette. Est-ce que tu peux imaginer qu'un djinn est capable de t'enflammer même si tu te trouves en pleine mer ? Que Dieu nous protège !

Je l'écoute continuer à raconter ces événements abominables.

– Y a-t-il une solution à tout ça ?

– Il n'y en a pas, à moins de trouver l'amulette.

– Pour quoi faire ?

– L'amulette renferme un mauvais sort qu'il faut briser.

– Ne vaudrait-il pas mieux qu'elle aille voir un médecin ? La collègue de Zeinab est psychologue.

– On parle de djinn, pas d'un bobo.

Saliha me révèle d'autres histoires de gens ayant subi le même sort.

– La sorcellerie peut tout faire.

– Tout ? Quoi par exemple ?

– Séparer un homme et son épouse, ou unir un homme à une femme qu'il n'aime pas tout en lui faisant croire le contraire, me raconte Saliha.

Lorsque je rapporte ces propos à *Madame*, je suis surpris par sa réponse qui me semble étrange, à moi qui n'ai jamais entendu pareil raisonnement auparavant. Elle me dit que la femme de notre voisin n'était pas habitée par un djinn mais qu'elle était malade, très certainement victime de son époux, éloignée de centaines de kilomètres de sa famille à laquelle elle avait été arrachée alors qu'elle était encore trop jeune. La solitude l'avait préparée à entendre des voix que personne d'autre ne pouvait entendre et à voir des choses qui n'existaient pas. Lorsque je lui raconte que moi aussi j'entends parfois des voix lorsque je suis seul à la maison, elle me fait le geste de les ignorer car ce ne sont que des tours que me joue mon esprit désœuvré.

– Tu as déjà essayé la magie, Saliha ?

– Non mais tu plaisantes ! me répond-elle en riant.

– Non, je voudrais seulement en savoir plus.

Elle me raconte alors la seule fois où elle a essayé. Elle avait presque atteint l'âge limite pour se marier et le moment où la société lui plaquerait sur le front le qualificatif de « vieille fille » approchait. Elle avait cherché un cheikh capable de l'aider. Ce dernier lui avait conseillé d'apporter des vêtements de l'homme qu'elle voulait épouser, ou l'un de ses cheveux. Mais Saliha n'avait personne en vue et en réfléchissant à une personne adéquate à approcher, elle n'avait trouvé dans son entourage aucun homme célibataire qu'elle aurait pu atteindre. Elle était prisonnière des murs de la maison, et les commerçants du village chez qui elle faisait ses courses étaient soit trop vieux, soit jeunes mariés, ou alors étaient des hommes dont elle ne savait rien. Elle avait donc fini par renoncer à chercher. Avec le temps, elle s'était résignée, en particulier lorsqu'elle eut trente ans.

* * *

– *Al-hamdoulillah 'ala as-salama*, bon retour parmi nous ! C'est rien du tout ce que t'as là…

La première chose que je vois en me réveillant à l'hôpital, c'est mon pied droit suspendu en l'air pendant que les gouttes qui s'écoulent du système d'alimentation pénètrent dans mon bras par l'intermédiaire de la perfusion. Le vertige délicieux de l'anesthésiant me rappelle les effluves du hachich. Mes sœurs, Absi et le docteur m'entourent.

– Je vous avais bien dit que Milad avait une constitution de fer.

J'entends la voix d'Absi, il est fier de me voir endurer sans broncher cette chute du toit de la maison. Personne ne sait ce qui m'a fait tomber et me casser la jambe.

– La blessure est légère, vous avez de la chance, un autre homme de votre âge en aurait gardé des séquelles à vie.

En prononçant ces mots, le médecin brandit la radiographie de cette fêlure dans la lumière pour me la montrer. Ma famille se rapproche de moi. Je ressens un amour infini pour eux, une tendresse que je n'ai plus ressentie depuis des semaines, trop préoccupé par moi-même.

– Il faut vous reposer.

Le médecin conclut ainsi et s'en va. Saliha a les larmes aux yeux de me voir la jambe dans le plâtre. Je cherche Zeinab des yeux mais elle n'est pas avec eux. J'articule son nom :

– Et Zeinab ?

– Elle travaille, me dit Safa, elle a dit qu'elle reviendrait une fois qu'elle aurait terminé sa journée.

Je peux sentir à la moue qu'il fait qu'Absi n'est pas satisfait de la réponse de Safa. Il s'assied à côté de moi et me demande :

– Laissons tomber les femmes et leurs blablas. Comment es-tu tombé cher cousin ?

– Je réparais l'antenne lorsque j'ai été pris d'un vertige qui m'a fait perdre l'équilibre et je suis tombé par terre.

C'est ce que je réponds, tout en scrutant les yeux de Saliha pour voir si elle sait.

– Ah..., fait Absi, il fait chaud ces jours-ci, j'ai perdu quelques-uns de mes pigeons à cause de ce traître de temps, rajoute-t-il, tout en saisissant ma jambe plâtrée.

Saliha murmure à l'oreille de Safa. En les voyant chuchoter ainsi et le visage de Safa changer, je me demande si je me suis gratté le petit doigt. Mais l'anesthésiant me donne envie de me reposer et de voir Zeinab aussi, elle se faufile dans mes pensées, comme lorsque la discussion sur la pâte à sucre m'était parvenue aux oreilles ce fameux soir.

– J'ai ce qu'il te faut pour te faire oublier la douleur, me dit Absi, me laissant ainsi entendre que je peux lui demander de l'herbe.

Saliha se déplace pour me servir un jus de fruits, pendant que Safa s'approche d'Absi et l'invite à quitter la chambre : le médecin a exigé que les visiteurs ne restent pas trop longtemps.

– Et vous ?

– Nous, nous restons pour le faire manger. Est-ce que tu peux revenir ce soir pour nous raccompagner à la maison ? demande Saliha à Absi.

Il sort en compagnie de Sabah et Asma.

– Alors, que s'est-il passé Millau ? me demande Saliha en me faisant boire le verre de jus.

Je suis comme un prévenu, assis entre deux agents des services secrets. Installées chacune d'un côté, elles m'obstruent la vue. Je me rappelle la blague que m'a racontée Absi sur la farine et le piment. J'essaie de répéter ce que je leur ai déjà dit en détail, mais elles ne me croient pas.

– Moi, je n'en crois rien, décrète Saliha – tout en essayant de refaire mon lit et de remonter mon drap.

– Je n'arrive pas à me mettre ça dans la tête, me dit Safa qui éponge la sueur sur mon front.

Mon angoisse augmentant me fait transpirer plus encore.

Je me souviens d'elles m'entourant, chacune me tirant une oreille.

– Où as-tu trouvé l'argent pour acheter les bonbons ?

– C'est mon oncle qui me l'a donné.

– Je n'en crois rien.

– Je n'arrive pas à me mettre ça dans la tête.

C'est ce qu'elles me disaient tout en m'encerclant.

– C'est notre père qui me les a achetés.

– Tu as volé l'argent de la *kousha* ! a affirmé Saliha à l'époque, les yeux rivés sur mon petit doigt que j'étais en train de gratter.

Saliha approche tellement sa tête de moi que je ne peux plus voir ma jambe, suspendue dans les airs comme une grappe de raisin.

– Est-ce que Zeinab a quelque chose à voir avec ta chute ? me demande-t-elle.

Elle avait rêvé de cette chute la veille et avait bien essayé de trouver une explication.

– Ces temps-ci, j'en rêve tout le temps, ajoute-t-elle.

Leurs visages sont tellement grands maintenant que je ne vois plus rien du tout. Je suis de plus en plus angoissé. Safa remplit un verre d'eau pour me faire boire.

– J'ai cette image en tête où je te vois tomber du haut du toit, et elle ajoute, est-ce que tu sais qui t'a poussé ? Zeinab ?

Malgré le verre d'eau que je viens de boire, j'ai la gorge sèche. Safa s'en rend compte et elle me sert un second verre qu'elle me fait boire aussitôt.

– Je t'avais bien dit d'être prudent, pourquoi tu ne m'as pas écouté ? continue Saliha.

Safa se lève pour aller vérifier le couloir, puis elle revient et ferme la porte de la chambre derrière elle.

– Est-ce que c'est Zeinab qui t'a fait ça ? Elle t'a poussé ? me demande Safa.

J'essaie d'éviter d'avoir à répondre et je me demande si elle est à ce point capable de prendre les rêves de sa sœur pour argent comptant. Je me souviens des paroles de *Madame* sur les rêves, qui peuvent constituer une clé de compréhension des méandres de notre esprit. Je me demande si Zeinab ne serait pas pour quelque chose dans ma chute, au moins psychologiquement.

– Pourquoi essaies-tu de la protéger Milad ?

Les mots de Saliha me ramènent à la réalité de l'interrogatoire que je suis en train de subir. « Allez, bouffe la farine ! » … Et comme le boulanger de la blague d'Absi, je m'exécute.

– Nous nous sommes disputés, Zeinab et moi, et j'ai eu peur qu'elle ne demande le divorce.

Me voilà en train de leur révéler la vérité pour la défendre. Je leur raconte l'histoire en la falsifiant pour ne pas mentionner au passage le bonhomme bien en chair qui est la cause de mon geste. Cela fait longtemps que je ne me suis pas ainsi mis à nu devant elles, que je ne leur ai pas confié mes peurs et mon humiliation. Elles le savent. Elles me prennent la main et m'écoutent.

– Je ne vais pas bien ces temps-ci. Je me sens oppressé, toute la journée à la maison et désœuvré, j'ai ce genre de pensées tous les matins. C'est tout.

– Cela fait dix ans que vous êtes mariés, Milad, me dit Saliha.

– Et ?

– Et… toujours aucun enfant à l'horizon. Je ne veux pas mourir sans avoir pu serrer contre moi les enfants de mon petit frère.

– N'y pense même pas !

– Je sais que tu l'aimes, Millau, moi aussi je l'aime beaucoup mais il faut que tu penses à toi, me dit Safa.

– Sortez d'ici !

– Millau…, me supplie Saliha.

– Je t'ai dit DEHORS ! Je ne veux plus jamais entendre ça !

* * *

Lorsque la mort frappe à la porte de notre famille, cela ne fait pas longtemps que j'habite notre nouvelle maison. Elle nous prend notre mère. Je n'ai jamais pleuré la perte de quelqu'un comme j'ai pleuré la sienne. Ma mère était une femme d'un autre temps. Son parfum, qui variait selon les saisons, et le tissu vert dont elle se ceignait la taille et d'où elle faisait apparaître sucreries, tendresse et autres merveilles ont continué à m'accompagner tout au long de ma vie. Sa disparition n'était pas un simple mauvais tour du sort, mais un désastre et le signe annonciateur de la dissolution de la famille ; les murs de la maison allaient se fissurer, ses fenêtres en bois disparaître, les odeurs qui l'imprégnaient, différentes selon les moments de l'année, s'évanouir. Ses mains qui sentaient les lentilles, son sourire enfantin lorsque je lui apportais un sac de maïs qu'elle dévorait aussitôt comme une petite fille, notre agacement à la voir fourrer des bananes sous son lit pour qu'elles en ressortent tachées de noir – elle nous disait qu'elle les aimait comme ça et que nous devrions l'imiter –, sa crainte de se retrouver seule ou de se réveiller un matin et de ne pas trouver mon père à ses côtés, certains plats que je ne pouvais manger que lorsque c'était elle qui les préparait, tout chez elle était beau, même sa manière de penser, qui n'était plus en accord avec son temps. Elle est morte avant d'avoir compris ma façon de vivre et sans qu'elle ne parvienne à s'entendre avec ma femme. Je pleure mais ce qui me fait le plus souffrir, c'est de voir ma relation avec mes sœurs se briser après cette tragédie. Nous n'avons plus de conversations, il ne reste plus que mes multiples tentatives pour les soutenir financièrement – qu'elles refusent d'ailleurs.

Cela se serait-il passé ainsi si ma mère était restée en vie ? C'est une question qui me hante. En dépit de son âge avancé, c'est elle qui tenait la maison debout et lui permettait d'encaisser les aléas du temps. Après sa mort, j'ai notre maison en horreur. À chaque fois que j'en passe la porte, je ressens le vide de sa disparition. Pour me réconforter, *Madame* m'a dit qu'elle vit maintenant heureuse au paradis avec mon père, qu'elle lui prépare le thé du soir. Zeinab ne m'a encore jamais réconforté ainsi. J'aurais voulu entendre ces mots de sa bouche.

Cependant, au cours des dernières années, en dépit de la froideur de nos relations, j'ai toujours essayé de trouver des solutions aux difficultés que rencontraient mes sœurs. Et puis, il y a ce jour où je rencontre mon ex-beau-frère, le mari de Sabah et le père de ses enfants. Nous parlons des enfants, de la nécessité pour eux d'avoir un père, quoi qu'il en coûte. Je me sens coupable vis-à-vis de cet homme que je vois regretter tout ce qu'il a fait subir à ma sœur. J'ai envie de les réconcilier. Je lui promets que je vais essayer de lui parler et de la convaincre de revenir vers lui. Je rentre chez nous et je rassemble Saliha, Safa et Sabah pour leur rapporter ce que cet homme m'a dit, leur raconter qu'il regrettait son comportement des dernières années, qu'il s'était engagé à ne plus lever la main sur Sabah si elle acceptait de retourner auprès de lui. Je leur raconte que Hanadi et Mohannad lui manquent, que cet homme a besoin de voir son fils grandir.

– Le garçon a dix ans, il grandit et a besoin de son père, leur dis-je en m'attendant à ce que Sabah aille dans mon sens.

– Il t'a payé pour que tu dises tout cela ? me demande-t-elle.

– Quoi ?

– Tu as bien entendu, Milad. Qu'est-ce qui te prend ? me demande Safa.

– Je voulais seulement...

– Tu veux la maison pour toi ou quoi ? m'interrompt Saliha sur un ton de défi. Est-ce que c'est ce que voudrait Zeinab ? L'autre jour, tu nous proposes des maris qui ont l'âge de ton père, et maintenant tu essaies de renvoyer ta sœur auprès de cet homme répugnant.

À cette même époque, je cherchais des maris pour Saliha et Safa. Il s'était trouvé que mon oncle avait proposé qu'elles épousent deux frères veufs depuis deux ans. Ils cherchaient une femme pour leurs vieux jours. Je n'avais pas pensé que mes sœurs considéreraient cette proposition comme un affront. Elles m'avaient dit qu'elles y réfléchiraient. Je ne comprends pas pourquoi Saliha mentionne le nom de Zeinab dans la conversation même si j'ai bien conscience que ses sentiments pour elle ont changé depuis la mort de notre mère ; ma situation et son rêve inexaucé de voir un jour mes enfants l'auraient fait mourir de chagrin. Je pouvais lire dans leurs yeux leur envie de soirées passées ensemble à savourer le café pendant que je leur épilerais les jambes, ou qu'elles me teindraient le petit doigt. Mais j'étais trop occupé par ma nouvelle maison, ma vie et, par-dessus tout, mon souci d'avoir un enfant.

– Tout ce qui m'importe, c'est votre bonheur.

– Nous sommes heureuses, laisse-nous tranquilles, Milad, me dit Saliha.

– Va-t'en, Milad, me dit Sabah, en larmes à cause de cette dernière trahison de son frère.

Je quitte la maison et je n'y retourne que plusieurs jours plus tard pour m'assurer qu'elles vont bien et qu'elles n'ont pas besoin d'argent. Le goût du café, des lentilles et du maïs grillé ainsi que l'odeur du henné m'envahissent à chaque fois que j'en franchis le seuil.

* * *

Je regarde le film *Titanic*. Je me dis que l'histoire de Jack et Rose ressemble à celle de Zeinab et moi. Bien que totalement différents, ils tombent amoureux. Le navire qui les transporte ressemble au nôtre, même si nous ne fendons pas les vagues d'une mer glacée mais plutôt les flots du temps qui passe. J'éprouve de la compassion pour Jack et les difficultés qu'il doit surmonter par amour pour Rose.

– Désolée pour le retard, j'étais occupée à la maison.

Zeinab entre dans la chambre, elle est accompagnée par *Madame* – robe bleu ciel, sac à main et cheveux lâchés – à qui j'apprends à cuisiner et à faire du pain. *Madame* est un modèle pour Zeinab. Elle voit en elle la femme qu'elle a toujours voulu être. Je me sens oppressé. Zeinab dépose la valise sur le sol. Elle s'approche et s'assied à côté de moi. Pendant un instant, j'ai cru que c'était le directeur de Zeinab, et non *Madame*, qui entrait pour s'assurer que j'allais bien. Je remercie Dieu.

– Dieu soit loué, vous allez bien professeur, me dit la femme dans sa robe bleu ciel tout en jetant un coup d'œil à la télévision.

Je surmonte ma gêne et je la remercie de sa visite. Zeinab lui propose de s'asseoir à mes côtés. Elle s'adresse à moi pendant que Rose essaie de délivrer Jack.

– Ah, *Titanic*, un beau film, me dit-elle, mais d'un romantisme totalement irréaliste et peu convaincant.

– Le médecin a dit que tu pourrais sortir demain.

Je sens que Zeinab essaie de prendre le dessus dans la conversation tout en me faisant manger ce qu'elle a préparé pour moi. Je la regarde dans les yeux en souriant. Elle me sourit en retour. Je lui donne mon petit doigt pour qu'elle le serre et me transmette un peu de calme et de sérénité. *Madame* est absorbée par les tentatives de Rose pour entrer dans la cale du bateau qui menace de couler totalement. Zeinab place sa main sous mon menton pour empêcher que des miettes ne tombent pendant que je mange. Elle se met à raconter tout ce que lui a dit le docteur.

– Il faudra un mois pour que la fracture se remette. Tu auras besoin d'un repos complet pendant ce temps. Je vais essayer de convaincre le directeur de me donner des vacances, au moins la première semaine jusqu'à ce que tu t'habitues à ton plâtre, ajoute-t-elle en regardant *Madame*, comme pour lui demander son avis.

– Des vacances te feront du bien Zeinab, et puis, monsieur le professeur va avoir besoin de toi encore plus qu'avant.

« Je vais encore plus avoir besoin d'elle », me dis-je en imaginant la façon dont elle va me choyer ; je vais pouvoir me reposer de la fatigue de ce monde et profiter de ses attentions. Elle me donnera à manger, comme elle est en train de le faire en ce moment même, elle me lavera, m'habillera et me fera la lecture si elle le souhaite : une semaine pour revivre notre passion d'antan. Elle dessinera nos rêves sur mon plâtre, y écrira des poèmes d'amour, y appliquera ses baisers imprégnés de rouge à lèvres, y tracera autour de son nom et du mien un cœur rouge pour terminer chaque journée par câliner mon petit oiseau. Nos étreintes amoureuses, passionnées et fougueuses me manquent tellement ! À quand remonte notre dernière fois ? Un an ? deux ? Depuis quand son oncle est-il décédé ? Sa mort a marqué la fin de l'époque de nos folies.

– Je dois partir maintenant, je voulais seulement m'assurer que vous alliez bien.

Madame n'est là que depuis quelques minutes seulement lorsqu'elle se lève.

– J'espère que vous serez très vite remis, professeur, j'ai besoin de reprendre nos cours.

Zeinab sort avec elle pour lui dire au revoir. Elle la remercie pour son aide et pour l'avoir conduite à l'hôpital.

– Ce n'est vraiment rien, c'est quand même de monsieur dont il s'agit.

Zeinab ferme la porte de la chambre.

– Milo, j'ai quelque chose d'important à te dire, dit-elle en s'avançant vers la valise qui contient des vêtements propres pour moi.

Elle les sort. Elle saisit ma chemise préférée qu'elle retourne pour me montrer quelque chose de cousu sur la couture.

– Regarde ce que j'ai trouvé dans ta chemise.

Je vois un objet de couleur brune bien emballé qui ressemble à une peau d'animal parfaitement pliée.

– C'est une amulette… c'est de la sorcellerie.

Je n'ai pas besoin de ses explications. Je sais bien ce que c'est.

– Éloigne-le de moi, lui dis-je effrayé.

Je suis impressionné que cela ne lui fasse pas peur. Zeinab se moquait de ceux qui croyaient à la sorcellerie. Je me demandais toujours comment elle réagirait si elle venait à y être confrontée, y croirait-elle alors ou non ? Elle déploie l'objet et tente de déchiffrer ce qu'il y a d'écrit à l'intérieur : les mots tracés sont illisibles et l'odeur putride qui s'en dégage me gâche mon film.

Zeinab n'est pas intéressée par son contenu mais elle veut savoir qui pourrait avoir fait cette chose et pourquoi. Il y a deux possibilités, toutes deux aussi terribles l'une que l'autre, et j'ai très peur de découvrir le nom de son auteur.

– Où étais-tu la dernière fois que tu as porté cette chemise ? me demande-t-elle.

Aussitôt me vient à l'esprit le jour où je me suis rendu à la maison familiale. J'étais déterminé à réprimander Hanadi dont le comportement nous déshonorait tous. Mon nom était sur toutes les langues. C'est « une famille avec un oncle Milad », j'avais entendu prononcer ces mots à différents endroits. Ma réputation avait fait le tour de la ville et j'essayais d'effacer cette image que l'on avait de moi. J'étais piqué au vif à chaque fois. Je l'avais entendu dans la bouche d'un jeune garçon dans un café du centre-ville pour parler de sœurs qui se prostituaient dans leur quartier et que personne n'avait réussi à chasser parce qu'elles connaissaient des hommes haut placés. Dans le village, pendant que j'achetais des légumes ou des produits d'entretien, quand des hommes ont évoqué des femmes qui faisaient leurs courses et déambulaient partout seules. Excédé et fraîchement diplômé de « l'Académie » d'Absi, je me rends à la maison familiale pour en finir une bonne fois pour toutes avec cette question et retrouver mon honneur. J'appelle ma nièce pour lui faire la morale. Je lui annonce que désormais elle portera la *jebba* sous peine d'être obligée de rester à la maison. La petite est terrorisée par mon visage cramoisi et le tremblement de mes mains. Saliha est en train de préparer le café lorsqu'elle entend ma voix qui emplit toute la maison. Sabah me supplie de me calmer et me promet de parler à sa fille. Hanadi pleure. Saliha pose les tasses sur le plateau et sert le café. Moi, je me lamente sur mon sort, je leur dis que personne ne me respecte et que je n'accepterai plus à partir de ce jour qu'elles contestent mon autorité, que je ne suis plus le Milad qu'elles imaginent, que je l'ai enterré la veille dans la *baracca*, que je lui ai fait mes adieux et qu'une nouvelle histoire commence.

– Les filles sont la semence du diable.

Je répète les paroles de ma mère qui me servent d'argument pour mettre fin à la frivolité qui règne dans la famille.

– Il ne manquerait plus que vous rameniez des hommes à la maison !

Je dis n'importe quoi. Saliha avance pour me proposer un café.

– Tiens Milad, calme-toi mon frère, mais en disant cela elle se prend les pieds dans le tapis et perd l'équilibre.

Le café se répand sur ma chemise. Elle pose le plateau par terre et s'empresse de me venir en aide.

– *Bismillah*, ça va ?

Elle prend une serviette pour nettoyer. La chaleur du liquide me brûle la poitrine. Elle m'enlève ma chemise.

– Donne, je vais te la laver, me dit-elle.

Elle me la rend propre le lendemain. En l'enfilant, je ne sens pas d'amulette. « Était-elle cousue à l'intérieur de manière que je ne puisse pas la sentir ? » Quand je lui raconte, Zeinab se fâche.

– J'avais deviné que c'était ta sœur Saliha, elle croit sans doute que cette loque va semer la discorde entre nous, mais il en faudrait bien plus que cela, me dit-elle en jetant l'amulette dans la poubelle.

– Nous pourrions savoir qui a fait cela en l'apportant au cheikh, lui dis-je.

– Nous n'en avons pas besoin, Milad. Personne d'autre qu'elle ne nous veut du mal. Tu te souviens de ce rêve ?

Lorsque j'essaie de me remémorer mon dernier rêve, ça me revient : Saliha retient un chien noir devant mon appartement qu'elle veut lâcher sur moi pour qu'il me morde.

Je me rappelle le dernier jour où je me suis tenu sur le seuil de la maison familiale, c'était après ma sortie de l'hôpital : ma béquille sous l'aisselle, agité et tendu, j'appelle mes sœurs à me rejoindre à l'extérieur. Je ne veux pas mettre les pieds dans la maison. L'amulette est dans ma poche. Elles sont toutes debout, tout ouïe. Sabah enlace Asma et sa petite fille, Hanadi et Mohannad sont cachés dans la robe de leur mère. Je jette l'amulette à ses pieds, là où j'ai toujours tant aimé me blottir. J'imagine un chien m'attaquer pendant qu'elle regarde l'objet et me demande avec défi ce que je fais ici.

– Vous n'avez plus de frère, leur crié-je, à partir de maintenant… c'est chacun pour soi !

– Milad, je t'en supplie, écoute-moi, m'interpelle Saliha qui s'effondre subitement à la vue de l'amulette.

Toutes se mettent à crier et à se frapper. Saliha se traîne vers moi en pleurant, puis s'accroche à ma jambe valide en me suppliant de ne pas partir. Je regarde une dernière fois mes sœurs assises par terre, enlacées les unes aux autres, puis je baisse les yeux vers Saliha.

– Milad, c'est impossible que je te veuille du mal, je t'en supplie, mon fils, me dit-elle en attrapant fermement ma jambe pour m'empêcher de m'en aller.

– Nous n'avons plus rien à nous dire.

Je dégage ma jambe en employant toute ma force et je tourne les talons sans un regard pour la maison, ni pour mes sœurs et encore moins pour elle. Je m'appuie sur ma béquille pour rentrer chez moi en retenant mes larmes.

J'ai besoin de me reposer un peu. Que diriez-vous de visiter la *baracca* ?

* * *

LA *BARACCA*

« De la chatte que tu battras, la mariée apprendra. »

Proverbe libyen.

Ah, ce lieu ! Il incarne toute ma vie, ses contradictions, ses hésitations, ses préoccupations. J'ai construit la *baracca* de mes propres mains pendant qu'Absi, assis sous le palmier, me demandait tantôt de rajouter un morceau de bois à la toiture, tantôt des feuilles de palmier au parasol de l'entrée. J'aurais aimé être moins pressé pour la terminer, mais Absi, toujours d'une humeur massacrante, ne vous laisse jamais l'occasion d'en faire à votre guise ; la *baracca* devait être prête le plus rapidement possible. Si j'avais eu plus de temps, j'aurais terminé le muret de pierres mais cela ne s'est pas passé ainsi. Ce qui manquait au bâtiment, j'ai essayé de le compenser dans les terres alentour. Je suis parvenu à atténuer quelque peu la laideur de la structure avec des fleurs, et surtout une plante de courges grimpante aux larges feuilles et aux fleurs jaunes. J'ai divisé le terrain en parcelles, délimitées par de petits fossés et j'ai pris soin du jasmin qui s'y trouvait. À la fin de l'été, j'élaguais les arbres. J'ai aménagé d'autres espaces pour s'asseoir, ailleurs que dans l'entrée et dans la cabane elle-même. Le plan d'Absi ne prévoyait ni salle de bains, ni cuisine, parce qu'il n'avait pas envie que ses amis se sentent trop à l'aise – ils transformeraient la *baracca* en auberge –, mais j'ai quand même réussi à le convaincre de construire une salle de bains, petite – pour ne pas dénaturer le lieu –, à laquelle seraient accolés un évier et un plan de travail. La plupart du temps, c'est moi qui m'occupais du ménage quotidien et, lorsque je m'absentais, la *baracca* se transformait en dépotoir. Je revenais pour l'entretenir, la boiser, y planter les graines qu'Absi obtenait auprès des amis de son père. J'ai eu l'idée d'y placer une table et des chaises fabriquées à partir de débris de matériel électrique dont l'État se débarrassait. Nous les avons dégotés dans une décharge de ferraille qui se trouvait non loin de là. J'avais le projet de construire une tonnelle au-dessus de l'endroit où nous nous réunissons, mais mes préoccupations et le manque de temps ne m'ont pas laissé l'occasion de le terminer. Pour meubler la pièce principale, nous avons fait une bonne affaire dans une des boutiques du souk de la mosquée al-Saqa, tenue par un habitant de Dahra qui résidait dans notre rue à l'époque où nous y vivions. J'ai essayé de l'embellir autant que possible pour qu'elle ne se limite pas à être un simple lieu de réunion. Absi s'asseyait dans le coin, sur un lit surélevé. Il m'avait dit vouloir être installé en hauteur pour apparaître comme un roi dans son palais. Et c'est ce que nous avons fait. Comme je savais qu'il n'avait pas pensé à prévoir une petite table, j'en ai cherché une moi-même et nous avons opté pour un vieux bureau qui se trouvait dans la maison de mon grand-père. Nous l'avons placé en face du lit où Absi avait l'habitude de regarder la télévision pour qu'il n'ait pas à se déplacer ou à changer de position pour dormir. Plus tard, en me souvenant de mon séjour en Tunisie, j'ai fabriqué une armoire sous le lit en pierres. Tout ce que nous pouvons voir ici n'a coûté que très peu d'argent, mais nous a demandé beaucoup d'efforts à fouiller dans la décharge, rassembler ce que nous trouvions puis construire. N'ayez pas peur, Absi a déserté le lieu ou, pour être plus précis, a quitté le village après la mort de son père. Ne vous l'ai-je pas dit ?! Je m'en excuse.

Mon oncle n'est pas mort à cause de l'alcool, ni à cause de son alimentation, ni même en réponse aux prières de ceux qu'il a traités injustement. Il a simplement un jour cessé de respirer. Son pouls s'est arrêté brusquement et il a quitté ce monde. Nous avons organisé et terminé ses funérailles et il est parti rejoindre son Seigneur qui le jugera pour ses actions. Lorsque nous l'avons déposé dans sa tombe, je lui ai dit que je lui pardonnais tout ce qu'il m'avait fait subir. Je ne voudrais pas quitter ce monde de la même façon que lui, du jour au lendemain, je préférerais que cela se passe en douceur. J'ai organisé la cérémonie avec Absi qui, bien qu'un peu touché, ne se départait pas de ses plaisanteries et de ses blagues salaces. Le quatrième jour, les funérailles terminées, nous sommes assis dans la *baracca* pour discuter des derniers épisodes de ma vie. J'ai toujours mon plâtre. Je lui raconte que je ne travaille plus chez *Madame* qui me paie grassement pour que je lui enseigne mes connaissances.

– Il faut que tu la sautes, me dit-il en insistant lourdement.

– Mais enfin Abdelsalam, je suis marié !

– Et alors ? Tu es un homme. Tu crois vraiment que ton oncle Mohammad était fidèle à ma mère ? Il a baisé des prostituées jusqu'à réciter la Fatiha à sa vieille bite. Le sexe l'a tué.

Qu'il soit capable de se moquer de son père alors que sa dépouille est encore chaude m'amuse.

– Paix à son âme.

– Il va avoir besoin de toute la miséricorde du monde, je ne voudrais pas être à sa place. C'était un despote, me dit-il tristement, mais il est mort en homme !

Il ajoute cela et puis se met à rire de cette contradiction.

– Écoute, Milad, je voudrais que tu reviennes à la *kousha.*

– Moi ? Je ne sais pas, j'ai l'impression que je ne pourrais plus travailler dans un endroit pareil.

– Tu ne pourrais plus ?! Tu penses peut-être qu'ils ont inventé de nouvelles recettes ? Personne là-bas ne t'arrive à la cheville.

– Mais…

– Mais *ya sanam*, tu es le meilleur boulanger que je connaisse. Bon, je te le concède peut-être plutôt le deuxième après ton défunt père. Cela fait des années que je n'ai pas goûté de pain comme celui que faisait ton paternel. Le mien a tout gâché et je suis persuadé qu'il a été injuste envers toi lorsqu'il t'a obligé à lui vendre ta part et celle de tes sœurs. Eh oui, je dis bien « obligé » parce que c'était un vrai salaud, paix à son âme. Écoute-moi bien, je suis paresseux, tu me connais, je ne suis même pas capable de traire une vache.

– Traire une vache n'est pas chose facile.

– C'est une métaphore, *ya sanam*. Est-ce que tu sais seulement ce que veut dire ce mot ? Mais laissons les métaphores pour le moment, je veux que tu deviennes mon associé.

– Je n'ai pas d'argent à investir.

– Mais tu es quelqu'un de raisonnable et d'expérimenté. C'est toi qui dirigeras la *kousha* : tu choisiras les ouvriers et tu veilleras à l'entretien du lieu et à son approvisionnement en matières premières. T'as compris ? Tu seras le patron. Ce n'est pas ce que tu as toujours voulu ? *Sma'*… la moitié est à toi.

– Le quart.

– Plutôt le tiers.

– Laisse-moi réfléchir.

– Prends ton temps, mais pas trop quand même.

Notre discussion terminée, un silence s'installe. Il est léger. Je me sens bien dans ce lieu et tellement heureux de retrouver bientôt la *kousha*, le seul endroit où je suis totalement moi-même. Je pourrais peut-être retrouver ma vie d'avant, recommencer à zéro : me rendre à la maison de famille et pardonner à ma sœur Saliha pour ce qu'elle a essayé de me faire, aller au cimetière dire à mon père et mon oncle que je les absous de tout, demander à mon père de m'excuser de l'avoir déçu, de ne pas avoir été capable d'avoir des enfants qui porteraient son nom. Je lui promettrais de rendre à la *kousha* son prestige d'antan, puis j'achèterais un bouquet de fleurs à Zeinab pour lui annoncer la nouvelle. Je lui demanderais de me pardonner mon attitude des derniers jours, et la vie misérable que nous avons vécue. Tout redeviendrait rose. L'idée de retourner travailler à la *kousha* m'enthousiasme autant qu'elle me terrifie. Je pense aux variétés de pain que je vais amener au village et que les habitants goûteront pour la première fois. Il y a la baguette française, ce pain qui s'élabore dans la patience et l'attente et qui nous met à l'épreuve de la pesanteur du temps, qui se pétrit, puis se façonne en plusieurs étapes et dont le processus de fabrication est très éloigné de celui de notre *mouhawwara*, à la pâte souple comme le corps d'un poupon, aérienne et gorgée de vapeur d'eau, pour finir par sortir du four, délicieusement craquante, comme seuls les Français savent le faire. Et tout cela avec seulement quatre ingrédients de base. Ce qu'il te faut, c'est la gonfler d'air, l'affiner à la main et la réchauffer à la chaleur du savoir-faire. Il y aura aussi la *ciabatta* italienne qui nécessite au minimum un jour de préparation, l'énorme *cottage loaf* anglais, les toasts et la *foccacia* à l'huile d'olive et au basilic – que ma mère appelait aussi *khobzet el-hosh* – ou à la tomate, aux olives, aux oignons et poivrons. Je leur ferai connaître tous les pains pour lesquels j'utilise ma Valentina : le pain sicilien à la semoule de blé, les pains hamburger, les croissants – que l'on appelle « brioches » à Tripoli. Je changerai le décor de la *kousha* de manière à rappeler celui de notre ancienne *kousha* de Dahra, mais en l'agrémentant d'éléments que j'ai pu voir dans d'autres boutiques en Tunisie et en Algérie. De l'extérieur, elle ressemblera à une boulangerie traditionnelle française, et je placerai devant des tables et des chaises sous un parasol. Absi me l'autorisera-t-il ?

– Lotfi !

Le hurlement d'Absi me tire de mon merveilleux rêve. Un homme d'une quarantaine d'années en costume entre dans la *baracca*. Je me souviens de l'avoir vu jouer dans des films de contrebande et aperçu dernièrement au café Marcus alors que je m'y trouvais avec Zeinab. Absi se lève pour l'embrasser.

– *Al-hamdoulillah 'ala salamtak*, bon retour parmi nous, *ya sanam,* lui dit-il en l'embrassant, tu viens faire tes condoléances au quartier, espèce de fripouille.

Je l'entends ajouter :

– Trêve de plaisanterie ! Qu'est-ce que tu viens faire ici, dans ce trou à bestiaux ?

Je me demande alors s'il parle de la *baracca* ou du village tout entier.

– Je suis revenu au pays hier et j'ai appris pour ton père. Je me suis dit que je devais venir te présenter mes condoléances en personne.

– C'est la baraka qui frappe à notre porte, lui dit Absi en s'avançant vers nous.

Je me lève pour lui dire bonjour.

– Voici Milad, mon cousin.

– Milad… Abdelsalam m'a beaucoup parlé de toi.

– Voici Lotfi, mon cousin du côté de ma mère. Tu le connais, le réalisateur du film *Le village*, tu te souviens de lui ?

– Bien sûr. Enchanté de faire ta connaissance, dis-je à la fois gêné et jaloux de cet homme qui a accaparé le cœur de mon cousin.

– Enchanté, Milad, me répond-il en prenant place sur une chaise.

– Prépare-nous un café, Milad, m'ordonne Absi.

Je passe le reste de la journée en leur compagnie. J'observe qu'Absi change de personnalité lorsqu'il est avec son cousin. À l'écouter raconter ses histoires, il a l'air d'un enfant qui aurait enfin trouvé son jeu préféré. Ce dernier lui parle de sa vie aux Pays-Bas d'où il revient – cela fait quinze ans qu'il a quitté le pays et vingt le village. Il lui dépeint la ville dans laquelle il a vécu, lui décrit le plaisir qu'il a ressenti à apprendre un nouvel alphabet et ses réussites dans un monde occidental qui « reconnaît la valeur de tout un chacun », selon sa propre expression. Il se souvient de sa triste fuite du village, une nuit. Il n'était plus jamais revenu. Son père l'avait cherché en vain, mais le secret avait été bien gardé par la seule personne en qui il avait confiance à Bir Hussein – Absi lui-même – qui lui rendait visite en ville dans un appartement isolé de la rue Haïti. Absi regardait cet homme avec plus de respect encore qu'il ne l'aurait fait pour son propre père et tous les gens qu'il connaissait. À le voir ainsi, en train de fumer ses cigarettes et boire le café que je lui ai préparé tout en écoutant avec amour et intérêt l'homme parler et raconter ses péripéties, ma jalousie grandit. N'a-t-il jamais eu pareils regards pour moi ? Je fouille en vain ma mémoire. Dès qu'il a aperçu cet homme, il a brusquement changé.

– Tes histoires m'ont manqué, espèce de vaurien, l'interpelle Lotfi, quoi de neuf ?

Je suis gêné vis-à-vis de la dépouille de mon oncle.

– Rien, je confectionne ma propre boukha pour me saouler avec, je fume du hachich, je baise des prostituées et je fais travailler Milad. C'est tout.

– Tu vas mourir comme un chien.

– C'est toujours mieux que de vivre comme un chien, comme toi, lui répond Absi.

Le cousin se met à aboyer.

– Est-ce toujours comme cela que l'on me voit au village ?

– Ils n'ont jamais oublié ce que tu as fait.

– Qu'ils se souviennent de ce qu'ils veulent ! Société hypocrite et pourrie. Tu n'es pas d'accord avec moi, Milad ? me demande l'auteur en s'adressant à moi.

– Je ne sais pas, ce sont de bonnes personnes pour la plupart.

– Ils sont bons comme mon cul, oui ! Allez, cher cousin, je vais te donner la véritable raison de mon retour au village, tu sais bien que je n'en ai rien à faire de la mort de ton père.

– Moi non plus d'ailleurs, lui répond Absi.

Il se met à lui parler de son envie de réaliser un nouveau film, maintenant que le pays s'est ouvert au monde, un film sur un homme qui, à l'approche de la quarantaine, décide de quitter le village pour découvrir un monde complètement nouveau pour lui, en compagnie de son frère revenu récemment d'exil. Ce nouveau long métrage ressemblera au *Village*, qui avait fait beaucoup de bruit lors de sa projection dans les années quatre-vingt-dix en Tunisie et avait été remarqué par des réalisateurs étrangers. Lorsque le film était entré dans le pays sous le manteau et qu'il était parvenu jusqu'au village, les gens s'étaient rendu compte qu'il parlait d'eux. Le film avait fait scandale dans tout le pays, et dans le village plus particulièrement, pour les messages qu'il véhiculait et les scènes obscènes qui montraient ce que son réalisateur appelle « l'hypocrisie » tapie derrière les murs. Malgré tout, son auteur avait continué à proposer ses textes, dans lesquels il critiquait la société et sa manière de penser, pour les séries comiques du mois de Ramadan. Il se faisait appeler le Zawawi[1] du petit écran. Ce nouveau projet s'inscrivait dans la même lignée si ce n'est que le « villageois » allait se confronter à un monde qui lui était étranger et Lotfi voulait qu'Absi endosse le rôle du héros, sans s'embarrasser de savoir s'il avait ou non de l'expérience en la matière.

– Tu voudrais que je fasse l'acteur ? Je n'en suis pas capable.

– Bien sûr que si. Je n'ai jamais vu un comédien tel que toi de toute ma vie. Ce film est pour toi, c'est à toi que j'ai pensé lorsque j'ai imaginé ce personnage.

– Comment s'appelle ce film ?

– *Le galeux*, dit-il en éclatant de rire, qu'est-ce que tu en dis ?

– Galeux toi-même ! lui réplique Absi en riant.

J'écoute leur conversation en imaginant Absi à l'écran jouant le film de sa propre vie. Cela serait vraiment étrange, mais, en même temps, je suis convaincu qu'il en serait capable ; c'est un comédien dans l'âme. Persuadé de ne pas pouvoir le remplacer, Lotfi le convainc de prendre le rôle. J'imagine que je serais contraint de retourner travailler à la *kousha* s'il acceptait, ce qu'il fait d'ailleurs. Quelques jours seulement après cette conversation, il quitte Bir Hussein. Depuis, il n'arrête pas de m'appeler pour me demander ce que j'ai décidé concernant la *kousha* mais j'hésite, à cause de ce qu'il s'est passé ensuite.

Avant le départ d'Absi, nous avons une dernière conversation, lui et moi, sur ma relation avec Zeinab. Il me dit être allé à la Fondation le jour de ma chute pour l'espionner à ma place – il voulait s'assurer qu'elle n'avait pas repris son ancienne habitude –, et qu'il l'a vue monter dans la

1. Mohamed al-Zawawi est un célèbre artiste caricaturiste libyen qui dépeint la société libyenne.

voiture du directeur. Il n'avait pas envie de me révéler cela au moment où je souffrais déjà de deux blessures : de m'être fracturé la jambe et d'avoir coupé les ponts avec mes sœurs, mais qu'il valait mieux que je l'apprenne de sa bouche plutôt que par quelqu'un d'autre.

– C'est elle la chatte, Milad, frappe-la pour qu'elle apprenne ! Je ne veux plus entendre les gens répéter cette phrase te concernant, me dit-il avant de partir.

– Mais il me faut une preuve de ce que tu avances, lui rétorqué-je.

– Un homme a-t-il besoin d'une preuve ou d'une raison pour frapper sa femme ?

– C'est ce que je pense en effet.

– Tu es un imbécile, un idiot, tu n'en as pas besoin. Moi, je frappe parfois mes sœurs simplement pour le plaisir, pour éloigner la dépression qui me guette.

– Mais…

– Il n'y a pas de mais ! Crois-moi, les femmes aiment la ceinture ! C'est l'arme des conquérants ! Rentre chez toi et prends ta ceinture, cravache-la sans préambule. Tu n'as pas besoin de te justifier en disant que tu le fais parce qu'elle te trompe, ni envers toi-même ni envers elle. Frappe-la et tu verras. Non seulement elle oubliera ce gros bonhomme mal élevé, mais elle fera tout ce que tu désires, même si tu lui demandais de se donner la mort. Fais-le Milad, pour ton propre bien, ta situation me rend malade. Et si tu veux être juste, va voir tes sœurs et fouette-les, Hanadi en particulier, et puis toi-même si tu en as envie après. Le fouet purifie l'homme.

– Mais je n'ai pas de ceinture, je n'aime pas en porter.

– Et ton ceinturon de l'armée ? Tu n'en avais pas à l'époque ?

– Je l'ai jeté avec mon uniforme lorsque j'ai franchi la porte de la caserne.

– Alors, tiens, prends la mienne. Considère qu'il s'agit de ta récompense pour avoir suivi ma formation.

Je ne dis rien.

– Souviens-toi, Milad, « De la chatte que tu battras, la mariée apprendra », la chatte ici, c'est Zeinab.

Notre dernière discussion dans la *baracca* se termine ainsi, sur cet ultime conseil, ou devrais-je dire leçon, que me donne Absi avant que nous nous séparions. Il me remet les clés de la *baracca* qu'il me confie jusqu'à son retour. Alors, que pensez-vous de cette cabane ? Elle est belle, non ? Je voulais simplement que vous la voyiez avant que je vous raconte la dernière partie de mon histoire et ce qu'il s'est passé dans la cuisine. Mais avant cela, j'ai promis à *Madame* de rajouter dans votre film une scène sur le rituel du pain. Que diriez-vous de préparer de la baguette ?

* * *

LA CUISINE

« L’homme est exempt de tout défaut. »

Proverbe libyen.

Pour réaliser une bonne baguette, et n'importe quel pain d'ailleurs, je me mets en condition. Pour être sûr de ne rien oublier, je commence par me préparer psychologiquement et physiquement : plusieurs levers de bras, des exercices pour raffermir le buste et pour finir quelques génuflexions. Ces exercices de musculation, dont les effets sont visibles sur mon corps, sont la seule chose intéressante que j'ai apprise à l'armée ; ils me motivent et me remplissent de satisfaction, et pour commencer mon pain, j'ai besoin de me sentir content de moi. J'abandonne mes pensées dans un sac bien fermé que je jette au loin avant d'entrer dans la pièce, je laisse aussi la roue du temps tourner comme bon lui semble ; c'est que j'ai un rendez-vous galant avec une nouvelle amoureuse pendant lequel je dois oublier toutes les autres femmes. Pour programmer la durée de chaque étape de la préparation, j'utilise un réveil réglé selon les impératifs du pain, et non au gré de mes propres besoins. Une fois dans la cuisine, je commence par enfiler mon tablier, orné de fleurs de tournesols. Parfois je le porte sur une chemise propre et repassée avec un pantalon que je ne mets que pour aller en ville. Mais ça, je ne le fais que quand j'ai l'intention de confectionner un nouveau pain, parce que j'aime apparaître sous mon plus beau jour pour l'occasion, cela m'arrive aussi lorsque je reprends une recette ancienne que je n'ai plus essayée depuis longtemps. C'est comme ça que j'aime travailler chez moi. Je m'assure qu'il n'y a pas de vaisselle dans l'évier, que le plan de travail est propre ; il ne faut pas qu'il soit encombré d'ustensiles ou de denrées dont je n'aurais pas l'utilité. Je sors la balance et le réveil, le matériel nécessaire pour faire le pain ainsi que les plats que je vais utiliser. Mes sœurs et Zeinab ont l'habitude de mélanger les couverts, les ustensiles de cuisine ordinaires et ceux que l'on emploie pour la boulangerie, moi non. Je pense qu'un lien se crée entre la vaisselle et l'utilisation qu'on en fait. Je dispose mon matériel dans un coin du plan de travail et avant de m'y mettre pour de bon, j'allume la radiocassette pour écouter Ahmed Fakroun. Je mets parfois *Oyounek* ou *Shams*, mais souvent à mi-travail, on me retrouve en train de danser sur *Soleil, soleil.* Je prépare les quatre ingrédients principaux : la farine, l'eau, la levure et le sel. Je les pèse scrupuleusement et je les mets dans leur plat attitré. Je laisse un peu de farine dans un bol au cas où j'en aurais besoin à un moment ou à un autre du pétrissage. Lors du façonnage de la baguette, par exemple, il nous en faudra beaucoup. J'utilise aussi de l'eau claire et pure que j'achète dans les stations de dessalement ou au marché. Il est indispensable d'avoir recours à de l'eau minérale pour faire du pain : je refuse d'utiliser l'eau du robinet. Quant à la levure, cela dépend du pain que je veux faire et du temps dont je dispose. Je n'aime pas employer de levure instantanée, mais pour vous et pour que vous puissiez filmer, je vais laisser ma Valentina reposer aujourd'hui ; avec de la levure fraîche, une pâte nécessite un ou deux jours de préparation selon la durée de la pousse. Vous devez savoir qu'il y a plusieurs façons de confectionner une baguette française et celle-ci n'en est qu'une parmi des dizaines d'autres. Ce qui me plaît, c'est de voir cette baguette maison rivaliser avec ce que l'on pourrait peut-être trouver dans une boulangerie parisienne – je n'en ai personnellement jamais fréquenté, mais *Madame* m'en a parlé. Au départ, cette pâte est très difficile à travailler parce qu'elle contient proportionnellement soixante-dix pour cent d'eau par rapport à la quantité de farine.

Je commence par la farine. Je préfère utiliser un saladier mais il est aussi possible de pétrir sans contenant si on le souhaite. Ensuite, je creuse un petit puits pour y verser l'eau et tous les ingrédients. J'ajoute en premier lieu le sel que j'incorpore vigoureusement pour qu'il disparaisse dedans, puis la levure et l'eau en petites quantités. J'aime pétrir le tout à la main, cela me permet d'interagir avec les ingrédients, de les sentir et de leur communiquer mon amour, de leur transmettre ce que je ressens avec mon corps plutôt qu'au travers de la spatule. Généralement, l'opération me prend entre deux et cinq minutes. Lorsque je termine de pétrir la pâte, je m'assure qu'elle est bien conforme à ce que je veux. À ce stade, je ne rajoute pas de farine. Je me lave les mains et je la laisse pousser seule. Je règle le réveil sur quarante-cinq minutes pendant lesquelles je fais généralement autre chose : du ménage, du jardinage ou la lessive.

Mais aujourd'hui, nous allons boire un thé et je vais vous raconter mon histoire avec *Madame*.

* * *

Quand je rencontre *Madame* – elle se prénomme Meriem –, Zeinab travaille depuis trois ans à la Fondation de la Presse. C'est une de ces journées de printemps resplendissantes, la rue sur laquelle donne le bâtiment est en fleurs. Je me poste sous un bougainvillier, j'aime la garer à cet endroit pour attendre la sortie de Zeinab et fantasmer sur sa beauté à couper le souffle lorsqu'elle traverse la route à pas hésitants. Mais ce jour-là, elle n'est pas seule, elle est accompagnée d'une femme tête nue, qui porte des lunettes de soleil et une robe jaune ornée de tournesols. Le vêtement semble sculpter son corps et sa taille élancée éblouit le portier assis à l'entrée de la Fondation, qui se lève par respect pour elle. Zeinab porte son ensemble noir – je m'en souviens encore –, une longue jupe qui lui arrive au genou et une veste sur un chemisier blanc. Quelques mèches de cheveux noir de jais s'échappent de son foulard blanc orné de fleurs mauves. Le contraste des corps des deux femmes éveille mon désir. D'un côté, Zeinab, résolue, sérieuse qui mériterait la médaille de l'employée modèle, de l'autre, *Madame*, enjouée, maquillée, et qui a l'air de prendre la vie comme une promenade bien trop courte pour la passer à travailler. Elles traversent la rue et s'approchent de la voiture. Zeinab propose à *Madame* de monter, avant de s'asseoir à mes côtés. Elle me dit que la voiture de sa collègue est tombée en panne et que cela serait aimable de la raccompagner chez elle. *Madame* monte dans la Peugeot. Un coup d'œil furtif dans le rétroviseur suffit à la rendre encore plus présente. Elle me rappelle Sarah et j'ai peur de ressentir le même désir que le *hadj* dans *Un été à La Goulette* lorsqu'il aperçoit le corps de sa Meriem à lui.

– Meriem, voici Milad, mon mari.

– J'ai beaucoup entendu parler de vous, enchantée, répond-elle en avançant sa main comme une grande dame qui demanderait à son serviteur de lui faire le baisemain.

Lorsque je tends la main vers elle, j'aperçois mon reflet dans ses lunettes. Elle les enlève précipitamment en s'excusant pour son impolitesse, comme si elle avait senti mon étonnement de la voir s'asseoir sur la banquette arrière. Ces yeux couleur miel provoquent quelque chose en moi. Si Zeinab est une fleur de jasmin, Sarah une fleur de figuier de Barbarie, elle est un tournesol unique en son genre capable d'attirer tous les regards.

– Je suis heureux de faire votre connaissance.

– Je m'excuse de m'imposer ainsi.

– Ne vous excusez pas.

Je reprends ma place et je fais tourner le moteur de la voiture. J'observe Zeinab cherchant du maquillage dans son sac pour se refaire une beauté.

– Votre voiture est belle, elle me rappelle mon père. Il possédait la même en blanc.

Son timbre de voix mélodieux me fait penser à Meriem al-'Adhra[1] chantant pour le Christ.

– Cette voiture aussi appartenait à mon père, qu'il repose en paix, lui dis-je au moment où nous démarrons.

– Est-ce que je peux vous embêter encore ? Mon fils est au jardin d'enfants.

– Pas de souci.

Cette balade m'est pénible, je suis comme n'importe quel homme que sa femme surprend avec la visite d'une inconnue. J'écoute leur conversation à propos de leur travail : leur routine, leur directeur borné récalcitrant à l'ouverture sur l'extérieur que le pays connaît alors. Zeinab semble contrariée par les bâtons qu'il lui met dans les roues tandis que *Madame* lui répond qu'il existe différentes façons de le convaincre et faire tourner le sens du vent. Elle, le travail, elle l'a laissé au bureau et elle tente de changer de sujet en indiquant un bâtiment ancien ou un arbre qu'elle n'a pas vu depuis longtemps. Moi, j'essaie d'écouter la chanson d'Ahmed Fakroun et de rester concentré.

– Il y a vraiment encore des gens qui écoutent Ahmed Fakroun ?

Ses paroles chantent à mes oreilles, Zeinab, elle, sourit.

– Ça, c'est Milad, je t'avais bien dit qu'il était unique en son genre.

1. La Vierge Marie.

Madame sourit et je souris à mon tour avec douceur.

– Zeinab m'a dit que vous adoriez la voix de cet homme. Pourquoi ?

– Il m'aide à me changer les idées, articulé-je avec difficulté, tout en évitant de regarder dans le rétroviseur de peur de me noyer dans l'immensité de ses yeux couleur miel.

Elle oublie aussitôt ma réponse pour se souvenir d'une autre question qui lui est venue à l'esprit.

– Vous êtes réellement boulanger ?

– Je l'étais, mais aujourd'hui je travaille dans une pizzeria.

– Milad dit n'importe quoi, il est toujours boulanger… Est-ce que tu te souviens du pain que j'ai apporté le jour des sandwichs au thon ? C'est lui qui l'avait fait.

– Oh oui, je me souviens encore de cette délicieuse baguette. En la goûtant, je me suis remémoré les jours que j'ai passés à Paris. Je t'avais demandé où tu l'avais achetée, mais tu ne m'avais pas répondu.

– Milad n'aime pas que les gens le sollicitent pour du pain, il redoute de devoir se remettre à en vendre…

J'accepte bon gré mal gré les compliments et je l'interroge sur son séjour à Paris. Alors que nous approchons du jardin d'enfants, elle me raconte qu'elle y a vécu quelques mois avec son mari avant que ce dernier ne quitte ce monde. Cela avait été l'une des plus belles périodes de sa vie. Elle sortait sur les Champs-Élysées à sept heures du matin. Elle se dirigeait en dansant au rythme d'une musique pleine de poésie vers le parc, enivrée par l'odeur des viennoiseries et du café. Elle faisait une heure de jogging pendant que son mari se rendait à l'université. Puis, elle rentrait à l'appartement avec les croissants qu'elle avait achetés en chemin. Elle passait son temps à taper sur sa machine à écrire, face à la large fenêtre qui donnait sur une rue animée. Elle aimait la circulation, elle n'était capable de travailler qu'en sa présence. Elle passait ainsi sa journée dans l'appartement entre l'écriture, les repas et à écouter *La vie en rose*. Ensuite, elle sortait dîner en compagnie de son époux ou s'achetait de quoi manger dans un des fastfoods qui commençaient à se répandre en Europe après être d'abord apparus aux États-Unis, encore un pays qu'elle avait aussi visité parmi bien d'autres.

– Donc, vous écrivez ?

– Pas vraiment. J'étais écrivaine et également psychologue, mais je n'ai persévéré dans aucun de ces deux domaines, et maintenant je m'occupe de la gestion financière de la Fondation.

Zeinab rit après avoir enfin déboutonné sa veste. Elle s'enfonce dans son siège et avance la main vers le paquet de cigarettes posé sous l'autoradio de la voiture. Elle en allume une. C'est ce qu'elle fait toujours une fois installée dans la voiture après une longue journée de travail, pénible pour son dos. Elle disparaît dans le siège et attend que nous entrions dans une rue quasi déserte pour me demander si elle peut fumer. Je suis impressionné de la voir le faire aussi devant sa collègue de travail. Je glisse un regard furtif dans le rétroviseur pour déchiffrer l'expression de *Madame*. Le soleil de la fin de la journée teinte ses cheveux châtains de reflets orangés trompeurs qui me donnent envie de pousser plus loin mon regard. Je peux voir les vitres de la voiture et le corps de Zeinab se refléter dans ses lunettes. Sans faire attention, mes yeux s'attardent sur ses lèvres fardées de rouge à lèvres. Le reflet de ses lunettes change et me renvoie mon image. Nos regards se croisent dans le rétroviseur. Un léger sourire se dessine sur ses lèvres, comme si elle m'avait pris en flagrant délit. Je me crispe. Je suis soulagé de voir qu'elle ne juge pas Zeinab comme pourraient le faire les passants, mais je suis angoissé parce qu'elle m'a pris sur le fait.

– Zeinab voudrait être écrivaine elle aussi.

– Journaliste, corrige-t-elle.

– Je sais. Je lui ai dit qu'elle en avait le profil. Il lui reste à trouver les sujets qui l'intéressent et à investiguer, dit *Madame* en souriant.

– Le problème est que la presse de notre pays n'est pas suffisamment sérieuse, rétorque Zeinab en laissant échapper la fumée de sa cigarette par la vitre sale qui me rappelle qu'il faut que je lave le véhicule.

– Suffisamment sérieuse ? lui demande *Madame*.

– Je veux parler de la limite qui existe et au-delà de laquelle un journaliste risque sa vie pour faire éclater la vérité.

– Je me souviens que lorsque j'étais à Paris, une journaliste avait réussi à percer à jour un haut responsable. Il persuadait de jeunes filles d'accepter un rendez-vous avec lui et il les obligeait à poser nues, puis les menaçait de divulguer leurs clichés. Certaines de ces jeunes filles appartenaient à la haute société, c'étaient des filles d'artistes, d'intellectuels et de membres de l'élite. Sais-tu comment elle est arrivée à le confondre ?

– Comment ?

– Lorsqu'une des victimes lui a raconté son histoire, elle lui a demandé de le lui présenter. Elle a joué le rôle d'une de ses amies, s'est habillée comme elle et a prétendu aimer les mêmes choses. Pour paraître plus crédible devant cet homme, elle s'est convaincue elle-même qu'elle était une jeune fille dans la fleur de l'âge. Lors de leur rendez-vous, il l'a filmée, mais ce qu'il ne savait pas c'est qu'elle a usé du même stratagème. Sa photo en train de la photographier nue a fait la une du journal.

– *Allah*, incroyable, commente Zeinab.

Cette conversation prend un tour qui me dépasse, je n'arrive plus à suivre ni même à m'en souvenir d'ailleurs. Je continue à avancer en direction du jardin d'enfants. J'y parviens enfin, tout cela m'a épuisé psychologiquement. *Madame* descend pour aller chercher son fils. J'ouvre un bouton de ma chemise pour reprendre mon souffle. Zeinab remarque ma réaction.

– Ça va, Milo ?

– Tout va bien, conduire m'a fatigué.

Lorsque je la revois son fils dans les bras, je me dis que j'ai passé l'étape la plus difficile, que mon excitation attisée par son charme va se muer en tendresse pour une mère et son enfant. Elle reprend sa place dans la voiture, le petit sur ses genoux, elle s'adresse à lui comme n'importe quelle mère à son fils. Elle l'occupe, lui coiffe les cheveux de sa main que j'ai eu envie de baiser sans oser le faire. Je me sens heureux, la douceur du moment me donne des frissons. Mais lorsque je vois l'expression de Zeinab changer, la présence de l'enfant dans la voiture me rend soudain nerveux.

– Voici tante Zeinab et oncle Milad, dis-leur bonjour, lui dit-elle.

Zeinab tend la main vers le petit avec un sourire à la fois triste et à l'affût, comme si elle cherchait en lui son propre enfant. Je m'empresse aussi de tendre la main vers lui, mais je la retire aussitôt sans le toucher.

– Est-ce que je peux le prendre dans mes bras ? demande Zeinab.

– Bien sûr.

Je la regarde s'amuser avec lui et, pendant un instant, je rêve que l'enfant avec lequel elle joue est mon fils. Il attraperait goulûment son mamelon pendant que nous serions à la recherche d'une rue déserte loin des regards pour qu'elle puisse lui donner le sein. Pendant qu'elle essaie de le faire rire en produisant des bruits divers, je me surprends à envisager qu'il pourrait être le mien et j'essaie d'imaginer un stratagème pour le voler à sa mère. J'espère qu'elle l'oubliera en notre compagnie lorsqu'elle sortira de la voiture. Nous rentrerions avec lui, nous lui apprendrions les grands principes de la vie et nous le verrions grandir. Après une agréable douche chaude, nous le coifferions, nous lui enfilerions son uniforme pour l'accompagner ensuite à l'école.

– Oh, il pleure, dit Zeinab en interrompant mon rêve.

Pendant ce temps, la Peugeot arpente la route qui nous emmène vers l'ouest, et vers le quartier d'al-Andalus, en tous points différent de notre village et de la vie qu'y mènent ses habitants.

– Berce-le et chante-lui une chanson comme si tu étais sa mère, propose *Madame.*

Et elle s'empresse de se mettre à chanter pour que Zeinab l'imite. Zeinab le porte à bout de bras et se met à chanter avec la mère.

– *Mohammad ya Hammouda*, petit bébé deviendra grand...

« Comme si tu étais sa mère... », je reste suspendu aux mots qu'elle a utilisés pour guider Zeinab.

Bien qu'éprouvant pour moi, ce voyage se termine sans encombre. Enfin... Je ressens un soulagement incomparable lorsque nous arrivons à la villa de *Madame*. La demeure, qui se trouve sur le plateau du quartier d'al-Andalus, est entourée de bougainvilliers qui grimpent sur le mur de l'enceinte. Après lui avoir dit au revoir, Zeinab m'apprend qu'elle vit seule avec son fils. Une domestique marocaine leur rend visite quotidiennement, personne d'autre. Pour une raison que je ne comprendrai que plus tard, elle n'a pas suffisamment confiance en elle pour lui confier son enfant. Elle vit seule depuis la mort de son mari fortuné et refuse de retourner dans le giron familial ou dans sa belle-famille. Depuis qu'elle a goûté à la liberté lors de ses voyages successifs dans les capitales du monde, elle craint de retomber sous leur autorité.

Madame fait partie de ce petit pourcentage de la haute société qui refusa de partager ses richesses avec le peuple après la révolution de Notre Guide et s'arrangea pour ne pas se plier à cette injonction. Elle avait grandi à *Londres* pour revenir au milieu des années quatre-vingt-dix en Libye, en rêvant d'un pays qui s'avéra totalement étranger et dans lequel elle se retrouva isolée dans la société qui l'entourait. Son mari et elle appartenaient à la même classe sociale et ils se rencontrèrent ainsi. Ils ne vécurent que peu de jours dans leur villa du quartier d'al-Andalus. Rongée par l'envie, Zeinab continue de me raconter son histoire.

– Ah, si nous vivions dans une maison telle que celle-ci ! me dit-elle avec convoitise, ou même seulement dans ce quartier…

« Ou même tout simplement loin de notre village », ai-je envie de compléter.

Quelques semaines suffisent pour que nos liens avec *Madame* se renforcent. Elle visite le village avec une joie évidente. C'est la saison des oranges, nous sommes au mois de kanoun[1]. Mes sœurs et Zeinab l'emmènent dans un des vergers. L'enfant dans ses bras, elle s'extasie du goût délicieux et frais des agrumes. Elle a aimé le village et a l'impression qu'elle pourrait y vivre toute sa vie. C'est ce qu'elle me confie ensuite. Elle y rencontre des femmes qui ont l'âge de la planète, elle s'assied à même le sol pour boire le thé préparé par ma mère qui la réprimande, comme à son habitude, de ne pas porter le foulard. *Madame* sourit en lui promettant d'y penser.

– Pourquoi ne te couvres-tu pas devant mon fils Milad ? lui demande ma mère en essayant de la pousser dans ses retranchements.

1. Le mois de décembre dans le calendrier libyen. *(Note de l'auteur.)*

Zeinab est gênée par les idées rétrogrades et la franchise épouvantable de sa belle-mère, mais *Madame*, en posant la main sur la sienne, lui fait comprendre que les mots de la vieille femme ne l'énervent pas, qu'elle a saisi le personnage. Lorsqu'elles entrent dans l'appartement, le dîner est prêt. J'ai cuisiné du *hraïmi* comme aimait le préparer Benyamin avec un morceau de baguette française. J'ai dressé la table que nous n'utilisons que très rarement, excepté au petit-déjeuner. Je suis gêné d'être assis à la même table qu'elle. Mais elle insiste pour que nous nous asseyions ensemble pour parler de nos vies, de nos rêves et du village. Elle me raconte que lorsqu'elle est entrée dans le verger de mes cousins, elle a eu l'impression de se retrouver au paradis. Elle espère que l'odeur des oranges fraîches sur ses mains ne disparaîtra jamais. Et elle aimerait tellement venir à la saison des grenades. Elle parle du village avec tant d'enthousiasme que j'ai l'impression de ne jamais y avoir vécu, ou que je découvre à quel point il est beau pour la première fois : ses chemins de terre et leur poussière qui a tant maculé mes vêtements et mes pieds, ses femmes vêtues de leurs tuniques ceintes par des tissus bleus, verts et rouges striés de bandes d'un blanc argenté noués sur leur poitrine et derrière lesquels elles enfouissent des trésors et tout un monde de bijoux et de robes fleuries et plus légères, ses arbustes de henné et ses citronniers qu'on ne voit plus dans le quartier d'al-Andalus, ses puits, ses muriers où les oiseaux ont élu domicile, le chant de la huppe qu'elle n'a plus entendu depuis belle lurette à Tripoli, une ville qui s'est depuis longtemps coupée de la vie sauvage qui l'entoure.

– Où avez-vous appris tout cela ? me demande-t-elle son repas terminé.

Elle est en train de boire un verre de thé et de déguster un gâteau à la pomme que j'ai préparé pour l'occasion en guise de dessert. Je lave la vaisselle pendant qu'elle est assise avec Zeinab, qui a allumé une cigarette. Notre discussion sur les vergers terminée, je décide de les laisser parler librement et je m'occupe en terminant les tâches domestiques de la journée. Alors que j'essaie de m'extraire de la situation embarrassante de me retrouver entre deux femmes et que je pense au projet inachevé de clôture à la *baracca*, je l'entends m'interroger. Traquer la laideur est naturel chez moi. Mes sœurs m'ont toujours dit que, lorsque j'étais petit, quand ma mère se mettait à faire le ménage, ma chambre était la seule pièce déjà rangée de la maison. C'est peut-être ainsi que cela avait commencé. Puis, j'ai observé les autres membres de la famille, ma tête d'enfant emmagasinait ce qu'ils faisaient. Je me souviens de la première fois où j'ai vu mes sœurs se vernir les ongles. Par curiosité, j'étudie leur manière de faire avec attention. J'observe Saliha passer avec précaution du vernis rouge sur les doigts de pied impeccables de Safa, puis souffler dessus. Elle pose le pinceau dans un petit flacon qui en ressort couvert d'un rouge si brillant que nos corps se reflètent dedans. Elle passe le pinceau sur un autre ongle, puis elle s'assure d'avoir recouvert correctement les endroits plus difficiles d'accès. Dévoré par la curiosité, je vole le flacon pour essayer. Mais un détail, que j'aurais dû connaître avant de me lancer dans l'aventure, m'a échappé. Comment le faire partir ensuite ? Je suis saisi d'angoisse lorsque le vernis se met à sécher. J'essaie de le gratter et de l'écailler, en vain. En dissimulant mes mains, j'entre dans la salle de bains pour les laver. Rien à faire. Je fuis mes sœurs qui essaient de m'attraper, je ne sais plus très bien pourquoi. C'est alors que ma mère m'appelle : « Milad, viens, porte le repas à ton père ! »

À cette époque, nous habitions à Dahra. Oubliant le vernis, je descends pour apporter son repas à mon père. Quand je lui tends le plateau, il remarque le rouge sur mes ongles.

Il me gifle sans prononcer le moindre mot. Puis, il monte à l'étage et se met à hurler sur ma mère, à l'insulter de la plus ignoble des façons. Il refuse de manger pendant trois jours. C'est ainsi que j'apprends l'importance de savoir comment ôter le vernis.

– C'est pour cela que j'ai non seulement appris à cuisiner, mais aussi à laver les assiettes, à me raser dans la salle de bains, sans oublier d'enlever les résidus ensuite et à récurer la pièce, à laver, à repasser, à plier et à ranger les vêtements que je salis.

Elles éclatent de rire. Je ne suis pas sûr de lui avoir donné la réponse qu'elle attendait, mais ce qui est certain c'est que je me retrouve tout naturellement en train de lui donner des détails intimes sur moi, peut-être parce que les écrivaines comme elle savent comment vous enjôler. En mettant un peu de charbon sur le feu, je demande à Zeinab si elles ne préfèrent pas passer au salon où elles seraient mieux installées.

– Je suis bien ici, répond *Madame* en prenant une cigarette dans le paquet de Zeinab pour l'allumer avec coquetterie.

Zeinab fume comme moi, à la façon d'un fumeur endurci, sûr de lui et qui a besoin de sa dose de nicotine pour calmer son stress ou chasser la fatigue de la journée. Mais la manière dont *Madame* saisit la cigarette pour la poser entre ses lèvres indique qu'elle ne le fait que pour le *prestige.* Elle se met à comparer cette journée au village avec son arrivée en Libye. Avec tous ces regards tournés vers elle comme des appareils photo venus immortaliser sa présence, elle s'était sentie comme une star de cinéma. Pendant qu'elle parle, sa cigarette se pare du rouge de ses lèvres. *Madame* était revenue au pays parce que son père était fatigué de vivre à l'étranger. Il s'était d'abord assuré que Notre Guide ne l'enverrait pas en prison, comme ce fut le sort de nombre de ses amis. De toute sa vie, il n'avait pas vraiment été un opposant – tout ce qui l'intéressait c'étaient le business et le commerce –, mais il avait dans ses fréquentations des amis et des connaissances qui étaient farouchement opposés à la Jamahiriya et il craignait que cela n'ait une incidence sur sa famille et sur lui-même. Non seulement son père ne s'était jamais préoccupé de lui inculquer la manière de vivre de ses compatriotes, mais il vivait encore à l'époque idyllique où les filles de la haute société portaient des jupes courtes. Il n'avait pas vu son pays retourner à l'âge de pierre en l'espace de vingt-cinq ans, ni les muezzins dans les mosquées et à la télévision se mettre à exhorter les femmes à s'habiller plus décemment et à rester à la maison. À son arrivée dans le pays, *Madame* avait eu l'étrange impression que tous les regards étaient tournés vers son corps, sa manière de s'habiller et ses cheveux, du bagagiste à l'aéroport jusqu'à son oncle qui l'avait accueillie. Elle n'avait pas compris à ce moment-là qu'elle était une étrangère dans son pays, et ce malgré le lien viscéral qui la liait à lui. Elle avait continué à porter des jupes courtes et à s'asseoir seule dans les cafés, elle essayait de composer avec le tintement des cuivres du souk el-Guizdara ou d'atteindre les cieux de la liberté dans le café Aurora. Les regards la suivaient où qu'elle aille. Les hommes essayaient de se rapprocher d'elle et les femmes pudiques priaient Dieu de les tenir éloignées du scandale dans ce monde et dans l'autre. Au début, on l'avait traitée comme une étrangère ou comme *La belle à la gazelle*, cette statue réalisée par un artiste italien qui l'avait oubliée ensuite au milieu des gens. Lorsqu'elle s'était rendu compte de l'effet que suscitaient son corps, ses gestes et ce qu'elle était, *Madame* avait décidé d'en user. Souvent, elle soutenait les regards qui l'épiaient par les fenêtres entrouvertes des appartements, et adressait aux intéressés un sourire charmeur en relevant ses cheveux pour qu'ils jouissent de la lumière jouant sur ses mèches. Après s'être montré indifférent sur le sujet pendant vingt ans, son père lui disait à présent qu'il fallait qu'elle se comporte avec retenue, comme les femmes qui l'entouraient. « Nous ne sommes pas à Londres », lui disait-il. Ces paroles l'avaient poussée à se concentrer des jours durant sur les vêtements des femmes lorsqu'elle conduisait sa voiture dans la ville. Elle s'était étonnée de ne pas y avoir prêté attention plus tôt. Elle continue à nous raconter comment elle s'était rendu compte des limites de la liberté octroyée aux femmes dans ce pays. J'en oublie le charbon qui se consume sur le feu, occupé que je suis à faire un parallèle entre son histoire et la mienne au village. Il m'avait fallu du temps pour m'accoutumer aux chemins de terre, à l'absence de parcs et de mes boutiques préférées, beaucoup de temps pour m'habituer à ne plus me réveiller le matin et ouvrir la fenêtre pour m'assurer que l'église du quartier était toujours là. Je suis tiré de ma rêverie par Zeinab dont les traits se crispent en l'écoutant parler. Je la sens malheureuse. Peut-être est-elle en train de faire comme moi, et voir dans l'arrivée à un âge avancé de *Madame* au pays la sienne tout aussi tardive dans le village. Je saisis le charbon brûlé et je le dépose dans le kanoun. Je le saupoudre de *washag* iranien pour envelopper la pièce d'encens et faire dévier la conversation sur les souvenirs, les modes de vie qui changent d'un pays à l'autre, d'une personne à une autre, et essayer de chasser la tristesse que la fumée de cigarette a conféré au lieu.

– Est-ce que vous pouvez m'apprendre à faire le pain, Milad ? me demande *Madame* sur le départ, son enfant endormi dans les bras.

Jamais personne ne m'avait demandé de lui enseigner ce que je connaissais de la vie. Absi n'avait jamais eu le courage d'apprendre à semer le maïs, construire, prendre soin de lui-même ou des autres. Il n'y était pas obligé puisque j'étais toujours là pour faire tout à sa place. Mes sœurs non plus. Elles considéraient plutôt que je devais apprendre d'elles et elles ne pouvaient pas d'un jour à l'autre devenir élèves après avoir été institutrices. J'ai essayé d'inculquer à Zeinab tout ce que je savais, mais elle était une très mauvaise élève qui fuyait les tâches à accomplir pour des choses selon elle d'une plus grande importance. Elle ne m'avait jamais demandé comment faire une pizza ou pétrir un pain. Que je pourvoie à tout cela de bon cœur la rendait heureuse. J'espère ne pas me faire mal comprendre. Son bonheur faisait ma joie, j'étais comblé de pouvoir lui signifier mon amour à travers le pain que je cuisais, les vêtements que je repassais pour elle, ses jambes que j'épilais, ses sourcils que je lui dessinais. Mais voilà qu'après vingt années à passer à pétrir et à faire du pain, je tombais enfin sur quelqu'un qui semblait s'intéresser fortement à ce que je faisais. Face à cette femme si attirante et à ce qu'elle cherche, une joie mêlée d'angoisse me submerge. Je sens l'intensité de sa présence dans mon cœur, un sentiment que je n'ai plus jamais ressenti depuis cette soirée avec Sarah et Benyamin. J'ai peur que mon amour pour Zeinab ne se brise, je crains de devenir coupable plutôt que victime.

– Je ne sais pas. Je ne suis pas bon professeur. Zeinab peut en témoigner. N'est-ce pas mon amour ?

– Mais pas du tout ! C'est plutôt moi qui suis une élève paresseuse, répond Zeinab gênée, inconsciente de ce que ces paroles impliquent pour moi.

– Ah, j'ai compris. Cela vous gêne, dit *Madame* qui m'a percé à jour.

– Comment ?

– Vous êtes embarrassé d'avoir à me former sans contrepartie. Ne craignez rien. Je vous paierai la somme que vous jugez nécessaire pour vos services. Qu'en dites-vous ?

Après sa formulation si embarrassante, cette précision me met un peu plus à l'aise.

– Accepte cette proposition, Milad, m'encourage Zeinab, très enthousiaste.

– Je ne sais pas, laisse-moi réfléchir.

Sept années ont passé avant que je n'accepte cette proposition. À chaque fois qu'elle me voyait, *Madame* me titillait suggérant le moment où j'accepterais finalement de lui transmettre mon savoir-faire. Son enthousiasme n'a jamais faibli. Au cours de ces années, j'étais devenu un homme qui fuyait le travail et la vie, particulièrement depuis que j'avais quitté la pizzeria et que je me contentais de remplir le rôle de l'homme au foyer désœuvré. Le fait qu'elle n'a cessé de revenir à la charge a mis ma gêne, ma paresse, ma peur et mon angoisse au défi. Chaque fois qu'elle réitérait sa demande, je me faisais tout petit : lorsqu'elle retrouvait Zeinab au café ou, même alors que cette dernière n'était pas là, lorsqu'elle nous rendait visite à nous ou à la famille, ou quand nous allions chez elle, et aussi quand nous étions en voiture et que nous nous croisions par hasard devant la Fondation.

Bien, nous sommes prêts pour passer à l'étape suivante.

* * *

Cette étape est courte, elle ne demande pas autant de travail que la première. Il faut tremper les doigts dans l'eau, sortir la pâte du plat, la poser sur un plan de travail impeccable, se mouiller les doigts une seconde fois, puis la reprendre rapidement. C'est tout. La vitesse et la précision sont de rigueur. Lorsque la pâte est à l'air libre, il faut la retourner à quatre-vingt-dix degrés et, sur le plan de travail, la plier sur elle-même, puis réitérer l'opération, se laver les doigts, reprendre la pâte pour la retourner ainsi encore à six reprises et la remettre finalement dans son plat. Il faut alors régler le réveil sur le même laps de temps que pour l'étape précédente. Et attendre encore. Vous avez compris ?

* * *

Je pense au tour qu'a pris ma relation avec Zeinab pendant que je suis en train de répéter les mêmes gestes. Les mots d'Absi passent et repassent dans ma tête comme une cassette contenant une seule chanson qui passerait en boucle. Je pense à l'impasse dans laquelle je me trouve depuis des années : je n'ai pas de travail – « une retraite forcée », comme j'aime l'appeler – et, lassée par son emploi, Zeinab s'est rapprochée du directeur qu'elle a pourtant décrié des années durant, pendant lesquelles elle implorait Dieu de lui venir en aide. Je suis revenu un jour de la pizzeria, en annonçant que je n'avais plus envie d'y travailler. Je ne m'étais pas querellé avec mon patron. Je lui avais simplement remis mes ustensiles de travail en lui disant qu'il ne devait désormais plus compter sur ma présence. Je ne supportais plus la route que j'empruntais quotidiennement entre le village et la ville. Il n'essaie pas de me retenir, lui-même est arrivé à un point de sa vie où il déteste ce lieu. Il souhaite quitter cet endroit par tous les moyens pour qu'il devienne un café où l'on vendrait des sandwichs *mafroum* ou même en faire une boutique d'ordinateurs comme tous les magasins autour de lui. Il me remercie pour mes efforts et me souhaite de trouver un meilleur travail. Aujourd'hui encore, je ne peux pas vous dire pourquoi j'ai démissionné. J'incrimine en cela mon aversion pour le quartier de Dahra et tout ce qu'il incarne. Il me rappelle mon enfance perdue, cette ville que je déteste, les jours que j'y ai passés avec Zeinab lorsque nous n'étions pas encore mariés et qui semblent tellement loin maintenant. Je l'impute aussi à cet espoir manqué de devenir père qui me préoccupe, persuadé que le seul sens que je trouvais dans le travail était cet espoir qui ne s'est pas concrétisé. Peu convaincu par ces justifications, j'en cherche d'autres, plus terre à terre : la vieille Peugeot aux multiples avaries qui n'aspire qu'au repos, garée à l'extérieur de la maison et oubliée de nous. En réalité, je n'ai aucune idée de la véritable raison qui se cache derrière cette décision. Peut-être est-elle le résultat de mon échec définitif pour correspondre aux standards de la virilité que la société me renvoie et du fait que je m'accommode parfaitement d'être entretenu par ma femme.

En tout cas, ce jour-là, à chacune des étapes de la préparation de la baguette, mes pensées m'accaparent. J'oublie la règle que je me suis imposé de ne pas me laisser aller ainsi. Mais les mots d'Absi qui m'envahissent après avoir jeté avec force la pâte sur le plan de travail m'y obligent. Je crains de gâcher ma pâte, ce qui ne m'est jamais arrivé auparavant. Je me mets à songer à l'infidélité à laquelle j'ai toujours essayé d'échapper. Et la voici qui se matérialise devant moi. J'ai toujours cru que si elle se présentait à notre porte, elle serait de mon fait et non de celui de Zeinab, ingénue et si sérieuse. Je suis assis, seul, dans la salle à manger, exactement comme avec vous maintenant. Je fume tout en buvant mon café à petites gorgées. Je me pose toutes ces questions que j'ai ignorées jusqu'alors. « Une famille avec un oncle Milad », cette seule phrase me fait réagir. Mais j'ai à peine le temps de la chasser de mon esprit que mon père m'apparaît, assis sur la chaise devant moi – à ce propos, il s'est aussi invité dans la *kousha* aujourd'hui –, il scrute la cuisine puis son regard s'attarde sur ses photographies et sur la pâte que je suis en train de travailler. J'ai souvent rêvé de ce moment où il serait assis dans ma maison, pour une fois au moins, mon enfant dans ses bras et jouant avec lui. Il est en train de boire le thé et il avance la main vers le paquet de cigarettes pour en prendre une. Il reste silencieux quelques minutes pendant que la fumée s'élève entre ses doigts, puis se met à tambouriner sur la table. Il s'apprête à parler. Je peux sentir son exaspération jusque dans ma poitrine. Il continue à me surveiller, son regard met ma présence, mes idées et mon histoire au défi.

– La pâte est prête ! me dit-il en colère.

J'ai oublié le réveil qui n'arrête pas de sonner. Le voir ainsi me fait peur et je me lève. Je peux sentir sa présence sur la chaise pendant que je retourne la pâte, incapable de m'acquitter correctement de ma tâche. J'ai oublié de me laver les doigts avant de la saisir et elle colle comme un aimant.

– Petit imbécile, qu'est-ce que tu fais ? Lave-toi les mains !

J'entends sa voix rocailleuse.

– Oublie ce qui te préoccupe !

Ses paroles pénètrent dans mes os et la douleur se propage dans ma tête.

– Plie la pâte comme tu le fais avec les vêtements de ta femme, ou est-ce que t'occuper du linge t'a fait oublier comment t'y prendre ?!

Ses conseils se transforment en réprimandes et en reproches.

– L'indolence dans laquelle tu te complais t'a peut-être fait oublier l'importance de la vitesse ? Laisse le pain aux véritables boulangers !

Il réitère ses moqueries : comment puis-je croire que je suis un boulanger comme lui ?! Je termine de retourner la pâte dans une tension extrême. Je me tourne vers lui.

– Qu'est-ce tu attends de moi ? hurlé-je en frappant le plan de travail du plat de la main.

– Que tu te mettes à nager seul.

– Que… quoi ?

– Si tu as peur, tu te noieras… Tu as oublié ? Va-t-il falloir que je te le répète mille fois pour que cela rentre dans cette tête de nœud que tu as sur les épaules ?

« Si tu as peur, tu te noieras… » Je répète ces mots. Le *hadj* Mokhtar disparaît de la chaise où il était assis. Il s'évapore comme à chaque fois. J'ai trouvé. Il faut que je réapprenne à nager, que je sauve mon corps de la noyade et que je nage avec lui jusqu'au rivage.

« Zeinab, je veux que tu arrêtes de travailler. » Je prononce cette phrase en imaginant que Zeinab se tient devant moi. « Écoute-moi, mon amour, je vais travailler… reprendre le travail, accepter la proposition de *Madame* qui voudrait que je lui apprenne ce que je sais. »

Je me rappelle *Madame* et la proposition qu'elle m'a faite. Je m'essuie les mains sur mon tablier et je cours vers le téléphone. Cela sonne dans le vide puis la sonnerie s'arrête. Je recompose le numéro. Et au bout de trois sonneries :

– Allo, bonjour Zeinab.

– Bonjour *Madame*.

– Ah, c'est vous, Milad. J'espère que tout va bien ?!

– Je suis d'accord.

– D'accord pour quoi ?

– D'accord pour vous apprendre à faire le pain.

Lorsque je gifle Zeinab, nous prenons de la distance des jours durant. J'en profite pour retrouver *Madame*. Nous nous installons dans le café qui se trouve place de la Tour de l'Horloge pour discuter des cours. Elle m'explique ce qu'elle attend de ces séances et pourquoi elle en a besoin.

– Mon fils a grandi, il est habitué à la nourriture préparée par notre domestique, mais j'ai peur qu'un jour il me fasse le reproche de ne jamais avoir essayé de cuisiner pour lui.

– Il vous faudra aussi apprendre à cuisiner dans ce cas, mais pourquoi commencer par le pain ?

– Il y a un proverbe qui dit que celui qui s'est habitué à notre pain…

– … ressent la faim quand il nous voit, dis-je en complétant le proverbe.

Je lui tends la main et je définis le déroulé de nos cours.

– Mais où auront-ils lieu ? lui demandé-je.

– Dans ma cuisine. Je ne l'utilise presque jamais.

– Que vont dire les voisins ?

– Ne craignez rien. Personne n'ose frapper à ma porte… Je connais des gens haut placés. Je vais prendre des jours de congé à la Fondation afin d'être totalement disponible.

Nous nous mettons d'accord et nous quittons les lieux.

Le lendemain, je me lève tôt, comme à mon habitude. Je dépose Zeinab en voiture à la Fondation. Je la préviens que je me rends chez *Madame* pour nos cours. Elle sort de la voiture sans prêter attention à ce que je lui dis. Sa silhouette énergique disparaît à l'intérieur de l'affreux bâtiment en béton. Je me rends à mon rendez-vous. Je me dis qu'il faut que j'achète quelque chose pour mon élève, un cadeau pour bien commencer. J'entre dans un magasin où l'on vend du matériel pour les restaurants et les boulangeries. Je cherche quelque chose à lui offrir qui pourrait convenir. Je saisis des plats, des casseroles, des assiettes, puis je les repose. J'entre dans la partie du magasin où sont exposées les tenues de travail et je le vois. J'en tombe amoureux au premier regard. Il pend à côté d'autres tabliers : certains sont en cuir, d'autres ornés de fleurs, certains sont foncés et conviennent davantage aux serveurs de cafés. Je l'ai trouvé dans la partie réservée aux tabliers fleuris : des mauves, du jasmin, etc. J'en achète deux. Ils sont couverts de fleurs de tournesols. J'arrive chez elle et je gare la vieille Peugeot sous un flamboyant, loin de la villa pour ne pas éveiller les soupçons des voisins. Par chance, la rue est presque déserte. En marchant sous les arbres, mon cadeau sous le bras, j'observe les villas et les voitures de luxe, je me sens libre et plein de joie. Lorsqu'arrivé à la villa je vois le numéro sur la porte, l'indifférence de l'État pour le village me saute aux yeux, là-bas il n'y a ni eau courante, ni numéros sur les portes pour indiquer les maisons. J'appuie sur la sonnette.

– Ah, Milad… vous êtes arrivé !

Sa voix qui me parvient chargée d'électricité me tétanise.

Comment a-t-elle su que j'étais là ? Je lève la tête à la recherche d'un œil magique et je tombe sur l'image de mon corps chétif ratatiné que renvoie la caméra.

– Entrez !

Un soubresaut électrique se propage dans toute la porte qui s'ouvre devant moi. J'observe la rue avant d'entrer, mon regard fouille les fenêtres fermées des habitations dans cette quiétude qui me déconcerte, puis je pénètre dans la maison.

Je peux vous confier un secret ? Lorsque j'ai franchi le seuil, j'ai compris pourquoi j'avais si longtemps essayé de fuir cet instant. C'est vrai que j'étais déjà entré plusieurs fois dans la villa en compagnie de Zeinab, mais je n'avais jamais pris conscience de son pouvoir sur moi avant ce jour. Quand cette fois-ci j'entre seul, tout le bâtiment m'apparaît comme une immense prison, une geôle dont les murs n'ont rien de comparable avec ceux de la caserne et bien que moins hauts, ils semblent, en réalité, immenses. À l'extérieur, avec ses arbres et ses plantes qui ne sont pas taillés, le jardin manque d'entretien : le bougainvillier ressemble à une femme qui aurait oublié de coiffer ses longs cheveux pendant des années, le grenadier qui se meurt me rappelle le pommier négligé de la ferme de mon oncle, ce jour où sans que nous nous en soyons rendu compte, Zeinab m'avait condamné à l'épouser, de petits palmiers répartis tout autour, un sentier recouvert de poussière où des dalles de deux couleurs s'entrelacent amoureusement. J'aimerais avoir une binette pour commencer à nettoyer autour de moi. Il semble évident qu'une femme vit seule ici. Mon premier souvenir de plantes me traverse l'esprit. Je me souviens d'avoir planté un été une petite parcelle de maïs sur le toit de notre immeuble à Dahra après avoir appris à l'école comment ces plantes poussaient. Tous les matins, je montais pour arroser mes petites plantations et les observer grandir lentement. J'étais impressionné par leur capacité à se développer sur une longueur d'un pied et demi. Une semaine durant, à l'heure de la sieste, j'avais transporté le sable puisé dans les rues poussiéreuses de Dahra jusqu'en haut de l'immeuble. En même temps que leurs tiges vertes, la joie grandissait dans mon cœur tendre. Je restais assis à côté d'elles pendant des heures. Il me suffisait de les regarder grandir. Je m'adressais à leurs feuilles qui ne cessaient de s'épanouir. Chaque jour passé à regarder croître mes plantes dessinait dans mes yeux et sur mon visage un enchantement enfantin. Un soir, je trouve mes petites plantes arrachées. Je vois les épis qui avaient commencé à pointer le bout de leur nez dans notre monde cruel jetés sur le sol en béton brûlant, les tiges qui avaient atteint ma taille étaient démembrées et dispersées à mes pieds. Je pleure à chaudes larmes à tel point que celles-ci s'évaporent sur le sol brûlant dont la température augmente encore. Je ne supporte pas de voir les plantes souffrir comme les épis de mon enfance, mon cœur saigne de voir ces charmantes créatures ainsi délaissées par leur propriétaire.

La maison surplombe le jardin de quelques marches. Une imposante porte en bois s'ouvre devant moi.

– Bonjour professeur !

Une apparition pétulante exhibant une robe égyptienne aux couleurs vives des fermes du Caire surplombant le Nil m'invite à entrer. Je me sens durcir doucement, avide de nouveauté. Je jette un coup d'œil sur la porte fermée derrière moi et je comprends qu'il n'y a pas de fuite possible. Que dit-on dans ce cas-là ? « La mer est derrière vous et vos ennemis devant[1]. » À cet instant, le mur qui entoure la demeure est derrière moi et *Madame* se tient devant moi. Je déglutis. Je la salue.

– On dirait que votre jardin a besoin d'être entretenu, dis-je pour essayer d'atténuer la violence que le lieu exerce sur moi, les mauvaises herbes se sont propagées et les plantes risquent de mourir de soif.

– Oui, parfois j'oublie de les arroser.

– Que leur est-il arrivé ?

– Rien, en fait. Mohammad, le vieux jardinier qui s'en occupait une fois par semaine, est mort il y a un mois.

– C'est dommage, vous avez de très belles plantes, elles ont seulement besoin d'entretien.

– Que diriez-vous si nous rajoutions le jardinage aux cours de boulangerie ?

– Je ne sais pas trop.

– Vous présenter comme mon jardinier apaisera la curiosité de mes voisins.

Je suis gêné de sentir le sang affluer dans mon bas-ventre. Je détourne le regard pour éviter de la fixer trop longuement. La robe qu'elle porte lui va comme un gant, « *hitta* », dit-on en Égypte. Je me souviens qu'elle a beaucoup voyagé les dernières années. Elle est allée en Égypte pour assister à un salon du livre. Elle est revenue avec plein de livres pour Zeinab. Je m'imagine qu'elle a acheté cette robe dans le souk de Khan al-Khalili, sur lequel se repose la mosquée al-Hussein, où un

1. Phrase célèbre attribuée à Tariq Ibn Ziyad lorsqu'il débarque sur la péninsule Ibérique.

habile vendeur lui aurait fait sentir qu'elle avait acheté au meilleur prix la plus belle robe de toute l'Égypte. Telles deux grenades mûres, ses seins me rendent fou. Je me demande si elle a conscience de l'effet qu'elle produit sur moi. « C'est Milad… il n'y a pas à être gêné devant lui », c'est peut-être ce qu'elle pense à l'instar de tous les gens du village. Mais peut-être cette phrase a-t-elle un autre sens pour elle. Pour les villageois, cela signifie qu'on n'a pas à être gêné en ma présence puisque je ne suis pas vraiment un homme. Est-ce ce qu'elle pense, elle aussi ? Ou se dit-elle plutôt qu'elle sait que je n'oserais jamais attenter à l'honneur d'une femme, quelle qu'elle soit. Je me demande ce que Zeinab peut bien lui avoir raconté. Lui a-t-elle raconté qu'elle ne craignait pas que je puisse séduire une autre femme un jour ? Qu'elle ne se soit pas opposée à ce que je donne des cours à *Madame* était un signe. Elle me fait visiter sa grande maison qui ressemble à un musée. Nous entrons d'abord dans une immense salle large et haute de plafond qui, comme tout dans cette demeure d'ailleurs, respire l'opulence : les gigantesques tableaux aux cadres en bois doré, les lustres, le sol, les objets anciens, les salons, l'énorme table de salle à manger. Je suis des yeux son corps qui se meut en toute liberté dans la maison.

– Ne soyez pas gêné, j'ai congédié ma domestique… et Mohammad est à l'école, me dit-elle en se dirigeant vers la cuisine.

Elle entre dans la vaste cuisine au milieu de laquelle trône une lourde table en bois. La pièce où elle range ses provisions se trouve juste à côté. Je voudrais que cela soit pour toujours ma cuisine à moi. Je suis comme un enfant qui découvre le plus beau des jouets. Je frappe sur le bois de la table et des armoires, je m'extasie de sa solidité. On peut déposer un mouton entier sur la table sans la faire bouger d'un poil. J'adore.

– Commençons ! me dit-elle, debout au milieu de la pièce.

– Avant tout, voici pour vous…

Je sors le tablier du sac pour le lui donner.

Elle s'en saisit et s'émerveille de ses couleurs flamboyantes, de sa blancheur atténuée par un jaune audacieux. Elle pousse un cri qui ressemble à des pleurs de joie, puis elle se précipite pour m'embrasser. Mon corps se fige, exactement comme le jour où j'ai pris Zeinab dans mes bras dans la pizzeria.

– Merci, me dit-elle en l'enfilant – et elle tourne sur elle-même à trois reprises.

L'instant me permet d'apprécier sa beauté à couper le souffle. Puis, nous commençons la leçon.

* * *

Ah, notre deuxième étape est terminée !

Tout ce que nous avons à faire, c'est de réitérer les mêmes gestes, à la différence que la pâte, cette fois, sera plus légère et plus facile à travailler et qu'elle commence à ressembler à de la crème. Nous la laisserons reposer comme d'habitude quarante-cinq minutes pendant lesquelles nous nettoierons le plan de travail que nous saupoudrerons de farine. Nous en aurons besoin de beaucoup. Heureusement que nous ne sommes plus en période de disette, il pourrait nous arriver ce qu'il est advenu à l'homme qui a provoqué les deux agents des services secrets.

* * *

Pendant cette première leçon, durant laquelle *Madame* recevra mes premières confidences, nous nous lançons dans une discussion théorique, « ennuyeuse » d'après elle, sur l'histoire du pain en Libye, son importance, la manière dont il a évolué et de quoi il est composé. Je suis étonné de l'étendue de ses connaissances sur cet aliment ancestral. J'ai l'impression d'être l'élève et elle la professeure d'histoire. Elle m'explique ce qui nous lie au pain. Elle m'apprend que le développement de l'être humain a été conditionné au blé et que sans cette plante à la longue tige et à l'épi barbu l'humanité ne serait pas ce qu'elle est aujourd'hui. Je ne saisis pas tout de son raisonnement, mais je comprends que le lien que nous entretenons ressemble à celui qui lie un seigneur – le blé en l'occurrence – et son esclave, nous. Sa passion pour ce nutriment, qui agit à de nombreux niveaux sur la manière de penser des êtres humains, vient de là. Avant cette découverte, l'homme n'était jamais rassasié. Il cherchait de quoi se nourrir dans les arbres et chez les animaux dont il mangeait la viande, quand il est tombé sur ces grains. C'est aussi par hasard qu'il a trouvé comment en faire de la farine parce qu'en l'état ils étaient impropres à la consommation. Encore par hasard, en la combinant à de l'eau, il a découvert la levure naturelle et remarqué qu'elle faisait gonfler le mélange. Par curiosité, il a essayé de la cuire sur le feu pour s'apercevoir à quel point le résultat final était délicieux.

J'avais commencé la leçon en lui expliquant qu'il existait deux types de levure, l'une instantanée et l'autre naturelle. Elle est aussitôt intervenue en me disant qu'elle le savait et s'était lancée dans cette longue explication sur le hasard de sa découverte. J'avais été épaté et l'avais écoutée parler, accoudé à la table.

Je suis prêt à reprendre mon exposé :

– Il existe une quantité infinie de pains différents, chaque peuple a son propre pain. En Libye, par exemple, nous avons la *mouhawwara* et le *tannour*…

Elle me coupe à nouveau :

– À New York, ils ont un type de sandwich incroyable appelé « bagel », il faut que vous appreniez à en faire, dit-elle en commençant à raconter l'histoire de tous les pains qu'elle a goûtés tout au long de sa vie : et la *ciabatta* italienne, Dieu qu'elle est bonne…

– La *ciabatta* ? Vous voulez parler de ce pain que nous appelons *madas* ? Mon père en fabriquait, mais il ne m'a jamais appris la recette. Je possède un livre en italien qui contient des recettes de pain que j'ai toujours eu envie d'essayer…

– En italien ? Je peux vous aider. Je connais un peu cette langue.

Plus tard, je me rendrai compte qu'elle la parle couramment.

– Bon, aujourd'hui, nous allons apprendre à faire de la *mouhawwara.*

– Mais moi, j'ai envie d'apprendre à faire de la baguette française.

– C'est un peu plus difficile à réaliser.

– Ne me sous-estimez pas, allons-y !

Nous commençons la leçon pratique. Je nous mets en condition. Je lui dis qu'avant son rendez-vous galant avec la baguette, il faut qu'elle laisse de côté tout ce qui la préoccupe et qu'elle oublie le temps. Je lui donne les proportions des ingrédients et je lui répète à peu près ce que je vous ai appris concernant la baguette. Pendant que nous attendons, la première étape terminée, elle me parle de son mari et de leur rencontre.

– Savez-vous que vous me rappelez mon époux ?

Il était ingénieur et appartenait à une famille riche. Il travaillait dans le domaine du pétrole. Il s'apprêtait à partir étudier en France et il l'emmena avec lui. Il devait avoir dix ans de plus qu'elle, peut-être un peu moins. Elle ne l'avait pas épousé par amour, mais avait découvert pendant leur voyage qu'elle l'aimait. Je ne saisis pas le lien qu'elle fait ainsi entre cet homme et moi jusqu'à ce qu'elle se mette à parler de sa vie en France où elle se sentait libre. Elle retrouvait ses anciens amis de Londres avec qui elle disparaissait la journée entière sans que son époux ne tente d'exercer son autorité sur elle. Il était content de la voir rentrer le soir. Elle lui racontait sa journée, les rues, les nouveaux cafés qu'elle avait découverts, les gens, les chats, les chiens, les balcons, les oiseaux et les boulangeries qu'elle avait pris en photo. Ils sortaient pour un dîner romantique et revenaient à minuit les bras chargés de sacs de vêtements et de parfums de marque qu'il avait choisis pour elle. Il avait l'œil pour déceler la beauté. J'ai l'impression qu'il était la version riche de moi-même, il y aurait un autre « oncle Milad » dans le pays.

– Comment est-il mort ?

– Dans un accident de voiture, me répond-elle tristement.

Puis, elle me prend mon paquet de cigarettes des mains et elle en allume une.

– Parfois je m'imagine que le sprinteur dessiné sur le paquet de ces Riyadi meurt en franchissant la ligne d'arrivée, il s'écroulerait en sang sur sa médaille, me dit-elle.

– Ça ne m'a jamais traversé l'esprit, qu'est-ce qui vous fait imaginer ça ?

– Je ne sais pas, c'est ce qui me semble le plus logique.

– C'est vrai, fumer est mauvais pour la santé.

– La lecture, l'écriture, la cuisine, l'eau, la vie, et souvent le mariage aussi…

Après ces mots, elle se souvient qu'elle a préparé un gâteau pour l'occasion.

– J'ai failli oublier ! Est-ce que vous aimez le gâteau à l'orange et au citron ?

– Je n'en ai encore jamais goûté.

– Parfait ! C'est la seule chose que je sais faire. Ne me demandez pas la recette d'autres gâteaux. J'ai appris à le réaliser au prix de longs efforts avec une amie anglaise et je l'ai raté de nombreuses fois avant de réussir à en faire un *perfetto*.

– Tous les gâteaux se ressemblent.

– « Qui se ressemble s'assemble. »

– Pardon ?

– Ah, vous ne connaissez pas ce proverbe, dit-elle en riant.

– Non, je n'ai pas fini le lycée.

Je suis persuadé que mon ignorance vient de là. Elle est étonnée que je le précise et moi qu'elle l'apprenne si tardivement. J'étais pourtant sûr que Zeinab lui avait tout dit de moi, y compris sur mon niveau d'éducation et l'étendue de ma culture.

– Parlez-moi de vous, Milad.

Mais moi, je ne suis pas du tout prêt à m'ouvrir à elle.

– Je ne peux pas.

– Bon alors, que diriez-vous de me parler, non comme à une amie, mais comme à une psychologue ou une écrivaine ?

– Je ne suis pas malade. Et puis, vous m'avez bien dit que vous n'exerciez plus.

Elle rit. J'ai dû dire une bêtise.

– Voir un psychologue n'est pas une honte, Milad. Il n'est pas nécessaire d'être malade pour confier à un thérapeute ce qui vous tracasse. Voyez cela plutôt comme une façon d'être conseillé.

– Comme ces conseillers en amour à la télévision ?

– Pas tout à fait, mais presque. Vous découvrirez des choses sur vous-même dont vous n'avez pas idée, et je vous promets que tout ce que nous nous dirons restera entre nous.

– « Mon secret restera au fond du puits » ?

– Plutôt dans un mégot de Riyadi jeté à la poubelle comme des milliers d'autres.

Soudain, le réveil se met à sonner et je me lève pour continuer la leçon.

Pendant la deuxième pause, je lui raconte tout de moi. Bien sûr, je ne lui dis pas tout, je garde pour moi quelques détails qui me semblent déplacé de révéler pour le moment : nos rencontres avec Zeinab dans la pizzeria par exemple ou lorsque nous nous retrouvons dans la ferme de mon oncle ou dans l'appartement du sien, son infidélité supposée avec son directeur aussi. Une conversation banale somme toute. Je laisse de côté nos échanges véhéments et nos disputes, mes tentatives de suicide, pour me concentrer sur mon histoire avec la *kousha* et la caserne. Je ne lui fais pas encore totalement confiance et c'est pour cela qu'au début, je ne suis pas complètement sincère sur ce qui s'est passé. Quelques jours plus tard, elle en saurait plus sur moi de toute manière. L'intérêt que son regard me témoigne m'encourage et je me sens à l'aise pour lui parler comme je le faisais avec ma sœur Saliha à l'époque où elle m'écoutait encore et s'inquiétait encore pour moi.

– Je suis triste pour vous, il semble évident que l'armée a influencé votre vie et vos décisions, en même temps je comprends que vous n'aviez pas le choix, me dit-elle – et lorsqu'elle commente ce que je lui confie avec cette circonspection, je me détends complètement.

Ce genre de remarque me soulage, je me permets de faire preuve de compassion à mon égard à une période où je n'éprouve que du dégoût pour ce que je suis. Je me déleste de la carapace derrière laquelle je me suis barricadé, je l'abandonne sur le côté. Je déverse sur *Madame* un flot de paroles sur ce qu'a été ma vie ces dernières années, sur mes difficultés, sur ma décision de quitter mon poste à la pizzeria.

En accueillant mes mots avec autant de générosité, elle m'apaise. Avant elle, je n'avais jamais rencontré quelqu'un à qui je pouvais me confier ainsi. Avec Zeinab, nos conversations tournaient autour d'elle, elle était le centre de mes préoccupations. J'avais délaissé ma vie et mes tracas personnels au point d'en oublier qui j'étais. Cela faisait longtemps que je n'avais pas parlé aussi librement.

Ah, nous voici prêts pour la prochaine étape.

* * *

C'est l'étape que je préfère. Lorsque je tâte la pâte, dont la consistance a complètement changé, je déborde de joie. Je la découpe selon la longueur souhaitée en quatre ou six morceaux. Puis, je travaille séparément chaque pâton. Au départ, il faut recouvrir le plan de travail de farine. Il nous en faudra beaucoup, il ne faut pas hésiter à être généreux. Je répands la farine sur le plan de travail, puis je range les pâtons les uns à côté des autres. J'en prends un que j'étale dans la longueur sur la surface enfarinée en utilisant mes doigts – la pulpe, pas les ongles – et que je saupoudre ensuite de farine. Après avoir évacué les gaz de la fermentation contenus dans la pâte, je la plie jusqu'à obtenir une forme cylindrique et plate qui ressemble à celle de petits pains. Je scelle le côté du rectangle restant sur le cylindre obtenu comme si je fermais une enveloppe destinée à une bien-aimée originaire d'une autre ville. Je porte le pâton ainsi formé, comme je le ferais avec un bébé, jusqu'à l'endroit où il reposera un quart d'heure. Et je réitère l'opération avec les autres morceaux de pâte. Je les recouvre pour que l'air ne les dessèche pas. Pendant ce temps, je prépare généralement l'étape suivante. Je prends un linge en coton spécialement consacré aux baguettes. Je le déplie sur une surface proche du plan de travail et je le recouvre de farine jusqu'à ce qu'il en devienne blanc. À la *kousha*, nous utilisions une serviette dédiée, mais de manière générale, le boulanger doit toujours trouver des solutions de remplacement et faire ce qui lui convient. Il n'est pas nécessaire de tout savoir pour faire du pain, on a besoin de peu de chose. Lorsque j'ai terminé, je lave la vaisselle et je fais à nouveau brûler de l'encens.

Un quart d'heure plus tard, je commence à travailler ces formes rudimentaires. Je les dépose sur le plan de travail et j'appuie sur chacune d'elles pour pouvoir faire sortir le gaz qu'elles contiennent et étirer la pâte plus facilement. Ensuite, je les roule tout en longueur, pour leur donner leur forme définitive. À ce stade, la longueur du pain prend le dessus sur sa largeur de départ. Puis, je le place rapidement sur la serviette imprégnée de farine que je plie ; elle doit enserrer complètement le pain encore cru pour éviter qu'il ne colle à ses camarades qui vont suivre. Je répète l'opération avec chaque baguette, que je pose sur le plan de travail. Je les déplie pour les allonger puis je les roule comme un sandwich syrien au *zaatar* pour finir par les placer sur la serviette, et ainsi de suite. Tout cela terminé, je couvre les pains encore crus avec la serviette et je les laisse reposer une demi-heure. Entre-temps, je prépare le four et l'eau chaude. Je nettoie les traces de farine qui restent et je recouvre la pelle à pain d'un filet d'huile d'olive.

Je fume une cigarette et j'attends.

* * *

Madame se montre avide d'apprendre. Je craignais qu'elle ne saisisse pas toutes les informations que j'avais à lui transmettre, mais elle les dévore, elle est passionnée par ce que je lui explique, ce qui facilite l'apprentissage. En quatre heures, nous avons terminé la première leçon. Lorsque la première fournée est prête, elle crie de joie à la vue des baguettes appétissantes d'un brun doré sortant du four. Je suis fier de moi et de mon élève appliquée. Je reprends ma respiration. Ses yeux brillent de joie. Elle me rappelle la fois où mon premier pain est sorti du four. C'est comme d'assister à la naissance d'un enfant, il est impossible de traduire précisément ce que l'on ressent.

– Merci Milad, et voici pour vous.

– Qu'est-ce que c'est ?

– Ce qui vous revient.

– Cent dinars ? Mais nous ne nous étions pas mis d'accord sur un prix.

– Vous pensez que c'est peu ?

– Trop plutôt.

– Trop ?! Vous n'avez pas conscience de ce que vaut pour moi ce que vous m'enseignez.

Madame me remet mon salaire et m'accompagne vers la sortie. Je repasse dans le jardin lugubre. Il nécessitera beaucoup de travail.

– Voulez-vous que nous rajoutions l'entretien aux leçons de jardinage comme vous l'aviez proposé ?

– D'accord, mais à la condition que vous m'appreniez comment faire, me répond-elle.

Je sors. Je suis en retard pour aller chercher Zeinab. Je jette mon tablier dans le coffre, je monte dans la voiture et conduis sans m'en rendre compte jusqu'à la Fondation. Je réfléchis avec bonheur aux prochaines séances. Demain, nous commencerons par apprendre à faire le pain campagnard anglais, quelque chose de simple pour ne pas l'effrayer. J'aurais aimé que le cours ne finisse jamais. *Madame* m'a fait retrouver cet enthousiasme pour le pain que j'avais perdu.

J'arrive à la Fondation. Je gare la voiture sous le bougainvillier comme j'ai l'habitude de le faire. Quelques minutes plus tard seulement, Zeinab monte dans le véhicule. En chemin, je lui remets l'argent et je tente de lui parler de ma journée passionnante.

– Regarde, c'est ma rétribution pour cette journée, lui dis-je tout en lui racontant la séance et l'incroyable disposition de *Madame* à apprendre ce que j'ai à lui enseigner.

Elle m'écoute en silence. J'essaie de l'inciter à me parler. Je sens qu'il faut absolument que la tension qui règne entre nous fonde comme neige au soleil pour que nous puissions nous parler normalement à nouveau. Je ne sais pas encore ce qu'elle signifie réellement. Je lui dis que j'aime enseigner ; cela fait pourtant sept ans que j'appréhende de me lancer. Zeinab affiche un sourire forcé et narquois. Indifférente, elle laisse ses pensées s'évanouir par la fenêtre.

– Tu as besoin de repos, lui dis-je pour essayer d'alléger le poids qu'elle porte.

– On aura tout le temps de se reposer dans la tombe, me répond-elle après un silence sinistre qui m'épouvante.

J'ai peur de ce que j'avais pressenti tout au long de ces sept dernières années, que plus Zeinab s'éloignerait de moi, plus *Madame* se rapprocherait.

Et c'est ce qui arrive. À chaque leçon, j'oublie Zeinab des heures durant. Je ne me souviens d'elle que lorsque je parviens à la voiture et que je suis hors de la villa. Chaque séance me rapproche davantage de *Madame*. L'image de son corps irrésistible me poursuit quand je rentre chez moi, lorsque je me regarde dans le miroir, à la *baracca*. J'essaie de la chasser lorsque je suis avec Zeinab. Entre nous deux, les problèmes sont installés « comme un chameau dans la pièce ». Les jours de la semaine passent entre l'entretien du jardin de *Madame*, les cours de cuisine et de boulangerie que je lui donne, mais aussi l'entraînement à la virilité d'Absi et la surveillance des paroles, faits et gestes de Zeinab. Je tonds la pelouse, taille les arbres et arrose le jardin de *Madame* tout en essayant de faire la même chose dans notre propre jardin. Je pétris le pain, enseigne à la fois la préparation du *hraïmi* ou du couscous et à tenir une maison. En rentrant chez moi, j'essaie en vain de faire de même chez nous. Certains jours, je laisse la maison crouler sous des montagnes de vêtements éparpillés dans tous les coins. Pendant que Zeinab imprime sa marque dans notre demeure, j'apprends à *Madame* comment acheter les produits d'entretien adéquats. J'oublie de faire le pain et de préparer à manger pour nous, pressé que je suis de pétrir avec cette créature fabuleuse, qui m'attend tous les jours devant la porte en bois de sa demeure, dans une nouvelle tenue et heureuse de me voir arriver sain et sauf. Les trois jours de la semaine où je la vois passent en un clin d'œil alors que les quatre autres jours sont figés, étouffants et mortels.

Un jour, la Peugeot tombe en panne. Depuis le matin, j'ai l'impression que je joue de malchance. Elle me résiste au démarrage et le souvenir du voyage à Tunis me revient en mémoire. Assise dans la voiture, Zeinab attend un miracle qui l'éloignera du village le temps d'une journée pour se terrer dans son bureau à la Fondation. Elle me regarde m'affairer, je l'observe avec inquiétude tout en insultant ma vieille carriole. Après le week-end que j'ai passé désœuvré, prisonnier des murs de la maison, je crains de rater la leçon du jour. J'ouvre le capot pour inspecter le moteur. Après quelques tentatives, j'arrive à la faire démarrer. Soulagé, je m'installe dans le véhicule. J'ai vu le visage de Zeinab changer à me voir réagir ainsi avec la voiture. J'essaie, sans y parvenir, de lui cacher ma joie lorsqu'elle se met en marche. Les paroles incompréhensibles qu'elle marmonne me troublent durant tout le chemin. J'arrive chez *Madame* épuisé par la conduite.

Quelques heures à peine plus tard, nous terminons notre leçon et nos conversations. Mais lorsque je veux reprendre la voiture, je découvre qu'elle est cette fois tout à fait en panne. J'essaie de la faire redémarrer pendant plusieurs minutes sans succès. Je retourne chez *Madame* pour le lui dire. Elle n'avait pas prévu que je revienne et lorsque je pénètre à nouveau dans la maison, ce que j'aperçois augmente ma nervosité. Elle porte une tenue légère qui découvre son décolleté et la courbe de ses cuisses. Mes sens s'emballent et le sang afflue sur mon visage pour redescendre vers le bas de mon corps. Je m'excuse de l'interrompre par mon retour et je lui dis que la Peugeot m'a lâché.

– Vous pouvez utiliser ma voiture de remplacement.

– Je vous promets de vous la rendre demain lorsque la Peugeot sera réparée.

– Pas de problème, vous avez besoin d'une nouvelle voiture de toute façon.

– Je n'ai pas les moyens d'en acheter une nouvelle.

– Vous pouvez prendre la mienne quand vous voulez.

Je suis tendu. Ne me demandez pas pourquoi, mais ces mots me font l'effet d'une allusion sexuelle. Absi prétend que tout ce qu'une femme dit est un appel. J'ai toujours trouvé curieuse sa capacité à tout considérer sous ce prisme. « Si elle te demande si elle peut te couper du concombre, c'est une invitation. Lorsqu'elle mange une banane devant toi, c'est qu'elle a envie de te sucer. » Si ses théories sur la sexualité étaient bizarres, la plus étrange était celle où il comparait la femme à une voiture.

« Tu l'achètes neuve, content de la transaction que tu viens de faire, triomphant. Les premiers kilomètres sont fabuleux, à chaque fois que tu la prends, tu as l'impression que tous les autres conducteurs sont des idiots, coincés dans un véhicule, vieux ou en piteux état. Alors qu'auparavant, tu enviais les conducteurs de voitures de luxe, l'amour que tu éprouves pour elle et le soin que tu lui apportes te font tout oublier. Tu ne comptes pas les dépenses : acheter de l'essence, changer l'huile, la nettoyer, la bichonner avec plaisir. Puis les jours et les semaines passant, tu es inquiet à chaque fois que tu montes dedans. Tu la négliges. Tu ne la vois plus de la même façon depuis qu'un petit accident l'a abîmée, un peu comme une femme qui tomberait malade ou qui commencerait à t'importuner avec de nouvelles exigences : une pièce à changer, des vêtements, du maquillage. Un matin, tu te lèves avec l'envie de monter dans une voiture neuve qui te ferait sentir un homme à nouveau et, lorsqu'une femme debout sur le bord de la route, effrayée par ton engin qui s'arrête à son niveau, se retrouve sur ton chemin, elle est un trophée à remporter. Il y a de fortes chances pour que tu les prennes, sa voiture et elle, des jours durant. »

Il développait sa théorie, ses explications n'en finissaient plus…

« Tu as déjà écouté *Mercedes* du Cheikh Sadeq Bo Abaab. Que l'on me coupe la bite et qu'on la donne à manger aux chiens errants si ce n'est pas d'une femme qu'il s'agit en réalité dans cette chanson. Les femmes elles-mêmes se comportent comme des bagnoles. Un jour, j'en ai vu une marcher dans la rue al-Rashid. Son cul semblait avoir son propre caractère et lorsque son corps prenait une direction, il se tortillait de manière indépendante. Elle m'a fait penser à une BMW 518. »

À tous ceux qui étaient présents dans la *baracca*, il expliquait que pour faire l'amour à une femme, il fallait la convaincre d'accepter de se faire raccompagner en voiture. S'ils y parvenaient, ils obtiendraient tôt ou tard ce qu'ils désiraient.

– Une voiture est un indicateur sur l'homme qui la conduit et sur ce qu'il possède. Les putes savent bien cela.

– Toutes les femmes, vraiment ? lui demandait quelqu'un.

– Toutes, sauf ma mère et mes sœurs. À toi de voir ce qu'il en est pour ta mère à toi et tes frangines.

Cette réponse faisait rire tout le monde. C'est empreint des discours d'Absi que je réfléchis aux paroles de *Madame* lorsqu'elle me dit que je peux emprunter sa voiture si j'en ai envie. Et, son décolleté devant les yeux, je me demande si elle n'est pas en train de m'inviter à une chevauchée avec elle. Je prends les clés et, lorsque je démarre, je la remercie pour sa bonne action. Je pars dans l'espoir d'être à l'heure pour récupérer Zeinab. J'arrive en retard à la Fondation. Zeinab m'attend devant le portail métallique. Je klaxonne tout en lui faisant signe de la main. Elle ne me reconnaît pas tout de suite, mais voit la voiture de *Madame*. Elle traverse la rue, la colère transparaît sur son visage.

– Pourquoi es-tu en retard ? Où est notre voiture ? me demande-t-elle dans le véhicule.

– Elle est tombée en panne. Elle ne vaut plus grand-chose.

– Et cette voiture, c'est quoi ?

– La voiture de *Madame*.

– Super, répond-elle, pour se plonger aussitôt dans ses pensées.

* * *

Nous voilà prêts à enfourner notre pain. Il faut glisser la pelle sous chaque pâton frais pour le transposer sans tarder et avec précaution sur la plaque, en prenant soin de la remplir en espaçant bien chaque morceau dont le volume augmentera dans les prochaines minutes. Une fois la plaque pleine, nous avons besoin d'un couteau aiguisé. Habituellement, j'utilise une lame de rasoir, plus légère et plus facile à manipuler, mais n'importe quel couteau effilé peut faire l'affaire. J'enfonce la lame en formant un angle de quatre-vingts degrés en consolidant les contours du trait avec mon doigt. Je répète l'opération en faisant en sorte que les hachures apparaissent de manière parallèle sur la surface du pain. Non seulement cette signature donne au pain sa forme singulière, mais elle l'aide aussi à pousser de façon homogène. Vous pouvez la tracer où vous voulez et autant de fois que souhaité, en fonction de la longueur de la baguette. Personnellement, je préfère marquer mon pain de quatre traits parallèles seulement. Je répète le geste sur tous les pâtons. Je place d'abord un plat rempli d'eau bouillante dans le bas du four, puis ma plaque chargée au-dessus. J'humecte le pain à l'aide d'un vaporisateur, cela crée de la vapeur d'eau et l'humidifie lorsqu'il est à point de sorte que sa croûte croustille légèrement. Après cela, je fais une pause. Il faut compter vingt minutes pour voir le résultat final ou attendre que les baguettes prennent une teinte brun doré. J'aime m'asseoir devant le four pour les voir cuire, gonfler et admirer leur couleur changer.

Je voudrais vous préciser un point important : mon état d'esprit est toujours totalement tributaire du pain. Rien d'autre dans la vie ne me fait cet effet-là. Lorsque j'étais à l'armée, je souffrais d'être éloigné de la *kousha.* Après cette expérience, j'étais malheureux parce que j'avais perdu le désir de communier avec le pain, à tel point que les jours qui ont suivi mes tentatives ratées d'en réaliser un nouveau ont été pénibles, dérisoires, insupportables. Lorsque j'entre dans la cuisine pour pétrir mon pain, celui-ci absorbe mes craintes, ma joie, mes aspirations, mes désirs, ma peine, mon désespoir, mon avidité, mes larmes, mes doutes, mes regrets, ma sérénité, mon calme, mon épouvante, mon anxiété, ma froideur, et sa forme est influencée par les sentiments qui me traversent. Le pain heureux respire la joie, le déprimé aura une consistance épineuse, celui qui aura été pétri par une main placide sortira serein du four. Le pain absorbe mes émotions et les matérialise devant moi. Le pain du désespoir manque de sel et celui de l'envie est trop salé. Le pain forgé par mes doutes sera dur et grossier. Mon état général influence le choix du pain que je décide de faire, de même que les saisons agissent sur ma manière de travailler. C'est pourquoi je considère la période où j'ai abandonné le pain pour la pizza un peu comme une adolescence, puisque c'est aussi le moment où j'ai quitté le village pour Dahra. Dans la même veine, je considère que le fait d'apprécier le pain tunisien est un désaveu du pain libyen en général et mes tentatives de fabriquer des pains d'ailleurs, une façon de vivre, ne serait-ce que par le biais du palais, ce que vivent les gens de ces pays-là. Le craquement de la baguette dans ma bouche m'emmène dans les rues de Paris, une bouchée de pain sicilien au sésame me fait plonger dans les eaux des plages italiennes. Lorsque je savoure le pain campagnard anglais tartiné de beurre et de confiture à la fraise, je ressens le froid mordant de Londres. Lorsque c'est du pain égyptien, ce sont des arômes du Caire que je m'emplis. À chaque fois qu'une belle miche cuite à point et que l'on a envie de croquer sort du four, c'est un sentiment profond de paternité qui m'envahit. Cela m'effraie et je fuis le pain des jours durant jusqu'à ce que ce besoin impératif se fasse moins pressant. Au moment où je contemple avec vous ces pains enveloppés de vapeur gonfler et cuire dans le four, c'est toujours le cas. Le pain a toujours été lié à mon souhait de devenir père. J'ai toujours eu envie de faire goûter à mes enfants ce que je fabrique, de lire l'enthousiasme et l'impatience dans leurs yeux, tandis qu'ils sautilleraient autour de moi en attendant que le pain soit cuit. Je garnirais leur sandwich avec du thon, des œufs, du fromage, des tomates et des olives. Ils s'en iraient à l'école où ils laisseraient la trace de leurs doigts poisseux. Ils s'attèleraient à la tâche en sachant que leur père pourvoit à leur pain. Et ils guetteraient la récréation avec impatience, vérifiant de temps à autre leurs cartables pour s'assurer que le sandwich entièrement fait par moi les attend. Lorsque la sonnerie retentirait, ils se dépêcheraient de l'attraper pour le dévorer. Leurs camarades partageraient leurs collations, mais pas eux. Si toutefois il arrivait qu'ils le fassent, ce pain délicieux préparé avec un amour sincère et un soin infini plairait à leurs amis qui s'empresseraient de demander où ils l'avaient acheté tant il était bon. Ils pourraient alors leur dire qu'ils avaient un père talentueux qui, un jour, leur apprendrait ce fabuleux métier.

* * *

J'ai tout de suite apprécié conduire la BMW de *Madame*. J'ai passé des journées formidables en sa compagnie, déambulant sur les routes avec ou sans but. Je m'adonne à mes nouvelles passions, celles de la vitesse et de la conduite. Je me mets à comparer les modèles entre eux : ma Peugeot esquintée et la BMW, fleuron de l'industrie allemande. Le son du moteur me donne envie tous les matins d'aller et venir à son volant tandis que celui de la vieille Peugeot, qui toussait dès que je le mettais en marche, suscitait mon aversion. Les sièges de la BMW m'invitent à rester auprès d'elle, quand ceux de la Peugeot semblaient vouloir me sortir à coups de pied. Et puis il y a la musique et la voix d'Ahmed Fakroun qui s'élèvent limpides de la radiocassette de la BMW, au point que j'ai presque envie de faire de la banquette arrière mon lit. C'était une voiture formidable – j'ai tellement aimé la conduire ! –, et la comparaison entre les deux véhicules s'est insidieusement transformée en une comparaison entre les deux femmes : Zeinab qui trouve mes histoires ennuyeuses et *Madame* qui les écoute avec attention se passionnant pour les détails dont je ponctue mes récits. Zeinab ne s'est jamais intéressée à quelle était la meilleure poudre à lessiver tandis que *Madame* semble curieuse de le savoir ; elle qui avait pourtant vécu tant d'années comme une princesse. Zeinab a négligé son corps et se fane tous les jours un peu plus. *Madame*, quant à elle, bien qu'un peu plus âgée que Zeinab, prend si bien soin de lui qu'il est, malgré l'âge avançant, plus attirant encore. J'oublie le temps lorsque je suis avec *Madame* quand il passe si lentement avec Zeinab.

Généralement, je suis dans sa cuisine, comme en ce moment où nous attendons que notre pain cuise. Cela fait deux jours que nous préparons la pâte des pains au chocolat qu'elle veut confectionner. Je porte ma chemise jaune. Mon tablier est resté dans le coffre de la Peugeot. Je suis debout devant le plan de travail et, elle, collée à moi, me raconte avec enthousiasme qu'elle est impatiente de retourner travailler après un mois de congé. Au moment où nous sommes à l'étape où il faut enrouler la pâte sur le chocolat, une goutte de chocolat fondu vient maculer ma chemise. Elle se rapproche encore davantage de moi. Ma gêne augmente. Elle se précipite pour prendre une serviette humide et frotter le vêtement, mais son geste rend la situation encore plus embarrassante. Son infinie spontanéité me fait hésiter à lui prendre la serviette des mains. J'essaie de la saisir, mais lorsque ses doigts effleurent légèrement mon torse pour nettoyer le tissu, la situation manque de devenir incontrôlable. Elle soupire, comme pour se libérer de la tension qu'elle ressent. Je transpire. Son parfum, qui vient me chatouiller les narines, me provoque.

– Enlevez-la, je vais vous la laver, me dit-elle après s'être rendu compte que la tache noire ne s'enlèvera pas comme cela.

– Ce n'est pas grave, je la laverai à la maison, reprenons !

Je suis dans tous mes états. Elle ressent ma nervosité.

– J'ai gardé des vêtements de mon défunt mari, prenez ce que vous voulez, insiste-t-elle en me rappelant par là même que son fantôme habite toujours l'endroit.

La plupart des gens brûlent les vêtements des morts ou les jettent à la poubelle de peur que leur âme hante les lieux même après leur départ. Elle n'en avait rien fait. Je crains que l'homme n'ait investi mon corps pour s'unir à sa femme une fois encore.

– Ce n'est pas nécessaire…

– Allez, enlevez-la… N'ayez pas peur, je ne vais pas vous manger.

Cette dernière phrase m'ébranle comme le mouvement des vagues le jour où j'ai essayé de fuir la caserne. « Si une femme te dit "donne-moi à manger", c'est ta bite qu'elle veut. » Les paroles d'Absi me traversent l'esprit. L'ambiance électrique augmente ma sensation d'étouffement.

– Reprenons le travail d'abord. Les pains au chocolat n'attendent pas.

Nous terminons de travailler chaque pièce que nous laissons reposer. Je m'assieds dans la cuisine. Elle disparaît quelques minutes pour revenir avec plusieurs vieilles chemises de son époux. Je suis étonné de les voir aussi neuves et propres après plus de neuf ans.

– Allez, déshabillez-vous !

Sous son insistance, je m'exécute. Les secondes que je passe torse nu me semblent durer une année entière. Je remarque une lueur discrète dans ses yeux. Je me dépêche de prendre une des chemises que j'enfile rapidement.

– Merci, je vous la rendrai demain.

– Ce n'est pas la peine, vous pouvez la garder si elle vous plaît. Vous ressemblez tant à mon mari lorsque vous la portez.

Elle insiste pour laver ma chemise. Je cède. Ce jour-là, je rentre chez moi, troublé.

– Et maintenant tu portes les chemises de son mari, me dit Zeinab.

– Il y a eu un accident, je la lui rendrai demain. C'est une femme très gentille.

– Certes, mais on dirait que tu ne connais pas les femmes, elle répète sa phrase préférée lorsqu'elle critique les autres femmes.

Je réfléchis. *Madame* me fait peur. Et si tout ce qu'elle faisait n'avait d'autre but que de m'incriminer. Je pensais être la mauvaise partie de l'équation, mais la phrase de Zeinab me fait réfléchir à tous les instants que l'on a passés ensemble : les robes qu'elle porte, sa blouse à moitié ouverte et qui laisse entrevoir la courbe de ses seins, la voiture qu'elle m'a proposé d'emprunter, la façon inexplicable qu'elle a eue de coller son corps au mien le jour des pains au chocolat, la tension qu'elle suscite en moi et le fait même qu'elle ait demandé que je lui enseigne à faire le pain, la cuisine et à s'occuper de son intérieur. Et si tout cela faisait seulement partie d'un plan pour me faire tomber dans ses filets. Je décide de l'éviter désormais, le lendemain sera le dernier jour que je passerai avec elle. Je lui rendrai la chemise de son mari et elle me rendra la mienne. Je lui remettrai les clés de la voiture de son époux et je fuirai cet enfer. Je me demande si Zeinab est en train de vivre la même chose avec son directeur. Pense-t-elle à moi lorsqu'elle est attablée au café avec lui ? Pense-t-elle à l'infamie qu'elle me fait subir à moi aussi, à elle et à notre histoire ? Sûrement, tout comme il ne fait aucun doute que tout cela m'obsède complètement.

C'est pourquoi je rends sa voiture à *Madame* dès que ma Peugeot, dont je n'ai pas voulu me débarrasser, fonctionne à nouveau. Les propos d'Absi sur les voitures et les femmes m'ont décidé à la faire réparer. Je n'ai pas encore envie de renoncer à Zeinab ni de me défaire de ce véhicule qui a transporté avec amour et patience tant de souvenirs que nous partageons, aucune envie de délaisser tout cela pour de la nouveauté. Je cesse de me rendre chez *Madame* pendant une semaine. Elle essaie de me joindre par téléphone, mais je ne lui réponds pas. Son image me poursuit où que j'aille, dans mes rêves ou lorsque je suis éveillé : je la vois lorsque je suis avec Absi et qu'il me raconte des aventures imaginaires avec des femmes qu'il lui arrive d'inventer, quand je suis couché dans mon lit et qu'elle investit le corps de Zeinab couchée à mes côtés dans sa chemise de nuit en satin, lorsque je fuis la préparation du pain et dans toutes les autres femmes qui croisent mon chemin. Chaque fois que je monte dans ma Peugeot, son corps et sa voiture me poursuivent dans mon rétroviseur dont l'éclat se réfléchit dans ses lunettes. Elle apparaît aux fenêtres de l'immeuble en béton lugubre où je dépose Zeinab tous les jours et devant lequel je l'attends sous le bougainvillier. Je la vois dans la silhouette de Zeinab lorsqu'elle sort du bâtiment et qu'elle traverse la rue. Le corps de *Madame* dans la robe imprimée de tournesols me poursuit dans le tablier de « nos leçons » – elle a le même chez elle – enfoui dans le coffre de ma voiture. Je veux me soustraire à ces tourments. Les jours de nos séances, je reste enfermé chez moi. Je décroche le combiné du téléphone et me plonge dans l'écran de télévision ou dans le nettoyage harassant de la maison, le lavage frénétique des assiettes ou la chasse obsessionnelle de la poussière qui s'est accumulée dans la maison pendant les jours où je ne m'en suis pas occupé.

C'est ainsi jusqu'au moment où elle vient me voir à l'hôpital et que tout ce qui s'est passé me revient. En apparence, c'est une visite anodine, mais les jours qui suivent ne le sont pas. La première semaine, Zeinab s'occupe de moi et je suis heureux que notre relation ait retrouvé un nouveau souffle. Elle me prépare à manger, se remémore nos souvenirs de voyage et les rues de la ville qu'elle espère que nous allons arpenter à nouveau comme nous le faisions avant notre mariage. Elle se demande ce qui nous est arrivé. Puis, elle me prépare son délicieux thé à la cannelle que j'aime tant – et celui-ci est particulièrement bon, bien plus que celui que j'ai essayé de faire moi-même des années durant. Elle chante pour moi puis me parle de son travail et de la vie « qui commence à lui sourire ». Je me prends à me demander ce que signifie l'expression pour elle, mais ces moments que nous sommes en train de vivre me font oublier le « chameau dans la pièce ». Elle m'aide à me lever, à faire quelques pas dehors et à m'asseoir face au jardin. Je l'observe quand elle arrose les plantes. Elle prend l'éponge pour me laver, en prenant soin de ne pas mouiller mon plâtre. Au milieu de la nuit, lorsque mal réveillé, je cogne mes jambes l'une contre l'autre, mes cris la tirent en sursaut de son sommeil. Elle s'inquiète, m'embrasse la jambe puis attend que je me rendorme. Nous passons une semaine romantique, comme je l'avais imaginée, mais ces moments-là passent très vite et Zeinab doit reprendre le travail.

Mes premiers matins en solitaire, ma difficulté à me déplacer m'oppresse. J'essaie de me divertir avec une recette de gâteau à l'orange et au citron que j'ai apprise de *Madame* il y a quelque temps, ou en m'asseyant dans le jardin pour tuer le temps, parfois Absi vient me tenir compagnie. Je fouille dans les livres de Zeinab, à la recherche d'un roman qui me tienne en haleine jusqu'au bout, en vain, comme à chaque fois. Je me laisse happer par l'écran de télévision qui me fait oublier le temps qui passe. Le repas préparé, j'attends que Zeinab rentre du travail. Une semaine s'écoule, puis une seconde. Il ne m'en reste plus qu'une dernière à tuer avant de pouvoir enfin retirer mon plâtre. Le dimanche de cette semaine-là précisément, Zeinab a quitté la maison depuis une heure pour ne revenir que cinq heures plus tard. On frappe à la porte. Je me dis que cela doit être une de mes sœurs, à qui j'ai interdit de s'approcher de moi ou de ma maison lorsque nous nous sommes disputés. J'attrape ma béquille et je sors pour voir qui est là. C'est *Madame* dans son éternelle robe aux tournesols, un bouquet de fleurs dans les mains.

– Où est Zeinab, me demande-t-elle.

Cette question, je me la pose aussi : où est Zeinab pour me protéger de ses charmes ? Où est-elle au moment où j'ai besoin d'elle. Me voilà bien obligé de l'accueillir chez moi, à moins que je sois secrètement amoureux d'elle. Elle entre et me suit dans la cuisine. Elle dépose les fleurs et s'assied.

– Votre jambe va mieux, on dirait.

– Oui, Zeinab en prend bien soin.

– Et vous ?

– Moi aussi, bien sûr. Je n'en peux plus de vivre avec une seule jambe valide.

– Est-ce que le plâtre vous semble toujours très lourd ?

– Je me suis habitué à son poids. C'est me déplacer qui est difficile.

Elle se lève pour le toucher et lire ce qui est écrit dessus.

– On dirait que Zeinab va écrire un livre sur vous, commente-t-elle en lisant ce qui est écrit.

« Puissions-nous bientôt manger du pain de ta table ! » Zeinab avait écrit cette phrase le troisième jour, après une visite d'Absi qui avait apporté avec lui du pain de la *kousha.* Il lui avait rappelé – et à moi aussi d'une certaine manière – à quel point la vie au village était pénible.

– Est-ce que je peux écrire sur votre plâtre moi aussi ?
– Bien sûr.
Elle s'agenouille et se rapproche de moi. Elle trouve sur ma cuisse un espace vide où elle peut écrire.
– Qu'est-ce que j'écris ?
– Ce que vous voulez, mais pas d'insanités, lui dis-je pour plaisanter tout en me sentant honteux d'avoir dit cela.
Elle prend un stylo dans son sac – les écrivains en ont toujours un avec eux au cas où – et elle écrit : « À quand les cours ? » Le regard qu'elle me lance alors semble m'inviter à l'embrasser. Après avoir parlé du plâtre, la conversation tourne autour des leçons qu'elle espère toujours terminer.
– Mon jardin est complètement sec, me dit-elle en m'invitant à revenir pour sauver ses plantes des mauvaises herbes qui ont commencé à faire leur apparition.
Un silence discret s'installe qui ne dure pas longtemps.
– Milad, je suis venue spécialement pour vous voir aujourd'hui.
– Pardon ?
Je m'attends à ce qu'elle m'embrasse…
– J'ai peur pour Zeinab.
– Qu'y a-t-il ? Il lui est arrivé quelque chose ?
– Non, mais…
– Mais quoi ?!
– À la Fondation, tout le monde se pose des questions sur sa relation avec le directeur. Ils se retrouvent dans un café, je ne voulais pas vous le dire.
– Je le sais.
– C'est elle qui vous l'a dit ?
– Non, c'est un peu délicat, mais je l'ai appris d'une autre façon.
– Bon, cela va me rendre la tâche plus facile.

Elle se met à me raconter que les relations entre Zeinab et le directeur ont changé et que cela fait longtemps qu'elle essaie de se rapprocher de lui. Elle avait confié à *Madame* qu'elle avait réussi à entrer en contact avec le bureau de l'inspection du travail. On lui avait dit que si elle pouvait apporter une preuve du comportement inapproprié du directeur et du harcèlement qu'il faisait subir aux employées au sein de la Fondation, un rapport serait fait et il serait possible de le mettre à pied. Comme Zeinab était une de celle qui en souffrait le plus, elle avait décidé de le compromettre. Elle avait prévenu *Madame* de son plan.

– Vous souvenez-vous de l'histoire de ce responsable français corrompu ? Elle voulait faire la même chose pour dénoncer son directeur.

Madame l'avait prévenue du danger qu'elle courrait, elle lui avait dit que c'était sa réputation à elle qui en souffrirait. Quand bien même le rapport serait révélé et l'homme démis de ses fonctions, elle se retrouverait sur la sellette. Lui serait intronisé par la société en grand homme capable de se servir de sa situation pour démasquer toutes ces femmes de mauvaises vies. Aucune autre employée qui aurait subi son harcèlement ou du chantage sexuel n'oserait se tenir à ses côtés. Plus grave, ses collègues de travail nieraient même que cela a eu lieu. Pendant qu'elle me raconte cela, tout se brouille dans ma tête et j'entends un sifflement.

– Mais vous connaissez Zeinab, quand elle prend une décision, il est impossible de l'arrêter, ajoute-t-elle.

Dans mes oreilles, le sifflement se fait plus strident.

– Mais le temps a passé et, au fil de ses rencontres avec lui, elle a commencé à changer d'avis sur son compte. La dernière fois qu'elle m'a parlé de lui, elle m'a dit que c'était un homme bien et que les jeunes filles qui prétendaient avoir été harcelées par lui mentaient. Pouvez-vous le croire ?! Elle a changé.

– Elle a changé..., je reprends ses mots avec amertume.

– Oui, elle n'est plus la même. J'ai peur, Milad.

– De quoi ?

– J'ai peur qu'elle fasse une bêtise.

– Ce n'est pas possible, vous mentez !

– Pardon ?

– Vous m'avez entendu, vous mentez, vous voulez détruire ma relation avec Zeinab. C'est ce que vous voulez tous : vous, mes sœurs et Absi.

– Vous devez me croire, Milad.

– Non.

« Tu ne connais pas les femmes, Milad. » Je me souviens des paroles de Zeinab, le complot est déjoué. *Madame* se lève. Elle pleure, mais sa ruse ne prend pas. Elle sort pendant que j'attends que cesse le bourdonnement dans mes oreilles. Je me remémore le jour de la tache de chocolat sur ma chemise. J'essaie de remémorer la scène encore une fois. Elle a fait exprès de faire tomber le chocolat, un prétexte pour prendre ma chemise et y coudre l'amulette qui nous éloignerait l'un de l'autre, Zeinab et moi. Bien qu'éduquée et ouverte d'esprit, la sorcellerie lui faisait peur. C'est pour cette raison qu'elle ne laissait pas son fils seul avec la servante marocaine, elle avait peur de ce qu'elle pourrait lui faire. J'entends le moteur de la BMW vrombir à l'extérieur et s'éloigner peu à peu.

Ce qu'elle m'a révélé est encore pire que ce que je pouvais imaginer. Je prends le bouquet de fleurs et je le jette par terre. Je hais ce qu'il représente. Cette femme essaie réellement de m'éloigner de mon épouse adorée, si affectueuse et délicate, Zeinab, à qui il ne viendrait jamais à l'idée de me planter un couteau dans le dos. Zeinab qui dormait dans mes bras s'était sans doute égarée et avait essayé de me fuir en fréquentant les cafés, tout comme moi avec *Madame*, mais il était impossible qu'elle me remplace par cet homme bedonnant et duquel il émanait tant de laideur qu'il était difficile de croire que Zeinab puisse tomber dans ses filets.

Lorsqu'elle rentre à la maison, Zeinab trouve, effrayée, la porte d'entrée ouverte et aperçoit le bouquet de fleurs par terre. Elle sent que quelque chose de grave s'est passé en son absence. Je suis toujours assis dans la cuisine, plongé dans mes pensées.

– Milad, tout va bien ?

Je ne sais pas comment j'ai trouvé le courage de lui raconter ce qui s'était passé entre *Madame* et moi. Je lui donne tous les détails et « le chameau dans la pièce » est énorme, il prend toute la place.

– C'est en partie vrai.

– Qu'est-ce que tu veux dire ?

– Au début, c'est ce que je voulais faire, comme elle te l'a dit, et j'ai commencé à mettre mon plan à exécution, mais j'ai aussi eu envie de me venger de toi après la gifle que tu m'as donnée. Puis les choses ont changé.

– Qu'est-ce qui a changé ?

J'attends qu'elle me réponde. Il n'y a en réalité qu'une seule réponse que j'attends et que j'ai envie que ses lèvres prononcent. Lorsqu'elle parviendra à mes oreilles, je pourrai me réjouir. Elle pourrait me dire par exemple : « Je suis enceinte » ou « Tu vas devenir père » ou « Nous allons bientôt avoir un fils » ou quelque chose dans ce goût-là. J'essaie de me rappeler à quand remontent nos derniers ébats. Je n'ai pas envie d'entendre : « Quand tu es tombé de l'immeuble, je me suis rendu compte à quel point je t'aimais et que si je te perdais, j'en deviendrais folle » ou n'importe quelle autre phrase de ce genre. Je n'aime pas ce romantisme. J'ai juste besoin d'entendre des mots qui insuffleraient de la vie à ma jambe cassée et qui me feraient danser dans la cuisine en oubliant la douleur. Mais je ne les entends pas.

– Le directeur veut publier un ouvrage sur les œuvres de mon oncle, m'annonce-t-elle tout heureuse, nos rencontres n'avaient pas d'autre sujet que cette idée de livre.

Déçu, je reste impassible. Ce n'est qu'au cri qui s'élève de la maison de mon oncle pour annoncer sa mort que je sors de mon apathie.

Ces jours passent comme les précédents, puis d'autres encore. Le jour où je dis au revoir à Absi, je rentre à la maison avec la ceinture qu'il m'a offerte. Elle reste dans mon armoire jusqu'à ce que je décide finalement de la porter, d'autant que j'ai perdu un peu de poids depuis que je me suis cassé la jambe. Certains jours, je déteste le travail domestique et la manière dont il m'entrave. Je me mets à détester laver la vaisselle et j'arrête de le faire. Je ne supporte plus de laver, repasser et plier les vêtements. Je ne peux plus voir les *mutande* de Zeinab. Je ne supporte plus l'odeur de l'encens. À d'autres moments, j'éprouve de l'attachement pour toutes ces tâches. Je me lève à l'aube pour repasser les vêtements de Zeinab, je fais du pain, je prépare le petit-déjeuner, j'écoute Fairouz sur notre vieux poste de radio, je réveille Zeinab pour qu'elle prenne son petit-déjeuner et nous mangeons ensemble, en riant et souriant. Je dissimule mon angoisse que les paroles d'Absi et de *Madame* sur ses aventures ont suscitée en moi. Je m'efforce de les oublier. Ce sont des choses qui arrivent entre époux. Je la conduis en voiture jusqu'à la Fondation et je reviens à la maison tout guilleret. Je récure le sol, nettoie les vitres, lave les assiettes et les vêtements, et je range déjà ce qui est sec. En me rasant, je contemple ma joie qui est sur le point de prendre son envol définitif par la fenêtre de la salle de bains. Je dors un petit peu ou je prends un livre que j'essaie de lire sans succès. Je prépare le repas ou je sors travailler dans la *baracca*, je nettoie, arrose les plantes et les entretiens. Je reviens à la maison. Je ressors pour aller chercher Zeinab à la Fondation. Je la vois descendre de la voiture du directeur bien en chair. J'ai envie de lui envoyer mon poing dans la figure mais je ne le fais pas. Je pense au bon sens d'Absi et à son dernier conseil mais je me retiens et je prends sur moi. Ce manège se répète tous les jours. Parfois, je la vois descendre de sa voiture, d'autres fois, elle s'en va à la Fondation, les tableaux de son oncle sous le bras pour soi-disant les imprimer.

Et voilà qu'à nouveau je n'ai plus envie de m'occuper de la maison. Je laisse traîner les vêtements par terre. La poussière forme ses moutons sur les meubles. L'image de cet homme obèse me poursuit dans tout ce que j'entreprends. Absi m'appelle pour savoir comment je vais. Il me demande si j'ai oublié ce que j'ai appris.

– Alors, Milad, tu as frappé le chat ?

Il me pose la question. « L'ai-je fait ? » je me le demande. Notre discussion terminée, je raccroche. Je fuis la maison et je vais à la *baracca*. J'y passe la journée, assis sur le lit d'Absi à me remémorer cette époque où il était là pour me guider. Je fume des Riyadi. Le paquet terminé, je vois l'athlète dessiné sur la boîte toujours en train de courir dans la couronne de laurier. « La logique voudrait qu'il soit plutôt représenté gisant sur le sol », me dis-je. Je pense à Zeinab et à cet homme obèse, à leur grand projet culturel. J'entends encore Absi me dire : « Tu es devenu la risée de tous. » Je sors en courant de la *baracca*. Je vois Hanadi qui revient de l'université, en jean de nouveau. Elle évite mon regard et se dirige vers la maison, cette maison où je n'ai plus mis les pieds depuis la dispute. Parfois, je vois une voiture inconnue garée devant et des idées douteuses que j'essaie de chasser comme des mouches me traversent l'esprit.

Un jour, je décide de suivre Zeinab à nouveau. Cette fois, je ne sortirai pas de la voiture. Je la garerai pour prendre ensuite leur véhicule en filature. Je la dépose devant la Fondation et je fais mine de partir pour qu'elle ne se rende pas compte que je suis toujours là, à attendre qu'elle ressorte avec lui. Je m'achète un café et je vais garer la voiture plus loin que je ne le fais habituellement pour guetter leur sortie. À peine une demi-heure plus tard, le véhicule du directeur franchit le portail de la Fondation comme d'habitude. Il ressort moins d'une heure après avec une femme à son bord, assise à l'arrière. Je les suis au milieu du trafic. Ils devraient arriver à l'îlot du palais du Peuple et tourner à droite en direction de Dahra, puis prendre le pont pour descendre vers la rue al-Shatt, qui longe la côte, et arriver au café. Mais la voiture change de direction et entre dans la rue al-Nasr. « D'accord, cette route mène à l'arrière du café », me dis-je en les suivant. En me remémorant les premières fois où j'ai suivi Zeinab, je laisse entre nous suffisamment de distance. Il est étrange de constater que, même en avançant en âge, l'être humain continue à répéter les mêmes comportements. La voiture quitte la circulation pour remonter la rue al-Sarim. Elle s'arrête le temps que l'homme en descende pour acheter deux sandwichs escalope dans le snack Djafa. Il remonte dans son véhicule et il poursuit sa route. Il prend une rue et continue vers une des ruelles de l'avenue Omar al-Mokhtar. La voiture s'arrête plus loin, devant un bâtiment en face de la rue al-Kindi que je connais bien. L'homme redescend de la voiture des sacs de provisions à la main. Puis, il ouvre la portière à Zeinab. Ils traversent la rue pour entrer dans l'immeuble. Je la revois entrer avant moi dans ce même immeuble, puis me faire signe à la fenêtre avec sa petite culotte pour que j'entre à mon tour dans l'appartement par cette porte à laquelle une perle sertie d'un œil bleu est suspendue. Je pénètre dans le bâtiment et je monte les escaliers en priant pour que ce que j'ai vu ne soit que le fruit de mon imagination, dont j'aurais suivi le mirage. La montée m'est pénible, mais je me tiens finalement devant la porte de cet appartement dans lequel personne n'est entré depuis l'accident. J'entends les voix d'un homme et d'une femme. Je fonds en larmes.

Pour être honnête avec vous, à ce moment-là, je roule sans but. D'abord, je me dirige vers l'ouest, en pleurant comme un enfant. Je voudrais tant traverser la frontière vers la Tunisie pour retrouver Ikhmeis et creuser ma tombe avec lui, ou rouler jusqu'en Algérie et disparaître dans ses hôtels et ses boulangeries, m'enivrer de sa musique. Mais non. Me voilà devant la porte de *Madame*… Je sonne, mon visage baigné de larmes.

– Oui, qui est là ?

– Milad.

Madame m'ouvre la porte, me voir ainsi la bouleverse et elle se met à pleurer elle aussi. Elle me serre dans ses bras. Elle m'embrasse la tête et me fait entrer dans la cuisine. Elle m'enlace toujours. Mon corps se fond dans le sien. Je pense à ce que Zeinab est en train de faire au moment même : c'est elle qui grimpe nue sur l'homme couché sur le lit de son oncle, incapable de supporter le poids de son partenaire. Elle est en train de crier sans craindre les voisins qui surveillent, comme elle n'a pas osé le faire avec moi. Elle monte, gravit, enfourche et lui halète en jouissant du corps de ma femme. Je me vois rapprocher ma bouche de celle de *Madame* et l'embrasser. Pour la première fois, je vois qu'elle appréhende l'instant, mais mes larmes l'encouragent. Je m'égare sur ses lèvres. Des scènes de sexe affluent dans ma tête pendant que nos corps s'unissent. Elle est assise sur mes cuisses, sur la chaise où je lui ai tant parlé de mes problèmes en buvant du café et en dégustant ce que nous avions préparé ensemble. J'enlève ma chemise jaune, elle, sa robe. Je défais ma ceinture, elle, son soutien-gorge. Le tablier aux tournesols nous observe pendant que je la dépose sur la table où nous avons mangé du gâteau à l'orange et au citron. Je pénètre en elle et nos mouvements sont ceux de deux danseurs, mari et femme, deux amoureux, deux infidèles, nous sommes comme le boulanger et sa pâte, l'écrivaine et son roman qu'elle ne finira jamais, comme un amour impossible à vivre dans ce pays, ce sont les mêmes mouvements que ceux de Zeinab l'infidèle, la menteuse, la fourbe, la diablesse, la facile.

Elle gémit, je halète, elle halète à son tour, je gémis. Je pleure, elle sourit. Je lui attrape le cou que je mords en représailles. Ses mamelons orangés gonflent sous l'effet de mes assauts, de mon désir, de mon appétit, de ma tristesse et de mes scrupules. Le spectacle de l'infidélité de Zeinab se déploie devant moi : elle est sur le lit de son oncle envahi par les puces et la poussière. Je la trompe sur la table couverte de farine. Je vais tailler le jardin de *Madame* et le mouiller de mon sperme. Que le mien brûle en enfer ! Je vais emprunter sa voiture que je vais lancer à une vitesse extrême et que la mienne, cette traîtresse, se couvre de rouille ! Je vois Zeinab qui hurle de plaisir, juchée sur l'horrible homme obèse, ce maître chanteur, et l'écho des cris de *Madame* me parvient en retour. Je jouis et j'éjacule.

Nous nous endormons sur le sol.

Ah, le pain est prêt !

* * *

Bon, je ne serai pas long. Il ne nous reste qu'à sortir les baguettes du four et à les laisser refroidir. Il ne convient ni pour vous ni pour le pain de le partager quand il est encore chaud. C'est pour cela que je préfère toujours le laisser reposer sur le plan de travail pendant une dizaine de minutes avant de le goûter. Ah, c'est savoureux, exquis, divin ! Comme je raffole de cette odeur délicieuse qui recèle tous mes souvenirs d'enfance. Les fragrances exercent une influence redoutable sur l'état d'esprit de l'être humain. La musique aussi. Elles sont capables d'enflammer tous les sentiments contradictoires qui vous agitent. Elles peuvent vous conduire à la folie ou au suicide. Comme j'aime ces effluves ! Je me vois dans la *kousha*, nous rions maître Ikhmeis, Bahi et moi de voir Massoud souffrir de la chaleur du four. Je vois mon père rentrer à la maison avec des pains tout frais et s'installer comme un roi dans son palais. Je vois le visage d'Absi fendu d'un grand sourire d'avoir volé une pièce d'un quart de dinar de la caisse de la *kousha* et celui de mon oncle en colère qui menace, un pain dans la main, de mettre l'un de nous dehors. Je vois Benyamin et Sarah qui dressent la table du dîner avec du *khobz talian*. Je vois ma mère nous préparant du *khobz hawsh* avec amour et tendresse. Je vois mes sœurs, dans notre appartement de Dahra, revenant de la *kousha* où elles ont fait cuire des gâteaux. Je vois la joie sur le visage de *Madame* devant ses premières réalisations. Je vois Zeinab qui mange de la pizza dans la pizzeria. Je me vois petit essayer de maîtriser la fabrication du pain…

Cette sieste a été très étrange. Nous nous endormons à même le sol, complètement nus. La tête posée sur mon torse, ses doigts de princesse jouent avec mes poils. Je saisis sa main droite que j'embrasse. Elle me sourit avec tendresse. Puis, elle me raconte que la dernière fois qu'elle a fait l'amour avec son mari, c'était sur le sol de la cuisine, et de la semence qu'elle portait en elle allait naître son fils Mohammad qui ne connaîtrait pas son père. Je souris.

– Voulez-vous m'épouser ? me demande-t-elle sans attendre de réponse pour une fois.

– Pourquoi pas ?

Je prends une Riyadi et je me mets à fumer. Les cendres tombent par terre. Elle rit.

– Vous n'avez jamais fait cela auparavant.

– À partir de maintenant, plus rien n'a d'importance.

Elle me comprend, elle est désolée pour moi.

– J'ai vu Zeinab dans l'appartement de son oncle en compagnie du directeur, là même où nous avions fait l'amour.

Je m'ouvre enfin à elle comme une fleur qui éclot au début du printemps. Elle frotte une larme imaginaire sur mon visage comme si elle avait peur d'en voir se former une. « Il ne faut pas pleurer, les hommes ne pleurent pas. » Notre moment de quiétude terminé, elle me débite cette phrase que mon père me disait. Je me souviens que ma vie m'attend. Je me lève, je remets mon pantalon, je boucle la ceinture d'Absi et j'enfile ma chemise. Elle m'enlace pour me dire au revoir.

– Est-ce que l'on pourrait reprendre nos leçons ? me demande-t-elle en souriant et en tortillant ses pieds nus pendant que je ferme les derniers boutons de ma chemise, et pourquoi ne pas en rajouter d'autres aussi, si vous voulez, ajoute-t-elle, en enfilant sa robe d'intérieur.

Son corps ravissant se glisse dans le tissu.

– Avant tout, il y a une question qu'il me faut régler.

Elle me suit lorsque je franchis la porte en bois massive et me vole un baiser. Je rougis. Elle me confie à quel point mon histoire vous a intéressé lorsqu'elle vous l'a racontée. Elle me demande si je serais d'accord pour « ça ».

– Laissez-moi réfléchir.

Elle me vole un autre baiser avec la joie d'une petite fille.

– Je vais devoir revenir te travailler, dis-je lorsque je traverse le jardin en m'adressant à lui, puis au bougainvillier.

Je rentre tard. Le soleil a presque disparu, il reprend ses rayons qu'il a répandus sur notre terre, comme un pêcheur qui retirerait son filet pour attraper d'autres poissons plus tard. Je suis abattu. J'ai abandonné chez *Madame* mon ancienne personnalité et, pour la première fois depuis très longtemps, je rentre chez moi, l'esprit vide de toute pensée. J'entre. Zeinab est dans la cuisine, assise sur la chaise où elle m'a menti. Je l'avais crue, comme un enfant qui imagine réellement l'endroit quand sa mère, fatiguée par ses questionnements incessants, lui dit qu'elle s'en va chez « le coupeur de têtes ». Le gramophone est allumé. Elle écoute Hedi Jouini chanter encore pour sa bien-aimée, jalousée de tous, lui à qui on a reproché sa relation avec elle. Elle pleure sous les rayons du soleil incandescent qui transpercent la fenêtre de la cuisine. Je passe la main sur mon bas-ventre pour m'assurer que tout est bien en place et que je n'ai rien oublié chez *Madame*. Je sens la ceinture m'enserrer la taille « comme une corde de fibre ». Je l'arrache et l'enroule autour de ma main, sur mon petit doigt dont le henné de la dernière teinture a presque disparu. Je suis debout, je la regarde. Elle est si belle, de cette beauté perfide au parfum trafiqué qui m'a trompé pendant des années, elle avec ces flamants roses qu'elle a essayé de suivre pour me fuir. Je la vois fébrile, avec cette tension que j'ai tant essayé de chasser chez elle. Elle me toise, les yeux baignés de larmes, le combiné du téléphone jeté sur la table, serré contre elle. Elle regarde la ceinture, son destin, les jours qui ont passé. Elle est immobile. Je lève la ceinture vers le haut. Elle ne bouge pas. Elle est un soldat qui défie avec courage celui qui est chargé d'exécuter sa sentence. Je ne suis pas prêt à faire cela.

– Vas-y, frappe-moi ! Fais-moi sentir que tu es un homme. N'est-ce pas ce que tu veux ? Me soumettre, faire de moi une monture docile, vas-y, frappe ! Dans ce pays, l'homme est exempt de tout défaut. Pourquoi ne te lances-tu pas ? Tu as toujours rêvé de ça. Vas-y, frappe.

Elle déchire sa robe en pleurant et se tourne pour me montrer son dos nu, celui-là même qui se mouvait de plaisir quelques heures auparavant.

Claquement de ceinture.

Je l'ai fait…

Un coup s'abat comme un fouet, puis un cri, et un autre, un gémissement… Elle se mord les lèvres pour contrôler cette douleur insupportable. Ce sont d'autres mains qui me viennent en aide, celle de mon père, de *Madonna*, celle d'Absi. Nous la corrigeons ensemble. Elle vacille, mais elle tient bon. Elle qui disait que l'adultère n'était *haram* que lorsqu'il n'y avait pas d'amour. Voilà sa punition ! Tout ce que nous avons vécu ensemble me revient à l'esprit et ma colère s'intensifie. Je pleure et je continue à la fouetter… Un claquement, puis un autre et encore un autre. Elle tombe à genoux sur le sol de la cuisine. Elle est épuisée, moi pas. Elle est à bout de souffle. Ses larmes coulent sur le sol comme mon sperme dans la cuisine de *Madame.* La vue du sang me fascine… la vue de la ceinture… Je m'emporte. Vous pourriez dire que je ne me contrôle plus. Je jette la ceinture et je me précipite sur le vieux tablier blanc.

– Tu veux me tuer maintenant ? C'est ça que tu veux faire, impuissant que tu es ! Vas-y, fais-le !

J'enfile le tablier, c'est celui de mon père, ce cadeau que je n'ai jamais oublié. Je saisis la lame que j'utilise pour apposer ma signature sur mon pain. Zeinab tremble ; éreintée, elle n'arrive même pas à se relever. Entre les pleurs et les gémissements, elle me crie :

– Vas-y, fais-le ! Je ne supporte plus la vie avec toi. Allez, fais-le, espèce de traître. La pute que tu viens de baiser il y a à peine quelques heures vient de m'appeler pour me raconter ce que tu as fait.

Je cours vers elle, la lame à la main. Je l'étreins et je fais glisser le métal le long de sa gorge. Son âme jaillit. Je dépose sa tête sur mon corps et elle me murmure quelques mots à l'oreille. Je me raidis. Le tablier et la lame sont maculés. Je me calme. J'ai la tête qui tourne. Nous nous endormons côte à côte sur le sol de la cuisine.

Lorsque je me réveille, son âme a quitté la pièce. Je suis trempé de son sang. Elle me sourit, comme la Zeinab que j'ai connue avant notre mariage. Je caresse ses cheveux en pleurant. « Les hommes ne pleurent pas. » Les mots de *Madame* me reviennent en mémoire. Je sèche mes larmes. Je la porte jusqu'à la salle de bains. Nous nous asseyons dans la baignoire remplie d'eau chaude comme nous avions l'habitude de le faire aux premiers temps de notre mariage. Je lui raconte une anecdote de mon enfance pendant que je la lave. En passant le shampooing sur ses cheveux noir de jais, je lui parle de cette journée qui a commencé avec nos infidélités respectives et qui se termine par ce bain ensemble comme à chaque fois que nous nous disputons. « Finalement, c'est toujours l'amour qui gagne », ma main verse de l'eau chaude sur ses cheveux pour les rincer. Je vois que les poils sur ses jambes ont poussé. « Pourquoi ne m'as-tu rien dit ? J'aurais préparé le sucre. » Je la sors de la baignoire. Je la frotte vigoureusement avec une serviette. Je la couche dans la chambre. J'enclenche le ventilateur et je vais dans la cuisine pour faire le sucre. Tout en le préparant, je nettoie la cuisine. Je lave la lame au savon et à l'eau avec ce qui reste de vaisselle. Je jette le tablier et les vêtements maculés de sang dans la poubelle. Je me rappelle que le téléphone gît toujours sur la table. Le sucre est prêt. Je retourne dans la chambre. Je lui épile les jambes et les bras, lui coupe les ongles et la coiffe. Je lui embrasse les joues. Je recouvre sa gorge tranchée de poudre de maquillage et je lui ferme les yeux. Je la laisse dormir dans la chambre pour m'occuper de toutes les autres tâches ménagères comme j'ai l'habitude de le faire. Le lendemain, j'appelle *Madame* pour lui dire que je suis d'accord pour vous raconter mon histoire.

Goûtons notre pain à présent ! Posons-le sur la table avec de la confiture et du beurre. Est-ce que vous voulez du thon ? Lorsque nous aurons fini de manger, nous pourrons aller voir Zeinab, elle dort toujours dans la chambre.

Mangeons ! Bon appétit !

* * *

REMERCIEMENTS

À Ahmed Fakroun, ce goéland rêveur des bords de mer,

À l'écrivain Mo Mesrati, ma source d'inspiration et mon ami, dans l'espoir d'une rencontre prochaine,

À mon ami Alseddik Almuntaser, mon mécène, mon frère, mon conseiller en tout – en affaires de cœur et d'argent, en santé mentale et en relations publiques –, le gardien de mes facéties et de mes secrets les plus inavouables,

Au poète Salem Elalem, mon père spirituel et ce personnage de roman incomparable, tu es pour moi comme Zorba le Grec,

À Hussayn Alnaas et Lotfiya Marwan, mes parents, à qui je dois d'être là. Et si je sais bien que ces lignes ne parviendront pas jusqu'à vous, je vous témoigne mon amour profond, et c'est avec avidité que je dévore la terre foulée par vos pas,

À Rima Ibrahim… sans toi, ce roman n'aurait jamais vu le jour,

À moi-même,

Je dédie ces pages.

Mohamed Alnaas, Tajoura, 2022.

GLOSSAIRE

'amm عمّ (ou *'ammi*) : littéralement « oncle » ou « mon oncle », mais utilisé hors du cadre familial et suivi d'un prénom, il marque une familiarité respectueuse envers la personne à qui l'on s'adresse : « *'amm* Mokhtar ».

baracca, al-barraka البراكة : cabane construite en bois et en tôle entourée d'arbres. C'est un élément de la culture du jeune homme libyen célibataire que l'on trouve à l'est et à l'ouest de la capitale. *(Note de l'auteur.)*

bazin البزين : plat traditionnel libyen à base d'orge servi pendant les grandes occasions.

bey البيه : qualificatif qui marque le respect pour la personne à laquelle on s'adresse. Il est surtout utilisé en Égypte : « Milad *bey* ».

jebba الجبة (ou *djebba* ou *djubba*) : longue robe ample.

farrashiya الفراشية : long tissu blanc dans lequel s'enveloppent les femmes pour sortir de chez elles.

hadj, *hadja* (fém.) حاج – حاجة : littéralement « personne qui a réalisé le pèlerinage à La Mecque ». Suivi d'un prénom, il est utilisé pour s'adresser avec respect à un homme ou une femme âgé(e) : *hadj* Mohammad.

hraïmi الحريمي : plat de poisson à la sauce tomate.

jamahiriya الجماهيرية : La grande Jamahiriya (État des masses populaires) arabe libyenne instaurée par Kadhafi en 1977. Elle durera jusqu'en 2011. À l'époque de la Jamahiriya, un calendrier spécifique est utilisé, où les noms des mois sont en relation avec les saisons de l'année (système utilisé par les paysans), des événements ou des personnages historiques. Le mois de janvier par exemple est appelé « *ayy an-nar* أي النار » qui signifie littéralement « où est le feu ? » parce que c'est le mois où l'on recherche la chaleur du feu. Le mois de septembre, appelé « *al-fateh* الفاتح » qui signifie « le conquérant », correspond au mois de la révolution de Kadhafi.

khuttifa الخطيفة : du nom de l'hirondelle dont elle rappelle la forme, la *khuttifa* désigne les dessins traditionnels au henné noir caractéristiques des mariages libyens.

kousha الكوشة : « boulangerie » en arabe parlé libyen. *(Note de l'auteur.)*

marbou'a المربوعة : pièce centrale des maisons libyennes, servant uniquement à accueillir les invités, agrémentée de matelas disposés à même le sol pour s'asseoir.

ma'soura المعصورة : fromage traditionnel à pâte blanche qui ressemble à de la ricotta.

merskawi المرسكاوي : genre musical traditionnel libyen.

sanam صنم, Abou Jahl أبو الجهل et Houbal هبل : ce sont les qualificatifs utilisés par Absi pour s'adresser à ses amis. *Sanam* signifie « idole », Abou Jahl était un fervent adversaire du Prophète Mohammad et Houbal est une divinité du panthéon arabe antéislamique.

shahi al-'ala شاهي العالة : thé traditionnel. Le rituel du thé est un élément essentiel de la culture libyenne. Lors des réunions familiales ou entre amis, généralement dans l'après-midi ou en soirée, on boit le thé selon un cérémonial très précis. La mère (ou une personne experte en la matière) prépare trois services. Lors du premier, le thé est peu sucré et très fort.

Le deuxième thé est plus doux. Le dernier est très sucré et accompagné de cacahuètes, d'amandes ou de noisettes. Tout l'art consiste à créer une belle mousse qui remplit de moitié les petits verres dans lesquels il est servi.

si سي : marque de respect utilisée devant le prénom de la personne à qui l'on s'adresse. Équivalent de « monsieur ».

sma' اسمع : signifie « Écoute ! », tic de langage chez Absi, qui commence machinalement presque toutes ses phrases ainsi lorsqu'il s'adresse à son cousin.

tabour الطابور *:* rituel quotidien auquel sont soumis tous les élèves du pays. En rang, ils doivent réaliser une demi-heure d'exercices physiques en répétant des slogans révolutionnaires, puis un enfant est désigné au hasard pour déclamer des slogans à la gloire de la pensée de Mouammar Kadhafi (son livre vert). Ensuite, les enfants effectuent le salut au drapeau et chantent l'hymne national pour terminer en répétant d'autres slogans révolutionnaires.

talian (ou *khobz talian*) طليان : pain tunisien aux graines de nigelle.

warakina الوراكينة : produit d'entretien qui ressemble à la Javel utilisée en Tunisie et au chlore utilisé en Égypte. *(Note de l'auteur.)*

zokra الزكرة : instrument de musique traditionnel qui s'apparente à la cornemuse.

CHANTEURS ET CHANSONS

Abdel Halim Hafez : chanteur égyptien (1929-1977)
Ahwak أهواك (Je t'aime)
Ahmed Fakroun : chanteur libyen, né en 1953
Shams الشمس (L'astre du jour)
Hareb fil-layali هارب في الليالي (La nuit pour refuge)
Oyounek عيونك (Tes yeux)
Soleil, soleil سوليل سوليل aussi appelée *Layl as-sahranin* (La nuit des noctambules)
Ahmed Wahbi : chanteur algérien (1921-1993)
Wahran وهران (Oran)
Cheb Khaled : chanteur algérien, né en 1960
Bakhta بختة
Cheikh Sadeq Bo Abaab : chanteur égyptien (1935-1991)
Mercedes مرسيدس
Fairouz : chanteuse libanaise, née en 1934
Nassam 'alayna al-hawa نسم علينا الهوا (Une brise nous a effleurés)
Natartak ya habibi ناطرتك يا حبيبي (Je t'attends mon amour)
Gamal Abd el-Qader : chanteur libyen
Mshiti wen مشيت وين؟ (Où es-tu partie ?)

Hedi Jouini : chanteur tunisien (1909-1990)
Lamouni elli gharou menni لاموني اللي غاروا مني (Le désaveu des jaloux)

Mahmoud al-Sherif : chanteur libyen (1930-1981)
Ya bayt al-'ila ya 'ali يا بيت العيلة يا عالي (La grande maison familiale)

TABLE DES MATIÈRES

CATALOGUE

Sylvia Aguilar Zéleny
Poubelle
Traduit de l'espagnol (Mexique) par Julia Chardavoine

Anuk Arudpragasam
Un passage vers le Nord
Traduit de l'anglais (Sri Lanka) par Dominique Vitalyos

Christian Astolfi
De notre monde emporte

Rémi Baille
Les enfants de la crique

Hanna Bervoets
Les choses que nous avons vues
Traduit du néerlandais par Noëlle Michel
L'expérience Helena
Traduit du néerlandais par Anne-Laure Vignaux

Xavier Bouvet
Le bateau blanc

Mattia Corrente
La fugue d'Anna
Traduit de l'italien par Jacques Van Schoor

Ia Genberg
Les détails
Traduit du suédois par Anna Postel

Paolo Giordano
Tasmania
Traduit de l'italien par Nathalie Bauer

Jan Grue
Ma vie ressemble à la vôtre
Traduit du norvégien par Marina Heide

Anna Hope
Le Rocher blanc
Traduit de l'anglais par Élodie Leplat

Alice Kaplan
Maison Atlas
Traduit de l'anglais (États-Unis) par Patrick Hersant
Baya ou le grand vernissage
Traduit de l'anglais (États-Unis) par Patrick Hersant

Marion Lejeune
L'escale

Semezdin Mehmedinović
Le matin où j'aurais dû mourir
Traduit du bosnien par Chloé Billon
Sarajevo Blues
Traduit du bosnien par Chloé Billon

Noëlle Michel
Demain les ombres

Touhfat Mouhtare
Le Feu du Milieu

Sara Mychkine
De minuit à minuit

Maude Nepveu-Villeneuve
Après Céleste
La remontée

Aslak Nore
Le Cimetière de la mer
Traduit du norvégien par Loup-Maëlle Besançon
Les héritiers de l'Arctique
Traduit du norvégien par Loup-Maëlle Besançon

Boris Pétric
Château Pékin

Stine Pilgaard
Le pays des phrases courtes
Traduit du danois par Catherine Renaud
Les monologues d'un hippocampe
Traduit du danois par Catherine Renaud

Anne Sénès
Chambre double

Michèle Standjofski
Mona Corona

Juan Tallón
Chef-d'œuvre
Traduit de l'espagnol par Anne Plantagenet

Akos Verboczy
La maison de mon père

Lisa Weeda
Le palais des Cosaques perdus
Traduit du néerlandais par Emmanuelle Tardif

Pour en savoir plus sur nos publications
et suivre notre actualité,
vous pouvez consulter notre site Internet
www.lebruitdumonde.com

Ouvrage réalisé par Nord Compo à Villeneuve-d'Ascq

Achevé d'imprimer par
Normandie Roto Impression s.a.s.
N° d'édition : M20682/01
N° d'impression : 2401128

Imprimé en France